养蜂人的门徒

[美]劳拉·金（Laurie R. King）著　陈磊 译

The Beekeeper's Apprentice
兼论隔离蜂后的研究

重庆出版集团 重庆出版社

编辑前言 / 1
序曲：作者笔记 / 5

第一部　门　徒
　　一　两个衣衫破旧的人 / 10
　　二　男巫师的门徒 / 36
　　三　猎犬的女主人 / 63
　　四　我自己的一个案子 / 82

第二部　实习期——参议员的女儿
　　五　流浪的吉卜赛式生活 / 100
　　六　一个从床上消失的女孩 / 123
　　七　与辛普森小姐的交谈 / 150

第三部　伙伴关系——狩猎开始
　　八　我们有个案子 / 162
　　九　狩猎开始 / 182
　　十　空房子的问题 / 194
　　十一　另一个问题：残损的四轮汽车 / 216
　　十二　逃跑 / 229

题外话　蓄积力量
　　十三　世界的中心 / 260

第四部　征服——战斗开始
　　十四　行动开始 / 278
　　十五　分离试验 / 299
　　十六　上帝之声的女儿 / 309
　　十七　力量汇聚 / 320
　　十八　激战 / 331

终曲　卸下盔甲
　　十九　回家 / 352

编辑前言

首先我想让读者知道的是，你手上所拿的这本书和我没有任何关系。是的，我是写推理小说的，但一个小说家的想象力就算再疯狂，也有其极限，况且我的想象力会早早触到极限，完全想不出这种夸诞的点子，给夏洛克·福尔摩斯配一个十五岁年纪、拥有一半美国血统的伶牙俐齿的女权主义者同伴。我是说真的：就算是柯南·道尔一心想把福尔摩斯从高耸的悬崖上推下去，那么首先将猛击这位神探脑袋的肯定是一位天赋异禀的年轻女性。

然而，这并没有解释这个故事为什么会出版。

事情开始于几年前，某天有位 UPS 的女快递员飞快地将车开上我家车道，让我有些吃惊的是，她拿下来的并不是我正等待的蔬菜种子订单，而是一个缠着厚厚胶布的非常大的纸箱，重量一定达到了 UPS 的最高限重，因为快递员不得不动用手推车才将那东西搬到我家前门廊上。我询问了她一番却一无所获，接着仔细检查了包裹上的地址确实是我家，于是才签收下来，然后拿了把厨房用剪刀剪开胶布。结果我要剪开的可远远不只是胶布，待我终于剪开箱子，各种碎片已经没过脚踝了；那把剪刀也再未恢复原状。

纸盒中是一个行李箱，一个磨损严重的老式大旅行箱，上面还带有贴纸，有些来自熟悉的酒店，有些似乎不然。（伊巴丹[1]有丽兹酒店吗？）有人还考虑得非常周到，将钥匙插在

---

[1] Ibadan，尼日利亚城市。——译注

挂锁中,又用一根苏格兰胶带缠紧,因此我便揭开胶带,转动钥匙,感觉有点类似面对写着"喝了我"字样的瓶子的爱丽丝。正当我站在那里,低头打量其中乱七八糟的物件时,我的好奇心开始发出警报。我迅速撤回手,远离箱子,疯子和跟踪狂的想法在我脑中泛出,就像报纸上的大字标题一般突显出来。我走下台阶绕行房屋,满心想着打电话报警,但是待走到后门位置时,我停了下来,决定先给自己煮杯咖啡。待杯中咖啡准备好后,我穿过房间,透过窗户审慎地打量那箱子金属上的凹痕,以及内里华丽的紫色天鹅绒衬底,我看到一只猫蜷着身子躺在那天鹅绒上。为什么一只熟睡的猫就能让我对爆炸物的担心如此迅速地消散呢?直到今天我也想不通,但事实就是如此。很快,我便跪在地上,用手肘赶走那只挡路的猫,开始查看箱中的物件。

那些东西都十分奇怪,并不是说单独的某件物品奇怪,而是说它们作为一个整体,既无规律,也讲不出放在一起的原因。有一些是服饰,包括镶有珠饰的天鹅绒晚礼服(礼服下摆有一道裂口),一件破烂不堪的男用浅褐色浴袍或是便袍,一条带有丝绸镶边、轻得不可思议的克什米尔羊绒披肩;一柄碎裂的放大镜;两片涂色玻璃,可能是一副隐形眼镜,镜片看起来特别厚,不舒服程度叫人害怕;一件织物,一个朋友后来认出是一条解开的缠头巾;一条华丽的绿宝石项链,有着黄金般沉甸甸的重量,戴在脖子上感觉像是财富加身,直到我将其摘下,拿进屋,塞在枕头下面;一枚男用条形襟针;一个空火柴盒;一根象牙雕的筷子;一本名为《1923年指南》的英国铁路时刻表册子;三块奇怪的石头;一根螺帽生了锈的两英寸长的粗螺栓;一个小木盒,上面的雕刻和镶嵌装饰描绘的是棕榈树和丛林动物的图案;一本薄薄的詹姆斯国王钦定版金箔本红字《新约》,白皮革封面已用得磨损了;

一片放在黑色丝带上的单片眼镜；一盒剪报，有些似乎涉及的是犯罪案件；还有其他塞在箱子边边角角的各种零碎东西。

此外，在最底部还有一层被证明是手稿的纸页，不过只有一本能马上认出来，其余的要么是从头到脚写满难以辨认的小字的英国尺寸的大页纸，要么是一堆写着同样笔迹的不相配套的零碎纸片。每一本皆由紫色细丝带装订，蜡封上盖着R字母。

接下来的几个星期中，我从头到尾读完了这些手稿。在此过程中，我一直期待着解开谜团，找出寄件人是谁，等待着答案会像写有文字的玩偶盒一样自动跳将出来，但我一无所获——除了故事之外，我什么也没发现。但在阅读的过程中，我感受到的愉悦和眼痛并重。

我确实试过通过UPS追查寄件人，但是发出包裹的纽约分公司代理人所能告诉我的，只有寄件人是一个年轻男子，邮资以现金支付。

接下来，怀着相当程度的迷惑之情，我叠起了晚礼服、便袍和手稿，将箱子藏在衣柜中。（将绿宝石首饰放进了银行的保险箱。）

它月复一月地待在那里，过了一些年，直到一个惨淡的日子到来。当时我已经很久一个字都写不出来，隐隐感受到金钱的压力。然后，我突然想起衣柜里面的手稿，心里涌起一股嫉妒，同时又无比坚定。

我找出那箱子，从手稿堆中刨出一本，拿到书房里再次阅读，接着我被一种万分绝望的心情所驱使，其程度有如屋顶漏雨，耳畔到处都是雨声一般，开始改写。说来令人羞赧，我将改稿寄给了我的编辑，几天之后她打来电话，委婉提到稿子读起来和我其他作品不一样，我崩溃了，于是坦白了事实，让她把稿件寄还给我，接着又继续盯着空白稿纸发愁。

第二天，她又打来电话，说已经咨询过公司律师，她真的喜欢这故事，不过想读到原稿，她还说如果真正的作者出现，我愿意签署终身弃权书的话，那她就打算出版这部作品。

自尊心与屋漏的绝望之间的斗争还未及开始，就已经结束。然而，我确实是有一定的自尊心的，而且仍然认为，我作品中的叙述，正如之前说过的那样，充满夸诞。

我不知道作品中有多少部分属实。我甚至不知道它们是小说还是事实，不过我却无法摆脱这样一种感觉，即它们虽然看起来荒诞，但本意是为了纪实。然而，（签署免责声明）出售这些作品总比出售那条我永远不会佩戴的华丽项链要好，当然了，如果我能接受出版一本，那么就能出版另一本。

接下来那些手稿中的第一部就得到了出版，未加任何修饰，完全保留了作者搁笔时的样貌（并且，假定是寄给我的）。我只稍稍整理了她糟糕的拼写，解决了她各种各样怪里怪气的私人速记符号。就我个人而言，我也不知道这到底是怎么回事。我只是希望，随着这本被作者命名为《兼论隔离蜂后的研究》（如此笨拙的名字——她显然不是小说家！）的书籍的出版，我不会遭到法律诉讼，而是能得到一些答案。如果有谁知道玛丽·罗素是何许人士，能不能告诉我一声？我好奇得快疯了。

——劳拉·R.金

我费了一番不小的功夫，查阅过加利福尼亚大学图书馆的藏书，找到了作者在各章节前引用的文字的出处。它们摘录自莫里斯·梅特林克[1]于1901年出版的一本有关养蜂的哲学论著，题为《蜜蜂的生活》。

---

[1] Maurice Maeterlinck，1862—1949，比利时剧作家，诗人、散文家，1911年获得诺贝尔文学奖。——编者注

序曲：作者笔记

> 在这一地点，隐退着一位稍稍上了年纪的哲人……
> 在这里，他为自己修建了隐居之处，因为
> 他有些厌烦了世人的询问……

亲爱的读者：

在我和时代的脚步逐渐走进90年代开端之际，我不得不承认，年龄并非总能处于一种让人满意的状态。当然了，身体自是为生命贡献了独有的滋味，但我已看清，最恼人的问题是我的过去，它们于我而言是那样的真实，但在我周围的那些人看来，它们却已开始于历史的迷雾中逐渐褪色。第一次世界大战现已只剩下一些古雅的歌曲和黑色的画面，虽然时而仍能散发出强大的力量，但毕竟已无限遥远；那场战争中有死亡，但已不见血色。20年代已成为讽刺漫画，我们穿过的服饰如今已收入博物馆，我们之中记得这个凄凉世纪开端的人们已开始步履蹒跚。随我们一同逝去的，还有我们的记忆。

我曾如此熟悉的有血有肉的夏洛克·福尔摩斯，在世上其他人眼中，不过是一位退休医生头脑中的生动幻想，我不记得第一次意识到这一点是什么时候的事了。我记得的是，这一发现是如何的让我惊讶失色，好几天的时间里，我的自我意识变得有些抽离、薄弱，就好像我也随着福尔摩斯一同被传染了，正在蜕变为幻影一般。是我的幽默感刺痛了我，让我从中清醒过来，但那种感受在持续的过程中，却显得极

为奇异。

现在，蜕变过程已经完成：华生的故事，那些对那个我们都熟知的迷人人物的无力招魂，已经拥有了自己的生命力；而夏洛克·福尔摩斯本人的形象却变得缥缈起来，有如幻影，成了虚构。

这样的方式，叫人觉得好笑。而现在，男男女女们都开始创作有关福尔摩斯的真正的小说，将他挖出来，置于种种奇异的环境之中，让他讲出他不可能说的话语，让故事愈发呈现出传奇色彩。

哎呀，当发现我本人的回忆录被归为虚构，我本人也被降级为脱离现实的幻想时，我甚至并不感到惊讶。其中有一种很有趣的反讽意味。

然而，我必须声明，下文讲述的都是我同夏洛克·福尔摩斯交往的早年岁月的真实生活。对于偶然间发现我的故事，之前并不了解此人习惯和个性的读者来说，他们可能不会注意到其中的一些引述。而在与他们完全相反的另一端，是那些将柯南·道尔的语料库（在这里用这个词语尤为贴切）尽数记在心中的读者。这些读者可能会发现，在我的叙述中，有些地方与福尔摩斯之前的传记作者华生医生的描述不尽相同，他们很可能会感到气愤，我呈现的此人与华生笔下的那位"真正的"福尔摩斯有着天壤之别。

对于后一种读者，我只能说他们非常正确：我所认识的福尔摩斯确实与贝克大街221B住宅中的那位侦探完全不同。表面看来他已退休了十五年，已非常适应中年生活。然而，不同的远远不止于此：这是一个与维多利亚时代并不相同的世界。汽车和电灯正在取代二轮轻马车和煤气灯，电话的噪音甚至已经蔓延到乡民的生活之中，对于战壕战的恐惧开始吞噬国家的核心肌理。

然而我想，即便世界并没有改变，即便我遇到福尔摩斯时他尚年轻气盛，我对他的描绘仍然会与好医生华生的描绘有着惊人的不同。华生经常是从一个较低的位置仰视自己的朋友福尔摩斯，他的观点也往往是成形于此。不要误解我的意思——我相当喜欢华生医生。然而，尽管他的智慧和人道主义精神确实不容小觑，但他生就一副纯真面孔，一些显而易见的事情发现起来也稍显迟钝（说得委婉些）。与之相反的是，我是搏斗着来到这世上的，到三岁时就已能够操控我那面容冷酷的苏格兰保姆，到青春期时就已丧失了可能曾经拥有过的所有纯真和智慧。

我用了很长一段时间才将它们寻回。

福尔摩斯和我从一开始就是对手。他在见识上高过我，但他的观察推理能力却从不能让我像华生那般拜服。我自己的眼睛和思维也在以完全相同的方式运转。这是我所熟悉的领域。

所以，是的，我坦白承认，我的福尔摩斯并不是华生的福尔摩斯。类似的，我的观点，我的落笔技巧，我所采用的颜色和晕影，都全然不同于他的。究其本质而言，主题仍是一样；变化的，是艺术家的视角和笔法。

——玛丽·罗素·福尔摩斯

第一部

门　徒

一　两个衣衫破旧的人

这一除我们之外的真正人类印记的发现，让我们产生了一种类似于鲁滨逊·克鲁索在荒岛沙滩上看到人类脚印时的心情。

第一次遇见夏洛克·福尔摩斯的时候，我十五岁。十五岁的我正一头扎在书里，一边阅读一边徒步走过苏塞克斯丘陵，几乎踩到他身上。出于自我辩护，我必须说那是一本引人入胜的书，而且在1915年战争年代，又是在世界上的那个部分，遇到其他人的机会极为罕见。七周的时间里，我在羊群（它们会为我让道）和金雀花丛（对于它们，我已经痛苦万分地养成了一种本能的警醒意识）中悠闲读书，之前还从未遇到过一个人。

那是4月初晴朗而凉爽的一天，我读的是维吉尔的书。拂晓时分我就从安静的农舍出发，挑了与平时相反的方向——确切说来是去东南方大海的方向——途中的几个小时里一直在与拉丁文动词角力，不经意间攀越了石墙，甚至还不假思索地绕过了树篱，原本有可能一直注意不到大海的存在，最后从一道白垩绝壁上栽落下去。

结果是，直到听到有个男人在距离我不到四英尺的地方大声地清嗓子，我才注意到这宇宙之间竟然还有其他人。拉丁文字消散在空气之中，紧随其后的是一句盎格鲁-撒克逊人的咒骂。我心里一惊，匆忙收拾起我能找到的尊严，透过眼镜向下打量正躬身蹲在我脚旁的这个人：是个身材瘦削、发色花白的男人，五十多岁年纪，头戴一顶布帽，身穿旧式的花呢外套和体面的鞋子，身旁地上有一个磨破的军用帆布背包。说不定是个流浪汉，把其余的财物都藏在了一处灌木丛下。或者是个怪人。反正肯定不是牧羊人。

他一句话也没说。况味显得十分讽刺。我猛地合上书，拿到身旁。

"您这到底是在做什么呢？"我问道，"躺在那里等人吗？"

他听到这话扬起一道眉毛，微笑的样子有一种特别居高临下的意味，让人恼火。接着他张嘴说话了，调子慢吞吞的，活脱脱就是英国上层社会那些过于有教养的绅士们的标志性做派。高昂的声线；事实不容置疑：他绝对是个怪人。

"我倒是认为，我不能被指责为'躺在'任何地方，"他说道，"因为我是光明正大地坐在一片齐整的山腰上，考虑自己的事情。因此，我无须躲避那些意图将我践踏于足下的人。"他将倒数第二个音节中的r字母的大舌音发得特别重[1]，以挫败我的气焰。

假使他说的是别的什么话，或者哪怕是同样的话语但换种方式，我可能都只会为我的失礼而道歉，然后果断走开，而我的生活可能也会大不一样。然而，他却在无意识之中正好击中了我的敏感点。我之所以天一亮就离开农舍，是为了躲避我的姨妈，而之所以想要躲避姨妈，是因为（诸多原因中最新的一个）昨晚我们大吵了一架，起因是一个无可争辩的事实，我的鞋子已经不够我的脚穿了，这是到达这里以来的三个月中的第二次。我姨妈个头小巧优雅但脾气暴躁，说话尖锐且为人机敏，很为自己娇小的手脚骄傲。她总让我感到自

---

[1] 指"underfoot"（足下）一词中的r字母的发音，二战以前在英式英语中将r发为大舌音的情况很常见。——译注

己是那么的笨拙粗野，而且还会没道理地为我的身高和相应的脚的尺寸而生气。更糟糕的是，在紧随其后的财务争端中，她得胜了。

那人无心的话语和完全蓄意而为的姿态如同一滴汽油，点燃了我郁积的怒火。我挺起胸膛，昂起下巴，一副为战斗而鼓劲的样子。我完全不知道自己在什么地方，也不知道此人是谁，是我站在他的领地上，还是他站在我的地盘上，他是不是危险的疯子，抑或逃亡的囚犯，或是庄园的地主，我都无所谓。我已怒火中烧。

"您还没回答我的问题呢，先生。"我紧咬问题不松口。

但他却无视我的怒气。更离谱的是，他似乎根本没意识到这一点。他看上去只是有点不耐烦，好像是希望我能走开一般。

"我在这里做什么，您是想问这个吗？"

"正是。"

"我在观察蜜蜂呢。"他干脆地回答道，接着将注意力转回到山坡上。

与他的言辞相比，这人举止中没有任何疯癫之处。然而，我还是将书本插进外套口袋，谨慎地留意着他，然后蹲下来——与他保持着安全的距离——研究起眼前花丛里的动静。

那里确实有蜜蜂，正忙碌地将花粉填进大腿上的蜜囊中，在花丛中钻进钻出。我观察着，本来还在想，这些蜂群并没有什么值得注意的地方嘛，接着我的目光却被刚飞来的一只有着独特记号的标本所吸引。它似乎是一只普通的蜜蜂，只不过背上有个小红点。多么奇怪——也许正是这个人一直在观察的内容？我看了一眼那怪人，这时他正心无旁骛地盯着空中，接着凑到更近的地方去观察蜜蜂，完全无视我的存在。我很快推断出，那个点并非自然现象，而是漆上去的，因为那里还有一只蜜蜂，它背上的点稍稍偏向一边，然后又是一只，接着出现了一件怪事：一只蜜蜂背上还点了个蓝色的点。正在我凝神看的时候，两只红点蜜蜂朝着西北方向飞走了。我仔细观察着那只点了蓝点和红点的蜜蜂，它往蜜囊中采集花蜜，然后朝东北方向飞走了。

我思考了一分钟后站起身，走到山顶，那里四散着母羊和羊羔，待看到山下的村子和河流时，我立即明白了自己的所在。我住的农场距离这里不到两英里。我为自己的疏忽大意而感伤地摇摇头，又多想了想这个人和他的红蓝点蜜蜂，接着走回山腰和他告别。他没有抬头，于是我只能对着他的后脑勺说话。

"我想提醒一句，如果您是打算另起一座蜂巢的话，最好是用蓝点，"我告诉他说，"你刚刚标上红点的蜜蜂可能是从沃纳先生的果园飞来的。蓝点的要远一些，不过几乎可以肯定是野蜂。"我从口袋里掏出书，正当我抬头想祝他一天顺利的时候，他朝我转过身来，脸上的表情让我一个字也说不出来——这么说并非恭维。正如作家们会描写，但现实生活中人们很少会做的那样，他惊讶得目瞪口呆，看上去有点像鱼。事实上，他张嘴结舌看着我的样子，就好似我又长了一个头出来那般。他慢慢站起身，过程中合上了嘴巴，但眼睛还是大睁着。

"您说什么？"

"请原谅，您是听力不太好吗？"我稍微加大音量，放慢语速，"我说，如果您想另起一座蜂巢，那就必须追随蓝点蜜蜂，因为红点的一定是汤姆·沃纳家里的。"

"我听力没问题，不过却容易受骗。您是怎么发现我的关注点的？"

"这不是显而易见吗？"我不耐烦地说，尽管当时我才那个年纪,但却已经知道,类似的事情对于大多数人来说并非显而易见,"我看到您的手帕上有颜料,手指擦过的地方还留有痕迹。给蜜蜂做记号,我能想到的唯一原因,就是想让某人能追随它们找到蜂巢。您要么是想收蜂蜜,要么是对蜜蜂本身感兴趣,而现在并非收获蜂蜜的季节。三个月前我们刚经历过一次罕见的严寒,很多蜂巢被毁。因此我推测您是在追踪这些蜜蜂,以便补充自家的蜂群。"

低头看着我的那张脸不再像鱼了。事实上,那脸与我曾见过的一只被俘获的老鹰有着惊人的相似性,目光带着一种疏离的威严,越过鼻梁向下俯视我这个不起眼的生物,深陷的灰色眼睛透出冷冷的蔑视。

"我的天哪,"他以一种伪装出的惊讶口气说道,"这东西也能思考。"

我的怒气原本在观察蜜蜂时已经消退一些了,但听到这漫不经心的侮辱又暴涨起来。这个叫人生气的瘦高个老头儿为什么如此想要激怒一个无害的陌生人呢?我又扬起下巴,不过有一部分原因是他比我高,也模仿着他的口气回应。

"我的天哪,这东西被撞到头的时候还能认得出对方是个人呢。"接着,我又说道,"回想起来,我在成长过程中,一直被教育,要相信老人都是很有礼貌的。"

我退后一步,想观看我的讽刺击中要害的情景,但当我与他正面相对时,我的思绪终于将他与我最近在漫长的康复疗养中听到和读到的传闻联系起来,我知道他的身份了,我被吓得不轻。

我得说一句,一直以来我都觉得华生医生所写的那些阿谀奉承的故事中,有一大部分都是出自他这位绅士低人一等的幻想。毫无疑问,他总是觉得读者也和他一样迟钝。不过,最令人光火的是,在这位传记作家的素材资料和胡说八道的背后，高耸着一位纯粹的天才人物，一位同辈中最伟大的人物。一个传奇。

而此刻的我被吓坏了：就在这里，我站在一个传奇的面前，冲他大放嘲笑之词，像一只害怕狗熊的小狗一般，冲着他的脚踝猬猬吠叫。我抑制住畏惧之情，用一种足以将自己拍飞的力量伪装出镇定的样子。

然而，令我惊愕和相当沮丧的是，他没有反击，却只是谦逊地笑笑，然后躬身拾起背包。我听到包里有颜料瓶发出隐隐的叮当声。他直起身，将旧式的帽子戴回花白的头上，用那双疲倦的眼睛看着我。

"小伙子，我——"

"小伙子！"这句话正中靶心。怒气横扫我的各条血脉，让我充满力量。诚然，我的装扮远远称不上艳丽；诚然，我穿的实际上是男装——但也不该被这样评价。抛开恐惧，抛开传奇人物，一只猬猬狂吠的小狗也会使出浑身解数，用只有年轻人才具有的彻底的蔑视心态发动攻击。一阵狂喜之中，我抓住了他交到我手中的武器，退后几步发起致命一击。"小伙子？"我重复道，"您倒确实是退休了，如果说您这个伟大的侦探脑中仅剩下这点判断力的话，真是好得不得了！"说完我抓住尺寸过大的帽子边缘，让金色长辫垂落到肩头。

他脸上闪过一连串表情，可谓对我的胜利的丰厚奖赏。先是完全出乎意料的神色，接着是败落的悔恨，接下来他回顾整个谈话过程的反应让我吃了一惊。他脸色放松下来，薄薄的嘴唇颤动着，灰色的眼睛不可思议地眯起来，最后他重又仰起头，大声发出喜悦的笑声。那是我第一次听到夏洛克·福尔摩斯的笑声，虽然这远远不是最后一次，但每次看到那张苦行者一般骄傲的脸庞舒展开来，露出无助的笑容，我总会感到吃惊。至少他发笑的原因总是只有他自己才知道，这一次也不例外。我则完全莫名其妙。

他用我之前看到的探出外套口袋的那条手帕擦擦眼睛,一抹淡淡的蓝色于是被涂到他瘦削的鼻梁上。接下来他看着我,第一次打量起我来。一分钟之后,他指指花丛。

"这么说,您对蜜蜂有一定的了解?"

"少之又少。"我承认。

"但是您对它们感兴趣?"他说。

"不。"

这次两侧眉头都皱起来了。

"那么,就请您告诉我,为什么会有如此肯定的意见呢?"

"根据我的了解,它们是没有思想的生物,不过是个让果树结果的工具。雌蜂包揽全部工作;雄蜂则……可以说,它们干的事很少;还有蜂后,它可能是蜂群中唯一有所作为的,被认为是,为了蜂巢着想,一辈子都活得像个产卵机器。还有,"我开始喜欢上这个话题了,继续说道,"如果出现对手,与它可能有一定相似之处的另一只蜂后,会发生什么呢?它们便会被迫——为了蜂巢的利益——战斗至死。蜜蜂是伟大的劳动者,毋庸置疑,但是每只蜜蜂一生能产出的蜂蜜还不足一甜点勺。几百几千小时的蜜蜂劳动会被定期偷走,被涂在吐司上,做成蜡烛,但每座蜂巢都会忍受,而非像其他任何有理性、有自尊的种族那样,宣战或罢工。在我看来,它们太像人类了。"

在我发表这段长篇大论期间,福尔摩斯先生一直坐在脚跟上,盯着一只蓝点蜜蜂。待我讲完,他一言未发,只是伸出一根修长纤细的手指,轻轻地碰了一下那毛茸茸的身体,完全没有引起那蜜蜂的注意。好几分钟的时间里,我们都没有说话,直至那只满载的蜜蜂飞走——朝东北方向,两英里开外的杂木林飞去了,我敢肯定。他看着蜜蜂消失,几乎像是自言自语般地说道:"是的,他们非常类似智人。或许这就是它们如此吸引我的原因所在。"

"我不知道在您看来,大部分的人类有多么聪明,但我认为这种分类是一种乐观主义的误称。"现在我回到熟悉的领域,有关于智力和观点,这一挚爱领域我已有数月未涉足了。其中有些观点就像是讨人厌的小孩,叫人听了毫不舒服,而且难以辩驳。让我高兴的是,他回应了。

"是指整体的人类呢,还是只指男人?"他一本正经提问的样子,让我怀疑他是否在嘲笑我。好吧,至少我已经教会了他,用词要准确。

"哦,不是。我虽是个女权主义者,但并不讨厌男人。总的说来,我是个不愿与人交往的人,我想您也是吧,先生。不过和您不同的是,我认为女性是人类中理性稍高的一半。"

他又笑了,比之前的爆笑温柔了一些,我意识到,这一次我是蓄意想得到这个结果。

"这位年轻的女士,"他加重了最后一个词的语气,微微带着讽刺,"您在一天之内将我逗笑了两次,在一段时间里,这比其他任何人都要多。我倒没有什么乐趣能回报,不过若是您愿意送我回家,那我至少能为您倒杯茶。"

"乐意之至,福尔摩斯先生。"

"哎呀,您占了上风。显然您知道我的名字,虽然没有礼品可送,但我请求您能介绍一下自己。"鉴于我们两个正灰头土脸地站在一处荒芜的山腰上面面相觑,他措辞中的正式口吻就显得有些滑稽了。

"我叫玛丽·罗素。"我伸出手,他也伸出自己枯瘦的手。我们握了握手,好似达成了一项和平协定,而我想确实是达成了。

"玛丽,"他哑摸般地念着。他用的是爱尔兰式的发音,嘴巴爱抚般地将第一个音节发得长长的,"对于像您这样消极的人来说,是个很贴切的正统名字。"

"我的名字像是取自抹大拉的玛丽亚,而非圣母玛利亚。"

"啊,那就能说通了。我们出发吧,罗素小姐?我的管家应该能为我们备些茶点。"

那是一次令人愉快的漫步,差不多走了四英里,要穿越丘陵地带。我们谈到了各种各样的话题,不过都与养蜂业有一定的关系。在一座小山顶上,他疯狂地打着手势,将蜂巢的管理同马基雅维利式的管理理论进行比较,吓得母牛都"哞哞"叫着跑开了。在一条溪流的中央,他停下脚步阐释自己的理论,将蜂巢的分蜂与战争产生的经济根源相提并论,并援引德国入侵法国和英国人发自本能的爱国思想为例。接下来的一英里中,只听到我们的靴子吱嘎作响。在一座小山顶上,他的这番慷慨陈词达到了顶峰,下山时他的速度如此之快,以至于就像是某种拍打着翅膀振翅欲飞的大家伙。

他停下脚步寻找我的踪迹,看见我步伐僵硬,难以跟上,这么说既包括字面意思,也有比喻意义,于是便放慢了速度。看起来,他的这番奇想确实有着充分而实际的根据,事实证明,他甚至还写了一本有关养蜂技术的书,题为《养蜂文化实用手册》。图书大受好评,他言辞间充满自豪(而这个人,我记得他曾恭敬地拒绝了前任女王所授予的爵士荣誉),尤其说到他那项颇具实验精神、却极为成功的创举时,他将自己命名为"皇家蜂房"的蜂巢内部进行了分隔,由此引出了图书那极具煽动性的副标题:《兼论隔离蜂后的研究》。

我们一路走,他一路说,在阳光下,听着他那有时让人费解的宽慰性独白,我开始感到体内某些坚硬紧绷的东西稍稍松动了,一种我原以为早已杀死的、对于生的渴望,第一次开始犹犹豫豫地萌动起来。待到达他的农舍时,我们就像认识了一辈子那么久。

开始崭露头角的还有其他一些渴望，而且越来越强烈。最近几个月以来，我已经教导过自己要漠视饥饿，但作为一个健康的年轻人，在户外走了漫长的一天，却从早起开始只吃过一个三明治，因此很容易发现除了食物以外，注意力在其他任何东西上都难以集中。我祈祷着那份茶点分量会大一些，同时也在想，如果这个东西没有立即呈上，我该怎样提醒呢？待我们到了他家，管家亲自来到门口迎接，那一刻我简直忘了当务之急。不为别的，正是因为一直忍受折磨的哈德森太太，长期以来我一直认为她是华生医生的故事中最被低估的人物。而这正是男人愚笨的另一个证明，不放在俗艳的黄金背景下，他们就认不出那是珍宝。

亲爱的哈德森太太往后将会成为我非常亲密的一个朋友。在我们第一次见面时，她一如往常的泰然自若。她立刻就发现了她的雇主未发现的事实，即我已经饥饿难耐，于是就行动起来，腾空她所储藏的食物，来喂饱一个劲头十足的好胃口。当她呈上一盘又一盘的面包、奶酪、开胃小菜和蛋糕时，福尔摩斯先生连连抗议，但当我每种食物都拿起来大口吞咽时，他只是亲切地看着。我很感激他没有对我的胃口大加评论，让我感到尴尬，我姨妈就经常那么做。恰恰相反，他也努力地追赶着我的进食速度。当我端起第三杯茶坐稳时，我体内的那个人感到了许多个星期以来都不曾体会过的满足，而且福尔摩斯先生又很有礼貌，哈德森太太心满意足地收走了食物残渣。

"非常感谢您，太太。"我对她说。

"我喜欢看到有人欣赏我的厨艺，我说的是真话哦。"她并不看福尔摩斯先生，"我很少有机会忙碌，除非是华生医生要来。这个人呢，"她歪歪头，示意坐在我对面的那人，后者已经从外套口袋掏出了一个烟斗,"他的饭量都足够饿死猫的了。完全不体谅我,他完全不体谅我。"

"哎呀,哈德森太太,"他虽是抗议,但语气温柔,就像在古老的辩论会上一样,"我的饭量一向如此;倒是你,每次做饭都像养十口人的大家庭。"

"足够饿死猫的了,"她又坚定地重复一遍,"不过您今天倒是吃了些东西,我看着很高兴。您要是忙完了,威尔说在离开前还有话要和您说,说是关于远处树篱的什么事。"

"我一点都不想管远处的树篱,"他抱怨道,"我花大价钱雇他,就是要他来帮我操心树篱、墙壁和别的事情的。"

"他有话要和您说。"她又说了一遍。我注意到,她似乎喜欢用坚定的语气重复念叨,由此来与他交涉。

"哦,真是奇了怪了!我为什么会离开伦敦?我就应该把蜂巢放在社区农圃,待在贝克街。书架上有书,您请自便,罗素小姐。我很快就回来。"他拿起烟斗和火柴大步走了出去,哈德森太太转转眼珠回了厨房,安静的房间里只剩下我一个人。

夏洛克·福尔摩斯的这座宅子是一处典型的苏塞克斯经典样式的农舍,用燧石砌墙,屋顶铺着红瓦。这间主屋位于一楼,从前隔成两间,现在则改成一方形大房间,在一端建有一座巨大的石头壁炉,高高的横梁是暗色的,铺的是橡木地板,厨房门口则换成了板岩,南墙上开有一扇大得惊人的窗户,能看到外面丘陵起伏着延伸到海边。壁炉旁围着一只沙发、两把高背椅和一把磨损的柳条椅,阳光充足的南飘窗旁则放着一张圆桌和四把椅子(我就坐在那里),在西墙的那扇菱形窗格的含铅玻璃窗下,有一张堆满文件和物品的办公桌——真是一个有着诸多用途的房间——墙边摆满了书架和橱柜。

但今天比起他的书，我对招待我的主人更感兴趣，我好奇地浏览着书名（《歌德思想》和《18世纪意大利激情犯罪》之间插着《婆罗洲的血吸虫》），脑海中想的却都是他，并无意借书。我绕着房间转了一圈（烟丝仍然放在壁炉旁的波斯拖鞋中，看到这里我笑了；在一张桌子上，放着一个印有"西班牙柠檬"字样的小板条箱，里面放着几支拆散的左轮手枪；在另一张桌子上放着三块几乎一模一样的怀表，摆放角度完全一致，链条和表盘平行展开，旁边放着一块倍数很大的放大镜、一套卡尺、一张纸和写满数字的便签本），最后来到他的桌前。

我还没来得及仔细查看他整洁的字迹，门口就传来他的声音，我被吓了一跳。

"我们要不要去外面的露台上坐坐？"

我迅速放下手中的纸页，上面写的似乎是一篇谈话，内容有关七种石膏配方及其在记录不同土壤上的轮胎印时的相关效力，并且认同其用在花园中将会令人愉快。我们端起茶杯，但是在跟随他穿过房间走向法式大门时，我的注意力却被房间南墙上的一个古怪物件吸引了：是一个高高的箱子，宽只有几英寸，高度却有将近三英尺，向房间内伸出足有十八英寸厚。看起来似乎是一个结实的木块，但停下来检查一番，我就发现其两边都是可滑动的板条。

"这是我用来观察的蜂箱。"福尔摩斯先生说。

"有蜜蜂？"我惊呼，"养在室内？"

他没有回答，而是伸手滑开一块侧板，展露出来的是一个完美的蜂巢，细细的，正面装的是玻璃。我蹲在它面前，看得入了迷。里面的蜂巢很厚，中段呈交叉状，两端逐渐收细，像是盖着一条橘黑两色的厚毯子。整个看起来涌动着活力，不过单看每只蜜蜂却似乎只是在毫无目的地乱转。

我凑过去观看,想弄清楚它们看似无目的的移动是为了什么。蜂巢底部有一根管子,满载花粉的蜜蜂从那里进来,剥除了花粉的则从那里出去;蜂巢顶端有另外一根稍小的管子,布满凝结的液体,我判断是用来通风的。

"您看见蜂后了吗?"福尔摩斯先生问。

"她在里面吗?让我看看能不能找到她。"我知道蜂后是蜂群中体量最大的,无论去哪儿身边都跟着一群奉承讨好的随从,不过令人难堪的是,我还是花了相当长一段时间才从她的两百多子女中将她找到。我想不通她为什么没有立刻现身。她的体量是其他同伴的两倍,且目的愚蠢,令人愤怒,她看起来就像是蜂群中的异类生物。我向它们的主人提了几个问题——它们排斥光线吗,里面蜜蜂的数量也和大些的蜂巢一样稳定吗——这时他却给这活着的图画滑上了盖子,带我走到室外。我这时才迟钝地想起,我对蜜蜂是不感兴趣的。

在法式大门外面有一片宽阔的石板平台,用来挡风的是一个建在厨房墙外的玻璃暖房,以及一面弯曲着将其余两面也环绕起来的旧石墙,边沿长满了青草。平台汇聚了热量,那里的空气似乎都在舞动。看到他继续前行,走到一组看起来很舒服的木头椅子处,我松了一口气,那里位于一片巨大的紫叶山毛榉树荫下。我挑了一把能眺望海峡的椅子。在我们脚下的山谷里有一小片果园,树林间排列着整洁的蜂箱,蜜蜂们在边缘地带早开的花朵上忙碌。一只鸟在唱歌。从石墙的那边传来两个男人的声音,然后又远去了。依稀能听到厨房里碗碟碰撞的声音。海平面上出现了一只小渔船,慢慢地向我们驶来。

我突然反应过来,意识到忽视了做客时所负有的谈话职责。我把已经凉了的茶从椅子扶手上拿到桌上,然后朝主人转过身。

"这些是您打理的吗?"我指着花园问。

他讽刺般地微微笑了笑,不知是因为我声音中的疑问语气,还是因为驱使我打破沉默的社交冲动,我分辨不出。

"不是,是哈德森太太和老威尔·汤普森合作打理的,后者以前曾在庄园当过园丁长。初到这里时,我对园艺产生了兴趣,但是我的工作经常会一连耽误我好几天。等有时间再去花园,发现整片苗圃都干死了,要么就是荆棘丛生。不过哈德森太太倒是乐在其中,这让她有其他事情可做,不用只纠缠着我吃她调制的食物。我觉得里面很怡人,可以坐下来想事情。还能养活我的蜜蜂——大多数花朵是根据产蜜的质量挑选的。"

"真的是个非常怡人的地方。让我想起小时候,我们也有过一个花园。"

"跟我讲讲您自己吧,罗素小姐。"

我开始义务性地回答他,先是有些犹豫,然后不情不愿地做起了单调的自我介绍,不过他的姿态中稍稍流露出一种礼貌的漫不经心,这打断了我的介绍。之后,我发现自己对他咧嘴一笑。

"为什么不能请您分析分析我呢,福尔摩斯先生?"

"啊哈,给我的挑战是吗?"他眼中闪过一丝感兴趣的神色。

"没错。"

"非常好,不过有两个条件。首先,如果我这个上了年纪、使用过度的脑子转得迟缓艰难,您得原谅我,因为这些曾一度让我赖以生存的思维模式已成习惯,而且由于没能连续使用,已经锈迹斑斑。我在这里每天就是和哈德森太太一起过活,威尔又是块糟糕的磨刀石,不适合敏捷的思维。"

"我完全不相信您的大脑会疏于使用,不过我接受这条件。那另一条呢？"

"等我分析完您的情况，您也得同样分析分析我。"

"哦，好啊。我会试一试，即便让您见笑也行。"也许归根结底还是怪我没能逃脱他的伶牙俐齿。

"好的。"他将两只干瘦的手放在一起揉搓，我好似被一位昆虫学家探索的目光定住了，"我看到在我面前的是一位名叫玛丽·罗素的女士，这个名字来自她的曾祖母。"

我惊讶了片刻，接着抬起手指摸了摸古董盒式吊坠，上面刻着 MMR 的字样，已经从我衬衫的扣子之间溜了出来。我点点头。

"她的年纪，让我看看，是十六岁？十五岁吧，我想？是了，芳龄十五，虽然还很年轻，而且没有上学，却打算去参加大学入学考试。"我摸摸口袋里的书本，赞许地点点头。"她显然是个左撇子，她的父母中有一位是犹太人——母亲吧，我想？是的，绝对是母亲——而且她会希伯来语读写。目前她比自己的美国人父亲要矮四英寸——穿的是他的套装吧？目前为止还正确吗？"他得意地问。

我费劲地思考着。"希伯来语？"我问。

"你手指上有墨水渍，只能是从右往左书写留下的。"

"当然。"我看看左手拇指指甲上的污迹，"真是让人大开眼界。"

他挥挥手。"室内游戏。不过口音倒是不无有趣之处。"他再次看向我，接着往后靠去，手肘搭在扶手上，双手的手指拢成尖塔形，轻轻地在嘴唇上放了片刻，接着便闭上眼睛说话了。

"口音。她是最近从父亲位于美国西部的老家来这里的，最有可能来自加利福尼亚州北部。她母亲是伦敦东区犹太人的后代，罗素小姐本人则成长在伦敦西北郊。去年，哦，是前年,她搬去了,正如我刚才说的,加利福尼亚。请说一遍'殉道者'这个词。"我照做了,"是了,前年。从搬去之后到12月之前的某个时间,双亲亡故,很有可能是在去年9月或10月发生了一场事故,罗素小姐也卷入其中,这场事故在她的喉咙、头皮和右手上留下了疤痕组织,那只手现在还很无力,左膝也稍稍有些僵硬。"

这场游戏突然之间变得不再有趣。我呆坐着,听着他冷峻、干硬的声音讲述,我的心脏停止了跳动。

"康复之后,她被送回母亲的娘家,跟一个吝啬无情的亲戚过活,那人甚至不能满足她的饮食需求。最后这点,"他补充说道,"我承认大部分是推测的,主要用来解释她为什么骨骼发育良好,面色却欠佳,还有她为什么会在一个陌生人的桌边用餐,而且如果她严格遵守她一看即知的良好教养的话,她吃得稍稍多了一些。我很乐意给出一个替代性解释。"他说着睁开眼睛,看着我的脸。

"哦,天啊。"他的声音中夹杂着同情与激愤,显得很奇怪,"我的这种习惯已经受过警告了。我得为我给您造成的苦恼道歉。"

我摇摇头,拿起茶杯里剩下的凉茶,哽住的喉咙很难说出话来。

福尔摩斯先生起身进了屋子,我听到他在那里不知道和管家说了几句什么,然后转身回来,手里拿着两个精致的玻璃杯和一瓶打开的淡得看不出颜色的葡萄酒。他倒了两杯酒,递给我一杯,我能辨别出是蜂蜜葡萄酒——当然是他自酿的。他坐下来,我们都小口喝起香甜的葡萄酒。几分钟后,哽住的喉咙清空了,我又听到鸟儿的鸣叫。我深吸一口气,看了他一眼。

"要是在两百年前,你可能就被烧死了。"我试着冷幽默一把，但完全没奏效。

"以前就有人跟我说过这话，"他说道，"不过我也说不好自己什么时候喜欢过巫师的角色，围着占卜罐又笑又叫的。"

"其实《利未记》中号召不要行火刑，对于那些与亡灵讲话的男女——iōb，即亡魂巫师或称灵媒——或是yidōni，要行石刑，后面的那个词来自动词'了解'，指的是通过耶和华以色列的神以外的方式获取知识和力量的人，呃，好吧，就是男巫师。"我慢慢降低了声音，因为我意识到，他看我的眼神里有一种恐惧，一般是在火车包厢里用来看讲话晦涩的陌生人的，或是保留给有着无限热情讨厌地叨咕不停的熟人的。我说这番话是无意识回应，由我们谈话中的一个神学知识点引起。我轻轻笑一笑让他安心。他清了清嗓子。

"呃，我能说完最后一点吗？"他问。

"您随意。"我慌忙说。

"这位年轻女士的父母相对比较富有，他们的女儿继承了遗产，再加上她那令人生畏的智慧，这使得她那位吝啬的亲戚很难让她乖乖就范。因此，她才会在一个女伴都没有的情况下在丘陵地带漫步，而且过了这么久都仍未回家。"

他的话似乎说完了，于是我归拢乱七八糟的思绪。

"您说得非常正确，福尔摩斯先生。我确实有遗产继承权，而且我姨妈确实认为我的行为有违她的淑女观念。因为她掌管着食品室的钥匙，试图用食物来收买我的顺从，所以我有时候会吃不饱。然而，您的推理中有处小的疏失。"

"噢？"

"首先，我来苏塞克斯不是投奔我姨妈。房子和农场都属于我母亲。小的时候，我们曾在这里消夏——那是我人生中最快乐的一些时光——在我被送回英格兰的时候，作为接受她作为我监护人的条件，我要求住在这里。她没有房子，所以不情不愿地答应了。虽然接下来的六年,她仍掌管财政大权,但严格说来,是她与我同住,而非我与她同住。"换作别人可能不会发现我语气中的憎恶,但是他不同,"其次,我一直在小心地判断必须离开的时间,以便赶在天黑前到家,所以实际上是不存在迟迟不归这种情况的。我马上就必须离开了,因为再过两个小时多一点天就要黑了,而我家从我们遇见的地方要再往北走两英里。"

"罗素小姐,我们意见相同,您不用着急,"他平静地说,让我将之前的话题搁在一边,"我们有个邻居,会用提供他所坚称的出租车服务的形式,来减退自己对汽车的热情。哈德森太太已经去找他了,安排他驾车送您回家。您可以再休息一个小时零一刻钟,等他来了,就可以载着您迅速离开,回到亲爱的姨母的怀抱。"

我狼狈地低下头。"福尔摩斯先生,恐怕我的零花钱不够支付这样的奢侈。其实,那本维吉尔的书已经花光了我这个星期的所有零花钱。"

"罗素小姐,我倒是有可观的资金,用钱之处却少之又少。请允许我满足一下自己的心血来潮。"

"不,我不能那样做。"

他看着我的脸,做了让步。

"那好吧,我建议各退一步。这一次,以及往后再有此类花销,都由我先付款,不过是作为借贷。我想,您未来继承的遗产足以还清累积的这笔钱?"

"啊,对。"我笑了,清晰回想起当时在律师事务所的情景,姨妈因为贪婪,连眼神都变暗了,"完全没问题。"

他用锐利的目光瞥了我一眼,迟疑片刻,稍带谨慎地说道:"罗素小姐,请原谅我的唐突,但我对于人类本性往往持悲观态度。我可否询问一下有关您所继承的遗嘱……"作为一个善于读心之人，总是能牢牢抓住生活的本质，我冷笑了一下。

"如果我死了，我姨妈只能拿到一年的钱，比她现在得到的多不了多少。"

他看起来松了口气。"明白了。那么来谈谈借贷的事吧。如果您坚持穿着这样的鞋步行这么远的距离回家，脚可就要受折磨了。所以至少今天，坐出租车回去吧。如果您同意，我甚至可以为此收您利息。"

他最后那个挖苦般的提议中有一种奇怪的论调，若是换作其他自信心没那么强的人来说，可能就会像是在恳求。我们坐在那里互相研究，寂静的花园里已是黄昏气象，我突然间想到，他可能已经将我这只吠叫不止的狗当作一位吸引人的伙伴了。我甚至第一次在他脸上看出了感情的色彩，上帝知道，找到像他那样迅速而有条不紊的一个大脑，由此所引发的喜悦已经开始在我心里唱起歌来。我们结成了古怪的一对，一个是戴着眼镜、动作笨拙的女孩，一个是擅长讽刺的高个子隐士，因着过人才华的赐福或者说诅咒，而将所有人隔绝在外，最持之以恒的人除外。我从未想过，以后可能不会再来这宅子做客。我的发言，我的意识都将他这种隐晦的提议当作友谊的证明。

"每天要花三四个小时漫游，剩下做其他事情的时间确实就很少了。我同意接受您提出的借贷。那么哈德森太太会作好记录吗？"

"她对数字是非常谨慎的，不像我。来，我们再喝一杯，然后跟夏洛克·福尔摩斯聊聊他自己。"

"这么说，您对我的分析已经结束了？"

"除了一些显而易见的事情，例如鞋子、在不充足的光线下阅读到很晚之外，您的坏习惯很少，虽然您父亲抽烟，而且和绝大多数美国人不同的是,他在穿着上偏爱质量胜过时尚——除开这些显而易见的事情吧,我现在想先休息一下。该轮到您了。不过提醒您一下,我想听您的分析,而不是从我热心朋友华生的作品中摘录的片段。"

"我会试着避免借用他的敏锐观察,"我淡淡地说道,"尽管我不得不怀疑,是否用故事来书写您的传记,就不会变成一把双刃剑。其中的插图毫无疑问是具有欺骗性的,它们让您看起来老了许多。我虽不擅长猜测年纪,但是您看上去不会超过,多少来着?五十岁,太多。啊,抱歉了。有的人不喜欢谈论自己的年纪。"

"我今年五十四岁。柯南·道尔和他在《海滨》杂志社的同伴们认为,可以通过夸大我年纪的方式来提高我的尊贵气质。年轻人无法让人信服,无论在现实生活中,还是在故事中都一样,这是我开始在贝克街居住时,让我感到烦恼的一个发现。那时我还不到二十一岁,一开始接到的案子非常之少。顺便说一下,我希望你不要养成猜测的习惯。猜测是由于懒惰而造成的一个恶习,永远不能和直觉混为一谈。"

"我会记住这一点的。"我说着端起酒杯喝了一口,同时也回想着刚才在房间里观察到的情景。我小心翼翼地组织着语言。"首先,您的出身相当富裕,不过与父母的关系算不上完全融洽。时至今日,您仍然会疑惑其原因,而且试着想认真对待这一部分的过去。"看到他皱起眉头,我解释道,"所以您会把一张抚摸过多次的正式家庭照放在椅子旁的架子上,还拿书本稍稍遮挡,以免被其他人看见,而非光明正大地将其挂在墙上,然后抛之脑后。"啊,看到他脸上有欣赏的表情舒展开,听到他小声咕哝着"非常好,确实说得非常好",叫人感觉多么开心啊。感觉就像回到家中一般亲切。

"我还可以说,这就解释了为什么您从不和华生医生谈论童年,像他那样表里如此一致,出身于那样一个正常家庭的人,毫无疑问会难以理解天赋所带来的特别负担。然而,那样就又是在使用他的说法了,更确切地说,是说法有所欠缺,所以不能作数。为了不显得过于窥探隐私,我要冒险说一句,这一点也导致您在很早就决定远离女人。我怀疑像您这样的人可能会认为,几乎不可能与一个女人建立起一种除了完全包容以外的关系,一种将您生活所有方面全部协调在一起的关系,不同于您和华生医生之间的不平等且稍显怪诞的伙伴关系。"此时他脸上的表情变得难以形容,徘徊在忍俊不禁和受到冒犯之间,又带着点愤怒和气恼,最后定格为嘲弄。我感到他之前无意间对我造成的伤害已经大为缓解,于是继续说了下去。

"然而,正如我所说过的,我无意于唐突侵犯您的隐私。回顾过去是必不可少的,因为它影响了现在。您来这里,是为了摆脱那种讨人厌的氛围,周围尽是智力低人一等的家伙,他们永远也无法理解,因为他们的思维方式生来就不是这样。十二年前,您就引人注目地早早退了休,显然是为了研究蜜蜂的尽善尽美以及统一形式,为了完成您自己的侦探巨著。我从您办公桌旁的书架上看到,目前您已经完成了七卷,根据成书下面那一盒盒笔记推断,至少还有同等数量待写。"他点点头,为我们两人又倒了更多的酒。瓶子几乎已经空了。

"不过,至于您和华生医生的关系,可推演的就很少了。举例来说吧,我很难推断您会放弃自己的化学实验,您手腕的状态表明您最近实验做得很频繁——那些酸性灼伤都还很新,尚未被水所感染。您戒了烟,指甲可以证明,不过显然您还经常吸烟斗,指尖上的老茧说明您一直在练习小提琴。您似乎对蜜蜂的蜇伤并不关心,与对财政和园艺的态度相同,因为您的皮肤上留有新旧蜇伤印记,而身体的柔韧度说明,用蜜蜂蜇伤来治疗风湿病的理念是有一定正确性的。或者是对关节炎？"

"我得的是风湿病。"

"此外，我认为您有可能并未完全放弃过去的生活，或者说是过去的生活未完全放弃您。我看到您下巴上隐隐约约有一块皮肤发白，说明去年夏天您留了一段时间的山羊胡，后来剃掉了。日照量还不够，未能完全消去当时的线条。因为您并不是常常留络腮胡，就我看来，那种胡子会让您看起来不开心，由此我推断，蓄胡子是为了伪装，那个角色持续了几个月时间。或许是与战争的早期阶段有关。为了暗中监视德国皇帝，容我斗胆说一句。"

他变得面无表情，不露声色地研究了我好几分钟。我强挤出一个难为情的微笑。最后他发话了。

"我问过你了，是不是？您熟悉西格蒙德·弗洛伊德博士的作品吗？"

"熟悉。不过我认为，他后辈的作品似乎帮助更大。弗洛伊德过于沉迷特殊行为：这对于您所从事的行业可能会有帮助，但对一个普通人来说，用处则有所逊色。"

花圃里突然一阵骚动。两只橙色的猫咪冲了出来，沿着草坪你追我赶地钻过花园围墙上一个缺口消失了。他的眼睛追随着猫咪，然后在夕阳的光芒中眯了起来。

"二十年前，"他小声说道，"哪怕是十年前都不行。但在此地？此时？"他摇摇头，注意力再次聚集在我身上，"您进了大学会学习什么？"

我笑了。完全是不由自主。我知道他会怎样反应，于是我便微笑着，期待他惊慌失措的样子。

"神学。"

他的反应正如我料想的那般剧烈，但是如果说我能对生活中的什么事情感到肯定的话,那就是这种场面了。我们步行穿过薄暮到达悬崖,我凝视大海的时候,他一直在做着思想斗争。待我们返回时,他已经笃定,这个学科与其他学科相比差不到哪里去,不过他认为学这个是浪费时间,并且也表达了观点。我未做回应。

不久汽车就来了,哈德森太太出门去付钱。福尔摩斯解释了我们达成的协议,哈德森太太虽感到好笑,但还是承诺会记录下来。

"我今晚有个实验要做,所以您必须原谅我不能送行了。"他说道。不过几次拜访后我就明白了,他是讨厌说告别的话。我伸出手,但他并没有像以前那般握手,而是将之举到嘴唇边,这时我几乎想使劲抽回来。但他抓得紧紧的,用冰凉的嘴唇吻了一下才放开。

"只要您乐意,任何时间都可以来看我们。顺便说一下,我们有电话。不过要找哈德森太太传话;好女士们有时会假装冷淡来保护我,不过她们一般都乐意通过哈德森太太传话。"他点点头准备转身,却被我拦住了。

"福尔摩斯先生,"我说着,感到自己脸红了,"我能问您一个问题吗?"

"当然,罗素小姐。"

"《恐怖谷》的结局是什么?"我脱口而出。

"什么的结局?"他听起来很吃惊的样子。

"《恐怖谷》,发表在《海滨》杂志上的。我讨厌连载,故事下个月才结束,不过我想着您能否告诉我,哎呀,故事结局是怎样的。"

"我猜,这也是华生故事中的一个?"

"当然。这个案子里有伯尔斯通、斯考莱一家、约翰·麦克默多、莫里亚蒂教授和——"

"对,我相信我可以分辨出这个案子,不过我总是会怀疑,既然柯南·道尔这么喜欢用化名,那他为什么就不能给华生和我也换上假名。"

"那结局是什么?"

"我一点概念都没有。您可能必须去问华生。"

"可是您一定知道案子是怎么结束的吧?"我惊讶地说。

"案子我当然知道。但是华生把它写成了什么样,我却不能猜测,只是其中必然会有流血、激情和秘密交易。哦,还有某种爱情趣味。这就是我的推断,罗素小姐;华生会改编。日安。"他转身走回村舍。

哈德森太太一直站在那里听我们的对话,不过她没有发言,而是往我手中塞了一个包裹,说是"为回程准备的点心",尽管就其重量来说,哪怕我在腹中找到了空地,在乘车途中也肯定吃不完。然而,如果能躲过姨妈的视线,这可是对我口粮的很好补充。我由衷地谢了她。

"多谢你来这里,孩子,"她说道,"我有好几个月没见到他有这个劲头了。请尽快再来。"

我答应着上了车。司机驾着车行驶在一条石子路上。就这样,我和夏洛克·福尔摩斯先生漫长的合作生涯开始了。

我认为有必要打断我的叙述,插叙几句,说说一个我之前想完全省略的人。因为我觉得,如果让她完全缺席,那由此所营造出的真空对她反而是一种过度的强调。

在将近七年的时间里,从我父母被杀害,直至我二十一岁生日为止,她都住在我的房子里,用着我的钱,管理我的生活,限制我的自由,并且尽最大努力控制我。其间我有两次不得不向我父母财产的执行者上诉,而且两次我都获得了胜利,这引得她怀恨在心。我不知道她具体从我手中弄走了多少属于我父母的钱,但我知道她离开我后在伦敦买了一栋房子,而在到我家之前,她几乎身无分文。我让她知道,我把这作为对她服务多年的报酬,然后随她去了。多年之后,我没有参加她的葬礼,并安排把那栋房子留给了一位贫穷的表亲。

在她与我同住期间,我大多数时候都不去理会她,这让她更加愤怒。我认为,她有足够的天赋,能够发现他人身上了不起的地方,但她并不因此而大度地感到高兴,相反她会试着把比她优秀的人拉到与她同样的高度。她是一个性格扭曲的人,实在是非常可悲,但是我对她的同情之心已经被她的行为所抵消。因此,我会继续漠视她,只要有可能,我都会将她排除在我的考虑之外。这就是我的复仇。

只有同福尔摩斯开始交往后,她的干扰才令我困惑。在随后的几周里,很明显我是发现了某些让我很看重的东西,而在她看来情况就更加糟糕,因为这为我提供了一种能摆脱她的生活和自由。我自由地使用着我与哈德森太太的借贷特权,到成年之前我已累积了相当大一笔债务。(顺便说一下,我在律师事务所的第一项行动就是开了一张支票,面额包括我欠福尔摩斯家的数量,再加上给哈德森太太的百分之五的利息。我不知道她是捐赠给了慈善机构,还是给了园丁,总之她最后是收下了。)

我姨妈抗议我去福尔摩斯家消磨时间的主要武器是,威胁要在社区里引发流言蜚语,我不得不承认,这样确实会造成不便。这种情况每年发生一次,含蓄的威胁会变成公然叫嚣,直至最终我不得不反击,一般是以威胁或贿赂的方式。有一次我被迫请福尔摩斯制造了一份证据,证明他虽然据称已经退休了十多年,但仍享有很高的赞誉,以免有任何公务人员听信了她的谣言。这封证明信寄到了她手中,尤其是看到寄信的地址后,她沉默了十八个月。整个斗争在我打算陪同福尔摩斯前往欧洲大陆六周的时候达到了高潮。她原本极有可能取胜,即便不能阻碍我动身,至少也会让我耽搁,产生不便。然而,在那个时候,我已经追踪到了她的银行账户,因此在二十一岁生日之前,我再未受到她的刁难。

关于我母亲唯一的这位姐妹就说这么多了。我会把她留在这里,随她怎么沮丧也不会再提她的名字,希望她不会再干扰我的讲述。

二　男巫师的门徒

　　一个人来了这里，到了那蜂群之中，了解到全能自然的当务之急……以及那热切而无私的工作；还了解到另一个教训……去享受那些完美无缺岁月里难以用语言形容的乐趣，那些日子以它们自身为中心，在无垠的田野里旋转，仅仅形成一个透明的球体，如同不含杂质的幸福记忆一般虚空。

　　在我十五岁生日的三个月之后，夏洛克·福尔摩斯进入了我的生活，成为我最重要的朋友、导师、替代性父亲，最后还成了知己。每个星期，我都至少在他家待一天，当我开始帮他做一些实验或项目后，经常还会一连待上三四天。回想起来，我得承认，即便是和父母在一起度过的岁月，我也从未像那样快乐过；即便是和父亲在一起，他曾是最聪明的人，我也从未感受过如此融洽的相处，如此默契的配合。到第二次见面时，我们就放弃了"先生"和"小姐"的称谓。过了一些年头后，我们到了能帮对方结束发言的程度，甚至能回答出未提出的问题——但是我有时操之过急。

　　在春天刚来的那些日子里，我就像某种被洒上水和温暖的热带植物种子，开了花，我的身体得到哈德森太太的照料，精神则受到这个古怪男人的关怀。他放弃了在伦敦追逐生活的刺激，来到最幽静的乡村住宅养蜂、写书，或许还有遇见我。我不知道，是什么样的命运将我们放在了距离彼此不到十英里的地方。但我知道,在我所有的旅途中,还从未遇见一个像福尔摩斯一样的人。他说,他也从没遇到过像我这样的人。如果我没有找到他,如果我没有对姨妈的权威做出抗争,那么我可能很容易就变得和她一样性格扭曲了。我也相当确信,我对于福尔摩斯的影响也并非无足轻重。他当时正处于停滞不前的状态——是的,即便是他——原本有可能会感到倦怠,或者服用麻醉剂导致早逝。我的出现,我的——我要说的是——我的爱,从我们相识的第一天开始,就给予了他生活的目标。

如果说福尔摩斯不知不觉进入了从前由我父亲所占据的神龛,那么我想人们会说,亲爱的哈德森太太就成了我的新母亲。当然,倒不是说除了促成长期友谊的最严格的管家雇主关系之外,这二位之间还有任何其他关系。然而,她就是一位母亲,而我于她而言就是女儿。她有个儿子在澳大利亚,每个月都会尽职尽责地写信回来,但我是她唯一的女儿。她把我喂养得直至骨架填满(我从没有变得丰满性感,但身材却是20年代相当时尚的类型),认识她的第一年里,我又长了两英寸,第二年长了一英寸半,身高达到了六英尺差一英寸。我最终适应了自己的身高,多年来动作却一直笨拙得令人难以置信,装饰品对我来说可谓真正的危险品。直到我离开那里前往牛津,上了福尔摩斯安排的东方式身体防御课(完全不具淑女风范:一开始只有老师愿意与我搭档),四肢才开始受控。不用说,哈德森太太会更青睐芭蕾课程。

有哈德森太太在那座房子里,使得我可以去访问居住其中的那位隐居者,不过她的作用远远不止于点头允许我进门。我跟着她学会了园艺、缝扣子、煮一顿简单的饭。她还教我认识到,女人味与智慧未必不能兼得。也是她,而非我姨妈,教会了我女性身体的基本知识(用的是语言,而不是我先前依赖的解剖学教材，那书多是掩盖和混淆，而非澄清）。也是她带我去伦敦找裁缝和美发师，以至于当我十八岁生日那天从牛津回到家时，外表的变化几乎令福尔摩斯中风。我非常高兴那一次有华生医生在场。假使因为我的盛装打扮而吓死了福尔摩斯的话，那我一定在那个学期结束之前就把自己扔给伊希斯[1]了。

那次事件让我认识了华生，一个总是咕咕叨叨的可爱男子，我管他叫约翰叔叔，这让他高兴极了。我原本已做好了十足的准备，是要讨厌他的。怎么会有人同福尔摩斯共事这么久，却长进如此之少呢？我想不明白。一个看上去很聪明的人怎么总是抓不住要点呢？他怎么能如此愚蠢呢？我十几岁的脑袋里对他充满抱怨。最糟糕的是，他表现得好像福尔摩斯，我的福尔摩斯是出于一两个目的才把他留在身边的：携带左轮手枪（尽管福尔摩斯本人就是个神枪手）；或是愚蠢行动，以通过对比，让这位侦探显得更加聪明。福尔摩斯是怎么看这个丑角的呢？哦，是的，我已经准备好憎恶他了，要用我刻薄的语言来摧毁他。只不过事情没有像那样发展。

9月初的一天，我未经通知就到了福尔摩斯家。秋季里的第一场风暴破坏了村子里的电话系统，所以我没能和往常一样，提前致电告知我的来访。道路一片泥泞，因此我没有骑先前买的自行车（当然是用的哈德森太太的贷款账户），而是穿上长筒靴徒步穿过丘陵。当我走在湿漉漉的山地间时，太阳出来了，温度急剧上升。我把沾满泥垢的靴子脱在门外，自行走进厨房。我身上溅满泥点，穿错的衣服因为出汗而湿透了。哈德森太太不在厨房，这有点古怪，因为天色还这么早。我听到主室传来低声说话的声音，不是福尔摩斯，是别的人，一口伦敦腔中带着浓厚的乡音。可能是邻居吧，或者

---

[1] 古埃及的繁殖女神，被描绘成长有牛角的女人的样子。——译注

是访客。

"早上好,哈德森太太。"我轻轻唤了一声,想着福尔摩斯应该还在睡觉。他上午经常如此,因为他的作息很奇怪——他宣称睡眠是出于身体和便利性考量,而无须根据时钟。我走进碗碟洗涤室,用水泵往水槽里压了水,清洗汗涔涔的脸、脏污的手和胳膊,但当我用手指去摸索毛巾时,却发现横杆上是空的。就在我模糊着视线,气恼地四处拍打时,我听到洗涤室门口传来了脚步声,那条消失的毛巾被按在我的手中。我抓过来,把脸埋进去。

"谢谢,哈德森太太。"我对着毛巾说,"我听到你在和谁说话。现在来是不是不方便?"没听到回答,于是我便抬起头,结果却看到门口站的是一个留两撇八字胡的身材健壮的男人,正灿烂地微笑着。即便没戴眼镜,我还是立即就知道了他的身份,于是便收起自己的警惕。"是华生医生吗,我猜?"擦干手后,我与他握了手。他将我的手握了一会儿,对我微笑。

"他说得对。你很可爱。"

这句话引发了我无尽的疑惑。到底谁是"他"?当然不是福尔摩斯。还有,"可爱"?浑身汗臭,穿着不合时宜的羊绒长袜,而且两只脚尖都破了洞,披散着头发,一条腿上泥巴都糊到膝盖了——这叫可爱?

我抽回手,在餐柜上找到眼镜戴上,这才看清他圆圆的脸。他用那样一种完全自然的喜悦神色看着我,以至于我都无法思考该做什么,于是就呆站在那里。真是蠢极了。

"罗素小姐,我非常高兴终于见到你了。我得尽快说,因为我想福尔摩斯就要起床了。我想衷心地感谢你,为你在过去的几个月里为我朋友所做的事。如果是在病历上读到,我可能还不会相信,但现在亲眼见到,我信了。"

"你看到什么了？"我说，愚蠢得像个丑角。

"我敢肯定，你知道他生病了，尽管可能不知道病情的程度。我看着他感到绝望，因为我知道病到这个程度，他是不可能看到明年夏天的，甚至有可能挨不到新年。但从5月起，他的体重已经增加了半英石[1]，心跳有力了，脸色也变好了，而且据哈德森太太说，他也能睡觉了——虽然和往常一样不规律，但毕竟是睡了。他说他甚至戒掉了让他迅速上瘾的古柯碱——戒断了。我相信他。真心实意地感谢你，因为你做到了我力所不及的事情，把我最忠实的朋友从坟墓边缘带了回来。"

我站在那里，因为疑惑而目瞪口呆。福尔摩斯生病？我第一次见到他时，他看起来就很瘦，面色发灰，但是说他快病死了？邻室传来的冷笑声让我们两人都内疚起来。

"哦，你来了，华生，别用你那夸张的担忧吓唬这孩子了。"福尔摩斯穿着鼠色睡袍，走到门口。"'从坟墓边缘'这话确实不假。工作过度也许是有的，但要说一只脚踏进坟墓，那就不可能了。我承认是罗素帮助我放松了下来，而且上帝知道，她在的时候我饭量也大一些，不过不只这么简单。我不许你害这孩子担心，让她以为自己无论如何都对我负有责任，听到了吗，华生？"

那张转向我的脸上写满了内疚，以至于我感到最后一点想讨厌他的愿望也消散了，于是我笑了起来。

"可是，我只想感谢她——"

"那很好，你已经谢过了。现在让我们喝点茶，等哈德森太太给我们弄些早餐吧。还死里逃生，"他嗤了一声，"荒谬！"

那天我过得很高兴，尽管不时地会让我感觉像是从中途打开一本书，然后试着重构前面发生的故事。有我先前不知

---

1 英制重量单位，1英石相当于14英磅或6.35千克。——译注

道的角色在对话中进进出出，所有地名都用缩写代替，他们于漫长岁月里构建起的关系整个呈现在我眼前，就像一座我之前从未见过的复杂的大型建筑一般。在那种情境下，第三方，也就是我，原本很容易感到尴尬和排斥，但奇怪的是，我并没有那样的感受。我想是在我的认知里，对于福尔摩斯和我已经开始建设的大厦感到非常信任的缘故。即便我认识他只有几个星期，但我对华生以及他所象征的东西已不再怀有任何恐惧。而华生呢，从他的角度来说，他从未恐惧或厌恶过我。在那一天之前，我可能还会鄙视地说，是因为他太过呆笨，所以看不出我是威胁。但到了下午我开始明白，是因为他心胸太过开阔，所以不会排斥任何与福尔摩斯相关的东西。

白天时间匆匆逝去，我很享受成为福尔摩斯、华生和哈德森太太旧友三人组中新添的一员。吃过晚饭，当华生离开去收拾行李，准备赶夜班火车回伦敦的时候，我在福尔摩斯身边坐下来，感到隐隐有一种想向谁道歉的想法。

"我想你应该知道，我原本是准备好要讨厌他的。"我终于说了出来。

"哦，是啊。"

"我现在明白你为什么会把他留在身边了。不知为什么，他竟是如此……和善。单纯，是的，而且他看起来也不是特别机灵，但是当我想到他经历过的所有那些丑陋、邪恶和痛苦……那些擦亮了他，不是吗？净化了他。"

"这么描述很美好。每次思考一个让我感到困惑的案子时，看看我自己在华生眼中的影子会很有用。他教了我很多很多，有关人类的活动，是什么在驱使他们。他让我能够保持谦逊，华生确实是这样。"他看到我有些半信半疑，于是说，"至少，尽我最大努力保持谦逊。"

因此我的生活重新展开了，在1915年的那个夏天。我将把战争开始后的头几年，用来接受福尔摩斯的指导，不过直到不久前我才意识到，我当时并不仅仅是在拜访一位朋友，我实际上是在接受福尔摩斯的教导，我所接受到的各种古怪有趣的知识，并非普通的课程，而是一位对自己的领域相当精通的专业人士的悉心指导。那时的我并不认为自己是侦探；我是一名神学专业的学生，并准备用我的一生去探索，内容并非人类不当行为中较黑暗的那些裂缝，而是人类对于神之本质的思考所达到的高峰。但是多年来，我一直没有想到，二者之间并非毫不相关。

我的学徒生涯开始了，就我个人而言，我丝毫没有意识到这种身份。我想福尔摩斯也是一样。他一开始是为了迁就我这个奇怪的邻居，因为手头没有任何比这更具挑战性的事情可做，最后却收获了一个经历过全面训练的侦探。直至一些年后，我才回想起，在我们相遇的第一天，他就曾在花园里做过一番古怪陈述。"二十年前，"他当时喃喃低语，"哪怕是十年前都不行。但在此地？此时？"我确实问过他，但是他当然称自己打从一开始就看出了这一点。然而，福尔摩斯总是自认为无所不知，所以我在这件事上无法信任他。

像福尔摩斯这样一个谦谦绅士，竟然会收一个年轻女子作学生，这事从表面看来几乎不可能实现，更不用说让她进入自己的神秘行当作学徒了。二十年前，维多利亚女王还在位，像福尔摩斯和我所努力缔造出的这种合作关系——紧密，有年长女伴监护，甚至不能从血缘关系上证明安全——将是难以想象的。即便是在十年前，在爱德华国王时代，乡村社区都会泛起轩然大波，让我们的生活举步维艰。

然而，那是1915年，如果说上层社会仍在表现出一种坚持旧秩序的表象,那么程度也只和掩盖脚下的混乱差不多。战争期间,英国社会的结构经历了撕碎和重组。为了生活必需品,女性必须走出家门去工作,无论是从自己家还是雇主家走出去,所以女性穿上了男式靴子,负责起控制运转有轨电车和啤酒厂、打理工厂和田地。上层社会的女性签署了志愿书,长期在法国的泥泞和血浆中做护士工作,或者穿上工作服和绑腿,成为丰收季节里的"大地的女孩"[1]。国王和国家的严厉要求,以及对战场上男人们的持续担忧,将年长女性陪伴这一传统的影响减轻到了最小;人们已经没有精力来注重社交礼仪。

村舍里有哈德森太太在场,使得我和福尔摩斯的长时间相处成为可能。我父母俱已过世,姨妈对我的行为又甚少关心,只要不冲撞她即可:这也是促成条件。此外还有乡村生活的协力,因为乡村社会虽然死板,但在有真正的绅士出现时却能将其辨认而出,况且农民们对于福尔摩斯的信赖,是城镇居民永远也不可能做到的。可能也有流言,但我几乎没听过。

回想起来,我认为我们交往的最大障碍来自福尔摩斯本人,来自他与生俱来的信奉社会习俗的那一部分,尤其是他性格的那个部分,认为女性是某种异邦、不能完全信赖的外人的那一部分。此外,还有各种事件凑在一起的影响。福尔摩斯在他所认识的熟人中和业务往来中,如果算不上完全不受世俗陈规所束缚,也终归是个另类。他的朋友跨越社会的各个阶层,从公爵的小儿子,到持重的传统人士华生医生,再到白教堂的典当商,他的职业让他与国王、裁缝和品性不明的女士们都有联系。他甚至觉得哪怕是有过小小的犯罪行

---

[1] Land Girls,即妇女家乡工作服务队,英国一战、二战时创建的民间组织,号召女性参加农业工作,以替代应召入伍的男性。——译注

为，也不会对社交和职业合作有任何的阻碍，他与贝克街时代结识的某些可疑人物的持续交往就是证明。就连哈德森太太最初进入他的视线，也是通过一桩谋杀案（那案子在华生医生的笔下名为《"格洛里亚斯科特"号三桅帆船》）。

或许，在我们对彼此的第一印象中，有一些事实始终没有发生改变。从认识的第一天起我就知道，他更习惯于拿我当小伙子对待，而非当成少女，事实上对我的性别可能让他产生的任何不适，他的解决办法似乎就是单纯地视而不见：我是罗素，不是什么女性，如果出于必要，我们得独处，甚至是在没有旁人的情况下一同过夜，那么我们就会照做。他首先是个实用主义者，没有时间被不必要的标准所烦扰。

至于华生呢，我们因为偶然而认识，然后他也习惯了我。我的态度，我的穿衣选择，甚至是我的身材，这些组合起来，都让他不会感知我的本性。到我成长为女人时，我已是他生活中的一部分，他想要改变也为时已晚。

不过在早年那些日子里，我对于这些并无概念。我只是养成了习惯，每隔几天散步时就会造访他的村舍，然后我们就会交谈。或者他会向我展示正在做的实验，接着我们发现，我缺乏相关背景，不可能完全理解问题，于是他就给我拿出一大堆书，我把它们都带回家，待看完才归还。偶尔我造访时会发现他正坐在桌前，翻阅一堆堆的笔记和字迹潦草的文章，那时他会开心地停下来，给我朗读他刚刚一直在写的东西，接着又会发现问题，然后给我更多的书。

我们花许多时间在乡村巡游，顶着太阳，冒着雨，或是迎着雪花，我们跟随着一行行脚印，对比泥土样本，记录土壤的类型会对脚印或蹄印的清晰度和持久度造成怎样的影响。方圆十英里以内的每一位邻居，我们都至少拜访过一次。我们研究过奶农和伐木工的双手，对比过他们手臂上的老茧和肌肉组织，如果他们允许，还会研究他们的脊背。我们是路上常见的风景，一个是头戴布帽、身材瘦高、须发花白的男人，一个是金发扎成辫子的瘦高个女孩，两人肩并着肩，一路热烈交谈，或是弯腰观察某个东西。农民们会在田地里高兴地冲我们招手，就连庄园主驾驶劳斯莱斯疾驰而过时，也会鸣笛示意。

秋天的时候，福尔摩斯开始为我设计谜题了。当秋雨连绵，白日缩短，打断了我们在丘陵的漫步时光时；当战士们在欧洲的战壕里牺牲，飞艇在伦敦上空投下炸弹时，我们却在玩游戏。当然会下象棋，不过也有其他种类的，例如练习侦查和分析资料。一开始他会给我描述某个案子，然后让我根据他搜集的信息来破案。有一次用的不是他文件夹里的案子，而是从报纸上汇编的资料，是伦敦当时正在进行的一桩谋杀调查。我觉得那个案子实在令人沮丧，因为陈列出的事实永远都不完整，要么就是搜集得不够仔细，不足以使用，不过我所选择的有罪方最大嫌疑人最终受到指控并被定了罪，所以事实证明我的分析没错。

有一天我按照约定到了他的农场，发现后门上钉着一张纸条，上面只写着：

罗：
　　来找我。
　　　　　　　　　　　　　　——福

我很快就明白了，他所设想的并不是随意搜寻，于是就拿着那纸条去找哈德森太太，但她却摇着头，像是在看小孩子玩耍一般。

"你知道这是怎么回事吗？"我问她。

"不知道啊。要是能搞懂那个人，我就能光荣退休了。今天早上我正跪在地上擦地板呢，一起身就看到他来了，他问我能不能叫威尔今天把他的新鞋送到村子里去，上面有个钉子松了，于是威尔就做好了准备要出发。可是见着福尔摩斯先生和他的鞋的影子了吗？没有。我永远都搞不懂他。"

我站在那里，象征性地挠了挠头，接着意识到自己已经在无意间发现了他的线索。我走出后门，当然了，我发现了许多脚印。不过头一天刚下过雨，村舍周围的软土上相对比较干净。我发现有对脚印右脚脚跟的内侧有一点缺损，是突出的鞋钉在每个脚印上都戳了一个小坑。它们引导着我向前走进一片花田，我知道那里是福尔摩斯种植草药的地方，目的是制作供实验所用的各种药剂。在那里我找到了鞋子，但却没见着福尔摩斯本人。没有脚印穿过草地。见此情景，我疑惑了几分钟，最后注意到有一些饱满的种荚被割走了。我转身回到村舍，将鞋子递给一头雾水的哈德森太太，在我知道会找到他的地方找到了福尔摩斯。他就在楼上的实验室，正穿着一双绒毡拖鞋，弯腰观察罂粟种荚呢。我进门时他抬起了头。

"不是瞎猜？"

"不是瞎猜。"

"很好。那么让我来向你展示如何提炼鸦片。"

福尔摩斯的培训有助于磨炼我的眼界和思维，但对于我去牛津的入学考试却没有多大的帮助。那时候从严格意义上说，女性是不允许上大学的，不过女子学院也不错，而且我可以自由选择去别处听课。一开始我对于自己不能在十六岁被接受入学还有点失望，因为战事问题、我的年纪、兴趣的影响，还有必须承认的是，我的性别。然而，事实证明，与福尔摩斯相处的时间是如此引人入胜，以至于我几乎都没有注意到计划的变更。

不过，如果继续这样下去，考试将成为一个问题，于是我开始四处寻找，想找到某人来帮我填补教育上的巨大空缺。在这件事上我堪称幸运，因为我在村子里找到一位退休的女教师，她愿意指导我阅读。上帝保佑西姆小姐，而且所有人都喜欢她，是她引导我爱上了英国文学，强行给我灌输了诗歌的知识，然后还温柔地劝说我了解了人文学科的基础知识。我在考试中能考出合格成绩，全都仰赖她。

我预定在1917年秋季去牛津上大学。我认识福尔摩斯已经有两年了，到1917年春天，我已经可以跟着一个脚印穿越乡村走上十英里，能根据穿着来区分伦敦的会计和巴斯的校长，能根据鞋子来描述一个人的身体外观，能够伪装自己哄骗住哈德森太太，还能认出一百一十二种最常见的香烟和雪茄的烟灰。另外，我还能整篇背诵希腊和拉丁经典、《圣经》和莎士比亚的作品，描述中东主要的考古遗址，而且因为哈德森太太，我还能区别草夹竹桃和矮牵牛。

然而，在这一切的背后，在游戏和挑战之下，在那些日子我们所有人呼吸着的空气中，却隐藏着死亡，死亡还有恐惧，人们越来越多地意识到，生活将永远不可能恢复如初，无论对谁而言。在我逐渐成长，脑细胞得到锻炼的同时，那些强壮的年轻人的尸体，却被残忍地抛弃在西部战线上五百英里长的壕沟里，整整一代的男人们正在战场上遭受那足以令身体腐烂、精神崩溃的不堪忍受之事，他们身陷在齐腿深的泥地里、四处流散的灼热气体中，躲避着机关枪的炮火，穿越过纠缠的铁丝网。

那些年里，生活偏离了正常轨道。每个人都做过大量非同寻常的工作，孩子们走进田间，女人们进入工厂操作机器。每个人都有认识的人被杀死，或是失了明，或是跛了腿。

在一个邻村里，男人们全体应征参了军，进了一个"朋友军团"。在1916年10月，他们所在的位置遭到攻击，战争结束后，村子里十四岁到四十六岁之间的男人没有一个是完好无缺的。

当时我还足够年轻，能够适应这种精神分裂般的生活，也足够柔韧，觉得并没有过于奇怪之处。上午我会去附近临时搭建的医院，为起了水疱的皮肤取绷带，试着不要被血肉坏疽所散发出的腐臭味道击倒，但也会猜测，下一次来的时候，哪个男人会不在了呢？下午我会去找福尔摩斯看煤气喷灯或是显微镜；到了晚上，我会在桌前辨读希腊文著作。那是一个疯狂的年代，客观看待或许就是我所可能遭遇的最坏处境，但不知为何，我周围的狂暴景象以及内心的喧嚣，却作为平衡物发挥了作用，于是我在风眼之中存活了下来。

我有时会疑惑，这些似乎也没有给福尔摩斯带来更大的困扰。看到自己的同胞在索姆[1]和伊普尔[2]被生吞活剥，他还是安坐在苏塞克斯，养蜂、做些深奥难懂的实验、与我长时间交谈。有时候，他确实会履行参谋的职能，我知道这些。偶尔在一些奇怪的时间，会来几个陌生人，与他在私室里一待就是大半天，然后悄悄消失在夜色中。他还去伦敦参加过两次为期一周的训练课程，第二次课程结束回来时，他的侧脸上有一道细小的伤口，还剧烈咳嗽了几个月之久，我确实是怀疑过那到底是怎样的训练。待我问起时，他面有尴尬之色，拒绝告诉我。很多年我都不知道答案。

最终，时局的压力开始在我身上显现，平时认为正常的世界观崩塌了。我开始怀疑，大学学位算什么？接受训练去追查罪犯甚至是杀人犯又有什么意义？既然有五十多万英

---

1 法国一个省份。——译注
2 比利时西部一个城镇。——译注

国士兵都在欧洲的土地上流血，既然每一个登上运兵船的人都知道，自己能以完整之躯返回英国的机会几乎不到一半。1917年初一个阴冷的日子里，这种痛苦的绝望情绪吞噬了我，那时我正坐在一位年轻士兵的病床上，为他读妻子的来信，片刻之后我看着他溺死在自己膨胀的肺叶所涌出的液体里。面对这样的情景，绝大多数十七岁的女孩可能都会慢慢走回家痛哭一场。但我气愤地冲进福尔摩斯的村舍，发泄我的愤怒，我在这位善解人意的侦探面前迈着大步狂躁地走来走去，把气都撒在烧杯和实验工具上。

"看在上帝的分儿上，我们在这里做什么呢？"我大声说，"你就想不到有什么事是我们可以做的吗？他们一定需要间谍，或是翻译，或是别的什么人，可我们却只坐在这里玩游戏，而且——"话头继续了一段时间。待我的怒火逐渐消退时，福尔摩斯静静地站起身，去让哈德森太太泡些茶。他亲自把茶端回来，给我们一人倒了一杯，然后坐下来。

"出了什么事？"他心平气和地问。我跌坐在另一只椅子上，突然之间像是耗尽了力气一般，把事情告诉了他。他喝了一口茶。

"这么说，你觉得我们在这里袖手旁观。坚持你的立场，你说得相当对。从短期来看，除了极少数例外时刻外，我们确实是在坐等战争结束。我们把问题留给了掌权的小丑们，让忠实的苦干之士们出发去送死。那么之后呢，罗素？你能不能将目光放长远，设想一下当这种荒唐局势结束之后会发生什么？可能出现的结果有两种，是不是？其一，我们会失败。即便美国人确实参战了，我们也会耗尽粮食，失去一副副血肉之躯，先于德国人而败在战壕里，届时我们小小岛国将惨遭蹂躏。另一种可能性呢，现在我也承认那种情况希望渺茫，也就是我们将成功将他们击退。那时候又会发生什么？政府会将精力转向重建工作，幸存下来的人们会一瘸一拐地回到家乡，表面上人人都将获得幸福，社会将会繁荣发展。但是在这种表象之下，犯罪率将上升到前所未有的程度，罪犯们将以腐肉为食，在当局不注意之时肆虐。如果我们赢了这场战争，罗素，拥有我的技能——我们的技能——的人将会为社会所需。"

"那如果我们赢不了呢。"

"如果我们战败了？你能想象，一个善于角色扮演、观察细节的人，在英国被占领后会派不上用场吗？"

听到这一席话，我想不出还有什么可说。我坐下来，带着顽强的决心重新开始阅读，那样的心态在接下来的一年中一直保持着，直至我得到机会，能具体地做些事情来为战争贡献力量。

到了牛津，我选了两个主要学习领域：化学和神学，分别研究物质宇宙的作用方式，以及人类思想最深处的东西。

对于没有丝毫懈怠的福尔摩斯来说，去年春夏异常忙碌。协约国现在有了经济支援，力量上得到了巩固，最后美国的武装力量也加入进来，于是形势开始有了缓慢的进展，而在此期间，我在福尔摩斯门下的学习也越来越紧张，经常会让双方都感觉筋疲力尽。我们的化学实验变得愈发复杂，有时候他为我设计的挑战和测验，我需要花费几天时间才能解决。我开始期待大获全胜后他那极为罕见的自豪微笑，这让我知道自己成功了。

随着夏季渐进尾声，考试次数开始减少，代之以漫长的谈话。虽然英吉利海峡对岸正在发生大规模的流血事件，虽然空气震颤、玻璃摇晃了好几天，最后在7月以索姆大轰炸而告终，虽然我知道自己有大量的时间要花在紧急医疗站，但关于1917年的那个夏天，我最常想到的却是，天空如此之美。那个夏天的大部分回忆似乎都有关于天空、天空，以及我们一连几个小时在上面谈话、谈话的山坡。那时我买了一副可爱的象牙小象棋，饰有木头和皮革，可以放在口袋里。在那炎热的天空下，我们不知道玩了多少游戏。他不需要再为了取得工作上的成功而严重地损害自己的身体。现在我仍保留着那副象棋，打开它，还能依稀闻到我们身下割过的干草的味道，那一天，我第一次与他打了个平手。

一个暖和宁静的傍晚，我们从伊斯特本[1]另一头远足归来。当时我们是从海峡的岸边漫步走回村舍，当靠近福尔摩斯养蜂的那座带栅栏的小果园时，他突然停下脚步，站在那里，将脑袋歪向一边。片刻之后，他小声咕哝了一句，然后大步快速走过草地进了果园门。我跟随在后，直到进了果园我才听到他那双富有经验的耳朵在老远就听到的声音：是一种高昂又激烈的声音，一种小声的无休止的叫喊，毫无疑问是因为愤怒，其来源正是我们面前的蜂巢。福尔摩斯站在那里，低头盯着除此以外毫无异样的白色箱子，愤怒地咂着舌头。

"怎么回事？"我问，"它们发出的声音是什么意思？"

"是一位愤怒的蜂后发出的声音。这座蜂巢的拥挤程度已经达到了正常的两倍，不过看样子，它们是决定继续拥挤，直至耗尽。新的蜂后上周已经进行过婚飞[2]，现在她急着想把竞争对手杀死在卵床上。一般来说，工蜂们会支持她这么做，但它们不知道的是，究竟是她想要领导另一群蜜蜂呢，还是它被后者逼得不得不这么做。不管是哪种情况，工蜂们现在正在阻止她杀死尚未出生的蜂后。它们用厚厚的蜡层将王房封起来了，你瞧，这样蜂后就够不到公主们了，而公主们也

---

[1] 英格兰东南部海港。——译注
[2] 指蜜蜂的交配飞行。——译注

不可能咬开蜡层出去迎接蜂后的挑战。声音是蜂后们发出来的，已经出生的和被囚禁的一起，她们正隔着牢房墙壁冲彼此发怒。"

"如果有一只未孵化的蜂后从她的牢室逃脱了，会发生什么？"

"现在第一位蜂后占上风，所以她几乎一定会杀死那未孵化的蜂后。"

"即便这样，她还是要抛弃这座蜂巢吗？"

"谋杀的贪念是没有理性可言的。对于蜂后们来说，这是一种本能的反应。"

几周之后，我去了牛津。福尔摩斯和哈德森太太陪我一同上了火车，将我送到了新家。我们漫步于查韦尔河畔，还下到伊西斯号上喂了脾气乖戾的天鹅，然后沿着墨丘利喷泉旁的道路，经过一座名为汤姆的安静得令人有些恐惧的钟塔，回到车站。我拥抱了哈德森太太，然后转身面朝福尔摩斯。

"谢谢你。"这就是我能想到的所有话语。

"在这里学点东西。"他说。"找些老师，学些东西"就是他能说出的全部。之后我们握手，然后分别踏上各自的人生道路。

1917年的牛津大学与其正常状态——自信满满的年代相比，只不过是个惨淡的影子，这里的人口只有战前1914年时的十分之一，比黑死病肆虐过后的年代人数还要少。穿蓝军装的伤员人数比穿黑袍的学者还要多，他们面带倦容，皮肤晒成了棕褐色，不住地颤抖。有几个学院，包括我所在的学院，在整个战争期间都腾出来收留伤员了。

我对这座大学有许多美好的期待，而它在许多方面也极大地满足了我。我确实找到了老师，正如福尔摩斯所吩咐的那样，甚至没等幸存的男教师从法国前线逐渐返回，将身体的某些部分永远地落在那里，我就找到了。我遇见了一些并没有被我骄傲野蛮的思想所吓倒的男男女女，他们向我发起挑战，与我斗争，但是他们的批评都十分合宜，并没有高高在上地把我贬得一文不值，而要论起寥寥几语就能达到摧毁性目的的本领，有两个甚至比福尔摩斯还在行。与年轻男子从战场回国以后相比，战争年代中，人们受到的关注要多得多，结果有好有坏。我发现自己并没有像担心的那般时常想念福尔摩斯，而远离姨妈所带来的巨大快乐，相当有效地抵消了女伴规定（任何时候外出都必须征得许可，任何异性聚会中在场的女性都必须为两名，异性在咖啡馆中碰面只能在下午的两点到五点半之间，并且只有征得许可才能做这个、做那个）所引发的愤怒。许多女孩觉得这些规矩简直让人勃然大怒；我却没那么生气，不过这也许只是因为我身手更敏捷，能够在凌晨时分翻院墙，或是在结实的屋顶和天窗之间攀爬。

在大学里，有一件事我没预料到，那就是好玩。牛津毕竟是个小镇，是由脏兮兮、冷冰冰的石头建筑组成，里面住满了负伤的士兵。一段时间里，那里的本科男生、未到退休年龄的男教师等男性几乎都是从战场上回来的，他们大多很脆弱，一副心事重重的样子，经常处于痛苦之中。食物紧缺而乏味，热力供应不足，战争一直持续，志愿者工作占用了我们的时间，除此之外，大学里半数的社团和机构都暂停了活动，甚至连牛津大学剧社也不例外。

说来奇怪，正是牛津校园中这最后一个缺口，为我打开了通往社会的大门，而且几乎就发生在我刚到达的那一刻。刚进校园的第一天早上，我在自己的房间里研究修复书架四条腿的可能性，它刚刚因为四茶叶箱书籍合起来的重量而倒塌了。就在这时，有人敲响了我的门。

"进来。"我招呼着。

"我想问,"一个声音传来,接着语气由质问转成了关切,"我想问,你没事吧?"

我把眼镜往鼻子上推了推,用手背把脸上的头发拨开,然后第一次看到了维罗妮卡·比肯斯菲尔德女士,她身高五英尺一英寸,丰满的身形包裹在一件异常花哨的黄绿色丝绸便袍中,但即便这样也未能给她的面色增添光彩。

"我有没有事?当然没事。哦,这些书。它们没砸到我,是我准备把它们摆上去。不知道您有没有螺丝起子之类的东西?"

"没有,我想是没有的。"

"啊,对了,门房说不定有。您是在找什么人吗?"

"找你。"

"那你可算找着了。"

"彼特鲁乔——"她说着顿了一下,似乎是在期待着什么。我盘腿在脚跟上坐了片刻,周围都是散落的书卷。

"来吧,吻我吧,凯德?"我提议道,"怎么,好人儿,不高兴吗?"[1]

她鼓起了掌,冲天花板尖叫:"我就知道!这个声音,这个身高,而且她甚至记得台词。你能表演吗?"

"我,呃——"

"当然了,在这一场中你要往仆人身上扔食物,我们不可能用真正的食物,现在物资这么短缺,那么做可不好。"

"我能问一下……"

"哦,抱歉,我可真糊涂。维罗妮卡·比肯斯菲尔德。叫我罗妮就行。"

---

[1] 彼特鲁乔、凯德均为莎士比亚《驯悍记》中的人物,此句出自第四幕第三场。——译注

"玛丽·罗素。"

"是了,我知道。那么,玛丽,今晚九点钟,在我的房间。这可是两周以来的第一次演出。"

"可是我——"我还没来得及拒绝,她就已经走了。

罗妮·比肯斯菲尔德的计划,没有哪一个是你能拒绝合作的。那晚我和其他十二个人去了她的房间,三周之后我们就演出了《驯悍记》,以慰劳萨默维尔[1]的男人们,那是我们给他们取的称呼,而且我怀疑这群保守的女性此前从未听过如此的喧嚣,或者说以后也不会再听到。那晚我们的社团收归了几位男性,我很快便摆脱了彼特鲁乔这个角色。

然而,我没能获准不去参加这个业余的剧社,因为大家很快就发现,我在化妆方面有一定的技巧,甚至还会伪装,不过我从未透露过夏洛克·福尔摩斯的名字。在那一年煞费苦心所编排的剧目中,我,害羞的女学究玛丽·罗素是怎么成为化妆领域中心人物的,过程我已经记不清。但是几周之后,在热闹的夏季学期中,我发现自己竟然伪装成一位印度男贵族(要扮成印度人,需要用缠头巾缠住我的头发),与巴利奥尔学院的本科生一同用餐。如果被发现,我们全都会被退学,或者至少这学期要暂时停学,但这样的危险反而使得过程更加妙趣横生。

拉特纳卡·桑吉的职业生涯在牛津持续了将近整个5月的时间。人们在三个男生学院看到过他的身影;他在学生会发表过简短的演说(操一口蹩脚的英语);他与基督教会学院的美学家们一同参加过一次雪利酒会(在会上他举止得体),与布列斯诺斯学院的伙伴们踢过一场足球赛(赛场上他喝下大量的啤酒,还为其中一首喧闹的歌曲贡献了两句之前无人知晓的歌词);他甚至还出现在一份本科生报纸上的一篇短讯

---

[1] 美国马萨诸塞州东部城市。——译注

中，文章标题叫作《拉其普特[1]贵族之子评牛津》。真相不可避免地泄露了，而我只是暂时得以逃脱学监的恶犬之困。玛丽·罗素小姐故作端庄地从酒馆后门离开，将拉特纳卡·桑吉的行头留在门后的垃圾桶里。学监和学院当局为搜寻肇事分子进行了彻底的搜查，几名曾被看见同桑吉一起用过餐或是一道露过面的年轻人受到严厉警告，但是丑闻却被转移方向，主要是因为没有人见过谣言中所说的那位女性。当然女子学院也受到了详细的审查。罗妮曾被叫去问过话，因为她是脾性最对得上号的一位，但是当我跟着她走进门时——娴静而书卷气地跟在罗妮背后，迈着大步，如同一只悲惨的猎狼犬——他们却并未顾及我的身高，以及这样一个事实，即我戴着与桑吉类似的眼镜，因此我便逃脱了那烦人的询问。

这次密谋活动为我留下两份遗产：一个持久的友人小圈子（没有什么比共同经历危险更能产生聚合力的，虽然那险情是伪造出来的），以及一份从假扮他人的过程中所生发出的对自由的独特品位。但这两样，无论哪一个都是我原来对大学生活的构想中所没有的。

但这一切并不表示我完全放弃了学业，我沉迷于课堂和讨论之中。我像爱上一位恋人那样爱上了博德利图书馆，尤其是在5月假扮桑吉的职业生涯还未开始前，我会长时间坐在博德利的怀抱里，眼中闪烁着光芒，为所有那些藏书散发出的味道和营造出的氛围而昏了头。与福尔摩斯的设备相比，化学实验室不管在哪方面都极具现代性。我很庆幸，在和平年月我有可能会被分配到的学院宿舍，因为战争原因而早已被占据，这样我所住的就是有了电灯的现代化宿舍，有时候还会运行集中供暖系统，甚至——堪称奇迹中的奇迹的是——每间房里都通了自来水。角落里的洗手盆真是极大的

---

1 印度北方一部分专操军职的人。——译注

奢侈品（就连克赖斯特彻奇区的年轻贵族们，也要依赖童子军的双腿来运送热水呢），也让我得以在客厅里建起一个小型实验室。原本用来煮热巧克力的小煤气炉，被我改作了煤气喷灯。

夹在学习的快乐与生机勃勃的社交生活的需求之间，我发现自己几乎连睡觉的时间都没有了。在学期末的12月，我悄悄回了家，感觉像是被最初几周的学习热情啃噬一空。幸运的是，列车检票员记得我，及时叫醒了我，让我换了火车。

1918年1月2日，我满十八岁了。这一天我精心盘好头发，穿戴上深绿色的天鹅绒长裙和妈妈留下的钻石耳环，去了福尔摩斯家。当哈德森太太打开门时，我很高兴地看到，她、福尔摩斯和华生医生也都是正式打扮，于是在那稍显古旧的环境中，我们都显得璀璨光辉起来。看到我的打扮，福尔摩斯露出一副中风般的表情，华生让他回过神后，我们吃了东西，还喝了香槟，哈德森太太做了个生日蛋糕，还插了蜡烛，他们为我唱了歌，送了礼物。哈德森太太送给我一对银梳子；华生送的是一套精美的便携式套装文具，里面有便笺簿、钢笔和墨水瓶，可以折叠起来放进一只加工过的皮箱；福尔摩斯放在我面前的小盒子里的，则是一枚简洁而雅致的胸针，是用银子和小珍珠做成的。

"福尔摩斯，这真美。"

"是我外祖母的东西。你能打得开吗？"

我想找到扣子，但因为喝了那些香槟，视力和思维都受了些影响。最后是他伸出手指，动了动其中的两颗珍珠，那胸针便"啪"的一声在我手中打开了。里面有一幅微型肖像，上面是一个年轻女人，她发色浅淡，我很快便认出那澄澈的目光就和福尔摩斯一样。

"是她兄弟，法国艺术家韦尔内，在她十八岁生日那天画的,"福尔摩斯说,"她的发色与你非常相似,就连她老了以后也是。"

那肖像画在我眼前闪烁着,有眼泪滑落在我脸颊。

"谢谢你。谢谢你们大家。"我哽咽着,伤感地哭了起来。哈德森太太只得把我安排到客房的床上躺下。

那天晚上我醒过一次,因为陌生的房间以及血液中残留的酒精作用,一时间不知自己身在何处。我感觉门外似乎有轻声走动的声音,但留神听时,只听见墙那边时钟发出的轻轻的咔嚓声。

第二个周末我返回了牛津,冬季学期和之前秋季时差不太多,感觉甚至越来越相似。我的主要热情转向了理论数学以及复杂的拉比犹太教,这两个学科的差异其实只停留在表面而已。接着,亲爱的老博德利再次向我敞开了它的怀抱和书卷,然后我又一次被拉进了罗妮·比肯斯菲尔德的剧社(这一次演的是《十二夜》,此外还发起了一个宣传活动,目的在于改善城市街头拉货车的马匹的生存条件)。这学期最后几个星期,我们也构思了对拉特纳卡·桑吉的安排,决定让他在春假之后的5月再次出现,我再一次顾不上睡觉了,有时也会顾不上吃饭。到了学期末,我又打不起精神了,感到力气都耗尽了似的。

照看宿舍楼的是一对姓托马斯的老夫妇,这两个可爱的老人仍保留着一口浓郁的牛津郡乡音。当我要启程返家时,是托马斯先生帮我把行李搬上了出租车。他咕哝着说有个箱子好重,那里面装的全是书,我于是急忙跑过去帮他一起抬。抽回手后,他批评般地看着那箱子,接着又看看我。

"我说,小姐,老这个样可不行啊,我希望你不要整个假期都耗在桌前。你来这里的时候脸颊还红润有光呢,可现在连一点颜色都看不出来了。给自己换换新鲜空气，听到了吗？如果照我说的做了，你返校时脑筋会更灵光呢。"

我吃了一惊，因为这是我听他说过的最长的一段话。我向他保证，一定会多去户外走动。在火车站，我瞥了一眼镜中的自己，接着就明白了他的意思。我一直没意识到，自己竟然已经憔悴到这个程度，眼睛下面泛紫的黑眼圈让我担心。

第二天，已显得陌生的寂静和鸟鸣声让我早早就醒来了。我穿上最旧的工作服，蹬上一双新靴子，还戴上厚厚的手套和羊绒帽子以抵御3月清晨的寒气，接着去找了帕特里克。帕特里克·梅森是一个性子冷静的苏塞克斯农民，今年五十二岁，个头很大，动作却总是慢悠悠的，他的双手就像是从地里长出来的一般，鼻子简直拐了三道弯。自打我父母结婚以来，他一直负责打理农场，其实他从小是和我妈妈一起在田野里奔跑嬉闹着长大的（他比我妈妈大三岁），我感觉，到现在，他已经爱了我妈妈大半辈子。当然他是拿她当大小姐一样崇敬。妻子去世后留下六个子女要抚养，他凭借当管家的这份薪水才得以保得一家人周全。现在最小的孩子也十八岁了，于是帕特里克就分割了自己的土地，住进了这座现在归我所有的农庄。从大多数方面来看，这里更像是他的土地，而非我的，这是我们两人都坚持，且都认为正确的唯一态度，即便他不愿意容忍我这位法定所有人的任何废话，他对这个寄住家庭的忠诚之心也是绝对的。

迄今为止，我想给农场各种各样活计帮帮忙的零散尝试，遭遇的都是礼貌的怀疑，凡尔赛的农民们对待玛丽·安托瓦内特想做挤奶女工的幻想，一定也是同样的态度。我是这里的主人，如果我执意要坚持，他其实是无法阻止我弄脏双手的，但他总认为"除了战争时期必须参加的收割任务（这显然也叫他痛苦）之外，大小姐的女儿是不应该沾染这些事情的"。他按照自己的喜好来操持农场，我住在其中，有时会从主宅里走到他的住处找他说话，但是他也好，我也好，都不曾想过要他讲一讲庄园打理得怎么样。这天早晨将是转变的契机。

我费劲地走下山坡，来到大畜棚，呼出的雾气在冬季明媚又无力的晨光中氤氲在耳边，我叫了他的名字。应答声把我引到了畜棚后，他正在那里清扫畜棚。

"早啊，帕特里克。"

"欢迎回家，玛丽小姐。"我从很早以前就禁止他太过拘泥礼节，而他也拒绝太过随意，于是折中的结果就是在我的名字后面加小姐。

"谢谢你，回家真好。帕特里克，我需要你的帮助。"

"当然没问题，玛丽小姐。能等我先忙完这些吗？"

"哦，我无意打扰。我是想叫你给我派点活干。"

"派点活干？"他看起来一头雾水。

"对啊。帕特里克，过去的六个月里，我一直坐在椅子上看书，要是再不回来动动肌肉，它们就该连怎么运转都忘得一干二净了。我想让你告诉我，哪里有活需要干。我该从何处下手呢？我能帮你清扫那个畜棚吗？"

帕特里克赶紧把粪耙拿到我够不着的地方，然后挡住畜棚门不让我进。

"不行，小姐，这个我来做。你想干什么呢？"

"什么需要干就干什么。"我一副不确定的样子，好让他知道我是认真的。

"那么……"他眼神一片绝望之色，直到看见一把扫帚才亮了，"你想扫地吗？木工坊里有木屑要清理。"

"好的。"我抓起那把大扫帚，十分钟后他走进木工坊，发现我扬起了浓浓一团尘土，木屑轻飘飘地落得到处都是。

"玛丽小姐，哦，哎呀，扫得太猛了。我是说，你以为自己能赶在木屑扬起来之前，就把它们都扫出门去吗？"

"什么意思？哦，我明白了，像这样，我再把它们从那里扫下来就好了。"

我挥起扫帚，猛地扫过工作台，但因为扫帚头太笨拙，把一盘子工具掀飞了。帕特里克捡起一个缺了口的凿子，用一副像是我打了他儿子般的神态看着我。

"你以前没用过扫帚吗？"

"好吧，是不常用。"

"那么，你可能还是去搬木柴的好。"

我用手推车往宅子里运了一车又一车锯过的圆木，接着发现我们也需要引火柴，刚拿起双刃斧，想就着后门外的一块大石头劈些圆木，帕特里克就跑了过来，阻止了我，以免我剁掉自己的手。他指着让我看了垫墩和正确的小短柄斧，又仔细地演示了使用方法。在我走下山坡的两小时后，我已经劈出了一小堆木头，而且剧烈颤抖的肌肉也是我劳动成果的证明。

跟上次走时相比，去福尔摩斯家的路似乎变长了，或者只是因为胃袋里有些不安才产生的奇怪感觉吧。路还是一样，我却不同了，我第一次想到，是不是要掩饰这种变化呢？我能否将我生活中这完全不相干的两部分联系起来呢？我不顾大腿的不适，更用劲地蹬起了自行车。当我骑上最后一个上坡，看到田野那边那座熟悉的村舍，看到厨房烟囱飘出的淡淡炊烟时，我开始放松下来。当我推开门，呼吸到那里的香气时，我感觉自己到家了，一路平安。

"哈德森太太！"我叫了一声，但厨房里没人。我想应该是赶集日，于是我就上了台阶，去了楼上，"福尔摩斯！"

"是你吗，罗素？"他的声音听起来有些微的惊讶，其实我在一周前就写信告知了我归家的日期,"很好,我刚刚还闪念想起你走之前,1月里我们在做的血型学实验。我想我已经发现问题何在了。这里:看看你的笔记。现在看我放在显微镜里的切片……"

可爱的老福尔摩斯啊,还和以前一样热情洋溢、喜形于色。我顺从地坐在机器的目镜前,感觉就像我从未离开过一样。生活滑回了正轨,我不再有怀疑。

假期第三周的周三,我去了村舍,那是哈德森太太平时进城的日子。那天福尔摩斯和我计划做一个味道相当臭的化学反应实验,但是走进厨房门的时候,我听到客厅里有说话声。

"罗素!"是福尔摩斯在叫我。

"是我,福尔摩斯。"我走进门,却惊讶地发现福尔摩斯坐在壁炉边,身旁还坐着一位衣着优雅的女士,我对她的面容有模模糊糊的印象。我在脑海中自动开始还原曾在哪里见过她,但福尔摩斯却打断了我的搜索。

"快进来,罗素。我们正在等你。这位是贝克太太。你会想起来的,她和丈夫住在那座庄园大宅里。你还没来这里的时候,他们就买下了那宅子。贝克太太,这就是我提过的那位年轻女士——是的,她虽然这身打扮,但确实是位年轻的女士。既然她来了,还请您再对我们回顾一遍问题所在。罗素,自己去倒杯茶,然后坐下。"

这是我们搭档的第一个案子。

三　猎犬的女主人

闻到这烟味，它们并没有以为是敌人袭来……还只当是一种它们最好屈从的力量或自然灾害。

我想，福尔摩斯和我最终会在他的一个案子中合作，这一点是必然的。虽然表面上已经退休，但正如我说过的，他时不时还是会流露出之前生活的所有迹象：陌生访客，不规律的作息，拒绝进食，长期吸烟斗，用他的小提琴无休无止地制造奇怪的噪音。有两次我未经通知直接造访村舍，却发现他不在家。我并未要求参与他的事务，因为我知道，这些日子他只接手最非同寻常或最复杂的案子，普通的犯罪案件都留给各种警察机构去调查（多年来他们已经学会了他的方法）。

我于是立即就好奇起来，福尔摩斯在这个案子里会看到什么呢？虽说贝克太太是乡邻，而且还很有钱，但是如果他觉得对方的问题只是寻常类型或园艺方面的，即便有这层关系，也很难阻止他将案件提交给当地警察部门去处理，可是这一次他不但没有断然拒绝，我还看出来，他的兴趣可不仅仅只是一点点。然而，贝克太太看上去却对他模糊的态度感到不解，问话的大部分时间里，他都将手指并成尖塔状，缩在椅子里，盯视着屋顶，于是贝克太太就转而对我说话。我因为足够了解他，所以明白他表面上兴趣缺乏，实际上却正好相反，他的大脑正要开始兴奋。我仔细倾听着贝克太太的故事。

"你或许知道,"她开始说,"丈夫和我是在四年前买下这座庄园的。战前我们一直住在美国,但是理查德——我的丈夫——总是想回老家。他因为几笔投资交了好运,于是我们在1913年就来英格兰找房子。看到这座庄园,我们就爱上了它可能有的种种可能性,于是在战争爆发前夕买了下来。当然了,因为各种物资的短缺,男人们也都去了欧洲,所以修理工作进展缓慢,不过现在有一侧已经相当舒适了。

"大约在一年前,我丈夫病了几天。一开始似乎并不打紧,只是胃不舒服而已,但后来发展到他蜷缩在床上,浑身盗汗,痛苦地呻吟。医生都找不出原因。我看得出来,待他终于退了烧,并睡去的时候,医生们都开始绝望了。但一周后他竟然完全康复了,或者说是我们以为康复了。

"打那时起,跟第一次一样的情况又发生了十次,不过都没到那么糟糕的程度。每次一开始都是冒冷汗,接着会出现腹部绞痛和神志不清,最后是高烧,然后昏睡过去。发病的第一个晚上,他受不了让我跟他待在一处,不过几日后他就会恢复正常,直至下次发病。医生都感到困惑,暗示说是中毒,但我们一直吃的都是同样的食物,是我看着烧的。不像是中毒,应该只是生病。

"我知道您现在想些什么,福尔摩斯先生。"福尔摩斯听到此话扬起一边眉头,"您在想我为什么会向你请教医疗问题。福尔摩斯先生,我已经开始相信这不是医疗问题了。我们也咨询过这里和欧洲大陆上的专家。甚至还约见过一次弗洛伊德博士,想着说不定是因为精神问题。所有人都举手投降了,只有弗洛伊德博士没有,他似乎认为这是我丈夫心里有愧疚的体现,因为他娶了一个比自己年轻二十岁的妻子。我想问您,您可曾听说过这等胡话?"她愤怒地问道。我们都带着同情,严肃地摇头。

福尔摩斯缩在椅子深处说话了。

"贝克太太,请告诉我们,您为什么会觉得您丈夫的疾病并不仅仅是医疗问题呢?"

"福尔摩斯先生,罗素小姐,我无意冒犯,但对于我接下来要说的话,我想请你们发誓,绝不会传出这间屋子。我在来这里之前就觉得您应该知道,而且一定会慎重对待这件事。我丈夫是英国政府的一个顾问,福尔摩斯先生。他没对我说过工作的详情,但是对于此类发生在我眼皮子底下的活动,我很难不注意到。这也正是电话线会从村子交换机那儿扯那么远过来的原因。包括您的电话,福尔摩斯先生,之所以能接通就是因为首相大人要求随时都能联系上我丈夫。所有人都以为,电话线会牵过来是因为我们乐意花那个钱,我知道人们会这么想,但这并不是我们的主意,我向您保证。"

"贝克太太,您丈夫是顾问,以及他隔一段时间就会生病,这两件事并不一定存在联系。"

"或许没有联系吧,但是我发现了一件非常奇怪的事情。我丈夫发病总是和特定的天气现象联系在一起:总是发生在一段空气能见度相当高的时间,从来不是在雾天或雨天。我是六周前发现这事的,是在3月第一周,我想我没记错,当时有过很长一段时间的雨雪天气。等天终于放晴,在一个月朗星稀的明亮夜晚,我丈夫两个多月以来头一次发了病。那时我才意识到,回想起来,事情似乎一直都是如此。"

"贝克太太,你们咨询欧洲医生的那段时间里,您丈夫发过病吗?你们在那边待了多长时间,天气情况又是怎么样呢?"

"我们在那边待了七周,夜晚晴朗的时候很多,他的健康状况也很好。"

"我想您打算告诉我们的不止这些吧,贝克太太,"福尔摩斯说道，"请继续说完您的故事。"

那位女士深深叹了口气，我惊讶地注意到，她那双指甲修剪得美丽动人的双手一直在颤抖。

"您说得对，福尔摩斯先生。另外还有两件事。第一件事是：两周前他又发病了，就在我开始意识到晴天巧合的一个月后。开始发病的那天晚上，他说要自己待着，和往常一样。我于是就离开他的病房，走出门去透透气。我在花园里走了一段时间，直到天色相当晚，当我返身回屋时，我偶然间抬头看了看我丈夫的房间。这时我看到有一道光，在他房间的屋顶上明明灭灭。"

"所以您觉得可能是您的丈夫在悄悄地将政府机密传递给德国皇帝。"福尔摩斯打断了贝克太太的话，声音中有一丝焦躁。

贝克太太突然间面如死灰，在椅子上颤动不止。我跳起身来扶住她，这期间福尔摩斯去拿了白兰地。贝克太太没有完全昏厥过去，她恢复了精神，只是当我们坐回自己的椅子时，她的脸色依旧发灰。

"福尔摩斯先生，您怎么会知道这些？"

"我的好女士，是您自己告诉我的啊。"看到贝克太太迷惑不解的样子，福尔摩斯用难以置信的耐心语气说，"您告诉我说，他总是在晴朗的夜晚发病，那时候信号在几英里外都能看见，而且您还告诉我说那期间他总是一个人独处一室。况且，我还在他的汽车里看到了明显的德国特征。您的情绪明显透露出，您难以抉择，想找出真相，又怕发现您丈夫是个叛国贼。如果您怀疑的是别的什么人，那您就不会这么痛苦了。现在，跟我们讲讲您的家庭吧。"

贝克太太颤巍巍地抿了一口白兰地，然后继续讲。

"我们那里住有五名全职仆人，其余的都是白天从村子里过去帮忙。有特伦斯·豪威尔，我丈夫的管家；西尔维娅·雅各布斯，我的女仆；萨莉和罗纳德·伍兹，分别是厨娘和园丁长；最后还有罗恩·阿森斯，他负责照管马厩和两辆汽车。特伦斯已经跟随我丈夫多年；西尔维娅是我八年前雇的；其他人都是我们搬到这里才来的。"

福尔摩斯坐在那里盯着一个墙角看了几分钟，接着突然站起身。

"女士，如果肯行行好，那么现在就回家去，我想今天下午晚些时候，很可能会有一两个邻居到您家去拜访。我们就定在三点左右吧，一次突如其来的拜访，您明白什么意思吗？"

那位女士站起身，抓起手袋。

"谢谢您，福尔摩斯先生，我希望——"她目光朝下，"如果我的担忧正确，那我就是嫁了个叛国贼。如果我猜错了，那我会因背叛自己的丈夫而愧疚。这件事没有胜利可言，有的只是职责。"

福尔摩斯碰了碰她的手，她抬头看着他。他于是看着她的眼睛，极其和善地微笑了。

"女士，真相不会撒谎。可能会有痛苦，但是诚实面对由一系列事实可能得出的所有结果，是一个人可能采取的最高尚的方式。"福尔摩斯有时候会出人意料地富于同情心，而他此刻所说的话，正好对这位女士起到了安抚作用。她于是惨淡地笑了笑，拍拍他的手，离开了。

福尔摩斯和我着手开始我们气味浓郁的实验，两点钟时，我们任由门窗大开，离开农舍，步行前往那座庄园宅邸。我们漫不经心地朝其靠近，选择穿越乡野，而非沿着道路行进，趁着步上山坡向其走近时，研究了其周边环境。

那座三层宅邸建在最高的一片山丘上，统率着这片区域。此外，在其一端建有一座方形高塔，拥有装饰性建筑的一切特点,打破了庄园的平衡。其余建筑都与这座赘生建筑不同,呈现出一种舒适坚固的样貌。我对福尔摩斯说了这些。

"是的,建造者原本可能是想看到大海,"他回应道,"我想,认真研究一下地形图,就能发现那座塔楼和那边山丘缺口之间的关联。"

"确实。"

"啊,这么说,那里正是那次我系鞋带时你要去的地方?"

"看你地图上的指示,确实没错。我和你一样,也不熟悉这部分丘陵,所以当时想着去看看地形的走向。"

"我想,我们可以推定,塔楼上层的房间是属于理查德·贝克的。现在,罗素,摆出一副漫不经心、碰巧走到邻居地界上的样子,这就是那位绅士本人了。"

他扬起声音,喊道:"您好,庄园主人!"

他的招呼声立刻引发了两大惊心动魄的后果。那位老绅士从沐浴在日光中的椅子上一跃而起,转过身背对着我们,他双手朝空中挥舞,呼喊着我们听不见的什么话语。福尔摩斯和我面面相觑,但俄顷,他那离奇举止的原因便真相大白了,只见大约四十条狗猎叫抓刨着穿过台地朝我们冲来。它们就像一片五彩斑斓的海面,在那位老绅士身边分散开,完全不理会他忙乱的手势。福尔摩斯和我稍稍分开一点,准备好总是随身携带以便应对这类场合的沉重拐杖,但这群恶犬并不撕斗,只是在我们身边绕成圈,连声吠叫,几近疯狂。那老人走了过来,嘴里念叨着什么,但他的出现完全没起作用。这时,另一个人绕过屋角跑了过来,很快又跑来一个,他们冲进那片恶犬围成的海洋,抓它们的颈背、尾巴,揪得满手是毛。他们的呵斥声逐渐穿透狗吠,狗群慢慢恢复了秩序。完成自己的任务后,狗群或蹲或站,愉快地等待着下次玩闹,它们懒洋洋地吐着舌头,摇晃尾巴。这时候,贝克太太从屋里出来了，狗群和她的丈夫都朝她转过身。

"亲爱的，"他尖声尖气地说，"必须好好管教管教这些狗了。"

贝克太太厉色看着狗群，冲它们训话。

"替你们感到羞耻。邻居来拜访，你们就是这样的表现吗？你们真该明白些事理。"

她的这番话起到了立竿见影的效果。狗群吧嗒一声咬上下颌，头低下去，尾巴也夹起来了。它们全换成一副不安的样子，羞愧地瞥了瞥我们，然后悄无声息地走开了。我注意到，狗一共只有十七只，从品种上来说，有两只微型约克郡犬，一只巨型猎狼犬，其体重很容易就能超过十一英石。贝克太太双手撑着髋骨站在那里，一直看到最后几只狗也消失在灌木丛中，这才朝我们转过身，摇摇头。

"真是太抱歉了。极少有访客过来，我恐怕它们是兴奋过头了。"

"就让撒欢的小狗狂吠痛咬吧，因为是上帝造得它们如此这般，"福尔摩斯礼貌地评论道，如果非要说的话，他的语气中有些出乎意料，"我们不该未经通知就贸然来访的，就算不看在你们的分上，也是为了它们着想。我姓福尔摩斯，这位是玛丽·罗素。我们就是出来走走，也想近距离看看你们这座气派的宅子。我们无意继续打扰。"

"别走，别走，"贝克太太抢在丈夫之前发言，"你们一定要进来歇息歇息。喝杯雪莉酒，或者现在喝茶也不算早吧？那就喝茶好了。我想我们应该是邻居。我之前在路上见过你们。我是贝克太太，这是我丈夫。"她说着朝另外两位转转身。"谢谢你们，罗恩，这下它们就该老实了。特伦斯，能不能请你告诉伍兹太太，我们现在就喝茶，一共四位。我们马上就去暖房。谢谢。"

"您真是好心，贝克太太。我敢说，走了这一程子，罗素小姐和我都需要歇歇脚。"他说着转身面朝那位年长些的男人，后者一直站在那里深情地打量自己的妻子与狗群、宾客以及男仆交涉的情景。"贝克先生，这真是最有趣的一座建筑。是波特兰石[1]建的，对不对？是18世纪初建的吧？那座装饰塔楼是什么时候添的呢？"

福尔摩斯对于建筑显而易见的兴趣引发了一番深入的对谈，内容涉及出色的地基、住在木头中的甲虫、含铅的窗户、煤的价格以及英国贸易商的缺点。在用了一顿丰盛的茶点后，我们被带领着参观了庄园，而福尔摩斯这位业余的建筑爱好者，也将他的谈话一路带进了塔楼。我们沿着那狭窄的开放式木头台阶拾级而上，而贝克先生则乘坐他所安装的小电梯。他在顶楼迎接我们。

"我一直都想要一座象牙塔。"他微笑着说，"这座塔楼就是我买下这地方的主要原因。这座电梯堪称奢侈，不过我是不方便爬楼梯。这里是我的房间。我带你们感受一下我的视野。"

那里确实有着全景式的视野，向北一直能眺望到阴暗原野的起始处。参观过这视野和房间后，我们又朝楼梯走去，但不等我们抵达，福尔摩斯突然转身走向走廊末端靠在墙上的一把梯子。

"我希望您不要介意，贝克先生，不过我一定要见识见识这座壮丽塔楼的楼顶。我马上就好，罗素。看看这里这扇巧妙的活板门。"他声音变小的同时，双脚也看不见了。

"可是那上面不安全啊，福尔摩斯先生，"贝克抗议道，他朝我转过身，"我不知道那门为什么没上锁。我跟罗恩说过，让他给上面安个锁。我三年前上去过，一点都不喜欢那样子。"

---

[1] 一种建筑用的石灰石。——译注

"他会很小心的，贝克先生，我确信他很快就会下来。啊，您瞧，他这不就来了。"福尔摩斯的长腿重新出现在梯子上，他走了下来，在兴冲冲朝我们走过来的途中，他的眼睛似乎更加阴暗了。

"谢谢您，贝克先生，您有一座有意思的塔楼。现在，请给我讲讲您楼下门厅里的那幅原始艺术作品吧。来自新几内亚，对吗？我想应该是塞皮克河地区。"

贝克先生被成功地转移了注意力，于是便挽着福尔摩斯的胳膊慢慢走下楼，同时谈论起自己在那个荒凉世界里的旅行。一个小时之后，待要离开之时，我们已经欣赏了好几件华丽的非洲青铜器，一支澳大利亚原住民吹的迪吉里杜管，三件因纽特人的海象牙雕，一件来自秘鲁印加人的精致金质雕像。贝克夫妇送我们走到门口，我们道了别，但福尔摩斯突然间又从他们身边走了回去。

"我必须当面感谢厨娘，为她给我们做的这顿绝伦的茶点。你们觉得她会愿意把那些粉红色小蛋糕的食谱给罗素小姐吗？厨房就在这下面，是吗？"

我夸张地耸耸肩，回应贝克夫妇惊诧的表情，以向他们表示福尔摩斯这种古怪的举止和我没有关系，同时也闪避着跟在他身后走进门廊。我看到他正跟一名满脸疑惑、头发灰白、面色红润的小个子女人握手，毫不吝惜对她的感激。另有一个女人，年轻一些、也更漂亮，一直坐在桌边喝茶。

"谢谢您，伍兹太太对吗？罗素和我都非常感激您的这顿下午茶，真是令人精神振奋，被这么多狗袭击了一通，这茶帮我们缓过了神。那狗的数量真是惊人啊——您是不是还必须照料它们？哦，好的，是，这任务更适合男人做。不过它们的食量很大吧，我猜您还必须给它们准备饭食？"

伍兹太太用一阵不自然的少女般的咯咯笑声，回应了他这个并无恶意的玩笑。

"哦，是啊，先生，可以说正是这些狗才叫镇上的屠夫有生意可做呢。今天早上，我们三个人全部出动，才把订的货从屠夫那里搬了回来——单是骨头就肯定有二十磅重。"

"狗狗们要吃大量的骨头，不是吗？"我猜测着这番对话会引向什么样的结果，但情况表明，福尔摩斯已经得到了想要的答案。

"好了，再次感谢你，伍兹太太，不要忘了罗素小姐想要那份菜谱。"

伍兹太太高兴地走出厨房门朝我们挥手告别。狗群也在那里，正躺在一片被刨得稀烂的草坪上，完全无视我们的存在。我们绕过宅子，大步走上公路。

"福尔摩斯，为什么要蛋糕食谱？你知道我对烘焙一窍不通。还是说，难道你觉得贝克先生的疾病是因为有毒？"

"只是一个计谋而已，罗素。政府牵来这条电话线，供贝克夫妇和我自己所用，难道不好吗？更何况还带来了鸟儿。"头顶的电话线上零星站着几只鸣啭的黑鸟，一条类似用点画法画下的白线勾勒出道路一侧的边缘线。我看看同伴的脸，读出满足的意味，没有一点像是在捣乱的样子。

"不好意思，福尔摩斯，可是我们要找的是什么呢？你在屋顶上看出什么东西了吗？"

"哦，罗素，应该道歉的是我。当然了，你没看到屋顶。要是你也上去了，你可能会发现这个，"他说着拿出一小片黑色木头碎片，"还有六个烟蒂，等我们回农舍后再分析。"

我查看着那一小片木头，但是什么信息都没看出来。"能给我个提示吗，福尔摩斯？"

"罗素，我太失望了。真的非常简单。"

"初级难度，真是这样吗？"

"正是如此。你想想这些：一片处理过的木头，出现在一座无人使用的塔楼楼顶；赶集日；骨头；塞皮克河艺术品；没有毒药；前方道路要穿过树林。"

我呆在那里，努力思索着，与此同时福尔摩斯则倚在拐杖上，饶有兴趣地打量着。一片木头……有人上过塔楼……我们知道这个，为什么会……赶集日……一个固定日期的赶集日……用骨头喂狗，电话线沿道路架设——我抬起头，感到像是受了侮辱一般。

"你是在告诉我，是管家干的吗？"

"恐怕确实有可能。我们要去树林里搜索碎木片吗？"

我们用了十分钟，在林中找到一小片撒满骨头的空地。根据几块棕色肘骨的风干程度判断，那屠夫为狗群提供食物已经有几个月时间了。

"你想爬电话线杆吗，罗素？还是让我爬？"

"如果能把你的腰带借给我做安全带的话，我倒是乐意一爬。"我们开始检查附近的电话线杆，直至福尔摩斯发出一声低低的惊叹。

"这里，罗素。"我走到他站定的地方，看到那上面毫无疑问是攀爬时钉刺的痕迹，看来攀爬得很频繁，而且最近还刚爬过。

"可我在他的鞋子上没看到钉刺或攀爬过的痕迹啊，你看到了吗？"我弯下腰一边解开厚重的靴子的鞋带，一边问。

"没有，但是我敢肯定，只要搜一搜他的房间，一定能找到一双有磨损和抓痕的鞋子。"

"对，我准备好了。要是我掉下来，可要接住我啊。"我向后抵靠在用我们的腰带连成的圆圈上，然后将脚牢牢踩在粗糙的木杆上，开始一英寸一英寸慢慢向上爬：一步，一步，移动腰带；一步，一步，移动。我没出差错，一路爬到杆顶，抓得更紧的同时，也开始检查电话线杆上附着的电话线。印记很清晰。

"这里的一根电话线上有窃听过的痕迹，"我朝下面的福尔摩斯喊道，"接触点上没有尘土，据此推测，前几天有人来过这儿。我们是不是要回去拿个指纹勘测设备？"我下了电话线杆，把腰带还给福尔摩斯。他神色不明地看着弯曲的带扣。"或许应该准备一根更结实的攀爬绳索。"我又说。

"我想，如果天气保持不变的话，我们应该能在行动现场抓住他们，如果今晚没出现的话，明天一定能抓住。等我们回家后，提醒我给那位好心的女主人打电话，一方面表示感谢，一方面询问她丈夫的身体状况。"

待我们走进农舍时，太阳已落得很低，这时的空气比中午时分凉爽了些。福尔摩斯拿着烟蒂径直走入实验室，我则找了些哈德森太太为我们留的冷饭，泡了咖啡。我们在显微镜前弓起身，不过油腻腻的手指按在玻璃片上一点忙也帮不上。最后，福尔摩斯坐了回去。

"那些烟蒂产自朴次茅斯的一家小烟草商。我相信那里的警察能帮我们做些调查。不过，首先还是要给贝克太太打电话。"

接电话的正是那位太太本人。福尔摩斯再次感谢了她的热情款待，从他听电话时微妙的反应中，我分辨出，贝克太太接电话时并非独自一人。

"贝克太太，我也要感谢您丈夫。他在吗？不在？哦，听到那话我很抱歉，不过您知道，他今天下午看起来就不大好。告诉我，您丈夫抽烟吗？不抽，我想也是。哦，没什么。贝克太太，听我说。我相信您丈夫会好起来的，您明白吗？会好起来的。是的。晚安，女士，再次感谢你。"

挂电话时他的眼里散发出乐观的光芒。

"那么就是今晚了吗，福尔摩斯？"

"似乎是这样。贝克先生已经撤回他的房间了，由他的男仆悉心照料。你为什么不歇息一下呢，罗素？我要给负责此类事情的人打个电话，不过我敢肯定，风平浪静的时间至少还有两个小时。"

我照他说的做了，虽然心里激动不已，但听到他在邻室低声含糊的说话声，我还是迷迷糊糊睡了过去。不知过了多久，我被车道上的车轮声惊醒，下楼发现福尔摩斯正和两名男士坐在客厅。

"很好，罗素，准备准备。现在去穿上你最暖和的外套，我们可能得花些时间了。罗素，这两位是琼斯先生和史密斯先生，是为了我们这小小事务专程从伦敦赶来的。先生们，这位是罗素小姐，我的得力助手。我们可以出发了吗？"福尔摩斯背起一个背包，抄起软帽戴在头上，我们嘎吱嘎吱走下车道。

从公路走的话，那座庄园有三英里远，我们沿着草地边缘静静行进。在树林出现的地方我们离开道路，沿着林地下行至主花园的底部。我们在那里会合，小声说了几句。这时起了微风，盖掉了我们的说话声，也将我们的气味从庄园里养的狗群鼻子下吹散开去。

"我想我们从这里就能看到塔楼顶部。你们的同事现在应该已经在山口和海上就位了吧？"

"是的，福尔摩斯先生。我们约好十一点钟就位。现在已经过十分了。我们准备好了。"

身前高处大宅中的灯光一盏一盏相继熄灭，我们陷入一种长时间的无聊而兴奋的状态。过了很久，一点钟的时候，我弯下腰对福尔摩斯小声耳语。

"贝克太太从花园里看到光芒时肯定没这么晚吧？也许不

是今晚了。"

福尔摩斯一声不吭地坐在我旁边看不见的地方，思绪紧绷。

"罗素，你有没有从那塔楼里看到什么东西？"

我使劲盯着那座在黑夜中拔地而起的黑色塔楼，如此用力，以至于眼睛都开始颤抖起来。我稍稍移开视线，这时我的眼睛捕捉到了前方黑暗中微弱的变化。我轻声惊叫了一下，福尔摩斯立刻站起身。

"赶紧，罗素，到树上去。我们坐在这里就像是瞎眼的鼹鼠，而他距离林地边缘这么远，我们看不见他。快上去，罗素。你看到什么了？"

我在黑暗中一边往树上爬，一边注意塔楼，爬到十五英尺高的时候，突然出现了光芒——断断续续的闪光，是从塔楼后面的角落发出来的，越过我们头顶，射向低处的小山和海上。

"出现了！"我爬下树枝，感觉瞬间轻盈起来，"他在那上面，有光——"他们已经动身爬上了山坡，手持的电筒在黑暗中肆意挥舞。我紧随其后，穿过花圃，绕过一座喷泉，在我的眼前，黑夜突然间沸腾了。十七把嗓子冲闯入者吠叫起来，那咆哮声撕破空气，令人血液冰凉，还有人的叫喊声，接着是玻璃打碎的清脆声音。我听见福尔摩斯冲同伴大声叫喊着什么，狗群开始嚎叫，两个声音咳嗽不止、咒骂连连，接着是更大的玻璃打碎的声音，一扇门打开了。宅子里电灯开始亮起，我能看到狗群在向四面八方奔去。第一股喷出的臭气叫我屏住了呼吸，直到走进门内才松了口气。屋内现在所有的灯都打开了，主厨房的灯也都亮了，身旁的塔楼灯火通明。我朝那个方向冲去，听见上方楼梯传来沉重的脚步声。脚步声和说话声突然都消退了，我看到他们上了屋顶。

我突然想到一件事。狗群发出第一次警报，到福尔摩斯冲上楼梯之间，隔了足有二十秒，如果——到了一楼的楼梯平台后，我不出声地躲在开放式楼梯之下，等待着，以防万一。上面突然传下声音，是很轻的脚步声，正匆匆下楼。我把手放在楼梯踏板上做好准备，这时我看见一只不熟悉的鞋子，心里祈祷着千万别是史密斯、琼斯或贝克，接着就抓住了它。一声惊叫传来，跟着是轰然倒地声，一直持续坠落到下一层楼梯，紧随而来的是上方传来的叫喊声和脚步声。我从藏身处慢慢走出来，想看看我抓到的到底是谁。

我站在那层楼梯的顶部，看到下方摔倒的身影是特伦斯·豪威尔，感觉我的胃像是要从喉咙里呕出来了。这时福尔摩斯站到我身边，我朝他转过身，他用一只胳膊搂住我的肩膀，另两个人朝我们身下冲去。我发起抖来。

"哦，上帝啊，福尔摩斯，我杀了他。我没想到他会摔得那么重，哦，上帝啊，我怎么能这么做？"在那一瞬间，我的指尖能感受到他鞋子皮革的纹理，我还瞥见他四肢摔倒坠下楼梯的样子。一个声音冲我们发话了。

"贝克太太，能不能请您打电话叫医生？他头部受了重击，还断了几根骨头，不过还活着。"

如释重负的感觉涌了上来，我的脑中突然之间轻松了。

"我需要坐一会儿，福尔摩斯。"

他把我推到最顶层台阶上，将我的头按下贴着膝盖。他的背包"咚"一声落在我旁边，我模模糊糊看到他从里面掏出一个小瓶。软木塞"砰"的一声被打开，上午实验中闻过的那种浓缩的臭气钻进我的鼻腔。我一下子向后弹去，脑袋重重撞在石墙上。眼泪涌了出来，视线模糊了。待视线恢复清晰，我看到了福尔摩斯，他脸上一副极其担心的表情。

"你没事吧，罗素？"

我感到脑袋一阵虚弱。

"没事,谢谢你的嗅盐,福尔摩斯。我看不出以如此迅猛的手法让某人恢复清醒究竟有什么意义,不过在击退狗群上这确实是件有用的武器。"他眼中慢慢涌出安慰的神色,复又露出往常那种冷冷的表情。

"等你准备好了,罗素,我们应该去看看贝克先生。"

我拉住他的手,将自己拽起来,然后我们慢慢走上楼梯,来到那老先生的房间。刚走到他的门口,一股汗液和疾病的滞重之气就扑了过来,灯光映照出他苍白湿黏的皮肤以及因为高烧而无法聚焦的眼睛。

"你给他稍微擦擦脸,罗素,等贝克太太过来。我去看看在豪威尔的房间能找出些什么。啊,您来了,贝克太太。您丈夫需要您。跟我来,罗素。"他快步走过,躲开了贝克太太不安的问题。

"我们要找什么?"我紧跟在他后面问道。

"一包粉末,或是一瓶液体,非此即彼。我从衣柜找起,你去浴室。"卧室里很快便响起低声含糊的咕哝声,伴随着各种织物飞舞的声音,而我循着味道,一个接一个打开抽屉里的各种香水、须后霜、沐浴香皂,浴室里充满了气味。我可怜的鼻子都有点失灵了,但最终还是找到一个闻起来不对劲的瓶子。我把它拿到邻室,福尔摩斯正站在齐小腿深的布堆里,旁边是各种翻开的抽屉以及寝具。

"你找到什么东西了吗,福尔摩斯?"

"朴次茅斯产的弗雷泽牌香烟,足弓上方有攀爬擦痕的靴子。你那边呢?"

"我不知道,我再也闻不出任何味道了。你觉得这东西闻着像阿拉伯水吗?"他只快速一嗅,就把那瓶子举得老高退出了房间。

"你找对了，罗素。现在要弄明白的是，该给他用多少剂量。"他走到楼梯处，探头向下张望，"我说，琼斯，他醒了吗？"

"没有丝毫动静。可能要等好几个小时。"

"啊，那好吧，"他对我说，"那我们只能试验了。"我们走进房间时，贝克太太站起身，她手中拿着一块湿布。"贝克太太，您有小勺子吗？对，那个就行。罗素，你来滴，你手稳。先滴两滴，然后每过二十分钟重复一次，直到看到效果为止。就滴在他的牙齿之间，对。能给他喝些水吗？好了。现在我们就等吧。"

"福尔摩斯，那是什么？"

"这是现在正影响您丈夫身体的毒药的解药，夫人。浓度一定很高，所以我不想用得太多太快，误伤到您丈夫。他余生可能都必须服用这个药了，不过好在他再也不会一病至此。"

"可是，我告诉过您他没有中毒啊。要是有毒，那我应该也生病才对。"

"哦，对，他有一年多没被下过任何毒药了。他和您一样，都定期服过解药，无害。您告诉我说，他的男管家伺候他已有多年。其中包括他在新几内亚度过的时间吗？"

"是的，我想应该是的。为什么问这个？"

"夫人，我有一个爱好就是研究各种毒药。有少量非常稀有的毒药，一旦注入人体，就会永远存在于神经系统之中。它们永远无法排除，不过只要定期注射解药，就能有效阻止其发挥效用。这样的毒药中，有一种在新几内亚塞皮克河地区的一个部落中很流行。它是从那个地区一种非常奇怪的贝类生物中提取而来的。无独有偶，其解药也是从一种只在当地才有的植物中取得。很显然，您丈夫在当地期间，他的仆人独自进行过这方面的研究。我想他最后会告诉我们为什么会选择叛国，不过不管怎么说，他确实叛国了，而且在去年用了那毒药。您丈夫一般是在赶集日打电话，对不对？"

"是啊，怎么了，您怎么知道？那时候伍兹一家一般都坐着罗恩开的车进城了，我要么是去散步，要么开车去兜风。至于豪威尔——"

"豪威尔会去遛狗，是不是？"

"是的，怎么了？那是怎么——"

"他会带着狗下山去树林，然后爬到电话线杆顶上，趁狗群啃骨头的时候，窃听您丈夫打电话。等到下一个晴朗的夜晚，他就会故意不给解药，然后独自伺候主人，届时他就溜上屋顶，将窃听到的结果以信号的形式发送给海岸上的同盟军。啊，我想解药已经开始生效了。"

那张惨白的脸上，两只茫然无措的眼睛向外张望着，最后锁定在贝克太太的眼睛上。

"亲爱的，"他小声说道，"这些人在这里做什么？"

"罗素，"福尔摩斯轻轻说，"我想我们该去看看能否帮忙去抬豪威尔先生，让这两个好人独自待着吧。贝克太太，我建议您一定要十万分小心地看好这个瓶子，直至能够分析出其中的成分进行复制为止。晚安。"

我们看见急救人员正抬着伤员笨手笨脚地沿狭窄的楼梯往下走。琼斯在前门外等他们出去。一股熟悉的嚎叫声从另一边传来。福尔摩斯伸手从背包中拿出一个小瓶，不过我伸手按住了他的胳膊。

"先让我试试。"我说着清清嗓子，站直身子（穿上这双鞋子，我的身高超过了六英尺），打开门面对狗群。我将双手撑在髋部，怒视它们。

"替你们感到羞耻！"十七个下巴慢慢地合上，三十四只眼睛盯住我的脸不放。"替你们感到羞耻！你们就是这样对待国王陛下的间谍的吗?你们到底在想什么啊?"十七张脸面面相觑,看看我,又看看门口的人。那只猎狼犬第一个转过身,悄悄走进黑暗之中,长着蓝色脖颈的约克郡犬殿后,它们全都离开了。

"罗素,你身上还有未经探索的深度啊,"福尔摩斯在我身侧小声咕哝,"下回只要有猛兽需要对付,记得提醒我叫你。"

我们看见那叛国的管家及守卫消失在门外,然后沿着电话线杆走下黑暗中的公路。回家的路上,我们谈起了各式各样的事情。

四　我自己的一个案子

哪怕又小又破，也比一无所有要强。

　　贝克家的问题是福尔摩斯和我合作的第一个案子（如果一人带头，另一人执行命令也能算是合作的话）。春假余下的日子都平淡无奇地过去了，因为在帕特里克照看下的辛勤劳动以及抓获了第一个罪犯，所以返回牛津时，我的精神相当好。（或许我还应该提一下，那晚工作的结果是，有十几名德国间谍被抓，贝克先生恢复了健康，贝克太太为我们的服务给出了相当慷慨的回报。）

　　待我返回宿舍，托马斯先生似乎对我的气色很满意，我知道自己回到了数学、神学业的探寻之中，对拉特纳卡·桑吉这个角色也有了新的热情。我定下目标，要多锻炼身体，可以徒步前往城市周边的山丘（当然手里还要拿本书），而到了6月学年结束时，也没觉得自己有多么疲惫。

　　1918年春夏是一段激情岁月，发生了许多重大事件，无论对于国家，还是对于一个女大学生来说都是如此。德国皇帝开始了最后的大规模攻势，我身边那些痛苦、饥饿的面孔看上去也糟糕极了。因为灯火管制，我们都睡不好。就在这时，德军的进攻却奇迹般地停止了，而与此同时，协约国军队也得到美国源源不断输送的人力和补给。尽管伦敦在5月遭到大规模致命空袭，但民众仍然越来越清醒地意识到，德军正在溃败瓦解，而希望在顽强挣扎了这么多年之后，现在终于露出了曙光。

仲夏的时候，年过十八岁半的我，以坚强的成人之姿，大踏步回到家中，好似将整个世界都踩在了脚下一般。那个夏天，我开始对管理自己的农场产生了浓厚的兴趣，第一次向帕特里克打听了农业设备的问题，以及对战后未来的规划。

我发现，自己不在家期间，福尔摩斯也变了。我用了些时间才回过神来。对于这个猛然间从身材瘦长的早熟少女玛丽·罗素身上走出来的年轻女人，他似乎吃了一惊。倒不是我的外貌有多大的变化——我确实圆润了，但大部分变化反映在骨骼和肌肉上，而非曲线，不过我还是穿着过去的衣服，头发也仍是编成两条长辫子。反映在我的态度和举止上，反映在我和他对视的时候（例如谈话时，但目光几近对视）。我开始感觉到自己的力量，并对之加以探索，我想正是这个让他感觉到了衰老。那年夏天，我第一次发现他的小心姿态时，就意识到了这一点，当时他绕过一座崖壁，而非从上面一跃而下。我并不是说他成了个步履蹒跚的老人——远不至于。他只是有时候会考虑得周到一些，每当我精力充沛地做了这样或那样的事情之后，总会发现他正若有所思地看着我。

那年夏天我们去了伦敦很多次，去看他在战争期间做出的有限牺牲，在那里我发现他的身姿大不相同，就好像他整个面貌都为之一变似的，这让他肌肉也绷紧了，关节也放松了。伦敦是他的故乡，而丘陵地带永远不可能是，返回之后，他就能一身轻松、面目一新地投身于实验和写作之中。如果说我在去牛津上大学之前的那年夏天，记忆里都是一望无际的天空，充沛的日光，下过很多次象棋的话，那么大学里的第一个暑假，却在甜蜜之中夹杂了一丝苦涩，因为我第一次意识到，即便是福尔摩斯，也要受到死亡的制约。

不过，这种意识在当时来说尚属次要。苦涩是一种回味，只有当甜蜜退去时才会显现,那个夏天也有许多的甜蜜。其中最甜美的要数我们遇到的两个案子。

说是两个,但第一个其实很难算作案件,倒是更类似于一次嬉耍。事情发生在7月里的一天早上,当时我走下山坡来到帕特里克的屋子,手里还拿着之前读过的文章,里面讲的是美国发明的一种新的覆盖技术。走进屋子后,我发现他正在厨房里勃然大怒,又是摔又是打。我赶在他误伤自己之前从他手中夺走了热水壶,然后将水都倒在落叶上,询问他出了什么事。

"哦,是玛丽小姐啊。其实没什么事,就是下面酒馆的蒂莉·怀特奈克,她昨晚遭了贼。"他指的是伊斯特本和刘易斯两地之间公路上的"修士的酒桶"旅馆,那里很受当地人和度假者的欢迎。帕特里克也喜欢那里。

"遭了贼?那她没受伤吧?"

"没有。所有人都睡了。"那么就是窃贼了。"他们强行闯入后门,盗走了她的钱柜,外加一些食物。实在是做得悄无声息——谁也没察觉,直到蒂莉早晨下楼来生炉子,这才发现后门大敞着。她在钱柜里放了很多钱,比以往都多。之前招待了两个大派对,她因为太忙而没时间把钱存进银行。"

我表达了同情之后,把那篇文章递给帕特里克,回主宅的途中一直在思考。接着我给福尔摩斯打了电话,当哈德森太太去叫他时,我坐在椅子上,看到帕特里克在场地上的谷仓之间来回走动,肩膀呈现出一副怒不可遏的样子,还有沮丧。待福尔摩斯接电话时,我讲了这事。

"福尔摩斯,几周前你是不是告诉过我,在伊斯特本的酒馆和酒吧里发生了连环入室盗窃案?"

"我想两起还够不上连环,罗素。你要知道,你打断了一次精细的血红蛋白实验。"

"现在有三起了，"我无视他的抗议说道，"帕特里克的一位朋友，'酒桶'的那位女士，她的钱柜昨晚被盗了。"

"亲爱的罗素，我已经退休了。不要再找我去搜寻失踪的铅笔盒，或是追踪出轨的丈夫了。"

"不管盗贼是谁，他恰好挑了个钱柜比平时要满得多的时候，"我坚持说下去，"想到那贼可能就在这一带，就叫人不舒服。再者，"我度量出电话线那头有一丝的犹豫，于是继续说，"帕特里克是我朋友。"不过这张牌却选错了。

"我很高兴你能将自己的农场管家当成朋友，罗素，但这并不足以将我牵扯进这个小小的事件。我想我听到过传言，苏塞克斯当下有一支警队，或许你应该让他们履行本职，也让我做自己的事。"

"要是我来调查此事，你不会介意，对吧？"

"天啊，罗素，要是你的时间真是多得压手，包扎伤病员的绷带又都用完了，只管竖起鼻子调查这桩重大犯罪案件吧，这一发生在我们家门口的恶行。我只有一个建议，不到万不得已，不要去打扰警队。"

电话挂断了。我一气之下挂掉听筒，搬出了自行车。

待骑到旅馆时，我满身尘土，又加之炎热，形象不太讨喜，我拉着村警察的衣袖，央求他允许我去看看犯罪现场。我迫切地想近距离观察，但是好警察罗杰斯却因为骄傲于自己拥有调查这起小型犯罪案件的权力，将楼下大部分地方都用绳子拦了起来，等待督察前来调查，不允许他人擅闯。就连店主和她的员工以及顾客，都被迫要从一排盆栽棕榈树组成的树墙后小心进出，那树墙因为扁平行李箱和铰合式手提旅行包反复摩擦的关系，已经饱受折磨。

"我向你保证，"我祈求道，"我不会干扰任何东西。我只想查看一下地毯。"

"不行，罗素小姐。命令不允许任何人进入。"

"当然，这就意味着，"一个声音从剧烈摇晃的棕榈树后厉声说，"我无法从厨房中拿到任何食物，所以我丢失的不仅仅是钱柜，还包括今天的营业收入。哦，您好，您是帕特里克的罗素小姐对吗？是来帮我们调查案子的吗？"

"是想试试看。"我承认。

"哦，看在上帝的分儿上，杰米，让她——哦，好了，好了，罗杰斯，就让她看一眼吧。她脑袋灵光，而且已经赶来了现场，比你们的督察早多了。"

"是啊，罗杰斯，就让她看一眼吧。"一个声音在门口拉长调子慢吞吞地说道，"我作保，她绝不会破坏任何东西。"

"福尔摩斯先生！"那警察惊讶地连忙摸索自己的警盔，接着又改了主意，挺直肩背。

"福尔摩斯！"我惊呼，"我以为你在忙呢。"

"等你肯放我挂电话的时候，血浆早就凝结得什么都看不出来了。"他轻蔑地说道。接着他没理会自己的那番发言在我们周围人脸上引发的表情变化，冲那年轻的警察挥挥手。

"让她进吧，罗杰斯。"

那身穿制服的警员于是便顺从地为我放下了绳索。

我抱着愤怒和窘迫交加的心情，走到通道地毯边缘，弯腰检查起来。地毯是这一季新换的，昨晚刚刷洗过，我没用多久就发现了其中的秘密。为了利用光线的角度，我几乎将脸贴到了纤维上，然后和福尔摩斯交流起来。

"是一只中等尺码的男式尖头靴子踩的，左脚脚跟已经穿坏了。这块地毯的绒面上留下的印痕比光脚要深。上面还有小块碎石，有深灰色和黑色，或者——"

福尔摩斯突然来到我身边，拿出我忘了带的放大镜。透过镜片，那三块碎石才算看清了。

"深色碎石上有焦油，而且整体有油污。而且在这里——地毯边上蹭的是红土吗？"

福尔摩斯从我手中拿走厚厚的放大镜，手脚并用地沿我的足迹爬了回去。他不予置评，只是把放大镜递还给我，示意我继续查看。他是把这一切变成了一场当众进行的口头考试。

"红土是从哪儿来的？"我问，"我记得，在村子南边道路下陷的地方有一小块，河边也有两三块。贝克庄园附近是不是也有一些？"

"恐怕那里的没有这么红，"福尔摩斯说道，"而且我相信，如果放在高倍镜头下，可能会发现这块红土质地更近于黏土。"他没再主动多说什么。好吧，我想，这样也好。我朝警察罗杰斯转过身，后者神色写着不满。

"委员会最近铺砌了许多公路，不是吗？你会不会碰巧知道，工人们上周都在哪里修路？"

他转身看向福尔摩斯征求意见，后者显然许可了这一提问，于是那警察便又看着我回答："上周他们在北边六英里的地方修了一部分，还有磨坊路以及沃纳家以东的一部分。从上月开始就没有更新的进展了。"

"谢谢，那样就把范围缩小了一些。现在怀特奈克太太，我能不能跟你讲句话？"我把帕特里克的那位朋友叫到一边，向她要了一张员工的姓名和地址单，告诉她督察一来，就会允许她使用厨房。她看起来松了一大口气。

"帕特里克好像说过，盗贼还偷了食物？"我问她。

"是偷了。我刚从烟熏室取出来的四条上等火腿，全都又肥又美；还有三瓶最好的威士忌。实在是花了我一笔钱呢，天知道我该拿什么来代替，物资这么短缺，再加上还有配给制。你确定他会让我使用厨房吗？"

"我确定。就算他一时之间效率大增，也只会把地毯的那个部分和门扇留给指纹专家去处理,不过这样可能是希望太高。我发现了什么会告诉您的。"

出了"修士的酒桶",太阳已经完全升起来了,村里的窄路上又热又晒。我思考了片刻应该调查的酒馆员工,然后就把这些抛于脑后。我感觉福尔摩斯走到我旁边来了。

"如果可以,我想去看看你的地形图。"我说。这话本身就是在承认失败,因为我没能将本地区的地形测量结果牢牢记在脑中,但他不置一词。

"公司的全部资源随你使用。"他说。事实证明,其中包括了他邻居用作乡村出租车的一辆小汽车,而那车此时正停在酒馆旁边。我钻了进去,返回福尔摩斯的农舍。

跟哈德森太太打过招呼后,我穿过客厅走到陈列柜处,那里面收藏着福尔摩斯的大量地图。我找到自己需要的那些,将它们摊在工作台上,记录下就我所知丘陵地带白垩土层表面有红色黏土的五处地方。福尔摩斯在忙另外一个项目,但是当他走过桌子去拿书的时候,将指尖若无其事地放在地图上的一处,接着又放到另一处,提醒我还有另外两处那样的地方。

"谢谢,"我在他身后说道,"地图上显示,在所有这些有红土的地方,只有一处有岩石露头。有两处都符合——你究竟对这个案子有没有兴趣,福尔摩斯?"他的头并未从书本上抬起,不过用一只手打了个手势,在我看来那意思是在说"继续",所以我便继续分析下去,"只有两个地方既有红土,最近又进行过道路施工,还有酒馆员工居住。一处是在希斯菲尔德公路往北两英里处,另一处是在西边,河岸附近。"我等待他的回音,但他什么也没说,而是走向电话。很显然这次调查将由我来负责,不过我想,在我的肩头会有一双犀利的眼睛在观察。在等待电话接通的期间,我突然意识到,刚才并未听到出租车离开，确实如此，待我往窗外看时，发现车子正停在车道上，司机师傅正仰坐着在看书。我一时有些生福尔摩斯的气，倒不是因为他轻而易举就预料到了我们的乘车需要，更多的是气自己怎么就没想到让汽车留下来听候差遣。

电话帮我接通了"修士的酒桶"。

"怀特奈克太太？我是玛丽·罗素。督察来了吗？来了？哦，是吗？警察罗杰斯一定很失望吧。是的。不过您还是拿回了厨房的使用权。听我说，怀特奈克太太，您能不能告诉我今天是哪些员工在酒馆上班，还有他们的工作时间是到几点？是的。是的。好的，那谢谢了。是的，我会联系您。"我挂了电话。

"督察米切尔来查看过，把警察罗杰斯狠狠呵斥了一顿，说耽误他时间，然后就离开了。"我把得到的消息详细传达到房间里，结果如我预料的那般，没得到任何回音，接着我便坐下查看酒馆员工姓名表。其中有个叫詹妮·沃顿的女侍，住在北边公路上，今天要工作到八点钟；还有个新来的酒保，叫托尼·西尔维斯特，他家住在河边，一直要忙到七点以后。

现在该怎么办？

要趁两人不在家，分别前往他们的住处，时间不够。可去了会不会无意间发现被偷走的那些食物呢？这就是另一回事了。不过我几乎可以肯定会碰巧在那里一楼的卧室床下找到钱柜，或是闻到火腿的香味——慢着，四条火腿的香味，那或许……如果是……该怎么办？

"福尔摩斯，你觉得——哦，算了。"我再次放下电话，问了另一个号码。福尔摩斯翻了一页书。

"贝克太太，早上好。我是玛丽·罗素。您好吗？您丈夫呢？很好，我很高兴。是的，我们真是相当幸运，不是吗？我想问一下，贝克夫人，您养的狗中，有没有一条善于追踪的呢？是的，您知道，循着气味追踪。有？那您能不能借给我用一下？不用，不用，我过来取好了。它能坐汽车吗？很好，那我很快就过来。谢谢您。"

我放下听筒。"福尔摩斯，我能用汽车吗，既然它已经那么明显地等在车道上了？"

"当然。"他说着把书放回书架。

我们乘车去了酒馆，我从那里借来一条擦拭茶具用的干净抹布，往剩余的一块火腿上揉了揉，接着上路前往贝克宅邸。当那贪婪的狗群朝汽车冲过来时，司机突然转向，小声咒骂起来。只见狗群在车轮间扑跳撕咬，那样子似是要将我们连轮胎带人一起生吞活剥了一般。我打开车门，走进狗群，它们立时安静下来，开始张望天空，闻车道两边的草丛，然后悄悄散开。贝克夫人手拿一副颈圈和狗链走出门，看到狗群驯服的样子吃了一惊，接着走向一丛灌木，找到一只看起来可怜巴巴的狗。那狗长长耳朵，毛皮像打了补丁，身体直蹭地面。贝克夫人将那狗牵到我们身边，将狗链递给我。

"它叫查士丁尼，"她说着又补充了一句，"它们都是根据罗马皇帝取的名。"

"原来是这样。好了，我想应该会在夜幕降临前送这位皇帝回来。来吧，查士丁尼。"那公狗在狗链尽头缓步溜达，费了好大一番工夫爬上车后，用舌头将福尔摩斯的靴子从上到下舔了个遍。

我指挥司机先将车开到北上的路边，请他放我们下车到小路上转转。查士丁尼卖力地嗅着，但对于沾了火腿味的抹布却并无回应。过了片刻我们返回汽车，继续开到磨坊路上，那边住的是托尼·西尔维斯特。福尔摩斯和我再度走到路边，这时候查士丁尼在杂草丛中嗅个不停，似是对它们的宠幸。我们继续走，继续走，就像构成了一列由狗、人和汽车组成的游行队伍,我有足够长的时间来深切悔恨,自己还从未涉足过这等闹剧。福尔摩斯一言不发。他什么也不必说。

"又走了半英里了,"我咬牙切齿地说道,"看来要么是那人不是步行回的家,要么就是这狗皇帝的鼻子不好使。加油啊,查士丁尼,"我拿着抹布,在它鼻子下连连摇晃,"快找啊!快找啊!"

正细心探查路边一只压扁的蛤蟆的查士丁尼停下动作,回味着那块火腿味的布巾,沉思般地低下眉眼。它站了片刻,蓬乱的脑袋里似乎在深思着什么,接着它坐下来挠了挠左耳上的跳蚤,然后站起身使劲地打了个喷嚏,之后步态坚定地走下公路。我们紧随其后,这一次速度要快得多。几分钟后,它拐上一条小路,从一排篱笆下面钻进一块田地。福尔摩斯示意汽车原地待命,然后我们追着清醒过来的查士丁尼翻越了篱笆。

"我希望这块田里没有公牛。"我咕哝着。

"这里有条路,所以值得怀疑。喂,这是什么?"

是一张十先令的纸币,被一只牛蹄踩得陷进了一块松软泥土里。福尔摩斯小心翼翼地将它剥下来,放在我手中。

"这算不得世界上最专业的工作,你说是吗,罗素?"他甚至等不及要赶回家欣喜若狂地享受战利品了。

"我做这份调查,并不是为了体验强烈的精神刺激,"我厉声说道,"只是想帮一个朋友。"

"我想,人不能苛求。不过,我可能还赶得及回家,继续做血红蛋白的实验。啊,对了,我想我们——我想你已经找到西尔维斯特先生的房子了。"

那条不甚清晰的小路穿过另一道篱笆,在一座石砌小农舍那里消失了,那房子隐隐有种荒凉的意味。看不到生机,也没有人回应我们的招呼。查士丁尼拽着我们一路来到一座独立的小烟熏房，里面正缓缓冒出芳香的熏烟。它走到门口站定，用鼻子对着缝隙，急躁地呜呜叫唤。我打开门，在那烟气缭绕的昏暗室内看到三整条火腿以及第四条的一部分。我从口袋掏出小刀，切下一大片，扔在查士丁尼面前的地上。

"聪明的狗狗。"我拍拍它的头，见它露出牙齿朝我嚎叫，又快速收回手，"蠢狗，给了你的食物，我又不会再拿回去。"

"那你要去哪里找钱柜呢，罗素？"

"一定是在某个轻易找不到的地方，比如这间烟熏房的椽子上，或是厕所的茅坑里。这些都用不着多高的想象力或是智商：我承认，把火腿藏在一座仍在使用的烟熏房中是巧妙之举，不过我也该想到，这么做只是合理的犯罪本能行为，而非动脑的结果；发现一头猪只幸存下两条火腿，完全没剩下猪蹄或熏肉，就算是城市侦探也会觉得古怪。"

"说得对，"他叹口气，"我一生饱受只凭本能犯事，谈不上意义的罪犯的折磨；这个案子我就留给你了。你去搜吧，我往回走，去叫司机。不过在我走之前，能否帮你打开房门呢？"他彬彬有礼地问道，说着掏出了撬锁工具圈。

"当然，拜托了。"

酒馆的钱柜不在烟熏房的椽子上，也不在臭烘烘的茅坑里，也没有摇摇晃晃地挂在井里。走进室内，在那男人的床下、阁楼椽子上，甚至连一块松动的地板下都找过了，全不见踪迹。门外的司机正沉迷在一本廉价小说中不可自拔，乐得等待，但天色越来越暗。福尔摩斯和我在小厨房的一堆脏碟子前碰了头。西尔维斯特头天晚餐吃的是豆子，平底锅这会儿放在餐具柜上，结了一层硬壳。第四条火腿残余的部分放在橱柜中的一个盘子里，正被苍蝇享用。

"他偷东西时不太聪明，窝藏赃物倒是有一手。"我说。

"是啊，谁说不是？怀特奈克太太说这人几点下班来着？

对了，是七点。现在已经六点半了，所以车子必须离开。我能不能提个建议？让司机捎个字条带给我们那位好警察，有了警察的出现，我们做个假设好了，说不定能把他拖延到七点半。"

"说不定还能再晚点儿。西尔维斯特骑自行车从酒馆回来至少需要二十分钟。等他上了回家的路后，就算是警察也拦不住他了。"

"你说得对，罗素，那就把时间算到七点四十五。很好。我去给司机捎个字条，请他带去给罗杰斯警察。"

"再请他把查士丁尼送回去。风风光光地送它回去。"

汽车在房前掉头离开了，福尔摩斯消失在外面的一间屋子中，返回时拿着一把生了锈的凿子和一把锤子，然后走到敞开的房门处。

"你要做什么，福尔摩斯？"我问。他顿住了。

"请你原谅，罗素，我一时忘我了。积习难改啊。我这就把它们物归原处。"

"稍等，福尔摩斯，我只是单纯提问而已。"

"啊，是这样，我有时候会借助于这样一个事实，当看到自己所珍视的东西面临显而易见的危险时，人们会立刻将那东西拿在手中。毫无疑问你另有打算。原谅我的打扰。"

"不，不，没关系。你只管做你的，福尔摩斯。"我站着看他用撬锁工具熟练地锁上厨房门，接着用锤子和凿子把锁砸了个稀烂。他把工具送回原处，我则走进厨房，从桌上一个小包里拿出四个不新鲜的圆面包，接着返回烟熏房，自作主张找到一块从怀特奈克太太那里偷来、还没喂饱苏塞克斯地区半数家蝇的火腿，吃了一片。我一般是不吃猪肉的，但这次破例。我擦了擦油汪汪的表皮上的污迹，切下几片放在面包上，然后若有所思地看着我的手，接着看看火腿，然后是地板。

"福尔摩斯!"我呼喊起来。

"找到什么东西了吗,罗素?"

"衰老会传染吗,福尔摩斯?因为如果真是这样的话,那我们就都被传染了。"

"你说什么?"

"这块火腿曾被放在红色黏土中,然后一只脚把红色黏土带到了烟熏室的地板上。你不觉得继续调查那片红色黏土层是个好主意吗?给你三明治;抱歉没有啤酒相配。"

"稍等片刻。"福尔摩斯走回那扇被砸开的门内,只听得几声重击,还有玻璃破碎的声音。他拿着一大瓶巴斯麦芽酒和两个玻璃杯走回来,后者已经在水泵下冲洗过了。"我们能出发了吗?"

我们带着野餐,走到房子附近的山坡上,发现红色黏土就位于一座由巨石崩塌所形成的悬崖边。现在时间已过七点,要爬上岩石堆,找到可以窝藏物品的场所,可能需要费些时间。对土壤一番搜寻之后,我们找到几个和酒馆地毯上一样的脚印。红色脚印一直延伸到悬崖之上。我咬一口三明治,对那面包哭笑不得。

"我提议让他本人把钱柜带下来交给我们,福尔摩斯。我宁愿享受这火腿,喝些东西。"

"这真是块好火腿,虽然被熏了两遍。或许怀特奈克太太愿意听从劝说,分一点给我们,当作报偿。我想,罗素,如果我们到那边灌木丛中找个地方,那就既能藏身,又能将房子和山坡一览无余。"

我们于是就这么做了。福尔摩斯开了酒,我们补充了体力。很快猎物出现了,只见他蹬着自行车迅速下了公路穿过房门。从那时起,局面就像一个精心设计的多米诺骨牌阵倒塌了一般，诱因就是后门上被砸烂的门锁。我们一边吃喝，一边从树丛中窥看西尔维斯特站在门口目瞪口呆的样子，接着他走进屋内，发现了暴力搜查所留下的所有痕迹，接着冲出屋外，朝我们所在的山上狂奔而来。他面色通红、满头大汗地攀爬在岩石堆中，看到他重重地滑倒，胫骨遭到重击之时，我也疼得直咧嘴。到了中点位置，他躺下来，伸手向两块大岩石后面摸去，当他够到钱柜的时候，我们能看出他整个身体都放松了下来。

"现在过来吧，"福尔摩斯小声说道，"做个好孩子，把它拿下来，省得我们再爬坡。啊，很好，我猜你还想再耍耍滑头。"

西尔维斯特把那金属盒子笨拙地抱在胸前，一路慢慢地走下岩石堆。有一次他差点跌倒，我不由得屏住呼吸，盼望着他会摔断骨头，把钱洒一地，不过他站稳了，没把膝盖摔烂，还一路平安地走到了坡底。他小跑进家门，满脸急切而沾沾自喜的神态，双臂把那重盒子抱得紧紧的。福尔摩斯和我喝完麦芽酒，跟在他身后。

"罗素，我想现在该是你去请救兵的时刻了。我在这里等，你去公路上找警察罗杰斯——赶紧！"

"福尔摩斯，贝克家的狗或许会听我的话，但是警察罗杰斯并不会。我想如果需要有人去搬救兵下命令，最好是你去。"

"嗯，说得有道理。但不管怎样，如果你要留在这里，那你无论如何都不能靠近西尔维斯特先生。要是他逃跑，那就跟上，记得小心保持一段距离。兔子逼急了也会咬人，罗素，千万别逞英雄。"

我向他保证，无意单枪匹马去挑战这人，接着我们就分头行动了。我在烟熏房后面找了个合适的位置，从那里即便是对方跳河也能看得一清二楚，接着我捡了一把小石头，练了练抛接杂耍。我已经能做到同时保持五块石头在空中了，这时在我既看不见也听不到声音的地方，迅速又发生了一连串的事情。

最先的迹象是屋内传来摸索和重击声。厨房门"砰"的一声打开，那满头黑发的年轻窃贼神色仓皇地冲出来，纸币落在身后如片片秋叶。屋前传来吆喝声以及沉重的脚步声，不过西尔维斯特速度很快，领先了一大截。他加速从我身边冲过，却没想到我抓起一块石头朝他飞掷出去，击中了他大腿后部。有片刻的工夫，他一定是失去了知觉，因为他的膝盖软了下来，重重跌在地上。我伸手又捡起一块石头，但这时福尔摩斯和罗杰斯赶了过来，因此石头便不必再投掷了。

当晚我们在怀特奈克太太的酒馆用晚餐。福尔摩斯吃的是那火腿，我则享用了一道薄荷酱羊肉，此外我们还不客气地吃了好些小土豆、晶晶亮的胡萝卜以及苏塞克斯乡村肥沃的土地中种出来的其他美味。怀特奈克太太亲自为我们布菜撤盘，态度很是亲切。

过了好一阵子，我才停下来，开心地松了口气。

"谢谢你，福尔摩斯。很好玩。"

"你有没有从这次调查中获得一种原始而纯粹的满足感？"

"有，确实是这样。我想象不出把一辈子都用来从事此类活动，不过作为夏日里乡村嬉戏的内容，这算是最有趣的了。你说呢？"

"作为练习来说，罗素，这次调查你的表现极为专业。"

"真的吗？谢谢你，福尔摩斯。"我竟然不可思议地高兴。

"顺便问一句，你从哪里学来的那种投掷技巧？"

"我父亲认为，所有年轻的淑女都应当掌握投掷和奔跑。他不喜欢文雅却笨拙的派头。他非常热爱运动，还试着想把板球引入旧金山,那是在……他出事的前一年夏天。我是他的投手。"

"令人惊叹。"我的同伴小声说。

"他也这么认为。你得承认,这确实是个有用的技能。要砸倒那些违法犯纪者,总能找到些碎块做武器的。"

"有道理。不过,罗素……"他眼神冷冷地看着我,见此情景我振作起来,准备好接受毁灭性的批评,不过他说的却是,"那么,罗素,考虑到血红蛋白的实验……"

第二部

实习期
参议员的女儿

五 流浪的吉卜赛式生活

抓住她,囚禁她,带走她。

"修士的酒桶"一案正如我所说,不过是一次嬉耍,根本算不得正式案子,就连华生这种根深蒂固的浪漫主义者都不会把它写进惊险小说中去。当然了,警方不久就将西尔维斯特抓获归案,不过说实在的,三十基尼和四条火腿的盗窃案,即便是在当时那个食物严重短缺的年代,也很难登上《泰晤士报》头条。

然而,在那些年里发生过的所有骚乱事件中,此案一直留在我的脑海里,原因很简单,因为那是福尔摩斯第一次给予我决策和行动的自由。当然,即便是在当时,我也知道,假使这案子有任何一点重要意义,我可能就只有老老实实当助手的分儿了。尽管如此,我从中获取的隐秘的满足感却奇怪地持续了很久。或许虽然那只是个无足轻重的案子,却是由我独自破解的。

不过五周之后我们碰到的一个案子,却将"修士的酒桶"一案衬托得回归了其应有的孩子气的嬉闹本质。美国参议员之女的绑架案可不是嬉耍,而是一桩国际要案,饱含戏剧性,案情紧张,堪称经典的福尔摩斯式大案,不过此前我还未有机会得见,更不消说参与其中,当然就更不可能是其中的领导角色了。该案凸显出我数年来所受散漫培训的目的,有力地让人认识到夏洛克·福尔摩斯存在的理由,而且也让我接触到了福尔摩斯所生活的黑暗世界。

这个案子将我们从很多方面都绑在了一起，那是我学徒生涯以来从未能做到的，就如同自然灾难的幸存者会发现的一样，他们的整个余生都密不可分地联系在了一起。它让我更加相信自己，但矛盾的是，也让我变得更加谨慎，因为我已经亲眼见识到，我那些不假思索的行动可能会造成怎样不幸的后果。而看到自己几年来半是出于无聊、半是随性而为的训练真实地在眼前展露出结果，这也改变了福尔摩斯。他所创造出的力量并非无足轻重，原本的一次偶然相遇却造就了我，面对这样的事实，我相信他也极受鼓舞。他对于我的变化的重新评估，他对于我在遭受攻击时所展现出的能力的评价，可以说深刻地影响了四个月之后，当天堂在我们头顶打开时，他所做出的决定。

可是，我却差一点就错失了经历这次案件的机会。直到今天，一想到如果没有之前8月里的互相理解，那年的12月会变成什么样子，我的脊背还是会一阵发凉。正是因为我们在威尔士期间所打下的信任基础，12月的合作才有了可能。假使我错过了辛普森案，假使福尔摩斯对夏季稀薄的空气感到失望（正如他对其他许多案子的感受一样），而不允许我参与，那只有上帝才会知道，当12月的严寒在我们毫无防备、无人支持的境地袭来时，我们会发生什么。

8月中天气酷热难当的一天，快到正午时，我们割干草的工人忙完了最后一块田地，疲惫地拖着脚步四散回家。今年以来，妇女家乡工作服务队里自如的友好氛围和高亢的劲头因为队伍中出现了一个男人而降了温，是一个患了炮弹休克症的沉默、僵硬的年轻男子——确切来说还是个男孩，却是为战壕而生——他本人并未从事多么繁重的工作，而且每次听到突如其来的声响都会犯病，但光是靠着他痛苦的身影都足以让我们坚持工作。因为他的存在，18日那天，我们还不到正午就早早完成了任务。我费劲地走回家，默默地在帕特里克的厨房里大吃了一餐，只想着能躺在干净的床单上昏睡上二十个小时，而不是去浴室剥下肮脏的服务队罩衫，冲洗皮肤上因为出汗而胶着起来的尘垢和谷壳。身体虽然疲惫不堪，但一项艰巨任务完成所带来的释放感却让我充满力量，幸福地感慨万千，于是我骑上自行车，任潮湿的头发扬在脑后，一路来到福尔摩斯家。

慢慢骑进通往村舍的那条小巷时，我听到一种不同寻常的声音，因为两侧的石墙，那声音显得有些扭曲。是音乐，但又不是我之前听过的类型，是从福尔摩斯家里传出来的，一首欢快的舞曲，又让人精力充沛，完全意想不到。我在脚踏板上站得更稳些，绕过屋子来到厨房门前，径直走了进去。当我循着那乐声来到客厅时，有一阵子我都没认出那个深肤色、黑头发的人是谁，只见他用下巴夹着小提琴，两天没刮的胡楂看起来乱糟糟的。那熟悉的面庞倏地闪过一丝恐惧，之后很快地，这充满异国风情的痞子冲我俏皮地一笑，左门牙闪过一道金光。我可不是好哄的。刚才他见我出乎意料地出现在他家门口时的反应，我已经看见了，于是我立即起了警惕之心。

"福尔摩斯，"我说道，"别跟我说是牧师要为村子的庆典找个吉卜赛小提琴手啊。"

"你好，罗素，"他用一种斟酌过的谨慎语气说，"真是意外的惊喜。很高兴你过来，正好省去了我写信的麻烦。我想请你记录试种情况。几天就好，并没有任何过度——"

"福尔摩斯，出什么事了？"

他一副全然无辜的表情："出事？什么事都没出啊。我发现自己必须离开几天,仅此而已。"

"你有案子了。"

"啊,现在,罗素——"

"为什么不想让我知道?可别跟我胡扯是政府机密。"

"确实是机密。我不能告诉你。可能晚点会告诉你。不过我真的需要你——"

"那就把试种打住吧,福尔摩斯,"我生气地说,"反正实验毫无重要意义。"

"罗素!"他像是受了冒犯般地说道,"我会离开它们,只是因为无法拒绝找我的人。"

"福尔摩斯,"我用警告的语气说,"和你说话的人是罗素,不是华生,不是哈德森太太。我一点都不怕你。我想知道你为什么会计划偷偷溜走而不告诉我。"

"偷偷溜走!罗素,我说了很高兴你过来。"

"福尔摩斯,我又不瞎。除鞋子外,你都做好全副伪装了,而且角落里还有一个收拾好的包。我再说一遍,出什么事了?"

"罗素,我很抱歉,但是我不能把你扯进这个案子。"

"为什么不能,福尔摩斯?"我真的非常生气。他也是。

"因为,该死,可能会有危险!"

我站在那里,目视着房间另一头的他,待我回答的时候,我要很高兴地指出,声音是非常平静沉稳的。

"我亲爱的福尔摩斯,我会假装你没说过那话。现在我去你花园里转转,待个十分钟左右,欣赏欣赏花卉。等我回来后,这场对话再重新开始,除非你决定彻底和我断交,不然的话,你永远也不能再有保护玛丽·罗素这个小家伙这种想法了。"我走出去,轻轻关上门,去找威尔聊了几句,逗了逗那两只猫。接着我拔了些草,听到小提琴声再度响起,这一次是一段更古典的旋律。十分钟后我重新进门。

"下午好啊，福尔摩斯。你穿的外衣很时髦嘛。我就想不出还能用橙色领带来搭配那种红色的衬衣，不过确实与众不同。这么说来，我们要去哪里？"

福尔摩斯半眯着眼睛看向我，而我则平静地站在门口，抱着手臂。最后他哼了一声，将小提琴放回旧琴匣。

"很好，罗素。我可能是疯了，不过还是试一试吧。你最近有没有关注报纸？辛普森绑架案？"

"几天前我看到过一点消息。最近我一直在帮帕特里克收割干草。"

"显而易见。趁我帮你收拾伪装物品，看看这些。"

他递给我一沓《泰晤士报》旧刊，接着上楼去了实验室。

我按日期给材料分好类。最早的一篇报道是在8月10日，是在副刊上的一小块，福尔摩斯圈了出来。其中说到美国参议员乔纳森·辛普森准备同家人——妻子和六岁的女儿——出门前往威尔士度假。

下一篇文章是在三天后，印在新闻版首页作为头条。标题是《参议员之女遭劫，索取巨额赎金》，大致内容是辛普森夫妇收到一张打印的索取赎金的字条，里面只说女儿在他们手上，辛普森有一周时间去筹集两万英镑，如果报警，女儿就将没命。这篇文章中没有解释报社是如何得到信息的，而且事情上了首页后，辛普森该怎么保证警察不知情。随后该案的新闻价值逐渐减少。绑架案以粗体字标题大肆报道的五天之后，今天的报纸在副刊上登出了一张颗粒很粗的照片，上面的两个人形容枯槁，正是那对父母。

我走上楼，将肩膀抵在实验室门上，福尔摩斯在里面又是量、又是倒、又是搅拌的忙得不可开交。

"是谁叫你参与的？"

"显然是辛普森夫人一再坚持。"

"你听起来不开心。"

他"砰"的一声放下一支吸管,自然碎了。

"我怎么可能开心?一半的威尔士人都在山间地头的泥泞中踩过了,事情都过了一周,路上没有脚印,没有人看到可疑人物,这对父母发了狂,因为谁也不知该怎么办,所以他们就决定满足那位夫人,把老福尔摩斯请出来。老福尔摩斯啊,神秘的劳动者。"他酸溜溜地盯着自己的手指,而我正在往上面敷膏药。

"读着华生写的那些蠢话时,人们永远不会知道我曾经历过真正的失败,那种能令人心力损耗、辗转难眠的失败。罗素,我熟悉这些案子,我记得它们开始时的滋味,而这一个就具备全部那样的特征,里面散发着失败的恶臭。当他们找出那孩子的遗体时,我不想靠近威尔士半步。"

"那就拒绝这个案子。"

"我不能。他们可能会遗漏某些线索,而我这双老眼昏花的多疑眼睛又可能会发现什么东西。"他发出一声刺耳的嘲讽式的笑声,"现在,华生的笔记中可以添点东西了:夏洛克·福尔摩斯相信运气。坐下吧,罗素,让我把这脏东西画在你的脸上试试看。"

那东西很难闻,温乎乎的,黝黑黏滑,应该连狗也不会理睬。它们被涂在我的鼻子上,我的耳朵上,我的嘴巴周围,但我坐着没动。

"我们将扮成两个吉卜赛人。我已经在加的夫安排了一辆大篷车,我们在那里面见辛普森夫妇,接着一路北上。原计划雇个司机的,不过鉴于你最近一直在帕特里克的队伍中练习,就交给你驾驶了。我猜你在牛津没学到任何派得上用场的技能吧,诸如算命什么的?"

"住我楼下的女孩酷爱玩塔罗牌。我或许能装腔作势说几句行话。我还会玩抛接杂耍。"

"柜子里有副牌——坐好别动！我跟苏格兰场说明天到加的夫。"

"我记得赎金纸条上说他们有一周时间，两天工夫你能做什么？"

"你没看报纸上的私事广告栏吧，"他责备道，"截止日期差不多只是个形式上的要求而已，就跟要警察别插手的论调一样。没人会把那样的要求当真，至少绑架者不会。我们的时间截止到8月13日。辛普森参议员正在试着募集资金，但那个数目几乎要令他倾家荡产。"他的声音显得心不在焉，同时仍在往我眼皮上涂抹那令人厌恶的黏东西，"参议员，即便是像辛普森这样势力强大的，也往往并非富人。"

"我们要去威尔士。你觉得那孩子还在那里吗？"

"那里地处偏远，天黑后就没人能听见汽车声了，况且警察已经封锁了每条路，直至清晨六点才放行。路障都还在，不过苏格兰场、威尔士警局以及美国官员都认为，那女孩现在在伦敦。他们都在朝那个方向忙，却把我们当作小贿赂投往威尔士，以便让辛普森夫妇振作起来。这意味着，只要我们到了那里，就会获得相对的自由。是的，我认为那女孩还在威尔士；不仅如此，我认为她就在消失之处的二十英里以内。我说了坐好别动！"他低吼着往我耳中抹膏状物，这样的姿势我看不见他的脸。

"如果情况属实，这倒是个酷角色。"我说，并不是指那被绑的孩子。

"冷酷，没错。而且谨慎：字条用的是廉价的普通纸，装的是普通信封，打字机用的是第二畅销的型号，用了三四年的老款，是在伦敦的繁忙邮局寄出的。没有指纹。字条的拼写、选词、标点都极为糟糕。版面排得很简洁，打字员在每段开头都正好留出五个空格，根据按键的力度推测，打字员干这一行很熟练。信息并非文盲的粉饰写法，相反内容清晰，又不过分用力，此类信息多半会写得很用力。"

"粉饰？"

"粉饰，"他坚定地说，"这背后是经过了设计的，罗素，并不是随便某个没受过教育的人所为。"从他的脸色及声音中能看出，那种对于犯罪行为本身的憎恶之情已经败下阵来，输给了追捕凶犯为他所带来的本质的喜悦。我没有说话，他继续拿那恶心的东西糊住我的双手和手臂，一直糊到手肘位置。"因此，我们决不能冒险，要假定他们毫无弱点。我们的伪装要从踏出通往那里的车门那一刻就开始，不能有一时的破绽。如果你无法坚持，最好现在就说出来，因为任何闪失都关系到那孩子的性命。更不用说，如果我们让一位宝贵且多少有些不情愿的协约国代表在我们的国土上失去了孩子，会为复杂的政治局面带来怎样的影响。"他的声音轻微得几乎听不清，不过当他直视我双眼时，我几乎要胆怯起来。这可不是拿出缠头巾假扮拉特纳卡·桑吉，装出一种歌舞杂耍似的口音，那套把戏最大的风险不过是被学校开除；而这个角色扮演失败的惩罚则是那孩子的性命，甚至可能关系到我们自身的性命。那么，找借口离开这案子应该能轻松实现，可是——如果现在不参与，我自问，什么时候参与呢？如果我现在拒绝参加，那我还会有必须将勇气与机会合二为一的时机吗？我咽口唾沫，点点头。他转过身，将烧杯放在桌上，那杯子接下来就将待在那里，无人挪动，直至我们返回时迎接我们疲惫目光的注视。

"好了，"他说道，"让我们期待这妆容不会再次堵塞水管吧。去洗个澡，把这些漂到你头发里。"

我拿起那瓶黏糊糊的黑色染料，穿过走廊走进浴室。稍后我站在那里，盯着镜子里满头乌发的年轻女子看了一会儿，她的肤色是加奶咖啡的颜色，长着一双充满异国风情的蓝眼睛，穿一条从福尔摩斯行李箱里找到的大裙子，身上披着五颜六色的丝巾，脖子和手腕上缠着一堆沉重的亮晶晶的廉价金黄色首饰。我戴上眼镜研究自己在镜中的身影，发现这副标准型眼镜太过学究气，于是就换了一副更宽的金制框架，镜片上也有淡淡的色彩。效果显得很不协调，不过却奇怪地恰到好处——就像是对我已经穿上身的这堆炫耀的财富做了个现代改良。我退后一步，练习着露出一个诱惑性微笑，但只害得我自己咯咯笑出声来。

"还好，今天哈德森夫人休息。"待我绕着圈转进客厅时，福尔摩斯就说了这么一句，"坐下，我们来看看你能拿这些牌变出什么花样。"

天黑后我们出发去搭乘最后一班东去的火车。我从农舍打了个电话，通知姨妈我已经决定和朋友维罗妮卡女士到伯克郡待几天，维罗妮卡的祖母刚刚过世，她需要朋友帮助，一周之后才会回来，然后在她的各种疑问和抗议声中挂断电话。待我回来再处理她的怒火好了，不过至少现在她不会打电话报警称外甥女失踪，从而把事态闹得更复杂。

到了火车站，我们爬下马匹正喘粗气的公共马车，拎着几个包裹走向售票窗口。我把眼镜从鼻梁上摘下，放进口袋，以免西弗德车站相熟的那位售票员多打量我，不过即便是半眯着眼睛，他脸上的憎恶表情我也绝对不会看错，虽然有勉强的工作礼仪做掩盖。

"你好，先生。"他冷冷地说。

"去布里斯托尔的头等包厢。"福尔摩斯低声含糊地说。

"头等？抱歉，恐怕没有任何合适的座位了。到了夜里这个时间,您会发现二等包厢原来也相当舒服。"

"不,必须是头等包厢。今天是我女儿的生日,她想要一个头等包厢。"

那售票员看看我,于是我便赧报地对他笑笑(我想那动作有点类似于女学生在模仿当晚最闪耀的女士,不过似乎还是让他心软了)。

"好吧,或许今晚我们能找出些空位。不过你们只能待在自己的包厢,不能四处游荡,打扰其他乘客。"

福尔摩斯挺直身子,愤怒地看着那人。

"如果他们不打扰我们,我们就不会打扰他们。多少钱?"

当我们提着大包小包,摇曳多姿地上车时,许多双眼睛因为感到丢脸而移开了视线(我想明天早上的《泰晤士报》社论页一定会刊登投诉信,但是鉴于我们接下来几天都很忙,所以我不知道是否出现了那样的消息),而且整个旅途中包厢里都只有我们自己。我打开福尔摩斯递给我的案件卷宗,但是在烈日下劳作了一整天,再加上紧张,这两项原因共谋压倒了我。到了布里斯托尔,福尔摩斯叫醒我。在火车站附近的一家破旧酒店里,我们找了两个房间,一觉睡到早晨。

前往加的夫的余下旅程显然就不如第一部分那么奢华了,而且福尔摩斯还必须帮助我下火车,因为我的一条腿由于行李的重量和一个挤在我旁边的女人而被压麻了。待我恢复行走后,他将蓄有腮须的脸贴在我耳畔小声说话。

"现在,罗素,我们该看看你一个人能做些什么了。我们定好十二点半去总督察康纳办公室同辛普森夫妇会面。从正门进去并非最佳主意,正如我告诉过你的那样,所以我们要被逮捕。温柔点,别对虐待你的人太粗暴。他身子骨老啦。"

他挑了两个最小的包走了,留下我对付剩下的四个。我跟着他走到出口,经过一位身穿制服监视人群的警察——他看到了我们，却几乎没有怀疑。出口那里人越积越多，福尔摩斯突然停下脚步以避开一个小孩。我撞在他身上，丢了一个包，待我奋力去捡时，包却被好几只脚踢走，打头的是一双过分耀眼的吉卜赛人的靴子。借着肩推肘搡之力，我追上了那包，但正当我弯腰去捡时，却冷不防被什么东西撞到了墙上，倒在宽大的裙子和行李之中。一个声音在我头顶咆哮。

"啊，看在上帝的分儿上，你就不能把包拿好吗？早知道就带你哥哥出来了；至少他还能站得起身。"一只手用力抓住我的手臂，将我拽了起来，但那手松得太早，我一下子绊倒在一群衣着优雅的绅士之中。几只戴手套的手拦着没让我摔倒，但是所有想要走出大门的动作都突然间被截停了。

"你这该死的丫头，简直比你母亲还要坏，竟然跌倒在一群陌生男人的怀里。快过来拿你的东西，"他呵斥着将我从扶我的手中拖出去，然后重重推向行李。刚刚撞在墙上时冲击力所带来的痛感就让我流出了眼泪，现在我只能视线模糊地摸索行李包的提手和拉绳。一个声音及时地传来，是在抗议我所受的虐待，但没有人肯行动来阻止我的"父亲"。

"可是爸爸，他们只是想帮我——"

我看到他的手向我挥来，急忙躲闪，但那手落下时还是发出"啪"的一声响。我吓得缩在墙边，双手抱着头，待他的鞋子踢到我身下的行李包时，我悲惨地叫出声来。

终于一个警察吹响口哨。

"快停下，伙计，"威尔士执法者的声音传来，"那样做是可耻的，那样伤害一个孩子。"

"她已经不是小孩儿了，她需要挨挨揍。"

"不行，伙计！不行！"那人大吼一声抓住福尔摩斯扬起的手臂，"我们不能容忍那样的行为。你们俩都给我去警局，我们倒要看看这样能不能叫你们冷静。"他说着凑近看了看我，然后转身面对那一群男士，"绅士们，或许你们该留神检查一下自己的口袋，看看有没有什么东西丢失。"

让我松了口气的是没有什么东西丢失，尽管我并不惊讶福尔摩斯会为给被捕过程增添真实性而做出这些举动。不管怎么说，那位警察还是兑现了他威胁的事，我和福尔摩斯大声叫嚷着被塞进一辆警车的后部，然后被带走了。一进车子，我们就不再看彼此。时不时地我会抽一下鼻子，借此来掩盖不知不觉间爬上我嘴角的笑意。

到了警局，一位警察抓住福尔摩斯被铐起来的手臂，粗暴地拖走了他。负责我的是位年轻警察，他郑重地将我移交出去。这两点都说明，他们似乎还不能断定，我到底是个无辜受害者，还是比我父亲更坏的无赖。我付出了巨大的努力以及冗长的时间，才让我自己成为一个十足的麻烦人物，从而使我的要求获得满足。而我的要求就是，能简短地面见总督察康纳先生。最终，我站在一扇黄铜名牌上写着他名字的门外。一位身穿紧身胸衣、双唇紧闭的中年妇女冲我嘘声，要求我待在原地，然后与一位秘书交谈了几句。那妇女瞪着我，秘书也用愤懑的眼神睨视我，但我才不在乎。我成功了，时间才十二点二十分。

然而让我沮丧的是，那秘书决定忠于职守。她摇摇头，冲关着的门挥挥手，显然是拒绝我接近里面的人。我从大口袋里掏出一支钢笔和一张纸，想了片刻后，在上面写下将我们带到这里来的那女孩的名字。我将纸片对折三次，然后走上前去恭敬地交给那秘书。

"不胜歉意，小姐，"我说道，"原本是不该奢望总督察见我的，不过我敢肯定，他一定会见我。请把这个交给他。如果他看完还不愿见我，我会立刻离开。"

她看看折叠的纸片，或许是那词语穿透纸面让她瞧见了，于是她拿着纸条，毫不迟疑地走进了门。里面的谈话声暂停片刻，接着传来秘书道歉的声音，然后只听突然传来一声压抑的惊叹，我便站在了一位面色红润的中年男士面前。他长着一头稀疏的红发，身穿一套不合身的花呢套装，从门口猛冲而出，用一口中气十足的威尔士口音咆哮着。

"假如埃及法老也曾被摩西这样折磨，就像我被这世上形形色色的闹事者所困一样，那他可能会用自己的马车将以色列的子民送到耶利哥[1]门前。您来了，小姐，"他用一双疲倦的亮蓝色眼睛盯着我，"真是可怜，真是，让您以这样诡秘的方式来这里——"

我探过身去听完他的话，然后低而有力地说出两个词："夏洛克·福尔摩斯。"他猛地抬起头，就像是被我打了一般。他后退一步，用眼睛打量我，而我则饶有兴味地看出他似乎在心里想，即便这个靠技能誉满全球的人作了伪装，也不可能是他面前的这个样子吧。他眯起眼睛。

"那你是怎么知道——"他停下来扫一眼走廊里那位惊呆的女士，然后退回去关上门，接着将我引至比刚才瞄到的那间更小且更旧的办公室——是间接见室，有三扇门。他将门在我们身后关上。

"你自己解释清楚。"他要求道。

"乐意之至，"我柔声说，"介意我坐下说吗？"

他这才第一次认真看我，还为这位吉卜赛女孩说话时慢吞吞的牛津口音而惊了半刻，我于是思考起言谈与外表不相符合会产生怎样的惊人效果。他指指一张椅子，于是我便坐了上去，然后他也坐了下来。

"谢谢，"我说，"在您的牢房中关有一位吉卜赛绅士，是我的'父亲'。那才是真正的夏洛克·福尔摩斯。我想他是不

1　Jercho，《圣经》中的城名。——编者注

希望自己前来解决辛普森案这一消息传开，所以选择了走后门赴约，可以这么说吧，而非走正门。您的手下很有礼貌。"我急忙打消他的疑虑，虽然那话并非全部属实。

"上帝啊，"他压低声音惊呼，"夏洛克·福尔摩斯在拘留所。唐纳森！"他咆哮起来。我身后一扇门打开了，"把他们在火车站逮捕的那个吉卜赛人带过来。你亲自去。"

沉重的寂静降临，直至康纳突然想起办公室里那两位美国人，才匆忙离去。他的声音在隔间里震荡了好几分钟。接着他走出自己办公室，对秘书小声说了句什么。

"我们喝茶。卡特小姐，要些饼干，不拘什么都行。请你送一盘去给辛普森夫妇。这里送三杯茶来，是的，三杯。"

他返回接见室，小心地在我对面椅子上坐下，交叠双手放在桌面。

"不对，"他说道，"可笑就可笑在这里。为什么没人告诉我……"他停了一下，刻意遏制住威尔士语，像穿制服一般换成英语，"也就是说，我不知道会有人陪他来。"

"他本人也是昨天才知道的。我叫玛丽·罗素。我是他在此案中的助手。"

他控制不住地张大嘴巴，不过幸好唐纳森和福尔摩斯来了，交谈才得以继续进行。福尔摩斯仍戴着手铐，但眼神中却显露出好玩的神色，虽然他已经涂暗的颧骨上擦出了瘀伤，嘴巴左侧也有虚肿，但他显然乐在其中。康纳惊骇地看着他。

"唐纳森，这是什么意思？他脸是怎么了？把他的手铐解开。"

福尔摩斯打断了他这番急切的话语。

"没事，总督察，没有关系。他们只是恪尽职守罢了。"

康纳目不转睛地盯着福尔摩斯，接着扫一眼他的小队长。

"唐纳森先生，请你去收容所告诉出拳伤人的那些人，我

113

决不允许那类事情再发生。我不管是谁在我面前发出的许可或鼓励命令,决不允许此类事情再发生。太恶劣了,那真是。唐纳森,你去吧。"

那位小队长溜出门后,卡特小姐进来将一个托盘放在桌上,里面是三杯茶和一碟蛋糕,虽然她努力地目不斜视,但还是流露出好奇的神色。显然我们并非康纳平常所接待的那类客人。

她出去后带上了门。福尔摩斯过来坐在我旁边的椅子上。

"你相当准时啊,罗素。我想我刚才应该没伤到你吧?"

"一点擦痕而已。你故意弄掉我眼镜的,是吗?"

"如我所说,不会有问题的。那么康纳总督察,我想您已经见过玛丽·罗素了吧?"

"她……自己介绍说是您的'助手'。我想请问,福尔摩斯先生,这真有必要吗?"

他的问题中隐含着好几层意思,不过单纯的我并未当即明白……直至我看到福尔摩斯看他的眼神,才猛地醒悟过来,羞得满脸通红。我站起身。

"福尔摩斯,我想说你还是独自调查这件案子为好。我还是回家——"

"你坐下。"听到他这种语气,我又坐了下来。我没有去看康纳总督察。

"罗素小姐是我的助手,总督察。无论此案,还是其他案件,这一点都一样。"他虽然只说了这么一句,康纳却往椅背靠去,清了清嗓子,迅速看了我一眼。考虑到其实他并未大声说出什么冒犯的话,所以我觉得他神色中的歉意已经足够。

"您的助手。好的。"

"对。不过,她的出现并不影响安排。辛普森夫妇来了吗?"

"就在隔壁。我想还是应该先和您说几句。"

"这话很是。见过他二人后，我们立刻离开这座城市。我想路障应该都还在，您的人手应该如我安排的那样，都离开这个地区了吧？"

"如您要求的一样。"康纳确认道。不过他声音中的怨恨语气却显然在说，他是被迫听从上级的直接指令而为，对此并不太满意。

福尔摩斯突然抬起头，接着又谨慎地往椅背靠去，他将长手指交错着钩在弄脏的马甲上，唇边浮出一个微笑。"或许我们需要澄清一下这件事，总督察。我并未'要求'任何事情。我完全不想'要求'将这件案子交给我来办，是你们找的我。而我接受的唯一条件就是，各方达成共识，在威尔士这几平方英里的乡村地界，要优先听从我的命令。如果您愿意，可以说那是要求，不过别把它们当要求来对待。此外，我还要说明一点，这位玛丽·罗素是我的正式代表，如果我不在，她所传达的任何消息或'要求'都应被执行，不加苛责地立即执行。我们能达成一致意见吗，总督察？"

"不，福尔摩斯先生，"康纳开始放大音量，威尔士语的节奏不觉又钻进了他的喉咙，"我很难认同——"

"这一点非常明显，年轻人。如果您能暂停下来思考片刻，您可能就会发现，简单回答一句'是'或'不是'就足够了。如果您同意，那我们就同辛普森夫妇谈话，继续查这个案子。如果您的回答是'不是'，那么您就把行李返还给玛丽·罗素，相应地我也会交还您的案子。决定权完全在您手上。就我来说，我倒乐得回家继续做我的实验，睡自己的床。您意下如何？"

只见两只冷酷的灰色眼眸与两只亮蓝色的眼眸相视，漫长的一分钟过去，蓝色的动摇了。

"我别无选择了,对吗?那女人会要了我的命。"他从桌前往后退去。我们跟着这位不满的总督察,走出房间的第三扇门进入他的办公室。

那对夫妇看到我们进门都抬起头,贵族气派的脸庞上写满灾难气象,这足以拉长这两张已经越过害怕和疲累临界点的面容,让人感觉到他们对于后续将发生的事都只剩下不知所措的恐惧。他们两人看上去都体态苍老、仪容不整、脆弱不堪。我们进门时,参议员没有起身,而只是看向我们身后的康纳。桌上的茶水并未动过。

"参议员,辛普森先生,请允许我来介绍福尔摩斯先生及其助手,玛丽·罗素小姐。"

参议员朝后退去,正如葬礼上的主人听到什么无趣的笑话那般,但福尔摩斯迅速走上前去。

"我必须为我这异乎寻常的装扮道歉,"他用最标准的牛津剑桥毕业生腔调说道,"我认为为了您女儿的安全考虑,最好不要让人看到我走进火车站,而是用这样的方式,走仆从通道。我向您保证,罗素小姐的装扮和我所戴的金牙一样,完全都是假的。"辛普森的怒气这才消散,转而站起身握住福尔摩斯的手。而辛普森夫人,我注意到,她似乎没注意到福尔摩斯和我的装扮:自打康纳说出福尔摩斯名字那一刻起,她焦虑的双眼就一直锁定在福尔摩斯身上,如同一名溺水妇人紧抓住一块浮木不放那般,之后她紧盯住福尔摩斯的一举一动,看着他拉过一张椅子,径直坐在夫妇二人对面。我在一侧坐下,康纳绕过去坐在平素所坐的桌子之后,那桌子将他同外人以及眼前的离奇案件隔开了。

"现在,"福尔摩斯快速说道,"言归正传。我读过你们的陈述,看了照片,浏览过物证。强迫你们再经历一次折磨没有太大意义。或许应该由我按自己的理解说出事情的发生顺序，如有不对之处，请您二位指出。"于是他便开始陈述从卷宗和报纸中获得的信息：决定只带一顶帐篷前往威尔士山中休假，坐火车到达加的夫，乘汽车登上荒山野岭，两天平安无事，第三天醒来发现孩子从睡袋中消失。

"有遗漏吗？"那两位美国人看看彼此，然后摇头。"很好，我只有两个问题。首先，您二位为何来此？"

"我恐怕是我的……坚持。"辛普森太太说。她手指用力地拧动一块放在膝头的蕾丝手帕，"约翰尼差不多有两年都没休息过一天，于是我告诉他……我告诉他说，如果不去度假，那我就带杰西[1]回老家。"她嗓音突变。福尔摩斯立即走至她身前，用他标志性的风格向这颗正身处困境的心灵表达了同情与理解。不过，出于某些原因，这样的做法往往会让人大吃一惊。这一次他更夸张，甚至抓住了辛普森太太的手，以强迫对方直视他的眼睛。

"辛普森太太，听我说。这并非意外事故，"他用一种很有说服力的语气说道，"您的女儿被绑架并不是因为刚好在错误的时间出现在那座山坡上。我了解绑架犯。就算她没有被带来威尔士，也有可能是在和保姆去公园时，或是在家中卧室里发生这种事。这是一次精心策划的有计划犯罪。并不是您的错。"

辛普森太太当然完全崩溃了，在提供了大量手帕，根据情况做出明智判断，给她倒了一杯白兰地之后，我们才得以重回正轨。

"可是为什么会选择来这里呢？"福尔摩斯仍坚持提出这个问题，"你们提前计划了多久，都有谁知道？"

参议员回答："因为我们想尽量远离文明世界——伦敦。好吧，我知道这么说不得体，但伦敦实在是糟透了：空气发

---

[1] 杰西卡的昵称。——编者注

臭;永远都看不到星星,即便是在灯火管制时期;那里总是闹哄哄的;而且你永远都不可能知道,炮弹什么时候会再投下来。威尔士看上去是一个人能抵达的最远的地方。我计划休息一周,哦,我们应该是从5月底开始计划的,就在上次大空袭发生之后。"

"有没有人向你们推荐过这个地区?"

"应该没有。我妻子的娘家来自阿伯里斯特威斯[1],所以我们对这里有大致的了解。那里就和我成长的科罗拉多州一样,山地很多,当然没有真正的名山大川。不过我们觉得能到山间走一走,安营扎寨过几天就很好。不能有太剧烈的运动,因为杰西——因为杰西还太小。找个独辟蹊径的僻静地方就行。"

"那么安排工作——设备,交通——有辆汽车送你们去的,是吗?而且您安排它五天后来接你们——据警方和报纸所言。是谁安排的这些?"

"我的私人助理。他是英国人。我想他的兄弟知道哪里能租到帐篷之类的东西,不过详细信息您得去问他。"

"那些信息我已经为您准备好了,福尔摩斯先生,"康纳坐在他的座位上大声讲,"您离开前就能知道。"

"谢谢,总督察。现在,参议员先生,有关最后一天的情况:您去散了步,在一座农舍买了香肠和面包,五点时烹饪用餐完毕,之后就待在帐篷里读书,因为天开始下雨了。七点时您就已经睡着,四点钟醒来时发现女儿走失了。"

"她没有走!"辛普森太太插话道,"杰西卡不会自己走出帐篷,她怕黑,她连走到外面去看马群都不肯。我知道她喜欢那些在旷野游荡的矮马,但是她不会跟着它们离开,我的杰西不会那样做。"

福尔摩斯直视着她担忧恐慌的神色。

---

1 Aberstwyth,威尔士西部自治市。——编者注

"这样就引出了我的第二个问题。当您第二天清晨醒来时,有什么样的感觉?"

"感觉?"那位参议员以一副难以置信的表情看着福尔摩斯,我承认有那么一刻,我也觉得问这样的问题简直是疯了。"您觉得我们是什么感觉,醒来发现女儿无迹可寻?"

福尔摩斯用一只手安抚性地要他打住。

"我不是那个意思。您自然会恐慌,会无计可施,但是身体上呢?身体上有什么感觉?"

"完全正常,我想。我不记得了。"他看看妻子。

"我记得。我感觉不舒服,头发沉。外面空气感觉清新极了,就像是闻到香槟的香气。"那双极为涣散的目光盯着福尔摩斯,"我们是被下药了吗?"

"我认为可能性很大。总督察,那些香肠检查过吗?"

"分析过,当然。剩下的两根香肠中什么也没发现,其他食物也是。农场那对老夫妇看上去也纯良无害。这些也都写在报告里了。"

接下来的半小时里,福尔摩斯继续向总督察和辛普森夫妇提问,但收效甚微。没有已知的敌人,头一天他们也没见什么陌生人。赎金正在从美国调来,是向参议员的父亲借的。到最后辛普森先生面色苍白,他的妻子也发起抖来。福尔摩斯谢过他们。

"让您二人遭受此等痛苦折磨,我深感抱歉。在调查的这个阶段,谁也不知道哪个小细节将起到决定性的重要意义。罗素,你有什么问题吗?"

"只有一个,是关于孩子的。我想知道,你们觉得她会有怎样的反应呢,辛普森太太?被人藏匿起来,或许还是被完全陌生的人,她会作何反应,你们是怎么觉得的?"我担心自己的问题会让她崩溃,但奇怪的是并没有。她坐起身,第一次直视我。

"杰西卡是个非常独立,很有主见的孩子。她很聪明,不会轻易就惊慌失措。实话告诉你,我猜她被照顾得很好,她可能并不如她妈妈那般担忧。"她不事修饰的脸上浮过一丝隐隐的笑意。没有其他问题了。

康纳送夫妇俩走出门,然后拿着一本装订好的厚厚的文件夹走进来。

"这是全部报告,我们所发现的一切信息,印刷物的复印件,当地人访谈,一切都在里面。绝大部分你们都已经看过。我想你们会想要随身带走,而不是现在停下来阅读。"

"是的,我想尽快离开。大篷车在哪儿?"

"城北,去卡尔菲利的路上,格威尔西姆·安德鲁斯经营的马厩里。他不是你们所想的警察的朋友,背地里我无法相信他,不过他正是你们需要的人。要我找辆车送你们过去吗?"

"不用。我想对于两个吉卜赛人来说,这样的待遇不合适,您觉得呢?而且您还必须对卡特小姐和唐纳森小队长嘱咐几句。我们可不希望整个警局的人都知道,参议员辛普森与两个被捕的吉卜赛人在一起待了一个小时,对吧?所以说不用了。我觉得我们还是继续演到底的好,就假装您警告过,然后将我们放了,如果您想好好安排释放情景的话。您知道我们会去哪儿;如果想和我说话,就找个巡警拦住我们。警察呵斥吉卜赛人,没人会大惊小怪。不过,如果他要逮捕我,那请他动作温柔些。我已经承诺过,不会再去火车站打我女儿了。"康纳迟疑片刻,然后大笑起来。或许只是刚才的种种情况掩盖了他的幽默感而已。

我们起身离开。康纳也站起来,稍稍犹豫一下后,他走到椅子边,向福尔摩斯伸出手。

"我很抱歉,福尔摩斯先生,为您在我这里所发现的事情。

我刚到任,但说这番话并非找借口。"福尔摩斯握住他的手。

"我在这里遇到好人了,康纳先生。确实都还是些年轻人,但我想在您的带领下,他们很快就会成熟起来。"

"他们会的,福尔摩斯先生。现在祝您一路平安,还有追捕成功。你也是,玛丽·罗素。"

我们很快就拎着三包行李到了街上,一路向城郊走去,在那里我们很快就找到了安德鲁斯的马厩。福尔摩斯把我留在服务处,自己去找主人。我玩抛接杂耍玩了半个小时,急切地想找些东西来读(不过严格说来,我应该是不识字的),直至终于听到门外传来说话声。前面进来的人一脸谄媚相,不太可靠的样子;跟在他后面的是稍稍整洁一点的福尔摩斯,正散发出浓烈的威士忌味道,金牙闪闪发光。安德鲁斯睨视着我,福尔摩斯把钱举到他鼻子下,才让他转移开注意力。

"好了,安德鲁斯先生,就这么说定了。感谢你替我保存我兄弟的马车。这是我欠你的。走吧,玛丽,马车在外面院子里。"

"稍等片刻,托德先生,还短一个先令呢。"

"啊,实在抱歉,一定是弄丢了。"他动作艰难地数出三个便士,一个半便士,六个法新[1]。"给你,现在我们要走了。收好包袱,丫头。"他咆哮着说。

"好的,爸爸。"我温顺地跟在他身后,又要拎四个最大的包。我们穿过满是淤泥的院子,来到后面的吉卜赛大篷车旁。他们正把两根缰绳往一匹毛皮凌乱、步伐沉重的马身上套。我放下行李,走过去帮忙,其间连连感谢帕特里克的教导。之后我发现,虽然给马套马具与操作耕犁或干草拖车方法不一样,技法却条理分明,很快就能掌握。我和福尔摩斯一起爬上硬木座椅。他把缰绳递给我,往自己脸上蒙了一条

---

1 farthing,英国旧时铜币,币值为1/4便士,1961年取消。——译注

毯子。我瞄了一眼附近站着的两个男人,把粗粗的皮带在手中挽好,然后重重抽在我身前马匹宽阔的脊背上。那马亲昵地向前俯身,于是我们便出发向北,踏上了寻找杰西卡·辛普森的路途。

六　一个从床上消失的女孩

让她休养康复……他们会以非同一般的动情仪式迎接她……这奇怪的庆祝赞歌。

还没离开城郊，福尔摩斯就让我靠边停车。

"恐怕，我们得对这辆车做一次全面检查，"他说道，"上一回我雇车的时候，轮子掉了一个。这一次怕也不方便。你把马卸下来，检查一下套缰绳的位置，我想你应该会发现一些伤口。马梳、衬垫用的碎布、擦伤药膏都在那个白棉布袋里。"他说着消失在篷车之下，在我为这疑惑不解的马儿梳理和上药时，他紧固了螺栓，为干巴的轮轴上了油。重新套上马具后，我绕过去想看看是否能帮上忙，只见他的长腿从车后伸出在外。

"需要搭把手吗？"我问。

"没必要我们俩都当机修工。我快完事了。"一分钟过去，我没说话，只听得他嘀嘀咕咕，低声咒骂着什么。

"福尔摩斯，有些事我必须问你。"

"现在别问，罗素。"

"我需要知道。我的出现……令你为难吗？"

"别说笑了。"

"我说真的，福尔摩斯。康纳总督察今天几乎是在指责你……我……我只是需要知道，我的出现是否令你不便。"

"亲爱的罗素，我希望你可别沾沾自喜，以为你之所以能说服我带你参加这次愉快的远足,是因为我无法拒绝你。让我相当——哦,见鬼!递块抹布给我好吗?谢谢。让我相当惊喜的是,罗素,你已经证明自己是个合格的助手,而且,还有希望发挥无可估量的价值。我甚至想说,能和一个启发灵感的人一起工作,实在是一种全新的体验,有时甚至称得上不同寻常,而且你给人的启发并非毫无来由,而是靠着实实在在的贡献。把大扳手递给我。"接下来他开始咕哝起来,"康纳是个傻子。他们那群人的选择并非我的考量,而且迄今为止,这事似乎还未让你受到过伤害。身为女性是你所无法控制的。如果我因为他们提供了马车就贬低你的才华,那我也是傻子。"

"我想我明白了。"

"还有,"他又说,因为身处马车下声音有些模糊,"对我这样著名的单身汉来说,你要是个男孩才令人更尴尬。"

对于这番陈述,我实在无法回应。几分钟后,身上脏得像是矿工的福尔摩斯出来了,他尽量清理干净自己,接着我们就又上路了。

我们坐在这辆色彩花哨,而且极不舒服的小小篷车上,一路摇摇晃晃地北上。每当高高的木椅以及松木底座颠得人受不了时,我们就下车步行爬坡,而那样的时候占了大多数。福尔摩斯给我灌输了大量的信息,不留情面地要我深入自己所扮演的角色,对我的步态、言辞和态度又是批评又是纠正,强行要我学会威尔士语的词汇与语法,时不时还武断地指点经过的是威尔士的什么村子。要不是一直担心那个受了惊吓的孩子的性命以及与此案相关的残破线索,这原本会是一次非常开心的远足。

我们步行、乘车,然后又步行穿越了格拉摩根郡,进入格温特郡,接着是波厄斯郡,然后向西转弯。那里起伏的草原一直延伸向布雷肯比肯斯山，沿途皆是山间农场，到处生长着欧洲蕨，能看到大片大片的梯田和矿渣堆，还有成群的绵羊。牧羊人以不信任的眼神盯着我们一路车轮辚辚地经过，不过那些目光尖锐的瘦弱的黑色牧羊犬，却只是趴在地上，虽然如同许多悲观主义的福音传道者一般，能警觉地抓回每一只迷途的羔羊，却对我们的经过视若无睹。每次经过大大小小的村庄，孩子们都会大呼小叫地拥到路边，然后静静地站在那里打量我们车上花花绿绿、金光闪闪的装饰。他们嘬着手指，裸露的脚上全是泥泞。

无论走到哪里，我们都不忘演戏。在孩子们的注视下，我会玩杂耍，从他们色彩暗淡的口袋里抽出彩色围巾，从他们脏兮兮的耳朵里掏出半便士。待他们的母亲注意到时，福尔摩斯就从酒馆里走出来，一边用手背擦嘴巴，一边掏出小提琴。我为一无所有的女人们预测命运，阅读她们粗粝手掌上破裂的纹路，悄声说出爱情和意外之财的隐约迹象，笃定地预言到晚年会有健康的子女赡养她们。到了晚间，男人们出现时，他们的妻子向我投来的目光锋利如剑，但当她们听见"我爸爸的"巧舌如簧，瞧见我们连夜还要赶路时，就原谅了丈夫对我的注目和评头论足。

第二天我们经过了警察设置的路障，因为是要进入警戒区，而非出来，因此遭到了几句责骂。第三天我们经过了辛普森一家当时的露营地，接着又继续走了一英里，拐进一条小路。我煮了茶，当福尔摩斯回了句"没想到罐装豆子还能煮不熟"时，我就权当自己的厨艺有待进步。

美丽的黄昏来临后，我们洗干净锅碗，点起油灯，关上车门，再次浏览康纳给我们的所有文件——包括照片和打印的字条，对那对夫妇的采访，山间证人以及参议员在伦敦的员工的陈述。杰西卡的一张光面照片，是去年春天在摄影工作室拍的，画面中的杰西卡笑着露出缺了的牙齿，背景是一座有玫瑰盛开的凉亭。各种材料一页接着一页，但都只突出了一点，那就是确凿证据的完全缺失，这个家庭即将面临的财政破产，以及一个明摆着的残酷事实，即绑架者收到钱后往往只会交出一具尸体，一具什么故事都讲不了的尸体。

福尔摩斯抽完三个烟斗，然后默默地爬上自己的床铺。我用文件盖住照片上女孩的笑脸，熄了灯，睁着眼躺在黑暗里，直至过了很久，上铺的呼吸声逐渐减慢，变成一种均匀的节奏。最后，在那个短暂夏夜即将结束的时候，我才睡了过去。接着梦境降临：那只来自我私人地狱的巨大怪物，拖着脚步，用它那以罪责、恐惧和遗弃所组成的爪子朝我扑来。不过这一次，不等噩梦抵达高潮，就在那极度恐惧的时刻即将来临的前一刻，一个尖厉的声音将我拖了回来。我醒过来，颤抖着看到吉卜赛大篷车里一片平静。

"罗素？罗素，你没事吧？"

我坐起身，他的手抽了回去。

"没事。是的，我没事，福尔摩斯。"我用双手捂住嘴，深呼吸一口，想要平静下来，"抱歉把你吵醒了。不过是做了噩梦，我猜是因为担心那孩子的缘故。我有时会这样做噩梦，没什么可担心的。"

他走至小桌旁，擦亮一根火柴点燃蜡烛。我扭过脸背对他。

"要我给你拿些什么喝的东西吗？热乎的东西？"他关心地说。

"不用！不用了。谢谢你，福尔摩斯，我很快就好。回去睡吧。"

他站起来转身用背部对着光亮，我能感到他的视线落在我身上。我猛然起身去拿眼镜和外衣。

"我去呼吸些新鲜空气。你回去睡吧。"我情绪激烈地又说了一遍,跌跌撞撞走出篷车。

我沿着公路走了二十分钟才放慢脚步;又过了十分钟,我停下来坐在一团黑乎乎的东西上,后来才发现那是一堵矮墙。星星出来了,在一个多雨国度的多雨地区,这一刻空气相当罕见地清新,能闻到欧洲蕨、青草和马的气味。我深呼吸几口,想起辛普森太太,她回忆说像是在呼吸香槟。我想着杰西卡·辛普森是不是也在呼吸这种味道的空气。

梦境逐渐消退。噩梦与记忆,一切都是从我家人去世那时开始的,栩栩如生的再现,萦绕着我,烦扰着我,将我的夜晚变成炼狱。不过今晚因为福尔摩斯打断了它,余威也就弱了许多。一小时后,凉意袭来,我穿过第一缕晨光走回马车,回到床上又小睡了些时候。

早晨我们谁也没提到夜里发生的事。我煮了粥做早餐,因为落了些灰烬,所以板结在一起,哈德森太太可能会觉得那东西只适合喂鸡。接着我们步行前往前面说过的露营地,路上绕了个圈,还带了把铁铲为我们的出现寻找合理的理由。

抵达时,那块营地周围还无人看管。那帐篷仍留在原地,不过有些塌陷,绳索也都松了。帐篷的一侧能看见一个黑圈以及两个生了锈的平底锅,当时辛普森太太就是在那里煮的饭。那片区域闻着有潮乎乎的灰烬味道,看起来就像是一个被遗弃在雨中的儿童玩具。见此情景,我发起抖来。

我走到帐篷门口处,看看里面杂乱的被褥、背包和衣服,它们在寻找那孩子的混乱行动中被遗弃,现在则交由警察强制就地看管。福尔摩斯绕到帐篷背后,盯着那里被雨水浸透、踩得一塌糊涂的地面。

"我们有多少时间?"我问他。

"康纳安排把看守的巡警支走了,九点返回。有将近两小时吧。足矣。"

听到他满足的慨叹,我放下帐篷的翼襟,绕到后墙边,在那里我看到一个上了年纪的吉卜赛人。只见他正拿着一柄高倍放大镜,用敏锐的目光在拉绳之间仔细搜索,将钢笔小心翼翼地捅进帐篷低处接缝。那钢笔消失在帐篷内部。我转过身返回帐篷里,扒开床褥看见了福尔摩斯发现的东西:原来在那接缝上有一道微小的裂口,其边缘被推向内侧,裂口两端的缝线都被稍稍拉开了。

"你预料到这个了?"

"难道你没有吗?"我问。

我想冲着帆布外的他做个鬼脸,但抑制住了;他都知道的。

"用来插管子,吹催眠气体?"

"说的没错,玛丽·托德。"他说着将钢笔收回去。我站起身,在雨水浸湿的帆布帐篷顶下低着头,看向杰西卡·辛普森之前睡过的地方。据她的父母说,背包和帐篷中消失的唯一一样东西是她的鞋。不是套衫,不是短袜,甚至不是她最爱的玩偶,而只是鞋子。

那玩偶还在,四脚朝天地躺在掀起的被褥之下。我把那个曾备受宠爱的小东西抽出来,为她拉平弄皱的衣裙,把乱糟糟的纱线头发从她脸上大大的彩绘眼睛上拨开。那双曾经涂成红色的嘴唇正冲我神秘地微笑。

"你为什么不跟我说说,那晚你都看到了什么呢?"我对她说道,"这样能省却我们许多麻烦呢。"

"那是什么?"福尔摩斯的声音从远处传来。

"没什么。如果我们把这个玩偶拿走,你觉得会有人反对吗?"

"我想不会。他们把这些东西留在这里只是为了给我们看,他们已经拍过照了。"

我把那玩偶塞进裙子口袋,最后环视一圈出了帐篷。福尔摩斯背对帐篷站在那里,拳头撑在腰上,看着下面的山谷。

"弄清这片大地掩盖的谎言了吗?"我问。

"如果你要绑架一个小孩,罗素,你会用怎样的方法把她带走?"

我咬了几分钟嘴唇,看着那些长满欧洲蕨的小山思考起来。

"个人而言,我会使用汽车,不过当晚似乎没有人听到汽车声。要背负一个三英石半重的孩子赶路,无论去哪儿都不轻松,即便对一个身强力壮的男人也一样。"我仔细观察那座小山,看到有几条小路或翻山而过,或绕行远去,"当然了,还可以用马。这里经历过这一番折腾,谁也不会再注意到马蹄印了。他们是骑马来的,对不对?"

"看到这样的小山坡,现代女孩只会想到开汽车,真是可悲可叹。你明白得太慢了,玛丽·托德。显而易见的东西,你却忽视了。正如我之前所担心的那样,神学训练摧毁了推理能力。"

我奉承般地向他抱怨起来:"啊,爸爸,不是我的错。我是在研究证据。"

"把t的音发重些。"他心不在焉地纠正起我的口音来,"所以,该走哪条路?"

"不是公路,那样被发现的概率太大。"

"那就是下山谷啰,还是上山?"他大声问。

"真遗憾我们一周前没过来,那时可能还会发现些情况。"

"如果寄希望于骑马离开……"

"侦探会骑马追赶。"我帮他说完,"那我想应该走得比最近的村落更远一些,沿着山脉走,或是翻过去。"

"看守返回之前,我们有一个小时的时间。让我们来看看能找出些什么。我上山,你去山谷。"

我们呈之字形分别沿着山坡向下和向山上走,离帐篷越远,搜索的范围就越大。半个小时过去,除却背痛颈酸之外,搜查一无所获。四十五分钟过去,我开始紧张起来,担心听到身后的露营地传来威尔士口音:"哎哟,那这是什么?"我们两人抵达弧线最远端后,转身返回中点。有什么东西吸引了我的视线——不过那并不是具体的什么东西,只是马蹄从一块岩石上擦掉的碎屑。我继续向营地走,然后又回头看了一遍。未钉掌的马蹄真的能踏破岩石吗?一般说来,我想是不会的。

"福——噢,爸爸!"我叫道。福尔摩斯抬起头,开始迈开长腿小跑翻过山腰,铁铲在他肩上跳个不停。抵达时,他几乎快喘不上气来了。我指指那地方,于是他拿起放大镜弯腰更加仔细地查看。

"确实干得漂亮。足以弥补你之前的失误判断。"他大度地说道,"让我们看看,这能把我们带到多远的地方。"我们分别走在马蹄印踩出的清晰道路两边,朝之前的方向继续慢慢行进。一小时后我们走出了警察搜索的范围。

福尔摩斯和我同时看到一块白。是一条小手帕,几乎被踩得没入泥里了。福尔摩斯将其从土中扯出,铺展开来。手绢的一角绣着一个字母 J[1]。

"是巧合吗?"我大声问道,"还是说她当时已经足够清醒,故意丢下的?一个年仅六岁的孩子能做到吗?不该作此推测。"

我们继续向前,几分钟后我的怀疑就解除了,因为在小路的一边,有一条细细的蓝丝带软绵绵地垂在一丛欧洲蕨上。

---

1 杰西卡(Jessica)的首字母。——编者注

我欢欣地将其举起。

"真是个机灵的女孩,杰西。这是你的发带。"

我们继续走,但没有更多的发现了。最后小路一分为二,一条上了山,另一条向下面的树丛伸展而去。我们站在那里,满怀期待地观察这两条小路,但没有发现丝带或其他东西。

"我还是走上山路。"

"等等。看下面那片树丛旁边,那里的土是不是翻动过?"我们向下走去,在那儿的一个小坑里确实有动过的痕迹。福尔摩斯围着它小心翼翼地走了几步,然后迅速弓下身,向二十英尺开外我看不见的什么东西奔去。他继续搜索,又拾起一样东西,最后让我过去。

"她从马上跳下来了,"他说着在那片被践踏过的土地上方一英寸的地方来回挥舞着手指。"她光着脚,虽然那些人拿走了她的鞋子,但却没帮她穿。她的手没被绑上。看这里,"他边说边用手指戳一块草皮,"看到这些平行的短线了吗?是她脚趾划出来的。还有这里,这些聚集在一起的长一些的线条,是她的手指划的,她想从地上爬起来,跑进那些灌木丛去。"他一指那些痕迹,我就看明白了,虽然有雨水的破坏但仍很清晰。他直起身,沿着马蹄印和脚印走。"她跑到了这里,然后睡裙被那些人抓住了,掉了一颗扣子。"他拿出之前捡到的东西,"他们抓住了她的头发,因为摘了发带,头发当然就散开了。"他又拿出几绺沾了泥土的赤褐色头发。

"亲爱的上帝,"我呻吟道,"希望他们捉住她时没伤害她。"

"地上没有任何痕迹能证明这一点,或是相反的方面,"他茫然地说道,"8月20日晚上月圆情况怎样?"

我很确信这一点不用我来告诉他,不过还是想了片刻做出了回答:"四分之三满,而且雨停了。她可能清楚地看见了道路在何时分岔,或者她是故意往树上留记号的。不管怎样,我们知道了她的方向。好个聪明的孩子,我们的辛普森小姐。不过我怀疑还会不会有更多的记号。"

"似乎没有了,不过还是彻底搜一遍吧。"

我们沿着马踩出的小路继续走了一小时,不过没找到更多记号,也没发现脚印。在下一个分岔路口我们便打住了。

"回大篷车去吧,玛丽,我的女儿。吉卜赛人要先吃午餐,然后再继续吟游之旅。"

回到马车后,我们发现那里有人,是个大块头的巡警,脸色极其阴沉。

"你俩在这山头上忙活什么呢?"他问道。

"忙活什么?我们在这儿住了一宿,我想这一点很明显。"福尔摩斯还嘴道,接着从他身边走过,把铁锹放回工具箱。

"那你们一上午都去了哪儿?"

"出去挖松露了。"他用大拇指朝那工具示意。

"什么?"

"挖松露。小树根,在店里卖得可贵了。老爷太太们都喜欢吃。有时候我们会在山上找找。"

"松露,对,不过他们会用猪来找,而不是用铁铲。"

"要是有天赋,就用不着猪了。这是我女儿,她就有发现松露的天赋。"

"真的吗?"他满腹狐疑地看着我,而我冲他露出羞怯的笑容,"那么你这位有发现松露天赋的女儿找到了吗?"

"没有,今天没找到。"

"很好。那么你们也不介意继续前进了。给你们一小时的时间。"

"想先吃饭。"福尔摩斯闷闷不乐地说。时间应该早已过了正午,快到下午茶时间了。

"那就吃吧。不过两小时后你们就得离开,否则就等着蹲监狱吧。两小时。"

他扬长而去，翻过山头。我松口气走下来，"咯咯"地笑了。"松露？看在上帝的分儿上，威尔士有松露吗？"

"我想有吧。趁我研究地图的当儿，看你能不能找些吃的来。"

福尔摩斯的地图都是比例尺极大的地形图，能看到植被种类、道路所有权，上面黑色的小块指代的是房屋。他把桌子收起来以免挡道，然后从我床铺下一个浅抽屉里挑出一系列地图。我递给他一块三明治和一锡杯啤酒，我们光脚只穿长袜在铺地面上的图纸间穿梭。

"这就是我们走的那条路，"他指着说道，"这是露营地，小路从这里延伸出去，大致沿这条轮廓线。"他棕色的指尖沿山脉轮廓移动，向下落至下一份地图中的一个山谷，然后在第三份地图边缘一个 Y 字形路口停住。"从这里开始，该向何处走呢？天亮之前一定要把她藏进这里面某处，罗素。在一座房子里，或是车里。"

"不会……是在地下吗？"

"我想不会。要是他们想杀她，在她试图逃跑时，他们应该就动手了，那样还能省却麻烦。不过我在那里却没看到血迹。"

"福尔摩斯！"我悲伤地抗议。

"怎么了，罗素？"

"哦，没事。你刚说的话太……冷酷。"

"你希望医生在想到自己将给病人造成的痛苦时潸然泪下吗？我想到了这一步，你应该吸取这个教训，罗素。调查中任由感情占上风只会妨碍医生的双手。现在假定那孩子在午夜就被掳走了，五点钟天亮；没有汽车的情况下，他们最远大致能骑到这个范围，"他说着以小路消失的 Y 字形路口为圆心，画出一个半圆，"在这个区域内。那地方有电话；村子要足够大，从伦敦寄送《泰晤士报》也不会引人注目。你不会忽视了私事广告栏的重要作用吧？"

"当然没有。"我匆忙消除他的疑虑。

他于是重新返回那一沓地图旁，展开比例尺最大的六幅，将它们拼在一起。我们苦苦思索着那上面由溪流、道路、小径和房屋所构成的线条。我心不在焉地擦拭起地图上一块泡菜污迹，拂掉几块面包屑，将思考的内容大声说出来。

"那个方向只有四座小村子。如果算上最远的那座，那就是五座，不过要去最远那座，他们必须骑得非常快。所有的村子都离道路足够近，可能有电话线。这两座村子相较于其他几座更为分散，无论他们待在什么样的房屋中，隐蔽程度都更好。我想明天之前不可能全部搜查完毕。"

"是的。"

"只剩六天时间，就要交赎金了。"

"我知道。"他烦躁地说道，"把马套上缰绳。"

不等巡警回来，我们就已经离开了，但天黑后我们才抵达第一座村子。福尔摩斯慢腾腾走进酒馆，那地方似乎是建在某座房屋的底层；这期间我则在照看马，并试着集中精神，留心听我们一来就不可避免地聚集过来的孩子们说的话。我已经弄清规律，一般来说，会有一个孩子负责与陌生访客交流。这一次孩子们派出的代表是个十来岁的女孩，看上去脏兮兮的。其余的则一直在发表评论，或许是在将我们的谈话内容实时翻译成威尔士语，但他们语速太快，我无法听懂。于是我便不理会他们，继续完成自己的任务。

"那你是吉卜赛人吗，女士？"

"你觉得呢？"我嘟囔着说。

"我爸爸说是。"

"你爸爸说的不对。"见到异教徒的震惊让他们沉默下来。不过一分钟之后小女孩又鼓起勇气搭起话来。

"你不是吉卜赛人,那你是什么人呢?"

"罗姆人。"

"罗姆人?这不可能,不可能!罗姆人都拿长矛,而且都死了。"

"那是罗马人。我是罗姆人。你想拿这个去喂马吗?"一个小男孩从我手中拿走燕麦。"镇上有人能卖两份晚餐给我吗?"

那群孩子们小声商量着,然后说:"麦蒂,你快跑回去问问你妈妈。现在就去。"

一个小姑娘沿公路跑走,消失在酒馆里。她那副不情愿的样子让人觉得她既想在这里继续观望,又觉得能提供服务是她无可争辩的荣幸。

"你没有锅吗?"一个分不出性别的小家伙问。

"我不喜欢做饭。"我派头十足地说。接着一阵吓坏了的沉默降临,比之前那次还要寂静。如果刚才那话透露了我的异端身份,那下面这句足以把我当作异教徒烧死。"镇上有电话吗?"我问发言的小女孩。

"电话?"

"是的,电话。你知道吗,就是拿起来朝里面说话的东西。天太黑了看不到电线。镇上有电线吗?"一张张疑惑不解的脸告诉我,这不是我们要找的村子。一个小孩插嘴说话了。

"我爸爸用过一次,他真的用过,当时爷爷去世了,他必须通知在卡菲利的叔叔。"

"那他是在哪里打的电话呢?"

就着油灯的光亮,我看到他意味深长地耸耸肩。哦,好吧。

135

"你要电话机做什么用?"

"给我的股票经纪人打电话。"不等他们问那词是什么意思,我又继续说,"这里陌生人来得不多,是不是?"

"啊,来得很多啊。怎么了?仲夏还有人来呢,当时有一辆坐满英格兰人的汽车过来,他们停下来在麦蒂妈妈那儿喝了一杯。"

"路过的不算,"我傲慢地说,"我指的是来这里吃饭喝酒,然后停下来住一段时间的人。这样的人不多吧?"

我从他们脸上看出,一时半会儿想不到这样的例子可以告诉我,于是就在心里叹口气。也许明天该去别的村子找找。这样想着的同时我说:"好了,我也不会待很久。除非我爸爸觉得这里的啤酒太美味。你们可以跑回家告诉大家,一小时后我们有节目演给你们看。"然后我补充说,"我还会算命。现在快去通知大家吧。"

晚餐分量很足,味道也好,是用拉小提琴和玩牌算命换来的。第二天一早不等天亮,我们就驾着马叮叮当当上路了。

第二个村子有电话线,但是独幢的建筑很少。我的小线人也好,酒馆里的人也好,都很难打开话匣子,透露任何最近陌生访客的信息。正午过后我们就出发了,没有多停留做演出。

下一个村子似乎很有希望。那里有电话线,有几座分散的建筑,甚至有关生人的问题也得到了解答,这让我心跳加速起来。然而到下午茶时间,这些线索都断了,所谓的生人指的是六年前搬来这里的两位英格兰老妇人。

我们只能返回公路前往其他村庄。夜幕降临时,我彻底厌倦了这坚硬颠簸的座椅,以及前方棕色的冷漠的马屁股。我们点燃马车的侧灯,拿起一盏爬下车为马指路。我小声对福尔摩斯说话。

"绑架犯有没有可能是当地人呢？我知道看起来像是外人所为，不过如果是两个当地人干的呢？"

"他们一时冲动，盯上一位美国参议员，弄来气枪，还往《泰晤士报》寄信？"他拉长调子挖苦道，"用上帝给你的脑子好好想想，玛丽·托德。当地人肯定参与了，但还有同伙。"

我们精疲力竭地踏进第四座村子，这一次破天荒地没有小孩子围上来。"我想是天太晚了，小家伙们都睡了。"福尔摩斯咕哝道，一脸嫌恶地看着那座用石头砌成的小酒馆。

"要用什么办法才能换到一杯像样的葡萄酒呢？"他叹口气，然后离开去为国王恪尽职守。

我拴好马，找出一罐豆子，在篷车的小火炉上加热吃了，接着拿起塔罗牌在小木桌边坐下，无聊地解读自己的运势：抽到的牌是倒吊人、神秘的愚人以及充满灾难气息的塔。福尔摩斯在酒馆里待了很久，我正准备上床盖上脏衣服睡下时，突然听到他的声音从村子大街上传来。

"——我的小提琴，我来给你们演奏一首舞曲，你们所听过的最欢快的旋律。"我猛然直起身，所有的困意一扫而空，吃下的豆子在腹中立刻转化为能量。篷车的门打开，我年迈的"爸爸"走了进来，几页纸被风吹动。在攀登那些狭窄台阶时他绊倒了，俯身摔在我的膝头。

"啊，我的宝贝女儿，"他一边继续大声说话，一边挣扎着站起身，"你看到我的小提琴了吗？"他伸手越过我从琴匣里拿出琴，然后在我耳畔快速地小声说，"警惕起来，罗素，往北半英里有一座两层小白楼，前后各有一棵悬铃木。那里6月底被租出去了，五个男人住在里面，可能还有第六个人来去无定。该死的！"他吼叫起来，"我说了叫你把这该死的琴弦修好，"接着他朝那乐器俯下身，"五十分钟后，我会去那屋前干扰。你过去——要小心——绕到屋后，看看能否做些什么，别靠太近。把皮肤涂黑，拿上左轮手枪，不过只限于保命。注意看守，或是看门狗。如果被发现就完了。你能做到吗？"

"是的，我想可以，不过——"

"我可爱的玛丽，"他在我耳边醉醺醺地说道，"你累得够呛是吗？那就赶紧上床睡吧，不用等我。"

"可是爸爸，你该吃些晚餐——"

"不了，玛丽，我可不想吃东西来破坏这些美味的啤酒。现在快去梦乡吧，玛丽。"说着他重重关上门。接着他的小提琴拉响。我胆战心惊地伸出双手摸索着做好准备：在深色裙子下套上长裤，在腰上缠了一条棕色丝绳，再带上一架小望远镜，一支铅笔大小的手电，手枪，往脸和手上抹些从玻璃灯罩上揩下的黑灰。接着我看见那只布偶，正凄楚地睡在架子上。冲动之下——或者是运气？——我将她塞进口袋，悄无声息地溜出篷车走入黑暗之中。我离开酒馆，一路走向那座离公路很远的方形大房子，那里四周都没有住户。

我极其小心地向那房屋走去，但一个人也没看到。很快我就在那房子对面的灌木中蹲下身，拿望远镜仔细观察。一楼房间里有灯，窗帘虽薄但遮光效果很好，除了最远处角落的那个房间有声音传出以外，我想是没有办法弄清这房子里有什么了。从房前看，楼上一片漆黑。

十分钟过去了，只有一个高个子男人从灯前穿过房间，几分钟后又回到原位。外面没有看守或狗的踪影，于是我沿道路继续向前，蹲下身子小步快跑，然后退回到一座摇摇晃晃的户外厕所，里面散发出煤和石蜡的味道。灯光从那屋子的薄窗帘透出来，照亮房屋周围的地面，眼睛适应黑暗后能看得很清楚。我在那里又等了十分钟，但没有一点动静，只有阵阵微风。

我从那间厕所撤退，选了条十分难走的路：穿过一片长势过于茂盛的菜园，翻过一道需要修理的篱笆，从另一座外屋（这一座有隐隐的汽油味）及其紧挨的鸡圈背后绕过，钻进一小片果园，踩过地上腐烂的梅子，来到第三座小屋旁，即便其气味不大，其小小的尺寸和所处的位置也表明了其功用。这里让我得以一览房屋背后和院子的整体面貌。

楼上有个房间里有灯。根据窗户的排列，我推测这一侧应该有两间房，之间可能还夹着一个没有窗户的小杂物间，有灯的是右边的那间，离树较远。让我尤其开心的是，这是一座整体都很破旧的房屋，而其中又以这间房的窗帘最甚。这间房里挂的窗帘可能是破了，或者也可能只是没拉，因为窗口有一道黄色灯光透出。如果我能爬到足够高的地方，也许就能看到屋内情况了，我非常想知道里面有什么。

我环顾四周。这附近一定有一座小山，但在黑暗中我只能分辨出，那山并不在屋后。我看看身旁的厕所。它的高度应该足够，石板瓦看上去也足够结实，能承受我的体重。我四处张望着，希望能找到什么东西爬上去，以便减轻摩擦的声响。突然想起在果园杂草间有个被遗弃的水桶，于是过去取了来。桶底有个洞，但桶壁还是好的，我将它倒放，在上面横一块木板，这临时搭建的台阶助我爬上了那厕所的屋脊。爬上狭小的屋顶后，还不等庆祝自己将噪音控制到了最小，那房屋后门猛地打开，一个块头巨大的男人手执一盏亮得吓人的油灯出现在台阶上。

福尔摩斯的培训发挥了作用。虽然我迫切地想跳下屋顶，钻进四周的黑暗之中，但还是绷紧已完全僵硬的肌肉，凭借仅剩无几的理智，趴在屋顶瓦片的缝隙之间。不等那男人走到院子中央，我的思维就提醒我，虽然他是朝我的方向来的，但他另一只手什么也没拿，所以他应该只是要去我身下的屋子里方便，此外别无他意。于是我极其恐惧地紧贴在屋顶上，以防瓦片破裂，不过同时我也感到一股几乎无可遏止的兴奋。但待那男人终于返回大屋（总计用了七分钟！），欢喜感退却，留给我的只有恶心。

我慢慢明白了两件事。那男人出来的地方是厨房，此外更重要的是，他出来后院子里并没有人回应。或者说，据我推测，他也没指望过院子里会有人招呼他。因此也就是说，这里没有狗，没有看守。

有可能。

月光点亮了天空，我慢慢站起身，感觉自己完全暴露在明处，就像板球场中站着一头大象，而且爬上这屋顶纯属徒劳：角度不对。从望远镜里只能看到房间另一侧的门楣。我于是悄无声息地爬下那屋子，将水桶和木板放回原处，站在那里看着窗户思考起来。

既然没有看守，那么就没有人能阻止我爬上屋后的那棵树。有了那些茂盛树叶的遮挡，在那里相对比较安全的粗树枝上，我应该能找到一个角度，观察那个点着灯的房间。虽然树干周围以及树根之上的十二英尺是裸露在外的，但那也比在这铺满石子的院子里绊来绊去，等着再有人走出屋子撞到我要安全一些。

不过，我首先必须抛弃累赘。在车道旁边有一排矮矮的形状耸起，原来是一道无人打理的水蜡树篱，虽然长得四处都是，却很容易突破。我将鞋子和几条裙子脱下存在那后面，将布偶塞进长裤的后腰，又将其他物品揣进其他口袋，然后蹑手蹑脚穿过车道抵达房屋墙边。再过八分钟，福尔摩斯就要来施行干扰了。我花了两分钟时间将耳朵贴在厨房窗户上，确认所有的动静——听声音里面的人应该是在打牌——都在房屋的另一头。

最矮的树枝也离我头顶太高，无法通过跳跃攀上去，直接爬树噪音又会太大。我从腰上解下绳索（我总会随身带一根绳索，那是世界上最有用的东西），想将其抛上一根背对房屋的树干。第二次尝试后，绳索套了上去，我于是爬绳上了树。动作间发出的咯吱声在黑夜里听起来简直像是吼叫，但并没有引发什么人注意。之后我便将绳索收拢，猴子一般在树枝间寻找能看到窗帘那边的视角。

命运之神是眷顾我的，因为她就在那里。

起初我所能看见的只是一张床和凌乱的床褥，我的心不由得沉了下去。但是当我努力爬到摇摇晃晃的树梢上，再一看才发现，在那枕头上有一个小小的脑袋，赤褐色的头发扎成一条毛糙的辫子，是杰西卡·辛普森的头发。我看到了杰西卡·辛普森的脸。

我的任务完成了一半：我们现在知道了，她在这里。至于另一半，重要得多的那一半，则是找到方法救她出来。不幸的是，没有粗壮的树枝直接通往她的窗户，即便是我那位患有便秘症的朋友，在挑选一个房间做囚室时，也不可能忽视这一点。不过，这棵树离另一个房间更近，也就是没开灯的那间。（从村子的方向传来一阵出人意料的声响——一群男人在高声唱歌，福尔摩斯计划的干扰活动即将开始。）我爬到黑暗的地方，看清有根树枝几乎挨着房子。很有诱惑力。可是够到屋子后呢？我思忖着，下一步该怎么办呢？墙上并没有突出的部分能将两扇窗子连接起来，排水管又过高。我不指望让福尔摩斯像蜘蛛一样，在烟囱帽上绑根绳子攀下去。不对，那个黑暗的房间里，可能会有一个秘密入口。

五个男人，可能还有第六个。有四个人这会儿正在打牌——我纠正自己，是听到四个人的声音，另外一个人情况不明。在楼下？还是和那孩子在一起？或者说，是在那个黑暗的房间中？今晚很难说能发挥什么重要作用，不过明天，等我们返回——

就在那时，我想到一个主意，一个疯狂的念头，我被自己的这种蛮勇想法吓到，立即将其打消。"这可不是游戏，罗素。"我厌恶地对自己说。按福尔摩斯吩咐的做，然后返回大篷车。

但那想法像刺一般扎下根来，在我一动不动地蹲在树上留心观察时，我无法将其移除。我睁大双眼，心里为这疯狂的想法充满担心，我审视着它，将它翻转过来，将其推到一边，却发现它仍然杵在原地，不甘心被丢弃。

福尔摩斯明天才会施救，如果我不等他会怎么样呢？

一定是疯了。把一个孩子的生命置于我这双毫无经验的荒谬之手——我摆摆头，像是要阻止一只恼人的苍蝇般，想让自己更加坚定地做个观察者。那才是我被分配的岗位，一个至关重要而我自己也同意的岗位。合唱声越来越大，几乎能听清歌词了，他们现在出了村子，开始沿路爬坡了。再过几分钟，这房子里的男人们就会听见了……我换了个位置，凑近些窥探那点灯的房间。

不出片刻工夫，那赖皮的想法又卷土重来，而且变得更加顽固和坚定。不趁现在屋前有干扰，钻进那扇黑暗的窗子，我们还有别的什么办法呢？直接动用武力毫无意义。比起被关在一个安静房间里睡觉，被枪指着头才更像人质。不爬上这些细树枝，福尔摩斯还有什么办法靠近她呢？可福尔摩斯已年近六十，即便他毫不迟疑地赌上自己的老骨头去冒险，以他的体重和身形要在这些树枝上保持平衡会更难——而且距离最后期限只剩几天了（这些理由听起来是多么合理啊）。此外，这屋里的五个男人也会越来越紧张，此刻路上正快速走来的那些人，如果下一回再出现，他们应该不会再觉得只是巧合而不作防范了。

　　一定是疯了！我不可能成功，甚至不可能把她救出来，况且还要爬出窗户、钻过树枝、从树上跳下去离开，而且她可能会反抗，就算她不反抗我也做不到。被一个脸上抹着油烟的陌生女人从床上抢走，然后第二次被带到黑暗中，这样的事情，即便是一个"有自立能力的聪明"小孩，也会恐慌。

　　我的思绪犹豫不定，一会儿觉得该服从命令、多加小心；一会儿觉得应该不计一切地疯狂一把；一会儿觉得应该为将来的行动做好合理安排；一会儿又切实地感受到我们可能永远也不会再有机会；一会儿觉得应该按照福尔摩斯的直接命令做；一会儿觉得应该抓住这个即便是凭常识判断也知道只可能有一次的机会。我向上帝祈祷，如果福尔摩斯能奇迹般地出现在我脚下，拿走我做选择的机会就好了。

　　他们正在唱的是圣诞颂歌，我决定用还未被犹豫不决所吓瘫的那部分想法做决定。我的"爸爸"不知道是用什么样的方法，在这么小的村庄里集合了一群醉酒佬，还让大家都粗声唱起歌来，而且此刻正用他那把愚蠢的小提琴，驱赶着大家沿着小路一起走来——真是一支宏大的威尔士合唱队，用英语唱着圣诞颂歌，在这小小的威尔士乡村，在这温暖的8月夜晚。突然之间，似乎一切皆有可能，而这一想法似乎也让那房屋从静止状态中恢复了，里面传出了动静。

　　一个影子从我身前的黄色灯光中走了过去。我摇摇晃晃探出身子，结果看到一个男人的背影。他穿着衬衫和马甲，头上戴着一顶暗色针织帽，一直遮到宽阔的肩膀上，此刻他正站在打开的房门口，旁边就是杰西卡的床头。他向走廊探出身子，顿在那里（是有人在说话吗？似乎是在喊着什么，不过被外面越来越大的吵嚷声盖过了，听不清），接着把门开得更大，然后走了出去。

如果不是看到那宽阔的背影走出门，我应该永远都不会行动，永远都不会移动到那黑暗的窗边，即便已经动身，即便已经将绳索挂在头顶的一根树枝上。肌肉和头脑都如此开心地（简直是疯了）从犹豫不决的状态中解脱出来，我心里仍有一个小小的部分在要我保持理性，在与今晚发挥控制作用的命运做交涉：如果那窗户插着窗闩，那我就立即撤退。

在那歌声之上，我听到什么东西砰然倒地的声音，以及一系列粗声哄笑。我将一只脚踏到窗台上，靠着绳索、树枝和窗台所构成的三角形保持住平衡，接着从口袋里掏出小刀，然后（这时我们真该举杯庆祝幸亏树叶茂盛……）摸索着拽出锋利的刀刃，朝窗扇中间划去，那短短的一瞬感觉却像是永恒，只听窗闩被切断了。我等了片刻，但里面并没有反应，于是我便俯下身去（这时我们应该翩翩起舞来庆祝，因为在这一步即便是被人发现也极为公平……），嘎吱一声就打开了低处的窗扇。我跳到空旷的地板上，准备好遭到袭击，但没有人过来；那房间里是空的，所以我颤抖着深吸一口气，快速走出（爱与喜悦降于你身……）房门。走廊和楼梯上都是空的，楼下无论是屋里还是外面都传出声音，角落那个房间的门半开着。我从腰带里掏出布偶，走进亮得吓人的走廊。

（感谢你们的举杯，以及上帝的赐福……）

"杰西卡！"我轻声唤道，"别怕。有人来看你了。"我把布偶拿到身前，推开房门，看到一张异常严肃的六岁的小脸。杰西卡撑着手肘，慢慢起身，研究着我那虽抹得一团黑却显然不具威胁的面孔，等待着。

"杰西，是你爸妈派我来带你回家的。我们必须现在就走，要不然就会被他们拦住。"

"我走不了。"她小声说。

哦，上帝啊，我心想，这又是为何？

"为什么？"

她一言不发地坐起身，把被子掀到脚部，一副金属镣铐露了出来，一条铁链拴在床腿上。

"我试过逃跑，所以他们给我戴了这个。"

外面的喧闹声此时已达高潮，能听到玻璃打碎的声音，随之而来的是愤怒的咆哮以及一阵醉醺醺的哄笑。很快他们就会回过神来，我们必须赶在他们返回之前。哪怕会发出声响，我也必须冒险一试。

"等一分钟，亲爱的。给你，拿着布偶。"

她用双臂紧紧抱住心爱的布偶，我跪下来查看锁链情况。是一条新锁链，很结实，一端用一把结实的挂锁锁在她脚踝的镣铐上——我很开心地看到里面有垫料，另一端则用一根和我小指一样粗的螺栓拴在床腿上，而且那螺栓看起来像是和螺帽焊在一起。床倒是廉价货，但木腿却足有三英寸厚，用胶黏合固定。考虑到时间有限，我觉得只有一个选择，而且只能希望不会弄断我脚上的筋骨。

我提起床脚，用左腿重量做支撑，右脚回撤，接着猛地前踢伸直。因为发力角度很怪，我后来发现，那动作所造成的冲击震碎了我的一根骨头，不过只是个小代价而已，因为那床现在只剩三条腿了。她自由了。这会儿我也不怕弄出声响了，将床放在地板上，将那孩子、锁链连同床腿的断茬一起捞上来，像扛一包土豆一样放到肩上。

门钥匙就插在门锁中，于是出门时我便体贴地把它拔了出来，揣进口袋。在我躲进暗室的同时，楼梯口传来沉重的脚步声。我关上房门，冲出窗口，要在窗台和树枝之间保持平衡，还要试着关上窗户，着实费了一番力气。我差点把她弄掉下去，但她一声也没吭，只用一只手紧紧抓住我的衬衫，另一只手则抱着布偶。我抓住之前挂在那里的绳索末端，有了它的支撑才得以迈开疼痛的右脚滑下窗户，接着半走半荡地爬上树枝，刚刚在树上落稳，杰西卡待过的那间房就响起了捶门声，接着是吼叫声。我把绳索抛上一根树干，这样拖下来的绳尾就不会泄露我们的踪迹，同时准备下降。"一定要抱紧我，杰西。"我小声说。她用胳膊和双腿将我抱紧，我们就这样迅速下了树，大步跑了五步，躲进水蜡树篱。我刚刚腾出一只手捂住她的嘴巴，后门砰一声打开了。

这次出来的这个人手中拿了武器，是一把大霰弹枪。我用手指把那温暖的脸颊按得更紧，看到那人走出门进入院子，站在我们十秒钟之前待的那棵树下，然后抬头看那扇被灯光照亮的窗户。他冲房子里喊起来："她没出去，欧文。窗户是关着的！"我听不到屋内的回答，因为那声音被路上的愤怒呼号压过了。然后那男人朝我们所在的地方走了几英尺，往树上看。那孩子和我呼出的气吹在对方身上，能听到彼此剧烈的心跳，但她没有出声，我也没有动弹，担心铁链会响，或是导致眼镜在厨房灯光下闪光。那男人转了两三分钟，直至房内有声音叫他（我意识到此时四周安静了一些），他便进了屋子。很快后门关上了，我迅速抓起那孩子和鞋子，将她扛在肩上，光脚顺着坑洼的路边向下跑。

"干得漂亮！杰西卡，别出声，我们带你离开这里。前面那些人是我们的朋友，虽然他们现在可能还不知道这一点。我们得非常安静地藏一段时间，等警察过来，然后你就能看到父母了。好吗？"

我能感觉到她在我脖子后面点了点头。我还能感觉到那布偶正夹在我们两人的身体之间。我迅速跑过那喧闹的人群（实际上已经开始解散），抓紧铁链和床腿以免它们发出响声。我一直选择在最暗的地方跑，但是一回头，就着那房子的光亮，我看见合唱者中有一只手臂在挥舞致意。福尔摩斯看到了我们，余下的事就交给他了。

我在大篷车处停下，用了足够长的时间来拿毯子和食物，然后带着那孩子沿道路返回，爬上一座看不真切的山坡。我已经在黑暗中待了很久，眼睛足以分辨模糊的形象，最后我在一棵树下停住脚步，让女孩下了地。我动了动脊背，同时一只手仍轻轻地搭在她肩上，之后我转身靠着树干坐下，拉拉她的身子，她没有反抗，默不作声地坐在我膝头，我用毯子将我们俩都包裹起来。

如释重负的感觉涌起，我只能坐下，又因为之前汗湿的衣服正在风干，因此剧烈地发起抖来。脑中突然浮现那些男人设法破门而入时的表情，我咯咯笑出了声。但杰西卡还浑身僵硬，于是我便强行抑制住那刚冒头的兴奋感，深吸一口气，然后又是一口，在她耳畔小声说话。

"你现在安全了，杰西卡，彻底安全了。那些人现在找不到你了。我们只需要在这里等一会儿，等警察来抓走他们，然后你父母就会来接你回家。让我们把这毯子给你包上，这样你就不会着凉。你饿不饿？"我感觉到她在左右摇头。"好的。那现在我们必须停止说话，保持安静，要静得像林中的小鹿一样，好不好，杰西卡？我会和你待在一起，而且现在你的玩偶也在。对了，我叫玛丽。"

她沉默地同意了。我于是拉出小毯子给我俩围上，然后背靠着树干开始等待。我怀里那瘦削的身体慢慢放松下来，逐渐变软，最后出乎我意料的是，她睡着了。我听到醉酒佬们回家路上所发出的最后声音也停息了。半小时后，几辆车快速开上道路。远远地传来吆喝声，还有两声枪响（那孩子在梦中抖了一下），接着一切归于寂静。一小时后公路上传来独行者的脚步声，灯光穿透树林。

"罗素？"

"我在这里，福尔摩斯。"我从食物篮中拿出手电拧亮。他爬上山坡，站在那里低头看我们。我读不懂他的表情。

"福尔摩斯，我很抱歉，如果我——"但是不等快速简洁地说出我想获得谅解的请求，杰西卡就听到我的声音醒了过来，看到福尔摩斯站在光芒中，她哭了起来，我于是迅速转而安慰她。

"没事，杰西卡，这个人是朋友；他是我的朋友，也是你妈妈的朋友，就是他弄出了那番动静，好让我把你从那房子里救出来。他是福尔摩斯先生，他平时看上去没这么滑稽。他这是化了妆，和我一样。"这番安慰的话语消除了那孩子身体里所传达出的紧张。我卷起毯子递给福尔摩斯，然后抱着那孩子走下山坡。

我们把她带到大篷车，生了火，还给她穿了我的一件羊绒衬衫，一直拖到了她的脚踝。酒店老板娘做了些香浓热乎的炖羊肉，我和福尔摩斯狼吞虎咽，那孩子却只吃了几口。接着福尔摩斯把水壶放上小炉子，等水烧热，他帮我擦洗了疼痛的右脚并做了检查，小心包扎起来，以免断骨的两端磨得咯咯作响。最后他用剩余的热水泡了一壶咖啡，刮掉脸上的胡楂。杰西卡注视着他的每一步动作。福尔摩斯处理干净脸颊，坐下来向那孩子展示了如何取掉金牙，原来这才是她一直在认真思索的问题。接着福尔摩斯从口袋里掏出撬锁工具圈，铺在桌面上让她检阅，还询问她是否希望把锁链从腿上取下。女孩从他身边缩回身子，尽可能地躲在我的膝盖后面。

"杰西卡，"我说道，"你要是不喜欢，就没人会碰你。你要是愿意，我可以帮你取，不过你必须先坐在桌子上——你坐在我膝盖上我可没法取呀。"没有回音。我们等了一会儿，然后福尔摩斯耸耸肩去拿撬锁工具。女孩动了动，接着慢慢把脚朝他伸去。福尔摩斯未加评论就开始了工作，尽量少碰触她,两分钟后那脚镣就落在了地上。女孩满脸严肃地看了他很久,福尔摩斯也用同样的方式回敬她的目光。接着女孩再次缩在我身上,把大拇指含在嘴里。

我们坐在那里,一边打瞌睡一边等待。后来路上又来了一辆车,就停在大篷车外面。福尔摩斯打开门,看到来的是辛普森夫妇。杰西扑向她妈妈的怀抱,胳膊和大腿黏在她身上,好像再也不会放开一样。辛普森先生伸出一只手臂搂住母女二人,让她们上了车。我发现一件很罕见的事,福尔摩斯大声吸了吸鼻子。

七 与辛普森小姐的交谈

……指引所有的事情,却无须下达命令,获得遵从却不受认可。

一个案子的结束过程总是漫长、乏味而又令人扫兴。那么既然这是我的故事,我就选择不去描述接下来的倦怠和体能下降的时刻,以及案情审理和与那些人对质时的丑陋画面。只需要说那晚结束后,我爬到硬板床上昏睡了几个小时,然后第二天被拳头砸在大篷车车门上的声音叫醒。即使一杯接一杯地灌黑咖啡,也没能赶走我骨头和大脑中的沉重感。下午看到最后几辆汽车沿着狭窄的道路开走,我的心里相当失望。我揉揉疲倦的双眼,撑起疼痛的右脚,心里隐隐想着能洗个澡就好了,但又发现除了坐在马车后面的台阶上看马儿吃草,什么劲都打不起来。

差不多过了一个小时,我才注意到福尔摩斯。他正坐在一根树桩上,一次次地抛出大折刀,想刺进旁边的树干。

"福尔摩斯!"

"怎么了,罗素?"

"案子结束时总是这么难受吗?"

他有一分钟时间没作答,接着突然起身,眺望下方那条通往种有悬铃木的房屋的道路。待他回头看向我时,他的嘴唇上有一丝苦涩的微笑。

"不是总是,但经常如此。"

"所以你会吸古柯碱。"

"所以,正如你所说,我会吸古柯碱。"

我跛着脚走进大篷车又倒了些咖啡,然后端着微温的杯子返回夕阳余晖之中。咖啡最上面飘着的一层油脂让人有些恶心,我猛地将其倒掉,看着那些液体渗入被践踏得不成样子的草丛,然后无意识地说了一串话。

"福尔摩斯,我想今晚我不能在这里睡觉。我知道现在天色已晚,可能刚上路走不了多久就得停下来,但是如果我们不在这里过夜,你会强烈反对吗?我真的觉得自己会受不了。"我的声音最后都有些颤抖了,但抬起头时,我看见福尔摩斯的眼中露出了会心的微笑。

"玛丽,我的女儿,你正好说出了我想说的话。如果你来套马,那我一分钟就能收完东西。"

实际花的时间可远远不止一分钟,但当我们把那涂得五颜六色的马车掉头,面朝昨天来时的道路出发时,太阳还未落山。我的呼吸变得更加顺畅,行经一两英里之后,福尔摩斯将背靠在大篷车的彩绘车门上,叹出一口气。

"福尔摩斯,你觉得他们会抓住幕后凶手吗?"

"我想应该不会。那人一直非常谨慎。没人见过他——可以肯定他从未来过这里,但他却从未忘记那些树枝或是窗帘。这五个人受雇于他,报酬都是匿名支付的,没人知道他的地址或电话号码,除了报纸之外,没有其他联系方式,连指令都是通过伦敦各处的邮筒递送;我见到的所有指令都是用同一台打字机打印,而那机器很快就会被扔到泰晤士河里。苏格兰场也许能走运追回赎金,但有些事情告诉我,他们办不到。不过早晚那人会再出头,或许那时我们就能见到他了。罗素?过来,罗素,别栽到车轮下面了,我求你。把缰绳递给我,去睡吧。没事,继续赶路。你还没出生,我就会驾马车了。你就好好睡吧,玛丽。"所以我便睡了。

过了很久,我在一片寂静中醒来,听到大篷车后门打开的声音,脚轻轻踩在木地板上的声音,外衣摩擦所发出的窸窣声,福尔摩斯爬上他的床铺。我翻个身又睡着了。

幸亏我们是驾马拉着大篷车的,这样我们便只能放慢速度,慢悠悠地返回加的夫。如果我们乘汽车返回,然后立即投身公务,接着再乘火车匆匆回家,那么,我,或许连福尔摩斯都可能会喘不上气,不知所措。就这样,两天的漫长旅途强迫我们将案情抛之脑后。我们或乘车,或步行,福尔摩斯有时会抽烟斗,有时表现得很绅士,有时则会用小提琴演奏浪漫乐曲。我们一路谈话,但不提案情,或是我自作主张做的那些事。

把马和大篷车还给安德鲁斯后,我们把大大小小的行李包塞进一辆出租车,然后被带去了司机认为会接受我们的最好的一家酒店。那里确实接受了我们入住。那里的浴盆实在是一种奢侈的享受,水深且烫,漂洗四次后,我的头发恢复成了金色,只是皮肤上还残留少量的棕褐色。我站在镜子前,正在系领带,这时传来两声敲门声。

"罗素?"

"进来吧,福尔摩斯,我快准备好了。"

他走进门来,我看到他的皮肤上也残留少许棕色,不过耳朵四周倒是重新泛出了灰色。他坐下来等我夹好还湿着的头发。我突然想到,他可能是我认识的人中唯一一个能坐在附近看我,然而我们谁都不用开启话题的人。我准备停当,拿上房门钥匙。

"可以走了吗?"

一如预期的那样,辛普森夫妇充满感激,但情绪仍很脆弱。辛普森太太一直在轻抚女儿,似乎是要确认孩子还在一般。辛普森先生似乎恢复了精力，在开始谈话前，他先为这番匆忙道了歉，因为他需要立刻赶回伦敦。杰西卡坐在两人中间。我们郑重地招呼过彼此。我注意到，在她的颧骨上有一块昨夜我不曾看见的正在褪色的淡淡瘀伤。我询问了她的布偶，她认真地回答说布偶很好，谢谢你，而且还问是否愿意去参观她在酒店的房间。我于是告退，随杰西卡走进走廊。（辛普森一家住的套房和酒店比起我们住的都要高档许多。）

我们坐在床上，对那个填料布偶说话。杰西卡还介绍我认识了一只小熊、两只兔子、一个关节能活动的木偶。她还给我看了几本书，我们还聊起了文学。

"我读得懂。"她告诉我，语气中丝毫不掩饰自己的满足感。

"我看得出。"

"罗素小姐，你六岁的时候能阅读吗？"奇怪的是，这个问题并不让人感觉到自豪，而只是一种询问。

"能，我想是能的。"

"我想也是。"她满足地点点头，然后抚平布偶的裙子。

"你的布偶叫什么名字？"

我很惊讶她对这一简单问题的反应。她先是双手静止下来，然后将目光聚焦在膝盖上那张已被磨损的小脸上，咬紧嘴唇。她回答的声音很小。

"她以前叫伊丽莎白。"

"以前？那她现在叫什么？"我看出这件事很重要，却不明白原因。

"玛丽。"她轻声说。几秒钟之后，她的目光与我交汇，有光芒闪耀。

"叫玛丽吗？我的名字？"

"是的，罗素小姐。"

现在轮到我低下头去研究自己的双手了。福尔摩斯认为英雄崇拜的话题不适合拿来教导我,然后我说话的声音变得不那么平稳了。

"杰西卡,你愿意为我做件事情吗?"

"愿意,罗素小姐。"回答毫无迟疑。她的声音表明,即使是我要她为我从窗户跳出去,她也会照做不误。我很开心。

"你能叫我玛丽吗?"

"可是妈妈说过——"

"我知道,当妈妈的都喜欢自己的孩子懂礼貌,这一点很重要。不过只有我们两个人的时候,我非常希望你能叫我玛丽。我从来没有——"有什么东西堵住了我的喉咙,我哽了一下,艰难地说,"我从来没有姐妹,杰西卡。我有过一个弟弟,但是他去世了。我的母亲和父亲也都去世了,所以我没多少家人。你愿意当我的妹妹吗,杰西卡?"

她眼中流露出浓浓的崇拜之情。我把她拉过来,这样就不用看到她的眼神。她的头发中有麝香的味道,像是黄春菊的香气。我抱住她,然后她开始哭泣,那样子有些古怪,不像小孩子,倒像个妇人,于是我便轻轻地摇晃着我俩。几分钟后,她颤抖着吸一口气,停了下来。

"好受点了吗?"

她低低地点点头。我摸摸她的头发。

"眼泪的作用就在这里,你瞧,就是冲走恐惧,平息恨意。"

正如我所期待的那样,最后一个词引发了回应。她退回身体看着我,眼神炽烈。

"我确实憎恨他们。妈妈说我不恨,但我确实恨。我恨他们。要是有枪,我要把他们都杀光。"

"你觉得自己真的会那样做吗?"

她想了一会儿，然后塌下肩膀。"也许不会。但是我想那样做。"

"是的。他们都是值得憎恨的人，对你做了可怕的事情，也伤害了你的父母。我很高兴你不会用枪射死他们，因为我不希望你进监狱，但是尽管憎恨他们吧。谁都不应该做他们做过的事。他们偷走了你，打你，还把你像拴狗一样拴起来。我也恨他们。"

她因为释放了如此之多的真情实感，下巴也低了下去。

"是的，我恨他们。你知道我最恨的是什么吗？恨他们拿走了你的幸福。现在你再也无法信任别人了，不是吗？不再像几周之前那样了。一个六岁大的小女孩不应该害怕人的。"这孩子需要帮助，但我相当确信，她的父母听到精神治疗的建议，只会表现出常见的恐惧尴尬参半的反应。而现在，这孩子可能只是为了对我表示赞同，找医生治愈自己。我酸酸地想。

"玛丽？"

"怎么了，杰西卡？"

"是你把我从那些人手中救出来的。是你和福尔摩斯先生。"

"是的，是我们帮助警察把你救回来的。"我措辞小心，但并非全部属实，我担心着她在想什么。但这份担心并未持续太久。

"好吧，有时候当我醒来时，我觉得自己仍然睡在那张床上。就好像……我动的时候还能听到锁链沙沙作响。就算是在白天，我有时也会觉得自己是在做梦，担心一觉醒来我又回到了那张床上，那些人会有一个头戴面具坐在旁边的椅子上。我的意思是说，我知道我已经回到了爸爸妈妈身边，但感觉并没有。你知道我在说什么吗？"她未抱太大希望地问。

我想，用医学博士利亚·金斯伯格的德国口音来说，这是创伤经历残留效应的现实表现。接下来，就像她可能会做的一样，我几乎是自然而然地说出了更多的事实。

"哦，我知道那种感觉，杰西卡。我非常非常了解。而且它会与其他许多感觉捆绑在一起，对不对？比如你会觉得，这或许是你的错，如果你能再努力一点，可能就不会被偷走了。"她直盯着我，就好像我在变戏法，从空中掏出半克朗的银币一般。"你甚至会对你的父母亲生气，抱怨他们为什么不快点来救你。"这两段话都击中了要害，就像是在对一座堤坝的基础发起攻击，坝后蓄积的水于是源源不断地倾泻而出。

"我差一点就逃脱了，可是我滑倒了，他抓住了我。接着我想，或许我什么都不吃的话，他们就会放我走，可是我太饿了，即便我不得不——不得不用锅来吃饭，而且我没办法把锁链从腿上解开，还有我身边总是有人看守。可不管怎样那些日子都过去了，没有人来救我，我想着或许，或许……好吧，我想着妈妈可能已经回美国了，爸爸可能不想要我回去。"最后几句话说得声音很小，她还一直在拽裙子边。

"你和妈妈说过这个吗？"

"我昨天试过，可是把她给惹哭了。我不想看到妈妈哭。"

"是的，"我表示赞同，但对于这个女人的缺乏自制又感到一丝愤怒，"她很难过，杰西卡。不过她过几天就会好很多了。到时候再试试吧，或者跟你父亲说说。"

"我会试试看的。"她不确定地说道。我用双手扶着她的肩膀，让她看着我。

"你相信我吗，杰西？"

"相信。"

"我是说真正的信任？有许多大人会说言不由衷的话，因为他们只是想安慰你。如果我说我不会那样对你，你会相信吗？会永远相信吗？"

"会的。"

"那么就听我说，杰西卡·辛普森。我知道你或许听别人说过这话，不过现在是我，你的姐姐玛丽在对你说，而且说的都是真话。你已经做了你能做的一切，而且你做得棒极了。你留下了手帕和发带，好让我们找到——"

"就像汉斯和格莱泰[1]丢白石子一样。"她插话道。

"没错，在树林里留下标记。你试过逃走，虽然他们为此打了你，接着他们把你关在一个什么都不能做的地方，你于是在等待中保持力量，而且你没做任何可能会引得他们伤害你的事。你在等待我们的解救。虽然过程很无聊，很可怕，而且非常非常孤单，但你一直在等待。当我找到你的时候，你表现得很机智，你没有出声，任由我背着你爬过那些细细的树枝。你真的一声都没吭，哪怕是我压着你的手臂爬下树的时候。"

"并不是很疼。"

"你很勇敢，你很聪明，你很耐心。正如你说的那样，事情还没有真正结束，你必须将你的勇敢、聪明和耐心多坚持一会儿，等待愤怒和恐惧平息下去。它们会平息的。"（那么噩梦呢？我的心里有个声音在小声说。）"它们不会立刻消失，而且永远也不可能完全消失，但它们会退散的。你相信我吗？"

"相信。但我还是非常生气。"

"很好。那就生气吧。当有人无缘无故伤害你的时候，是应该生气。不过你觉得你能试着不再那么害怕了吗？"

"那就是生气而——快乐？"这种矛盾的说法显然吸引

---

[1] 德国著名童话故事中的主人公。狠心的继母想将汉斯和格莱泰丢弃在森林中，但兄妹俩凭借之前留在路上的白石子记号找到了回家的路。——译注

了她。于是她品味了片刻，跳着站起来。"我会高高兴兴地生气。"她跑出房间。我拿着布偶玛丽跟在她身后走进客厅，听她向一脸迷惑的母亲宣告她的生活新思想。我看看福尔摩斯，他站起身来，辛普森太太表现得像是要阻止他一样。

"哦，你们就不能留下来喝茶吗，福尔摩斯先生？罗素小姐？"

"很抱歉，夫人。只是我们必须去警察局，然后去赶七点钟的火车。我们必须走了。"

杰西卡抱住我，紧紧地。我蹲下身子和她保持同样的高度，然后把布偶交给她。

"你会写字了吗，杰西？"

"会一点。"

"很好，或许你母亲能帮你时不时给我写封信。我很愿意听到你的情况。还要记住生气时也要保持开心。再见，杰西妹妹。"

"再见，玛丽姐姐。"她说得很小声，这样她母亲就不会听见了。然后她咯咯地笑了。

我们同浑身不自在的康纳总督察道了别。他安排了一辆车送我们去布里斯托尔，这样我们就能赶上早一点的火车，尽早离开他的辖区。这次我们又单独坐了一个包厢，但没有再和行李一样，受人嫌弃了。看着布里斯托尔的田野在车窗外不断后退，福尔摩斯拿出烟斗和烟草袋。我恢复了平日的状态，而且车轮每加速前进一步，我就变得更坚定一些。但是在开始交谈之前，我和福尔摩斯之间还有些事情需要澄清。

"福尔摩斯，你之前不希望我加入这个案子。"我说。他咕哝一声表示赞同。"那你现在后悔了吗？"他立即就明白了我想说的话，并且丝毫未加掩饰。不过他并未看我，而是从嘴里拿出烟斗，凑近去查看斗钵，然后拿出小工具，在烟丝上忙活了片刻才作答。

"我当时确实完全没有这种想法，我承认。不过，我希望你明白，这并不是因为对你的能力有任何怀疑。我习惯独自工作，以前一直如此。即便是有华生跟着我，也单纯只是相当于多了一双手，完全算不上真正的搭档。但是你——我已经发现有一段时间了，你不是会满足于依循指令做事的人。我之所以迟疑并非怕你会犯下严重错误，而是担心因为我的错误指令而害你走错路，因为我长期以来一直不喜欢与别人合作。但是当事情真的走到这一步后，我一方面很犹豫，哪怕是连干扰对方注意力这种必要职责都不肯交给你，但矛盾的是，却又给了你机会，让你独自去处理案子。"

"我很抱歉，福尔摩斯，可我当时是因为——"

"看在上帝的分儿上，罗素，"他不耐烦地打断我，"不要道歉。我知道当时的处境，你做出了正确的选择。事实上，如果当时你任由那机会从你指尖溜走的话，那真是大错特错。我承认，看到你背着那孩子跑下公路的时候，我吓了一大跳。这样的事华生可能永远也做不出来，就算不考虑他的腿病也是。华生的强大之处在于，他总是能让你完全信赖。他要是尝试独自行动，那可能会搞砸我的计划，所以我从未鼓励过他。而这次案子我允许你来是因为，不一定在什么时候就需要有那样的行动，而且最好是在我即将得手的时候行动。或者说我原本是这么设想，却没想到第一次让你离开我的视线，你就想到了这一点，并且做出了这一令人震惊的危险行动——"他说着停下来，再次在烟斗上忙活起来，似乎碰到了相当大的麻烦。待那烟斗终于冒出烟气令他满意后，他看着我，眼神中闪烁的光芒只能被描述为悔恨。"事实上，那正是我可能会做的事，考虑到那个形势。"

一瞬间，我肩上减轻了二十磅的重量，姿态也从容了五年。虽然那番夸奖明显说得很隐晦，但我还是感到不可思议的开心。不过我扭头看向窗外，从而掩饰了嘴角满意的笑容。几十根电线杆过去后，我的思绪转向其他方向，想到酒店的那个孩子，以及她所要面临的挣扎。福尔摩斯看出了我的担心。

"你对那孩子说了什么，鼓励她？我们要走时，她似乎变了个人。"

"是吗？那很好。"电线杆有节奏地快速后退，车轮的稳定节奏让人犯困。不过因为是福尔摩斯问起，我最后还是回答了他。

"我跟她讲了我家人去世时有人跟我说的话。我希望那样能对她起到帮助作用。"

我坐在那里看着黑暗的玻璃窗上映出的我们的身影，福尔摩斯在抽烟斗，一直到西弗德，我们都没再说话。

福尔摩斯对案子的推测相当准确，这是自然。威尔士的那些人是受人所雇——而且薪水可观——指令都是匿名发出，通过伦敦一个嘶哑的声音传达，或是通过邮筒。所有事情事先都做了万全的计划。雇马，在加的夫买衣服，制造气枪，从帐篷离开的道路，怎样在私事广告栏传递信息，在那孩子身边要戴面具（这一点让我松了口气，知道他们无意谋杀），这所有的细节都有人指导——所有事情都发生在几周之内，而且所有人都对伦敦的主谋一无所知。待这些人被抓后，所有的线索都断了，我们剩下的只是五个话多的从犯，一笔无法追踪的钱，而事件背后的主谋却安然脱身。

第三部

伙伴关系
狩猎开始

八 我们有个案子

伏兵被匆匆降临的暮色所耽搁……那是寒冬的冷酷威吓。

牛津大学的一个学年分三学期,每一学期都有自己的特色。学年的第一个学期是米迦勒学期,那时秋天就来了,夏天里自由驰骋的思绪和身体会重新回到学习生活中来。白昼渐渐变短,天空慢慢看不见了,城市里的砖石被雨水浇成黑色,思绪转向关注自身,投入学习。

冬季的希拉里学期似乎永远不会结束,白昼以觉察不出的速度渐渐变长,新生命开始萌芽;但到了圣三一学期的5月,活力才会随着太阳一起强劲上扬;到了学年末的考试中,一个人所有的精力才会完全绽放。

在所有的学期中,我最爱的是米迦勒学期,那时候人会收起思绪,秋雨淋湿的树叶在街道上铺成厚厚一层。

回想起来,我觉得不能把1918年的米迦勒学期里发生的事情当作孤立事件,同其后的狂风暴雨分隔开来。当我开始在精神的世界中认真地锻炼肌肉时,我知道自己内心充满了极大的喜悦。第一年的学习生活已经为我打下基础,现在我已经准备好建设了。我已不再为长时间待在博德利图书馆而兴奋不已,虽然我的心仍然会为那里的书香所沉醉。我开始认真追随导师。记得有两三次,当他们露出尊重和感兴趣的神色时,我开心得就像听到福尔摩斯说"干得漂亮,罗素"。

外界的干扰很少,虽然欧洲枪声停止那天四处的兴奋场景会让我一直铭记至死,忘不了的还有街道上挤满的穿黑色学位袍的身影,被抛到空中的学位帽,欢呼声,亲吻的人们,长久未听过的轰响的钟声,以及寂静中的热忱和虔诚时刻。

我很难把那个学期末开始的冒险活动称作"破案",因为其唯一的客户就是我们自己,唯一的报酬就是我们的生命。它如同一阵风暴突然击中了我们,它击打我们,把我们推来搡去,还威胁到我们的生命、我们的心智,以及福尔摩斯和我之间那脆弱得惊人的联系。

事情是从我身上开始的,这一点相当恰如其分,时间是12月一个严寒刺骨的雨夜。当时我真是受够了牛津以及她所玩弄的所有花招,这不仅仅指她那臭名昭著的可怕气候,这一次先是下了雪,紧随其后的是倾盆的雨夹雪,瓢泼一般的冰雨足以浇透最厚实的羊绒外套,把好好的鞋子泡成皮套子。我虽然根据天气全副武装,但在从博德利图书馆走回宿舍楼的过程中,即便是长筒徒步鞋和闪亮的防水材质还是败给了这可怕的天气。我受够了这鬼天气,厌倦了牛津,烦透了导师的要求,因为被关在室内而怒气冲冲,而且又饿又累,本来脾气就很暴躁了。

不过有一件事却让我不至于完全坠入凄惨的绝望境地,那就是意识到今晚这种情况只是暂时性的。我安慰自己,反正明天就会远远离开这一切了,明天晚上这个时候我就会坐在巨大的石头壁炉旁,手拿一杯温暖的饮品,而且一场专业水准的盛大晚宴即将呈上餐桌,届时会有多人做伴,有美妙的音乐伴奏,让人心情愉悦。更不用说还能看到维罗妮卡·比肯斯菲尔德那英俊忧郁的长兄,他圣诞节也会回家。

最棒的是——哦,真叫人喜悦;哦,真是天赐之福——不用和姨妈一起过圣诞节了,我要去罗妮在伯克郡的乡村别墅过两周，明天就出发。事实上，这会儿我原本应该已经抵达，因为我计划好三天之前就和她一起出发，但让我措手不及的是，一位反复无常、要求甚高的老师，很晚才布置了一份不合情理的作业，要求写一篇期末论文。

不过现在那个任务也已经完成了：在博德利图书馆待了六个小时后，论文已经提交，题目中要求的三大要点已经锤炼到位；论文及注释（虽然弄湿了，但足以辨认）已经交到老师所在的学院。现在我一身轻松。明日计划所散发出的微弱光芒保护了我，让我熬过了最严寒的一天，那盼头逐渐增大，温暖了我，甚至让我生出了少许刻薄的幽默感来。

回到宿舍楼时，我感觉自己像是谚语中被淹死的老鼠。走进柱廊时，我脱掉几层外衣，挂在钉子上，上面淌下的水滴落在石头上，看起来很阴郁。那时候我的口袋里还能找出一条算是干燥的手绢，我一边用它擦眼镜，一边走进看门人宿舍。

"下午好啊，托马斯先生。"

"说晚上更贴切些，罗素小姐。这次出门实在是很开心吧，我看出来了。"

"哦，真是个适合闲逛的完美夜晚，托马斯先生。您怎么不带着夫人坐平底船去野餐呢？哦，我喜欢那个。是托马斯太太装饰的吗？"我戴上眼镜，结果镜片立即又起了雾，我模糊看见长柜台那一段站着一棵五彩缤纷的小圣诞树。

"是她装饰的。看起来很美，不是吗？啊，对了，你的邮箱里有两样东西。我去给你拿过来。"老人转过身，面朝背后一排排的信件架，架子是按照每个人的房间分类排列的。上数第三排最左边的格子是我的，因为我住在顶楼最里面的房间。"给你。一封是刚送来的邮件，另一封是一个老，呃，年长的女人送来的。她过来问起你。"

邮件是哈德森太太每周都会寄来的信，总是周二送达。福尔摩斯很少写，不过我有时却能收到一连串神秘的电报，华生医生（现在我叫他约翰叔叔）时不时也会来信。我看着另一封信。

"一位女士？她有什么事？"

"我也不清楚，小姐。她说要和你谈谈，我说你晚点才会回来，然后她就给你留了那封信。"

我疑惑地拿起他说的信封。是便宜货，像是在任何一家报亭或火车站都能买到的那种，又大又脏，上面用标准的铜版印刷字体写着我的名字。

"这是你写的，对吧，托马斯先生？"

"是的，小姐。她把信交给我的时候上面是空白的，所以我在上面写了你的名字。"

我小心地避开一角上脏污的拇指指纹，用托马斯先生的拆信刀打开信封，抽出紧紧折起来的信纸。要展开信纸很艰难，因为纸张似乎被胶水润湿了。但让我惊讶的是，那信纸只是班伯里路上一家窗户制造商的宣传广告，就如同我曾见到城里好多地方张贴的一样。纸张背面沾有残余的胶水，不过因为还没干，所以还没黏死。纸上一角有部分脚印，中央有一只大狗的爪印，这说明这张纸在被塞进信封之前曾被扔在街头。我把那张纸反过来，思考着其含义。托马斯先生看着我，显然也有同样的疑问，但出于礼貌而不便开口。我把那张纸拿到他桌上就着亮光观察。上面没有针孔，没有图案。

"真是一封非常奇怪的信啊，罗素小姐。"

"是啊。我有个相当古怪的姨妈，她时时常会跟踪我。我猜是她干的。要是她打扰到你了，那我要为她道歉。她长什么样？"

"哎呀，小姐，我永远也不可能把她当作您的亲戚的。她长着那样一头黑发,丑得像是——请原谅啊,小姐,不过她实在应该去看看医生,处理一下她下巴上那颗丑陋的大痣。"

"她几点来的?"

"大约三小时前。我说让她在这里等你,然后给她倒了杯茶,但是在我去后面锁门时,她说她得走了,等我回来时就没见她人了。如果她再回来,需要我把她带去您的房间吗?"

"我想不用了,托马斯先生。派人来叫我好了,我下来见她。"从门房去我房间的一路上都是封闭式的,所以我不会再淋雨。不过,我可不想叫陌生人知道我的房间号码。我看了看托马斯先生帮我取信的格子。太奇怪了,这个想知道我房间号码的人会是谁呢?更重要的是,她为什么想知道呢?

我谢过托马斯先生,然后走进通往我房间所在的侧楼的走廊。我坐在底层台阶上脱掉鞋子——我想我之所以会这么做只是因为它们穿着非常不舒服,而且我可不想把到处都弄得乱七八糟,然后麻烦托马斯太太来收拾。不过,原因只有这些吗?我不能确定。无论动机为何,有意识还是无意识,我穿着长袜上了楼梯,这样雨靴就不会发出沙沙声泄露我的行踪。

宿舍楼里安静无声,显得很压抑。最响的就是雨水打在落地窗上的声音。想想我以前上这些楼梯的时候,还经常因为一大群女生住在一起所制造出的声响而感到恐惧。维罗妮卡的房间在这里,房门都关着,这可是很少见的情景。她的气场如此之强,以至于我几乎还能听到她一周前在那个房间里所举行的狂欢派对的喧闹。简·德拉菲尔德的房间在这里,喜欢喝热巧克力的简性格安静严谨,却有一项叫人意想不到的天赋,那就是写五行打油诗,她总是羞得满脸通红。还有凯瑟琳,她迷人的哥哥有个古怪的爱好,是什么来着,玫瑰花?不对,是鸢尾。可现在她们都走了,回到家庭的怀抱了,温暖又安全。而玛丽·罗素呢，却又冷又孤单，正在爬上冰冷漏风的楼梯回房间。

到了楼梯顶层，我一边转身向建筑最里面走去，一边从口袋里掏出钥匙。当我碰到门把手时，脑海中已经满是各种哀伤的思绪，以至于都忘了托马斯先生告诉我的关于丑女人那段古怪的插曲，也因此差点忽略了门上的记号。钥匙离门锁只剩几英寸距离的时候，我呆住了，感觉就像是汽车引擎在前进过程中突然挂上了倒挡一般。只见锃亮的黄铜把手上有一块黑色的油污，锁孔里面也有新鲜的细小擦痕，门缝下面漏出了光芒……

我摇摇身子。得了，罗素，别犯傻了。托马斯太太经常会给我点盏灯照亮，还会在壁炉里用煤炭生火。没什么可担心的。但我仍很紧张，从遇上恶劣的天气，伯克郡之旅延迟开始，我的神经肯定是因为难熬的辅导而太过紧绷了，不会有别的事情。门里面除了普通的场景不会有别的。我甚至可以弯下腰，透过锁孔来验证，更荒谬的是，我还可以趴下去从下面的门缝看。

我又拿起钥匙，但我的直觉此刻很警觉，而且我的身体正在发抖，于是我向后退去，环顾四周，以便确认那警觉是对还是错，但是任何预兆都没出现。不过往走廊上一看，我模模糊糊意识到，自己确实发现了一些东西，一些很小的东西。我慢慢向楼梯口退去，在为了给楼梯平台照明而设计的窗台上有一块泥巴、两片常青藤树叶以及一摊雨水。

那些东西是怎么进来的？那块泥土是怎么逃脱托马斯太太仔细的拖把清扫的？

不，罗素。你的想象已经失控了。一定是托马斯太太开的窗，想把蛾子放出去，于是雨点和树叶就落进来……不对吧？难道是那些去年春天没给常春藤做过充分修剪的园丁回来完成工作了？可是他们为什么把窗户开着呢……

我紧紧抱住自己，大步走到自己房门口，在那里站了几分钟，钥匙在我手中，我却无法让自己使用。我现在最想要的就是福尔摩斯之前坚持要我带着的左轮手枪，但那枪现在放在抽屉里，简直就和放在中国一般派不上用场。

事实上福尔摩斯有敌人，而且很多。他对我解释过很多次，以训练我做好必要防范措施，强迫我认识到自己也有可能成为某些想要复仇的熟人的攻击目标。我认为这事的可能性微乎其微，但也必须承认并非没有。于是现在，福尔摩斯煞费苦心要我保持的怀疑精神发挥作用了。今天晚上，在我的宿舍中，在牛津的这个雨夜，那人对福尔摩斯怀有的恨意，会不会转移到我身上呢？

我很想走下楼梯，请托马斯先生打电话报警。牛津的警察可能会穿着厚重的鞋子，大张旗鼓地过来查看。想到这里我并未获得多少安慰。他们也许会把作恶者暂时吓走，但他们离开后，我可能还是睡不好。

那么除去报警，我还有两个选择。我可以用钥匙打开门，对抗在我房间里的人，但那样的行动是我和福尔摩斯的协议不允许我去采取的。另一个选择就是，不走门，而通过其他途径进入房间。不幸的是，唯一的备用入口是窗户，而那窗户离地有二十五英尺高，下面是一座石头庭院。仲夏的时候，在一个漫长的傍晚，我一时兴起曾从常春藤上爬过一次，不过那时候天气暖和，而且还有光亮。最危险的事就是爬到最后从敞开的窗户摔落下去。我明白藤蔓确实能够支撑我的体重，可是我的手指能吗？

"哦，看在上帝的分儿上，罗素，只有二十五英尺高而已。牛津正在把你变懒，整天只顾坐在图书馆的后排座位上。你害怕挨冻？过后还是可以暖和起来的。而且现在已经没有其他选择了，不是吗？行动起来吧。"每次我自言自语时，父亲那慢悠悠的美国口音就会冒出来，而他这种烦人的想法确实是对的。

我轻轻走出走廊，下了一层楼梯，然后沿那里的走廊走到最里面的楼梯处下楼。这样我就到了宿舍楼的内庭，而非外面的街上。我脱掉羊绒长袜和外套，将它们连同鞋子、书包一起放在一个黑暗的角落。我把眼镜放进衬衫的一个口袋，小心地扣上扣子，然后深吸一口气，轻声走进外面有如恶魔之手般的暴雨中。

气温比我之前出门时低了许多，在这或许有零下三摄氏度的瓢泼大雨中，即使我身上穿着羊绒衣也只像是薄纱。冰冷的雨水拍打在我身上，将我的衬衫淋得贴在瑟缩的胸口，令我的双腿陷入厚厚的一层冰冷的羊绒中，差点让我无法呼吸。我凭借几乎已经无法动弹的手指爬上滑腻的常春藤，将失去知觉的脚趾插进藤蔓之中。我真的该请托马斯先生报警的，我心想，但是我的身体已经做出了别的举动，只能继续麻木地攀爬了。

我爬到二楼黑暗的窗口，能看到我那亮着灯的窗户就在头顶。我重新提高警惕，去够下一个可抓握的地方，却发现我的手无法从之前的抓手处离开。从那一刻起，我必须有意识地提醒手部肌肉放松，而且更重要的是，要紧紧抓住藤蔓。慢慢地，慢慢地，我把自己拉到了我房间的第一扇窗户边，透过尺寸不够的窗帘留下的缝隙向里窥探。那里什么也没有，只有室内的炉火在欢快地闪烁。我小声咒骂着，强迫手指移到下一扇窗口。这里的常春藤要稀疏一些，有一下子我的手没有完全抓牢，差点掉到下面的石头上去，幸亏另一只手握紧了，而风声刚好盖住了我的尖叫。我爬到第二扇快活地闪着光的窗口，像一只落汤猴一般晃荡着，从窄小的窗帘缝中往里看。

这一次我成功了。即使没戴眼镜，我也能看到托马斯先生描述过的那个老女人，她正坐在火炉边，弯腰在看一本书，只穿着长袜的双脚搭在围栏上。我用已无知觉的手指摸索着，设法扯掉衬衫口袋上的扣子，拿出眼镜，差一点掉下去摔坏，不过最终还是歪歪斜斜戴在了鼻梁上。即便只看侧脸，她也丑得出奇，那颗黑痣就像一只大虫一般，爬在她的下巴上。我退后一点，试着思考。必须尽快采取行动，因为我的双手已经处在完全使不上劲的边缘了。

一股冰水从我衬衫背后淌下，浇在我赤裸的双脚上。这彻骨的寒冷让我的大脑几乎无法思考，但是我脑海中突然想起一些有关这个老女人的事情。是什么事来着？我把一只脚放在生了苔藓的窗台上，身体摇摇晃晃地前倾，想仔细研究那个身影。问题出在耳朵，是不是？接下来一切突然组合起来，拼出一个清晰的图案。我把我那已冻僵的可怜手指插入窗子缝隙，拉动起来。那老女人从书本中抬起头，接着站起身走过来把窗户完全打开。我抬头怨恨地看着"她"。

"该死的，福尔摩斯，你究竟来这里做什么？看在上帝的分儿上，快帮我从窗台上爬进去，不然你就只能到外面地上去帮我收尸了。"

很快我浑身滴着水，瑟瑟发抖地站在我房间的地毯上，拿窗帘笨拙地擦拭眼镜，这样就不用再眯着眼睛看福尔摩斯了。而他站在那里，身穿一身邋遢的老女人服饰，再加上脸上那颗讨人厌的黑痣，看起来丝毫没有要为给我造成的麻烦道歉的意思。

"该死的，福尔摩斯，你这番天才的戏剧化入场差点把我脖子摔断，就算我能躲过肺炎，那也不是你刚刚伸出援手的功劳。转过身去，我得脱掉这身湿衣服。"他顺从地挪了张椅子，面朝一面空旷的墙壁，我注意到那里没有任何可反光的物体。我站在温暖的小火堆边，笨手笨脚地脱掉衣服，穿上那天早上叠好放在凳子上的灰色长袍，然后拿了条毛巾擦拭头发。

"好了，现在可以转过身了。"我把湿衣服推到角落里，等着晚点再去处理。福尔摩斯和我很亲近，但我可不想拿着内衣在他鼻子底下晃。朋友之间也是有界线的。

我走到床头柜拿来梳子，然后拖了张凳子坐在火炉边，解开打湿的发辫，遇热后就有蒸汽升腾起来。我的手指、脚趾还有鼻子都因为恢复知觉而发出刺痛。颤抖不知什么时候停止了，但我还是控制不住，时不时会剧烈地哆嗦一下。福尔摩斯皱着眉头。

"你这儿有白兰地吗？"他低声问。

"你知道我不喝酒的。"

"我没问你这个，"他语气中全是耐心和谦逊，"我是问你这里有没有。我想喝点白兰地。"

"那你只能去我邻居那儿找了。"

"我想，那位年轻的女士应该不愿意看到我这样的人莫名其妙地出现在她门口。"

"没关系，反正她回肯特郡老家度假了。"

"那么我就当她给了你许可。"他走到外面走廊上，然后又回头说，"顺便说一句，别碰桌上那台机器。那是颗炸弹。"

我坐在那里，盯着那团乱糟糟的电线以及其中央的黑色盒子。终于，他拿着我邻居的酒瓶和两个漂亮的玻璃杯回来了。他慷慨地倒了一杯递给我，又倒了一小杯给自己。

"不是什么太好的白兰地，不过放在这样的杯子里尝起来就好多了。喝了它。"他命令道。

我听话地喝了一大口咽下去。这让我咳嗽起来，却止住了我的哆嗦。待我喝完那一杯,我意识到,一股暖意正在扩散到我的指尖。

"我想你应该知道吧,酒并不是治疗低体温症的最佳办法。"我尖刻地谴责他。我真的是烦透了这整个猜哑谜游戏,而且那夸张的炸弹也叫人讨厌。

"如果你陷入低体温症的危险中,我不会给你喝白兰地。不过,我看得出,那酒让你舒服了些,所以快梳完头发,找把舒服的椅子坐下来。我们有好多事情要谈呢。啊,我这老记性真是太健忘了。"他走到老女人的购物篮旁,拿出一个我立刻就认出是哈德森太太手艺的包裹。我的心情立刻就被点亮了。

"真是鼓舞人心的惊喜啊。祝福哈德森太太。不过,坐在一个下巴上爬着一只昆虫的脏兮兮的老女人面前,我可吃不下东西。而且要是你把跳蚤留在我房间里,我决不会轻饶你。"

"只是脏而已。"他向我保证,然后取掉那颗可怕的痣。他站起身脱掉裙子,解开外套式衬衫,接着动作僵硬地坐下来,多多少少恢复成了夏洛克·福尔摩斯的样子。

"我的胃口感谢你。"

我用毛巾擦完湿头发,然后急切地拿了一个哈德森太太独特配方的肉派。我确实存了些面包和奶酪供便餐食用,果然这块肉派尽管看上去已经放了两天,但与我存货抽屉里放的正在变质的高贵的斯提尔顿干酪相比,还是好吃得多。

过了片刻,我从进餐动作中抬起头,发现福尔摩斯正盯着我,脸上一副好奇的表情,不过见我抬头,那神色立即消失,换上他平素那种稍显居高临下的目光。

"我饿了。"其实没必要说的,我语气中带着点自卫的口吻,"我今天去上了堂残忍的辅导课,为此我省了午餐,接着整个下午都在博德利图书馆学习。我不记得吃没吃早饭了。

可能吃过吧。"

"这一次是什么让你如此专心致志？"

"其实我正在做的功课可能你也会感兴趣。我在与数学老师研究一些理论问题，涉及八进制，途中遇到一些由你的一位老熟人所开发的数学练习题。"

"我猜你说的是莫里亚蒂教授吧？"他的声音一如窗外的常春藤般冰冷，但我不肯被其压制。

"没错。我花了一整天来寻找他所发表过的几篇文章。我对他的想法和个性很感兴趣，还有他所提出的数学理论。"

"你对此人有什么样的印象？"

"让我想到'花园里最敏感的动物'。他对于逻辑和语言冷酷无情的运用，不知怎的总让我想到爬虫，虽然这么说对蛇类来说很不公平。我相信，就算我不知道作者的身份，仅凭文章的语言也足以让我毛骨悚然。"

"你显然是只善良的哺乳动物，而不像你的老师一样，是部众所周知的冷血机器。"他冷冷地说。

"啊，"我趁着白兰地的酒劲，稍显放肆地说，"不过我还从没说过你冷血呢，不是吗，亲爱的福尔摩斯？"

他一动不动地定了片刻，接着清清嗓子："是的，你从没说过。你吃完哈德森太太做的野餐了吗？"

"吃完了，谢谢你。"我允许他收走剩余食物。他的动作看起来极其僵硬，但是因为他向来讨厌别人注意他的病痛，所以我一字未提。他可能是穿那套老女人的衣服受了寒，导致风湿病又犯了。"就放在那里好了，我很乐意明天午餐继续吃。"

"不行啊，很抱歉，我必须把它收回我的购物篮子。我们明天还用得着。"

"福尔摩斯，我可不爱听那话。我明天有安排了。我要去伯克郡。已经耽搁三天了,我可不想因为你的要求继续延迟。"

"你别无选择,罗素。我们必须离开这里,赶在被他们找到之前。"

"谁?福尔摩斯,出什么事了?别告诉我你是在建议我们重新出门踏进那样的……"我挥手指指窗户,外面坠落的湿乎乎的亮色块说明,雨下到一半变成了雪。"我刚淋湿的地方都还没干呢。你带来的那个是什么东西——真是炸弹吗?为什么要带到这里来?告诉我,福尔摩斯。"

"很好,那就简单点说吧。我们应该出去,但不是现在;炸弹本来就在这里,我来时就贴在你的门上;你问'出什么事了',说白了就是有人要谋杀你。"

我惊骇地看着他。桌上那乱糟糟的东西似乎开始在我视线边缘蠕动起来,我感觉像是有根冷冰冰的手指正在向我脊背上方移动。待呼吸平稳下来,我再度开口,很高兴听到我的声音还算平稳。

"谁要杀我?你又是怎么知道的?"我觉得没必要询问原因。

"干得漂亮,罗素。如果不能控制情绪,再灵活的思维也毫无用处。首先告诉我,你为什么要爬常春藤上来,而不是走正门呢?你没带手枪,所以不可能是打算跳进窗户冲你的闯入者开枪。"他的声音干巴巴的,稍显随意。不过我不懂这件事为什么对他这么重要。

"为了寻找信息。我需要知道等待我的是什么,然后才能做出决定。如果看到的是武装分子,那我就下楼请托马斯先生报警。我猜门把手上的黑色油污是你留在那里等我发现的,对吗?"

"是我。"

"对面窗台上的泥巴和树叶也是吧?"

"泥巴是我来之前就有的。我多放了一片树叶,确保你注意到。"

"为什么要变装,福尔摩斯?为什么要冒险赌上你那把老骨头从墙上爬进来?"

他目光直视我,声音是毫无起伏的严肃。

"因为,我亲爱的孩子,我需要完全确认,即便又累又冷又饿,你仍会发现这些小小信号,做出正确的行动。"

"在我的信格子里留信,这可不是什么'小小信号'。这法子对你来说有些粗笨。你怎么不问哈德森太太我的房间号?她以前来过我这里。"有什么事情被我遗漏了。

"我有好些日子没见着哈德森太太了。"

"那——这食物?"

"是老威尔带给我的。你可能已经看出来了,他不仅仅只是个花匠。"他插了句题外话。

"那一点我已经看出来有些时候了,是的。那么你为什么要离开——"我打住话头,眯细眼睛,因为好几件事在我脑中拼凑起来,又想起他僵硬的姿态,"我的上帝啊,你受伤了。他们先是想杀你,对不对?你伤哪儿了?严重不严重?"

"只是背部有些擦伤,让我很不舒服,仅此而已。我恐怕到时候可能还得请你变装,不过不用立即就换。放炸弹的人以为我已经奄奄一息,真是万幸。他们把我送到医院后,有个可怜的流浪汉被车撞了,所以现在躺在医院里的是那个人,他头上缠着绷带,病历上写的是我的名字。还有,我多补充一点,他身边时时刻刻都有一名巡警看守。"

"还有其他人受伤吗?哈德森太太呢?"

"哈德森太太没事,不过南墙上的玻璃碎了一半。碰到这样的天气,农舍里因此惨不忍睹,所以她去刘易斯一个朋友家了,等房子修好再回来。炸弹其实不在房子里;他们把它安在一个蜂箱中,明明有那么多地方可选。他,或者是他们,一定是在头一天晚上做的,想着能在我清晨去巡视时干掉我。或许他是用了无线电信号发射器引爆的炸弹,或者在旁边的蜂箱行动也够了。不管怎样,我只能感激它没有在我脸上爆炸。"

"谁干的,福尔摩斯?是谁?"

"我能想到三个人。不过在蜂箱里放炸弹这么滑稽的手段,我无法把它和这三人中的任何一个联系起来。过去我曾抓捕过四个在公共场合引爆炸弹的人。其中一个死了。一个在五年前出了狱,不过我听说他已经安定下来,成了个非常顾家的男人。第二个是在十八个月前出的狱,显然还留在伦敦地区。第三个人于去年7月从普林斯顿越了狱。这三人都有可能是安放炸弹的凶手,手段很专业,留下的完整证据很少。但你这里的就完全不同了,区别之大就像是两个指纹。不过在这以前,我还从未被炸弹炸过,我需要专家来解读这个独一无二的指纹。我们走的时候把这炸弹也带上。"

"我们去哪儿?"我用相当的耐心问道。考虑到这番混乱局势,我能看出这将毁掉我独自过假期的计划。

"当然是去那个肮脏的大粪坑。"

"为什么去伦敦?"

"去找迈克罗夫特,我亲爱的孩子,我的兄长迈克罗夫特。他了解苏格兰场所掌握的信息,但又不像那个庞大的机构一般沉默寡言,像火龙死守金子一般地隐藏信息。迈克罗夫特只消打一个电话,就能告诉我那三个嫌疑人的确切位置,以及最有可能在你这里安放炸弹的人是谁。据我推测,想要谋杀我的人仍然认为我在住院,所以他不会把你和迈克罗夫特联系起来,因为你们两人此前从未见过面。我们去他那里待上一两天应该是安全的,接着我们再看看往下该怎么走。我恐怕苏塞克斯那边的眼线非常冷血。我以尽可能快的速度赶来了这里，但还是没能及时抓住安放炸弹的人。对此我很抱歉。在你眼前的，毫无疑问是个低阶版的夏洛克·福尔摩斯，又老又迟钝，还很容易喝醉。"

"都是被那个差点炸死你的炸弹害的。"他长长的手指像是会说话一般，挥一挥让我不要找借口，"我们现在就动身吗？"

"我想不用。那人已经知道这颗炸弹没引爆。他一定会认为，你今晚将会全副武装——你没有报警，这就足以向他证明这一点。今晚他会等待时机，要么明天再给你安一颗炸弹，要么就如我所料，他足够机智灵活，会发挥创造力，会动用狙击步枪或逃亡汽车，送上门去当靶子才真是蠢。不过，你不会那样做。我们趁天亮前出门，但也不能太早。在那之前，你可以先休息。"

"谢谢你。"我将视线从炸弹上移开，"先来处理你的背伤。我需要多少纱布？"

"我想需要相当多。你有吗？"

"楼下大厅有个女孩有忧郁症，她妈妈是护士。如果你能在她的门锁上使些小伎俩，就和你对我邻居做的一样，那我们将有大量供应。"

"啊，这倒提醒了我，罗素。提前送你一个生日礼物。"

福尔摩斯拿出一个用闪亮的包装纸包着的长长的小盒。"快打开吧。"

我满怀好奇地打开包装，因为福尔摩斯一般来说是不会送礼物的。我打开那个深色天鹅绒首饰盒，发现里面是一套亮闪闪的新的撬锁工具，比他的那副要小一些。

"福尔摩斯，你从没像这样浪漫过。哈德森太太会很开心的。"他轻声笑着，然后小心地站起身。"我们现在就试用吗？"

过了一会儿，我们回到火炉前，手里多了好几码纱布、一大卷膏药贴，以及一夸脱瓶装抗菌剂。我给他倒了一大杯白兰地，待他脱衬衫的时候我意识到，纱布会用完一大半。我给他的酒杯重新满上，然后站在那里衡量这工作该怎样进行。

"我们应该找华生来做这事。"

"要是他在这里，我肯定会找他。快动手吧。"他一口气喝掉第二杯白兰地，于是我又给他倒了第三杯，然后拿起剪子顿住了。

"根据我个人的发现，人脑在对抗刺激物干扰时，最能承受痛苦。啊哈，我想到了。福尔摩斯，跟我讲讲波西米亚王和艾琳·艾德勒的案子。"福尔摩斯很少失败，但是那个女人却打败了他，她轻而易举的做派和天赋至今还在令他痛苦。她的照片还放在福尔摩斯的书架上，作为失败的提醒。给我讲这段故事很可能会分散他对背痛的注意力。

一开始他拒绝了，但是随着我继续剪破和撕扯膏药贴、绷带、皮肤的碎片，他咬紧牙关讲了起来："事情是从一个晚上开始的。那是1888年的春天，我想应该是3月，当时波西米亚国王来我家寻求——上帝啊，罗素，给我留点皮肤好吗？——一些帮助。他似乎和一个女人牵扯上了，一个从皇室婚姻角度来看完全不合适的女人，一位歌剧歌手。对他来说很不幸的是，那女人爱上了他，拒绝归还她所持有的一张两人的照片，照片中两人的姿态明显透露出爱意。波西米亚国王想要回照片，于是就雇用我去取回。"

随着我蘸水、剪切和剥除的动作，福尔摩斯继续讲述着。每当他下巴使劲下压、眉头渗出汗珠时，他常常会停下话头。我的工作赶在他讲完前结束，在我把他染了血迹的衬衫拿到角落的水盆时，他仍在继续讲。到了故事的结尾，描述完那女人如何看透福尔摩斯的伪装，并同新婚丈夫一起避开侦探和国王后，他吞下最后一点白兰地，坐在那里盯着火堆，重重吸了一口气。

我把衬衫晾在火堆前烘烤，然后朝旁边那精疲力竭之人转过身。

"你需要躺下好好休息。睡我的床吧——不，我不想听反驳的话。你需要趴着休息一会儿，不能用那样的姿势在椅子上入睡。不，我拒绝用殷勤的愚蠢之举来代替理性的必然行动。去吧。"

"我又被打败了。我投降。"他站起来模仿着挤出一个无力的冷笑，然后跟在我身后。我掀开被子，他慢慢向前低下身子，趴在我的床上。我轻轻拉过毯子盖在他裸露的肩头。

"好好睡。"

"明天你需要穿上年轻男子的衣服。我相信你应该有。"他在枕头的那一头说。

"当然。"

"带个能装东西的小背包。要是离开时间很长的话，我们需要买些衣服。"

"我今晚就收拾。"

"再给托马斯先生写张字条，告诉他你应要求会离开数日，你认为福尔摩斯先生出了事故。他受雇于我，他会明白的。"

"受雇于你——你真是狡诈。快睡吧。"

我写了字条，其中还要求他给维罗妮卡·比肯斯菲尔德打电话，告诉她不用去火车站接我了，之后我坐在火炉边编结终于干了的头发。（长头发的一大缺点就是冬天洗头不便。）我看着跳跃的火苗，双手慢慢将蓬松的头发分出一半，编成一条过腰的长辫，然后在发梢绑上头绳。开始编另一条辫子的时候，福尔摩斯的声音再次从黑暗的角落传来，声音低沉含混，带着醉意和困倦。

"我问过哈德森太太一次，问她怎么看你为什么要把头发留这么长。她说那是女性气质的痕迹。"

我停下双手。这是我们认识以来,他第一次评价我的外表,而不是发表诋毁意见。华生永远都不会相信这件事的。我看着火苗笑了,然后继续编头发。

"是的,我想她会那么说。"

"是这样吗?"

"我想不是。我觉得短发太麻烦,总是要梳要剪。长发就轻松多了,这想法很怪吧。"

没有回答。不过很快我就听见一阵轻柔的鼾声。我从架子上拿了条备用的毯子披在身上,然后在椅子上坐下。我把眼镜放在身边小桌上,屋子里又变得朦朦胧胧。之后我睡着了。

几个小时后,我醒了一次,身体一时难以动弹,也不确定自己身处何方。炉火已经熄灭,但我能看见一个人影坐在窗边,裹着条毯子在向外看。我站起身去拿眼镜。

"福尔摩斯?是——"

那影子迅速朝我转过身,举起一根手指。

"不,别说话,孩子,回去睡吧。我只是在不点烟斗的情况下,尽最大努力想问题。回去再睡一会儿,时候到了我就叫你。"

我把眼镜又放回桌子,摸索着往炉子里添了几块煤,然后重新坐回椅子。再次睡着后,我在梦中把那寄居在我脑海中难以忘怀的古怪梦境又体验了一次。而且事后看来,我似乎还预知了接下来将发生的事。一段文字出现在我脑海中,字迹如此清晰,就像是印刷在我眼前一般。是我记忆中的一句话,出自福尔摩斯那本蜜蜂养殖书里的思索或哲学前言。他写的是:"一群蜜蜂不应被视作一个单一物种,而应被视作三个互相联系的群体。它们在智能上互相独立,但又不可避免地互相依赖。单一的一只蜜蜂若离了兄弟姐妹便会死,即便被给予理想的食物和照护。单一的一只蜜蜂不可能离开蜂巢而生存。"

这段话惊得我半清醒过来，或者说我看似半清醒过来。当我抬头看向福尔摩斯的时候，奇怪地发现他脸上有一滴雨水。

这当然不可能。现在我十分确定那是在做梦，尽管那画面如此生动，而且透过我近视的双眼看去有些模糊。我之所以要说这个并不是要把它当成历史真相，而是为了证明我的无意识思想在那一刻的复杂状态……而且正如我前面所说的，它预示了接下来将会发生的事件。

九　狩猎开始

因此，我们必须解答那现在还难以理解的问题。

"醒醒，罗素，"一个声音在我耳边说道，"狩猎开始啦！"房间里很暗，但有本生灯的火焰照明，空气里有咖啡的味道。

"一边冲，一边喊：'上帝保佑亨利、英格兰和圣乔治！'"[1]我没好气地抱怨着补全亨利王的号令，共赴战场，诸如此类的句子。

"没错。不过恐怕这场狩猎中，灰狗拼命追赶的对象是我们。现在起身吧，去喝咖啡。可能要等一段时间才能喝到下一杯热饮了。还有你的衣服——穿上所有保暖的衣服，我去把借来的东西归还给你的邻居。或许，"他又补充说，"你应该赶在你这位近邻返回前，再去买一瓶这种难喝的白兰地。不要开灯，我们必须保持隐形。"

等他回来时，我已经打扮成一名年轻男子，手上还拿着最沉重的靴子。

"出了大门再穿。托马斯先生耳朵很灵的。"

"这幢楼你比我熟，罗素，但是我想应该从另一端出去。你这边的出口应该已经有人在街上监视了。"

我一边思考，一边小心地抿了一口热腾腾的咖啡，然后为那糟糕的味道做了个鬼脸。

"你煮咖啡前难道就不能把烧杯洗洗吗？喝着还有我昨天

---

[1] 这段对话语出莎士比亚的《亨利五世》第三幕第一场。——译注

用过的硫黄味。真庆幸我做实验用的不是砒霜。"

"我事先闻过的。加点硫黄有利于血液循环。"

"但却毁了咖啡的味道。"

"那就别喝了吧。好了，罗素，别浪费时间。"

我大口把那滚烫的咖啡喝了一半，剩下的倒进洗手盆。

"还有一条出路，"我经过认真思考后建议道，"既能避开街道，又不用走后面的走廊。我想如果没研究过这地区中世纪地图的人是不会知道那里的。出口是在一个脏不可闻的院子里。"我补充说。

"听起来不错。别忘了带上手枪，罗素。也许派得上用场，跟那恶心的奶酪一起放在你的抽屉里可对我们没有帮助。"

"是我可爱的斯提尔顿干酪，就快熟了。我希望托马斯先生会喜欢。"

"再熟一点它就会沤烂抽屉，掉进下面那层房间。"

"你这是嫉妒我高雅的品位。"

"这话我不会回答。出门，罗素。"

我们悄无声息地穿过一处处走廊和门厅，进入一座阁楼，在那里我用新得到的撬锁工具打开通往邻室的房门，走进一间神父洞[1]。那里原本已经有二百五十年无人打扰，直至去年夏天，我一位室友的未婚夫在博德利图书馆的一封信中发现相关介绍，将其搜寻出来，他的这番努力为他赢得了进入图书馆的资格。我们从中爬上危险的滑溜溜的屋顶，冰层上已经覆盖了两英寸厚的积雪。福尔摩斯终于向我发出嘘声。

"你迷路了吗，罗素？我们在这迷宫中已经转了快二十分钟了。时间弥足珍贵，我想你知道的。"

"我知道。可我们能走的另一条路要靠双手将我们悬挂起

---

[1] 指伊丽莎白一世统治时期，通过法律迫害英格兰的天主教徒时，天主教堂中建造的供牧师藏身的密室。——译注

来，在各个大楼之间摆荡。我知道身体不适在你看来无甚大碍，我倒是喜欢等天色晚一些再把你背上的纱布拆开，要是你不介意的话。"担负压力的紧张感让我言辞犀利，于是我便抑制住不再说话，专心研究路线。

我们最后终于抵达了出口那座恶臭的庭院，却发现那里的表面已变得一片雪白，累积了几十年的马粪、鸡屎以及其他说不出口的污物都被遮盖起来了。夏天时那里的味道与我的斯提尔顿干酪有的一拼。

我们挤进门口的暗处，我对福尔摩斯小声说："正如你所见，不管是这扇门，还是其他两扇，都无法再提供遮掩，院子里是安全的。我觉得可能会碰到两个问题：首先，门外街上可能会有监视者；其次，等他们发现我不在房间里了，可能会搜查这片地区，然后发现两对脚印。要是你愿意，我们可以再走屋顶。"

"罗素，你真是太让我失望了，竟然让自己被这显而易见的事实所困扰。没有时间再去爬屋顶了，他们很快就会知道你逃走了。就算他们发现你的脚印也不碍事，只要不让他们看见我的脚印就行。要是有人监视，那就开枪。"

我咽口唾沫，将手放进口袋，然后迈着大步，步态坚定地走进开阔的庭院，心里开始感激靴子上沉重的鞋钉。一回头，我看见福尔摩斯正迈着小碎步，踩着我的脚印在走。他掀起裙子露出里面穿的长裤，要不是正面临威胁，看到这场景我可能会发出少女般的咯咯笑声，但是我忍住了。我手握左轮手枪走出大门，但是那里一个人也没有，只有垃圾桶回荡着我们匆匆赶路的脚步声。

我们就用这样异常的方式沿窄巷走到主路，那里已经有早起的赶路人将积雪踏成了泥泞。这样我们就可以并肩行走了，福尔摩斯是一位蹒跚的老女人，我自己则是个鲁钝的农场小子。他将昨天穿的肮脏黑裙子和披肩翻了个面，变成同样肮脏的蓝色，下巴上的黑痣也消失了，换成了满嘴烂牙。在我看来那样做并没有太大改善，但是大多数人的注意力都会被那满嘴的烂牙吸引，而不会注意他的脸——那埋在围巾和帽子之间的到底是怎样的一张脸啊。

"这么走不对，罗素！"福尔摩斯声音虽小却很严厉，"迈步的时候，靴子要冲到身体前面去，手肘往外戳一点。要是再把嘴张开，做出一副蠢样子就更好了，看在上帝的儿上，摘了眼镜吧，至少我们出城前都别戴。我不会任由你走进什么乱七八糟的东西里去的。你能不能说服鼻子流点鼻涕，只为了做做样子？"

于是在这稀薄的晨光中，我只能垂头丧气地摸索着前进，有时候会绊住脚，同时还要装作搀扶我年迈母亲的样子。等天色完全亮了的时候，我们终于到了北上出城的班伯里路。

"北上，远离伦敦？这可得走上漫长的一整天啊。"

"那样更安全。试试看你能不能说服那辆马车载我们几英里。"

我迈着笨重的步子，顺从地走到路中间拦住那位刚从城里回来的农民，他的马车是空的，也很乐意赚上三便士。"省却我的老妈妈走路的不便，好让她去班伯里看刚出生的孙子。"

那农夫极其健谈，他一边赶着马在路上蜿蜒前行，一边含混急促地说了一路。这倒省得我们还要为他编造个故事。不过等他让我们在班伯里下车的时候，我几乎精疲力竭。一路上我要不停地从帽檐下露出傻笑，还要忍着不斜眼窥视。待他的马车扬长而去，我朝福尔摩斯转过身。

"下回再演戏，我来假扮耳聋的老女人，你来对着那些粗俗的俏皮话笑上一个小时。"

福尔摩斯咯咯笑着，拖着脚沿道路向前走去。

这趟去伦敦着实费了我们一番工夫，两个又冷又饿的旅人，差不多都是靠习惯的力量在前进。我们先是北上，然后向西出牛津，接着抵达伦敦的东南部，之后疲惫地绕了好几英里的大圈穿过乡间，以便能从南部入城，因为牛津来的公路自然是监视者的攻击目标。我们此行从班伯里到布劳顿博格斯，亨格福顿到吉尔福德，还过了肯特郡和格林尼治；步行，乘农家货车、马车和汽车；我们花过钱、乞讨过，甚至还偷搭过一趟车，最后终于抵达了伦敦这座大城市，抵达了所有道路最终都会抵达的地方。从福尔摩斯的沉默中，我能分辨出他的背痛又在折磨他了，但是除了给他买瓶白兰地推着他往前走之外，别无任何办法。找到迈克罗夫特，我们就能得到需要的帮助了。

下午晚些时候，雪又开始下了，不过还没大到阻断车流。当我们腿脚麻木地走下公共汽车，站在蓓尔美尔街上的时候，时间已过七点半。那里距离第欧根尼俱乐部只剩一百码距离，迈克罗夫特·福尔摩斯是那座俱乐部的创办者之一兼高级会员。

福尔摩斯从一个口袋里掏出一截铅笔和一个用过两次的脏信封。就着头顶路灯的光芒，我看到他从无指手套中戳出来的指尖已经冻成了蓝色，他写得很慢，姿势很笨拙。虽然为了掩盖胡楂，他把披肩拉得严严实实，但苍白的脸上，薄薄的嘴唇已经泛出紫色。

"把这个交给俱乐部的前台。我想他们不会让你进的，但是如果你告诉他们这是迈克罗夫特的堂亲送来的，他们会帮你转交。要是他们还迟疑不决，你有半克朗吗？好的。我就待在这里。还有，罗素，或许你该把眼镜戴上。"

我强迫自己小跑起来，那双之前让我在这种天气下双脚完全干燥的靴子，现在似乎每一只都有大约两英石的重量。对于帮我将这张难看的字条交给会员的这个要求，俱乐部入口的男人确实有所保留，但我一再坚持，一分钟之后我就被人护送着走进了温暖的室内。我的眼镜迅速起了一层雾，一个声音从我前面隆隆传来："我是迈克罗夫特·福尔摩斯。我弟弟在哪儿？"我只能循着说话人的大致方向伸出一只手。接着我的手被紧紧握住，感觉就像是伸进了一团热乎乎的发酵面团里。我从镜片上方看到他巨大的身影。

"他在外面，先生。如果方便的话，他需要——我们需要——一个房间过夜，以及一餐热饭。此外，"我又低声补充道，"找个医生来应该也能派上用场。"

"是的，我知道他受了伤。哈德森太太在电话中向我描述得非常具体，而且还要我把华生医生带去苏塞克斯，不过我说服她，我们露面不会是好事，而且苏塞克斯的医生也相当合格。最后她同意不告诉好医生华生，直到夏洛克身体恢复到足够见客那样强壮。我承认在听到苏格兰场的朋友说他从医院消失时，我吓了一跳。这么说伤口很浅了？"

"不浅。我确信非常痛，但是如果能避免感染的话，那他就没有生命危险。他需要休息、食物和安静。"

"那他还站在严寒中。"他提高声音要求把外套拿来。接着我们重返外面大雪纷飞的街道。我的眼镜迅速清晰起来，一直能看到下一根路灯柱。

"我把他留在这里的。"我指着那地方说。

我身边的这人从头到脚都如同他握手时的力量所证明的那般强壮，但出人意料的是，他的行动却异常迅速，是他最先冲到那身穿深蓝色凌乱衣衫的人影面前，帮助他从一个倒放的板条箱上站起身。

"晚上好啊，迈克罗夫特，"福尔摩斯说道，"我为我这小小的问题打断了你安静的阅读时间而道歉,不过不幸的是,似乎有人想要消灭罗素小姐和我。我想你应该愿意提供帮助。"

"夏洛克,你真是个蠢蛋,为什么不早些告诉我?那样就能省去你们这一天的劳累了。而且你知道,我对你的这些案子总是很有兴趣的——当然,要除开那些需要耗费过量体力的。来吧,让我们过街去我的房间。"

当我们走进俱乐部对面的那座建筑时,我的眼镜让我再次失明了,所以我只得摘掉它们,跟在这两兄弟身后步伐沉重地爬上楼梯。室内窗帘拉得严严实实,我把沉重的背包扔在地板上,之后才想起那爆炸物还在里面放着,然后我倒在了火炉边的椅子上。我模模糊糊意识到迈克罗夫特·福尔摩斯送来了一些食物,往我们手里放了些热乎的饮品,但那温暖以及不用劳动的感觉是如此的舒适,以至于我对其他任何事情都不再感兴趣。

我一定是就那样迷迷糊糊睡过去了,因为过了一段时间之后,我醒来时福尔摩斯正将手搭在我肩膀上,对我说话。

"我不会允许你一连两晚都睡在椅子上,罗素。来和我们一起吃点东西吧。"

我难为情地站起身,戴上那烦人的眼镜。"我能先洗个澡吗?"我对着福尔摩斯和他兄长之间的一个点问道。

"当然!"迈克罗夫特·福尔摩斯大声回答。他领着我沿一个大厅走至一个带躺椅的小房间。"你在这里时就住这间房,从这里进去就是浴室。我问一个邻居借了些衣服来,如果你愿意换掉现在的行头的话。"这番话说出来不可避免地显得有些亲昵,因此他看上去有些尴尬。不过我亲切地道了谢,他看上去松了口气。同在丘陵上遇见我之前的福尔摩斯相比,迈克罗夫特在考虑女性的需求方面,显然也并不熟悉多少。

"只有一件事,"我犹豫地说,这时看到他肥胖的脸上又显出不安的神色,"你弟弟的伤势——他真的不能在椅子上过夜。让他在这里睡是不是更好……"

他一副如释重负的样子。"不,不用担心,罗素小姐。我这里有足够的空间,够你们俩住的。"他说着离开去准备用餐。

我迅速洗完澡,穿上挂在衣柜里的厚实蓝色袍子。我任由头发贴在头上,一缕一缕地散开。双脚能穿上那双稍微有些小的地毯拖鞋让我充满感激,就这样我走到餐桌边,加入两兄弟的行列。

我走进那个房间时,迈克罗夫特迅速将椅子后推,然后站起身走过来帮我拉开椅子。福尔摩斯(现在已重返平素状态,露出一口白牙)打量了我片刻,然后看着我,将餐巾放在桌子上,慢慢起身,笑得有些微妙。我落座后,迈克罗夫特也坐下来,然后福尔摩斯也坐下来,嘴角奇怪地抽动一下。能提醒我女性身份的特征总是会让他露出惊讶之色。然而,我却无法责备他,因为那些特征也会让我自己惊讶。

烤鸡很美味,面包很新鲜,葡萄酒在舌头上流光溢彩。我们说着各种无足轻重的事,吃完了一盘奶酪,在其中我欣喜地发现了一块老斯提尔顿干酪。迈克罗夫特和我分吃了它,将切达干酪留给福尔摩斯。这真是让人极为满足的一餐。而我说过的话和我吃完的盘子差不多数量相当。

"饱足的肚子,微醺的头脑,还有安全之地可以入睡。一个人还能要求什么呢?谢谢你,福尔摩斯先生。"用完餐后我们围在炉火边,迈克罗夫特为我们倒了三大杯白兰地。我看着自己的杯子,感到有些发困,于是小声叹了口气。

"你今晚会看医生吗,福尔摩斯?"

"不看医生,不看。决不能让别人知道我们在这里。"

"那俱乐部的人呢,还有厨师?他们肯定知道了。"

"俱乐部的人言行都很谨慎,"迈克罗夫特说道,"而且我跟厨子说的是，我饥饿难耐。"

"那么，不看医生。连华生也不看吗？"

"尤其是华生。"

我又叹口气。"那我猜你是想再测试一次我的基本紧急救援能力，或是类似的本领。很好，拿纱布来。"

迈克罗夫特离开去找来些必需品，福尔摩斯脱掉外衣，开始解衣扣。

"我这次该用什么办法来帮你转移注意力呢？"我同情地问道，"或许可以讲一讲莫里亚蒂和莱辛巴赫瀑布的故事？"

"我不需要转移注意力，罗素。"他简慢地说道，"我想我应该告诉过你，一个无法控制身体情绪反应的头脑是不值得拥有的。"

"那你当然也应该知道，福尔摩斯，"我辛辣地回应，"或许你还可以转移注意力，来帮助停止背上的伤口所做出的生理反应。这件衬衫穿不了了。"

我看到的纱布已经变成了棕褐色，而在那下面，皮肤上到处都是紫色的擦伤和痂。不过，除了最深的那些伤口以外，其余的都没有恶化，只有一条因为缝合过几针而皱了起来，发了炎，红通通的。

"我觉得这道伤口里面一定残留着炸弹碎片，"我说着看向迈克罗夫特，在我忙活的同时，他一直挑剔地站在房间的一个角落，"你能帮我找些能热敷的药膏来吗？"

接下来的半个小时里，趁福尔摩斯和迈克罗夫特回顾这两起事件中已知事实的工夫，我将加热过的药膏贴在福尔摩斯的体侧。他用颤抖的双手点燃一个烟斗，还让我也讲了我的部分。

"那么炸弹呢？"迈克罗夫特听完后问。

"在罗素的背包里。"

迈克罗夫特将其取出，然后把它放在身前的桌子上，他举起电线，轻轻戳一戳连接点。"我明天找个朋友过来看看，不过这和你几年前从西街银行袭击案中拿回来的那个很像啊。"

"而且还有，你记得吧，我将那个人，名叫迪克森的，放在嫌疑人名单的最后。莱斯特雷德总督察曾告诉过我，在刑满释放后的五年中，那人结婚了，生了两个孩子，在他岳父的唱片店中取得了生意上的成功，而且也很尊重家人。不像是嫌犯。"

福尔摩斯说话之间，我脑中逐渐展开一个令人不悦的怀疑。

"福尔摩斯，你说哈德森太太已经离开了，可是你觉得我们是不是应该请华生也找家酒店住上两三天呢，或者是去走个亲戚，直至我们查清事情原委为止？"

那瘦削的脊背在我双手下突然僵硬起来，他猝然一动，骂了一句，然后以更慢的速度向我转过身，脸上满是惊骇。"我的上帝啊，罗素，我怎么能——迈克罗夫特，你去打电话。还是你去跟他说，罗素。别让他知道你在哪儿，也别让他知道我和你在一起。你知道他的电话号码吗？好的。哦，要是因为我这彻底、绝对的愚蠢行为，而导致他出了任何事情……"

我把听筒拿到耳边，等待线路接通。华生一般很早就睡了，而这会儿已经过了十一点。福尔摩斯在等待期间咬起了大拇指，还盯着我的脸。最后线路连通了，那边传来一个困倦的声音。

"唔？"

"华生，亲爱的约翰叔叔，是你吗？我是玛丽，我必须——不，我很好。听我说叔叔，我——不，福尔摩斯很好，或者在我上次和他讲话时还很好。听我说，约翰叔叔，你必须听我的话。你在听吗？好的，对，我很抱歉这么晚打过来，我知道吵醒了你，但是你必须离开你的房子，今晚，越快越好。是的，我知道现在很晚了，但是一定还有酒店可以入住，哪怕是在这个时间。什么？是的，好的。现在你必须收拾好东西，现在就离开。什么？不，我没有时间解释了，但是有人安了两颗炸弹，一颗是想杀死福尔摩斯，一颗是想杀我，而且——是的。不，不，我的那颗没有爆炸，福尔摩斯只受了点小伤。但是约翰叔叔，你可能处境非常危险，必须立刻离开家。现在就走。是的，哈德森太太很安全。不，福尔摩斯没和我在一起，我不知道他具体在哪儿。"我小心地转了转脊背，这样就看不见福尔摩斯，因此也就保证了一点真实性，"他让我给你打电话。不，我不在牛津，我在一个朋友家里。请现在就离开吧。要是福尔摩斯来信息了，我就给你的酒店打电话。还有叔叔，你一定不要跟任何人说这通电话的事，你明白了吗？一定不能让任何人知道福尔摩斯不在家。我知道你非常不擅长伪装，但这事儿事关重大。要是报纸知道了这事儿，你知道他们会做什么。去找家酒店吧，待在里面，不要和任何人说话，直到我给你打电话为止。什么？啊，谢谢你。这样我就能安心点了。你不会耽搁吧？很好。再见。"

我挂掉电话，看向福尔摩斯。"哈德森太太呢？"我问。

"这个点儿了，不要打扰她。很快天就要亮了。"

房间里的紧张气氛退散了，疲倦悄悄返回我的筋骨之中。我把福尔摩斯背上的药膏稍稍贴紧一些，然后朝两兄弟举起酒杯。

"先生们，我要和你们说晚安了。我想也许能等到明天早上再做计划？"

"那时头脑更清醒，"福尔摩斯说道，他的口气就像是在引用某个被他认为不可信的人的观点似的——也许是奥斯卡·王尔德说过的吧,"晚安,罗素。"

"我想,罗素,今晚你会让身体稍稍休息一下。"

他说着拿起烟斗。

"罗素,有时候身体疾病反而会让注意力集中。如果我不好好利用这种机会,那就是在犯傻。"

说这话的人甚至连靠在椅子上都做不到。我张口故意说了些残忍的话。

"毫无疑问,正是因为出色地集中了注意力,所以你才忘了将华生的事考虑进来。"这话一说出口我就后悔了,但已经无法收回,"睡一会儿吧,看在上帝的分儿上,福尔摩斯。"

"那我再说一遍吧,晚安,罗素。"他打断话头,开始擦火柴,那么用力一定会弄痛他的背,然后他将擦燃的火柴放进斗钵。我看看迈克罗夫特,他微微耸耸肩,然后我挥挥手去睡觉了。

当烟草的味道不再从我的门缝下面飘进来的时候,时间已经非常晚了,或者说,非常之早。

十　空房子的问题

雄性的大屠杀……

在灰暗的晨光中，我被一个街头小贩的叫卖声惊醒，我躺在那里积蓄力量寻找手表，隔壁茶杯碰到茶托所发出的轻微声响帮了一定的忙。我从背包里掏出皱巴巴的裤子和衬衫迅速穿好，然后去了客厅。

"听声音我没有完全错过早餐嘛。"我一边进屋一边说，在看到餐桌前还坐了第三个人的时候我完全呆住了，"约翰叔叔！可是你怎么……"

福尔摩斯腾出一把椅子，端着茶杯走到窗边，那里窗帘仍拉得严严实实。他动作很小心，从中能看出他的年纪和其他的信息，不过他脸上倒是没有痛苦，而且他还刮了胡子、梳了头发，这些都说明他的背部有过一定程度的活动，那在昨天可能还是很困难的。

"恐怕我的这位长期编年史作者把我的一些教训都记在了心里，罗素。我们的藏身之处被发现了。"福尔摩斯的表情中有好玩和懊恼，在其之下却隐藏着一些更为黑暗的东西，或许是担忧吧。他做了个鬼脸，华生则轻轻笑着给吐司涂上黄油。

"很简单，亲爱的福尔摩斯，"华生说道，福尔摩斯则哼了一声。"如果你有危险，玛丽会在哪儿呢？如果是和你在一起，那除了你哥哥这里，你们还能去哪儿呢？喝点茶吧，玛丽。"他招呼我,眼睛从眼镜上方向我看来,"不过你不跟我讲实话,应该向我道歉吧。"他语气听起来并没有伤心,只有顺从的意味。我突然想起福尔摩斯总是习惯欺骗这个男人,因为他就如我说过的那般,没有撒谎的天赋,因此相当自然地,也就无法让人相信他能扮演好一个角色。这时我才第一次意识到,这样的想法对他的伤害有多么大,面对多年来自己的失败他是多么伤心,而他可能早已经意识到,自己无法协助朋友的这一缺陷,在不知不觉间被福尔摩斯的聪明头脑所操控中得到了弥补。而当我也延续了这种模式的时候,他却只是对我轻加责备,然后又敲破一个鸡蛋。我坐在福尔摩斯腾出来的椅子上,握住他的手。

"我很抱歉,约翰叔叔。真的非常抱歉。我是担心你,担心如果你来了这里,他们会跟踪你。我不希望你也掺和进来。"

他难为情地清清嗓子,然后笨手笨脚地拍拍我的手,脸一直红到了那两条浓密的灰色眉毛。

"没关系,我亲爱的,没关系。我明白。只需要记住一点,我已经谨慎行事许多年了,不是走失在森林里的小婴儿。"

又或许,我转念想到,提醒他认识到自己在福尔摩斯身边的位置已经被一个活跃的年轻人取代了——还是个女性,这么做很残忍。我再次被这个男人的宽容胸襟所打动。

"我知道的,约翰叔叔。我应该考虑得更周密些。可是你——你是怎么过来的呢?你什么时候把八字胡给刮了?"从他皮肤上的痕迹判断,应该刚刮没多久。

福尔摩斯站在窗帘边发话了,语气就像是看到孩子玩弄的一个聪明却麻烦的花招,心中又是骄傲又是恼怒的父亲。

"把你的变装行头都穿起来,华生。"他吩咐道。

于是华生体贴地放下勺子走到门口,奋力地穿上一件缝补过多次的大外套,看尺码应该是为一个比他高很多的人所做的，又戴上一顶帽檐翘曲的圆顶礼帽、一双手指部位破了三处的针织羊绒手套，系上一条显然是家中爱妻编织的针织围巾。

"这些都是酒店门卫的，"他自豪地解释，"就像是回到了往昔岁月一样，福尔摩斯，真的很像。我从厨房门离开酒店，穿过三家餐厅和维多利亚火车站，乘了两趟有轨电车，一趟马车，还叫了一辆出租车。最后的四分之一英里我走了半个小时，每个在门口闲逛的人我都注意观察过。我想就算是福尔摩斯本人要跟踪我，也不可能不被我发现。"他冲我眨眨眼。

"可是，为什么呢，约翰叔叔？我告诉过你我会给你打电话的啊。"

那老人又骄傲地站起来。"我是医生，我有个朋友受了伤。来看诊是我的职责所在。"

福尔摩斯在床边咕哝了句什么，并将一根长手指从厚实的窗帘边缘抽回来。华生没有听他说话，不过那声音在我听来像是在说："良善和恩慈将困扰我一生的每一天。"我曾经以为他对《圣经》几乎可说是一窍不通，但他又总是出人意料，虽然他总是喜欢篡改引文，用以贴合当时情境。

"华生，罗素给我留下的完整皮肤已经少之又少了，我为什么还要让你来摧毁呢？它已经娱乐过村医院的两位医生和许多名护士了。你就这么需要病人吗？"

"你必须让我检查你的伤口，不让我检查的话，我是不会离开的。"华生狠狠地说。福尔摩斯愤怒地看着他，看着迈克罗夫特和我，而我们都忍不住笑了起来。他猝然从窗帘上抽回手。

"很好，华生，就让我们来做检查吧。我还有工作要做。"华生同迈克罗夫特去洗手，然后打开他公然带着穿过大街小巷的黑色医疗包。我绝望地看着福尔摩斯。他闭上双眼点点头，接着向窗边打了个手势。"在街道尽头。"说着他跟华生离开了。

我将一只眼睛贴在窗帘边缘，小心地向外窥看。墙边积雪已经融化成黄灰色，在街道远远的那头坐着一个盲人正在卖铅笔。这个时刻街上几乎没有做生意的小贩，不过我还是观察了好几分钟，同时听着隔壁房间传来的高声说话声。我正准备转身时，却看到一个小孩跑到那穿得严严实实的老人身前，往他面前的杯子里扔了些东西，然后拿走一支铅笔。那小孩跑着离开时，我看得很仔细，是一个衣衫褴褛的男学生。那黑乎乎的身影于是将手伸到茶杯里，似乎是在触摸硬币，但在我看来却像是在拿起一个折叠成方形的纸片。我们被发现了。

这时迈克罗夫特走了进来，给他自己泡了杯茶。门外传来一阵沙沙声，我绷紧心弦，但是他却若无其事地说："早报来了。"他走过去从地垫上拾起报纸。就在这时华生的声音从隔壁传来，像是在要什么东西，于是迈克罗夫特就把报纸递给我然后去招呼。我打开报纸，一时吓得停止了呼吸。首页头条写着：

投弹者误杀自己
目标本是华生和福尔摩斯？

> 昨晚午夜之后不久，在约翰·华生医生，即夏洛克·福尔摩斯先生著名的传记作者家中，发生了一起大型炸弹爆炸事故，表面看来，死者应当是正在安放炸弹的投弹者。华生医生显然并不在家，他的行踪目前尚不明确。房子损失严重。爆炸引发的火灾迅速得到控制，没有造成其他伤亡。新苏格兰场的一位发言人告知本报，死亡者身份被证实为约

翰·迪克森先生，来自雷丁。迪克森先生曾因1908年南安普顿市西街帝国银行的炸弹袭击案而定罪。审判期间福尔摩斯先生提供了关键证据。

本报还收到另外一条未经证实的消息，据称福尔摩斯先生在偏僻的苏塞克斯的农场早前也遭遇了一次炸弹袭击，据可靠消息称，这位侦探于爆炸事件中身负重伤。稍后会有深入细节报告。

我又读了一遍，那篇短短的文章差不多相当于一份通报，让人有一种醉酒般的不真实感。我几乎无法理解眼前的文字，部分是因为震惊，但更多的还是因为根本就说不通。我感觉大脑像是被裹在焦油中似的。我用双手将报纸放在散乱的茶杯和蛋壳之上，接着握紧双手放在膝头。我不确定过了多久，然后我听到迈克罗夫特在我肩头大声说话。

"罗素小姐，出什么事了？要我再倒些茶来吗？"

我张开一只手，用手指指着那报纸，他读完之后也瘫倒在一把结实的椅子上。我抬头看看他，然后看到他灰白的脸庞，眼神中闪烁着焦急的光芒，于是知道了他也在和我一样地苦苦思索，却一无所获。

"这简直是挑衅啊，"最后他说道，"我们赶得正是时候，是不是？"

"是时候干什么？"福尔摩斯一边扣紧袖口一边走了进来，他的声音尖厉。迈克罗夫特把报纸递给他，他读着，发出一阵嘶嘶声。华生走进来后，福尔摩斯朝他转过身。

"我的老朋友，我们似乎应该好好地向罗素道声谢。"

华生读到自己幸免于难的报道后，瘫倒在福尔摩斯推到他身后的椅子上。

"给他倒杯威士忌，迈克罗夫特，"不过那位大块头已经在橱柜边忙活了。华生没看见似的端起酒杯，突然间站起身来，去拿他的黑色医疗包。

"我必须回家。"

"你不能回家。"福尔摩斯反击道，然后从他手里夺下包。

"可是我的房东太太，我的论文。"他的声音渐渐降低。

"文章说没有人受伤，"福尔摩斯分析说道，"论文可以等，你晚点可以联系邻居和警察。现在你去睡觉。你忙了一整晚，而且严重受惊。喝了这杯酒。"华生按照长期以来形成的习惯，听从了朋友的吩咐，将威士忌一饮而尽，然后茫然地站在那里。迈克罗夫特牵起他的手肘，带他去了福尔摩斯睡过的房间，而昨天晚上福尔摩斯在那里的时间是那么短。

福尔摩斯点起烟斗，烟草燃烧的飒飒声和楼下隐约的车声混在一起，还能听到大厅那头卧室里传出的声音。我们都没说话，但我想，我们思考的声音应该都能听见了。福尔摩斯冲墙上一个斑点皱皱眉，我摆弄起口袋里找到的一根细绳，也皱起眉，而迈克罗夫特回来后在火炉前方我们的中间坐下，也皱着眉。

我用那根细绳做起了翻绳游戏，翻出各种复杂的形状，直到最后丢了一个连接点，只剩下一团糟。我打破寂静。

"很好，先生们，我承认我糊涂了。你们谁能不能告诉我原因，如果说华生在来这里的路上被人跟踪了，迪克森为什么还要执意安放那枚炸弹？他在乎的肯定不是那座房子，或者华生的论文吧？"

"这确实是个大问题，不是吗，迈克罗夫特？"

"这样做就极大地改变了形势，不是吗，夏洛克？"

"迪克森并不是单枪匹马在行动——"

"而且他并不是行动的主使——"

"或者就算他是，那他的下属也太不尽责，"福尔摩斯又说。

"因为没有人通知他,目标在一小时前就离开了那房子——"

"可是这到底是蓄意而为,还是疏忽大意呢?"

"我想如果是一伙罪犯的话,是有可能忽略重大的组织——"

"发发慈悲吧,迈克罗夫特,他们又不是政府。"

"此话有理,要作为罪犯生存下去,还是需要一定的能力的。"

"还是奇怪。我觉得迪克森办事并不笨拙。"

"哦,那就是说并非自杀了,确定吗?在发生了这一连串报复性谋杀之后?"

"但我们谁都没死。"福尔摩斯提醒他。

"是还没死。"我咕哝道,但他们没理会。

"是的,这是挑衅,不是吗?让我们记住这一点。"

"如果他是受雇——"福尔摩斯说。

"我想莱斯特雷德应该会查看他的银行户头吧?"迈克罗夫特怀疑地问道。

"——那么这不仅仅只是我的某些老熟人突发奇想——"

"不像。"

"——要团结起来,消灭我和我身边的所有人——"

"我想下一个应该轮到我了。"迈克罗夫特沉思着说道。

"——那么这倒叫我好奇起来,关于迪克森的死。"

"事故和自杀都不像。有没有可能是投弹者的雇主炸死了投弹者?"

"你要冷静,迈克罗夫特。"福尔摩斯厉声说。

"这个问题非常重要。"他兄长抗议道。

"确实,"福尔摩斯语气放缓,"你能不能派些人去查查,赶在苏格兰场的人之前？"

"可能赶不到他们前面了，不过肯定能同时进行。"

"不过可能不会有太多证据留下来，现场应该被破坏了。"

"为什么呢？对那人办事不力而感到不满？"

"或者是想节省下最后一笔酬金？"

"那样以后再想雇人就难了。"迈克罗夫特指出实际情况。

"我不该考虑钱的。"

"罗素小姐房间的那颗炸弹是质量最好的。"迈克罗夫特表示赞同。

"迪克森不能再提供线索，这一点最叫人恼火。"福尔摩斯抱怨道。

"那可能正是他被干掉的原因。"

"但是他没计划过杀死我们。"福尔摩斯断言。

"为自己的失败而气愤，决定换别的方式？"

"这么说真是鼓舞人心，"我试着插话，"不会有更多的炸弹了。"

但是福尔摩斯并没理会，继续说道："你说的或许是对的。不过，我要是能和他说上话就好了。"

"我很自责。我应该立即安排个人去监视的，但是——"

"你也没办法推测出他会那么快动手。"

"是的，间隔还不到——"

"——一整天。"福尔摩斯语气温和。

"——一整天。"迈克罗夫特说话时并不看我。

"要是我能早些赶到罗素的宿舍……"

我已经受够了这场你来我往的语言网球赛，于是我便走到球场中间切断拦网。

"你没有赶到罗素的宿舍，是因为周日的袭击令你昏迷过去，直到周一晚间才恢复意识。"福尔摩斯看着我，迈克罗夫特·福尔摩斯则看着他弟弟,我却心满意足地看着手中的那根细绳,就如同在做编织活儿的德伐日太太。

"我没说我昏迷不醒啊。"福尔摩斯责难般地说。

"是的,而且你还试图让我以为炸弹是在周一晚上爆炸的。但是你却忘了,我对刀伤和擦伤的恶化情况是有一定了解的。你背上的伤口在我第一次看到时就已经过了四十八小时了,而不是二十四小时。周一我在房间一直待到三点钟,你并没有和我联系。托马斯太太生了火,假定是按她平素的时间生的。因此你至少到五点钟为止都还未受伤。然而到了八点钟,待我返回宿舍后,我发现托马斯先生修理了我房门外走廊上的一盏照明灯,这完全是没有必要之举。后来你告诉我说他是受雇于你,所以这就说明在那晚五点到八点之间你给他打过电话,吩咐他注意我的房间,等到我返回宿舍为止。可能在我返回后也仍在观察,我了解你。

"我想周二那天是你让托马斯先生拦住我不让我进门的,我推测是因为你还未决定亲自上去查看,因为脑部受了震荡,背上又受了伤。我猜你是想早些过去的,当时托马斯先生也停止了看守,因为你告诉他说过了那个时间就不需要他的服务了。那么是什么耽搁了你呢,让你一直到六点半才到宿舍?"

"是六点二十二分。显然是因为一系列可恶的突发事件:莱斯特雷德和我见面时迟到了,护士藏了我的衣服,鞋底上被钉了铁片,我只能抓住机会同医院一名员工调换身份。接着,等我回到农舍的时候,那里挤满警察,我只能等他们慢悠悠去喝茶后,才能进入房子拿到我想要的东西,查看他们在蜂箱里留下了什么——感谢上帝的意志,没有他我永远都不可能做到。接着我错过了火车,又没有出租车能去牛津——实在是可恶,正如我所说的那样。"

"那你怎么不从医院打个电话或者拍封电报?"

"我确实拍了电报,给托马斯的,从一个很小的火车站,我怀疑一年都不会有六趟火车在那里停靠。等我终于到了牛津,我又给他打电话,让他不要告诉你任何事情,小问题已经处理好了。"

"但是,福尔摩斯,你为什么要来?你为什么会觉得我有危险?难道说只是因为你一贯持有的怀疑态度?"他看上去极其不适,但并非因为背伤,"你有什么原因——"

"没有!"我的最后一问让他大声叫嚷起来,这使我们所有人都发现了他的行动中明显的矛盾之处,"没有,只是我那过度使用的大脑一定要那么做。理智要求我待在犯罪现场,可以给你打个电话安排人保护你,但是我……实话告诉你,我发现要保持思维的逻辑性已不可能。那是我所经历的脑震荡副作用中最离奇的一次。周二的早晨,我满脑子想的都是黄昏时要赶到你的门前,然后等我发现自己能走路后——我就走了。"

"太奇怪了。"我说,而且我确实这么觉得。我不曾想到,他对我的感情竟然会允许他打破案子的调查过程,无论脑部有没有受过震荡这都让人难以置信。而至于他明显不愿相信我会采取必要行动——等待袭击来临,必要时以枪自卫——的做法,很伤我的心。尤其是连他自己也没能完全取得成功的情况下。我本想反驳他,但还是设法及时打住了话头。此外,我必须诚实地承认,他是对的。

"太奇怪了,"我又说了一遍,"但是我很开心听到这话。如果不是你的干预,我几乎一定会走进房门,因为仅有的能证明宿舍被动过的痕迹,只有锁孔上的两个小擦痕,窗台上的一片小树叶和一块泥巴,而且窗台和我插钥匙的地方隔着一条昏暗的走廊。"

他先是短暂地松了口气,然后冷冷地回答:"但你还是注意到了。"

"我或许是注意到了。但是我会把它当回事，然后去爬外面的常春藤上楼吗，在那样的夜晚？我表示怀疑。不管怎么说，你赶来了，你看见了炸弹，将它切断了。顺便问一句，你也是爬常春藤上去的吗，带着那样的背伤？还是说，你是设法从门外拆的炸弹？"

福尔摩斯看看兄长的眼睛，然后有些怜悯地摇摇头。"她学得太多，都让她发疯了。"他说着向我转过头，"罗素，你必须记住还有其他选择。其他选择，罗素。"

我迷惑了片刻，然后甘拜下风。

"梯子，罗素。院子另一头有一把梯子。过去的几周里，你一定每天都能看到它。"

福尔摩斯和兄长看到我懊恼的神色，都忍不住笑起来。

"好吧，我完全没想起来梯子。你爬上梯子，拆掉炸弹，然后把梯子放回原位，又从大厅返回，留下一片树叶和一个难以辨别的油污指印做记号。可是福尔摩斯，你应该不会错过迪克森啊。你们在时间上一定挨得很近。"

"我想应该是在街上擦身而过了，不过我看见的面孔都被雨水浇透了。"

"这说明迪克森或者他的雇主相当熟悉我生活的环境。他知道我住在哪间宿舍，他知道托马斯太太什么时候会进房间，一直等到她离开后才动手，我想他是从下面街上观察的。他在夜色掩映下，带着炸弹，从外面的常春藤爬上宿舍，从窗口进入，撬开我的门锁，安好那东西……"我想起有些事要问迈克罗夫特，"装好炸弹后，他是从门口离开的吗？"

"当然。炸弹是单向开关引爆。他是开着门安的，门一关引爆装置就进入待发状态。"

"接着他从窗口离开，全部过程只用了一个小时多一点。

真是令人敬畏啊，迪克森先生。"

"然而，三十小时之后，他却犯了个致命错误，在炸毁一座空房子时丧了命。"福尔摩斯仔细考虑过后说道。

"这位年轻的女士指出了另一个值得考虑的地方，"迈克罗夫特·福尔摩斯说，"迪克森深谙她的生活习惯。同样也可以断定，他——他们——清楚你自己的行为习惯。"

"我在睡前会去查看蜂箱？显然绝大多数养蜂人都会这么做。"

"但是你自己说过你有这个习惯，是在你的书里写的吗？"

"确实，是写过，不过要是晚上不去，早上也会去。"

"我看不出这之间有什么太大的差别。"迈克罗夫特表示赞同。

"我觉得我应该买只狗。"福尔摩斯不悦地说。

"不过，不要向公众透露我知道这事，也不要透露罗素小姐知道。"

"我们的合作在村里毫无疑问是人所共知的。"

"这么说，这位对手不仅读过你的书，还知道村子和牛津的情况。"

"得告诉莱斯特雷德这些消息。"福尔摩斯说。

"还有一件事，就是用小孩当信使。"

"真是个让人不适的相似之处，就像我动用非正规军，你是这么觉得吗？"

"是的。你说过小孩是不会被人注意的，不过华生今天忘记了。"

"我不喜欢谋杀犯雇用孩子做事。"福尔摩斯阴沉地说。

"确实，我赞同，不利于孩子们的道德发展，还影响他们睡觉。"

"以及他们的学业。"福尔摩斯教训道。

"但是谁干的呢?"我绝望地插话道,"是谁干的?可以肯定,你的诸多仇敌不可能全都痛恨你,恨到不仅要杀了你,还要连你的朋友也一起杀掉的程度。谁有那么多钱,又是雇用投弹手,又是雇用监视者呢,而且谁又有那个智慧能谋划出这整场阴谋呢?"

"我一直到凌晨都没睡,一直在思考这个问题,罗素,但是毫无头绪。哦,确实有些人符合第一个问题的描述,拥有足够财力的也有一些,但是满足第三个条件的人,借你的话,真让我迷惑不解。在我认识的所有人中,我想不出有谁能符合这些袭击的幕后主使的条件。"

"你是说,这案子有幕后主使?"我问。

"好吧,当然只是一个想法。他足智多谋,十分细心,首先还相当富裕,而且绝对的残忍无情。"

"听着像在说莫里亚蒂啊,"我开玩笑般说道,但他却当了真。"是的,非常像是他。"

"哦,福尔摩斯,你不可能是认真——"

"不,不,"他急忙否认,"华生的汇报已经足够精准;那人已经死了。不过,这感觉很像是另一个莫里亚蒂所为,在我们不知不觉间跟在我们身后。我想是时候了,我该更新一下我同这座庞大城市里的犯罪分子之间的联系了。"他想着接下来的计划,目光炯炯有神,而我的心却沉了下去。

"今天?当然你兄长这里——"

"迈克罗夫特活跃的圈子当然比我心里所想的那些要高尚得多。他擅长间谍和政治暗算,对于洗手不干的投弹手和饥饿的街头顽童兴趣缺乏。不,我必须去找几个朋友打听些事情。"

"我和你一道。"

"此事你绝对不能做。别那样看着我,罗素。我不是要保护你文雅的美德,虽然我也承认,伦敦地下确实有些东西,甚至可能会让你不忍卒看。这是留给老人的工作，留给已经习惯了时不时会拜访一下伦敦的渣滓圈的老人。带搭档会引人议论，而且流言蜚语可不会轻易停息。"

"但是你的背？"

"好得很，谢谢你。"

"华生怎么说？"我坚持问。

"比预想情况下恢复得要快。"他说话的口吻明确表明，该话题结束。我放弃了。

"你希望我今天就待在这吗？"

"这倒不是必然，只要不被人跟踪就行。事实上最好的办法可能是你不在这里，而且要让他们知道这一点。我们该怎么——啊，对了。"他松一口气，露出像是想出了绝佳对策般的满足神情，"对了，那样做会很好。上一回我们把变装道具箱子放哪儿了，迈克罗夫特？"

他的兄长站起身轻轻走开，为椅子减轻了负担。福尔摩斯斜着眼看我。

"罗素，如果到七点钟我还查不出东西，再坚持下去也没多大意义。今晚在科芬园有个意大利之夜，我们能否约在那里碰头？七点四十五怎样？之后再根据今天的调查结果，决定是回这里，还是回家准备过圣诞节。"最后一个提议我只当是不负责任的轻率之词，而不具有任何实际可能性。去年我们两人的圣诞节都用来解剖一只中毒的公羊了。"我相信，今天你会比平时更加谨慎，待在人群中，时不时地原路折回，做些类似的事情？而且你会随身带上左轮手枪吧？"我向他保证，会尽最大努力赴晚上的约；而他则又对我做了两项具体交代，逃跑时该怎样摆脱伪装，怎样前往科芬园。

迈克罗夫特提着两个庞大的毯制旅行袋走进来，他将包放在福尔摩斯面前，看上去隐隐有些担心。

"请用了午餐再走吧,夏洛克。我求你别拖着罗素小姐没吃饭就再次走进冰天雪地。"

早餐餐具刚收拾完还不到两小时,但福尔摩斯的回答抚慰了他兄长的心。

"不过当然了,光是准备饭食就得花一小时。订些午餐来吧,趁我开始行动的时候。"

"还是,"我说道,"先打电话。"我让福尔摩斯跟哈德森太太通话。这通电话讲了很久,中途被电话交换局切断了一次,又威胁要切线两次,最后哈德森太太同意就地待几天,不靠近农舍和医院。我自己与维罗妮卡·比肯斯菲尔德的通话则短一些,友好程度也稍逊;在朋友面前撒谎往往不会像对陌生人或坏人撒谎那么成功,我想她应该不会相信我的突发事件。之后我情绪低落地走到福尔摩斯变装时送来的饭菜前。

夏洛克·福尔摩斯为自己编了个职业,而且契合得天衣无缝。看到他将对于挑战的热衷,对戏剧性的鉴别能力,对细节的精准留意,以及狡黠的智慧都调动起来,投入到角色扮演之中,还将自己瘦削的脸庞用油灰和颜料转变成兄长的模样,我们佩服得五体投地。虽然经不起近距离审视,但在几码开外足够以假乱真。他拿掉油灰衬垫说话,我匆匆咽下最后一口午餐。

"幸运的是,华生昨晚自己在变装时牺牲了八字胡,虽然可能并没起到作用,不然我们就得往你的鼻子下面贴些头发了,罗素。迈克罗夫特,能不能请你跑一趟,从我们那位还在床上睡觉的朋友身上扒下裤子和外衣,再给我们找些合适的衬垫以及大量的胶布条?"在他双手的摆弄下,我感到自己脸颊上逐渐填满油灰,眉头上添了些眉毛,还被画了些线条和皱纹。他挑剔地打量着我。"脸别转得太过。现在,我要把那毯子撕些下来,你用带子把自己捆一下,降低一点身高。

"把衬衫脱掉，罗素。"他心不在焉地说道。他的要求是那么理所当然，于是我便伸手去拽衬衫领，这时迈克罗夫特在我们身后轻声清了清嗓子。

"那么做真的有必要吗，夏洛克？也许可以在她的衣服上贴些胶布？"

"什么？"福尔摩斯从自己的工作中抬起头，这才意识到刚刚发生了什么，"哦，是的，我想是这样。"他看上去有些慌乱，"那就过来吧。"

一层一层的垫料让我拥有了华生的身形；戴上他的帽子、围巾和手套，于是裸露在外的只剩下我化过妆的脸；他的眼镜倒是和我的看着很像，这使我得以保留自己的，真是天大的恩赐。

福尔摩斯自己也加了类似的垫料，我们站在那里，就像两个臃肿的埃及木乃伊趁我们歇息之后冒出来了一般。他小心地穿上兄长的衣服，为自己的妆容做了些最后的调整。

"现在来复习一遍我们的计划——啊，华生，你来得正是时候。"

"福尔摩斯？那是你吗？我的裤子到哪儿去了？你们在干什么？"华生睡意蒙眬地走出来，他迷惑的语气让我们整个冒险行动显出了荒谬的气氛，于是我笑了起来。福尔摩斯/迈克罗夫特眯着眼睛，不过迈克罗夫特的真身这时走了过来，很快就连福尔摩斯也勉强地笑了。

"亲爱的华生，我们是在为逃跑做准备。恐怕敌人已经跟着你找到这里了，要么就是本来就已经守在门外了。如果是跟踪你而来，那他们或许还不知道我已经能自由行动了，会推测只有罗素在这里。让我高兴的是，这其中有太多种'如果'的情况存在，但都无济于事。不过我还是马上就要离开这里，变装成我兄长的样子。罗素二十分钟后再走，变装成华生你的模样。我出门后右转,因为我的伪装更逼真。罗素左转,这样他们就只能远远地看到她的身影。她离开二十分钟后,你们两人再一起出发,不要戴帽子,就沿着右边的大街慢慢溜达。你们都带上手枪,不过我相信,他们更希望活捉我们,而非在光天化日之下制造双重谋杀案。你和迈克罗夫特一起走,华生,那样你就很安全。时机允许时我们再碰头。"

他将迈克罗夫特的帽子戴在头上,可那帽子一直滑到他的眉毛上。他傲慢地忽略我们的微笑,往帽檐内侧贴了几层胶布,然后重新戴上。迈克罗夫特的厚围巾绕在他的脖子上,皮手套戴在他的手上。不过从迈克罗夫特的脸上向外张望的却是福尔摩斯自己的眼睛。"那就七点四十五分见了,罗素,在剧院。你知道该怎么做。还有看在上帝的分儿上,多加小心。"

"福尔摩斯?"说话的是华生,声音听起来犹犹豫豫的,"老朋友,你不会有事吧?我是说你的背痛。你想拿些什么药吗?我包里有一瓶吗啡……"他慢慢收住话音。福尔摩斯先是一脸震惊,接着控制不住地大笑,笑得妆容都险些剥落。

"经过这么多次——"他气得有些语无伦次,"你还要为我提供吗啡。我亲爱的华生,你确实有一种天赋,能将事情打回它们的原形。"他放缓语气,嘲弄地扬起一条眉毛,"你知道我在办案的时候从不放纵自己,华生。"他把油灰垫料贴在脸上,然后就离开了。

他沿着街道走远后,那个盲人乞丐旁边有个衣衫破旧的小男孩也动身消失在视野之中。很快轮到我了。我转身谢过迈克罗夫特,握握他的手,接着冲动之下俯过身去亲吻他的脸颊。他满面绯红。华生像叔伯般慈祥地回应了我的拥抱,之后我走向门厅,黑色医疗包提在手中,口袋里左轮手枪的重量让我倍感安慰。

当大门在我身后合上时,我立刻便意识到有人在监视我,华生和迈克罗夫特·福尔摩斯正在楼上窗口观察,但除此之外,还有一些敌视的目光,来自我背后的街道。我费了好大的劲才控制住自己,学着华生的样子,放慢脚步跛行,而非沿着街道猛冲向前。我迈着沉重的步子穿过泥泞的街道,在整个世界看来,我只是一个走在归家路上的退休老医生。我严格按照福尔摩斯的指示,叫了一辆出租马车,接着又改变了主意。我步行向西,假装朝格林公园走去,接着又叫了辆车。但是之后也拒绝了,又走过一条街后,我终于谨慎地上了第三辆马车。我用粗哑的声音,把华生的地址告诉车夫,但是绕过公园路后,我又让他换了方向。到了福尔摩斯让我去的那座建筑后,我大方地付了车夫一大笔钱,然后下车进楼,待侍者检查过我的医疗包(里面是空的)之后,爬楼梯走上三楼——同时也不忘观察身下的楼梯——穿过那一层的茶室进入一条走廊,然后又上了一层楼梯,最后到达一个标着储藏室的门前。我用福尔摩斯给我的钥匙打开门走进去,点亮电灯,关上尺寸完美贴合的房门,吐掉满嘴恶心的油灰填料,靠在门上,忍不住轻轻狂笑起来。

狂笑逐渐止息。我双腿有些颤抖,好奇心开始占据上风。这间储藏室是福尔摩斯的藏身处之一,他在整个伦敦有好几个这样的小藏身处,几乎都很难接近,都设在一些看似不可能的地方,例如白教堂、白厅等。华生在一些故事中提到过它们,福尔摩斯在同我谈话时也简短提过这处或那处,但我还从未实际走进过任何一间。

我发现,这里比名字听上去要完善一点,是一间没有窗户、不通气的房间,形状奇怪,里面提供了绝大多数生活必需品,以及相当多改变身份所用的精致用具。三套挂满衣服的裁缝用衣架占据了房间内四分之一的空间,另有四分之一放着一张巨大的化妆桌,上面凌乱地放着管子、铅笔和瓶瓶罐罐，旁边悬挂着一面墙大小的镜子，周围绕满小小的电灯泡。厨房里有一个污秽的洗手盆、一只极小的烧水锅炉、一只小煤气炉和两个罐子。桌边有一把椅子，在未受过完整教育的我看来，它就像是一把格外美丽的齐本德尔式椅子，但根据椅面和背部各种颜色的斑点判断，近来却被用作画家的凳子。此外唯一一件家具是一张长沙发，占据了超过四分之一的空间，看起来似乎是从某处的大桥下面拖回来的。在"厨房"的后面还有一座过分艳丽的中国屏风，屏风背后据我推断，应该是一只抽水马桶，崭新地泛着光。接着我很快发现，那里极其安静。

我一边四处探索，一边开始剥掉一层层伪装。我将外衣整齐折好，以便归还给华生。像木乃伊一般缠裹的胶布则扔进沙发后在我看来是盛碎布用的一只箱子。化妆用涂料成了洗手盆中的污迹。我自己的衬衫被胶布不可救药地缠在了一起，福尔摩斯想通过这种方法来改变我肩膀的形状。我在衣架上稍稍搜寻一番（发现一套晚礼服套装，一套缝在一起的亚麻无袖长袍和花呢灯笼裤，印度大君穿的锦缎束腰长袍和长裤，一件令人惊艳的猩红色晚礼服长裙），找到一件舒适的绣花棉布便袍，于是就代替衬衫穿上，然后把衬衫像木乃伊绷带一样扔进那个箱子。

我在厨房找到一小罐茶叶、一把茶壶和几罐牛奶，所以我就泡了茶，给自己倒上一杯（是极好的骨瓷，没有杯托），端到化妆桌前。我一边喝茶，一边东戳戳西看看地查看桌子内外的各种东西，我被一个非同寻常的事实惊到了，那就是竟然会存在这样一个房间。什么样的人会收藏一整抽屉的八字胡和络腮胡啊？我思索着。或者是一架子的假发——有一副浓密的红发，一副光滑的黑发，一副女人用的金色卷发——都整齐地排列在一层层架子上，那怪异的场面是为了比拟一排戳在长矛上的头颅吗？福尔摩斯难道真的想过要穿那套晚礼服吗，虽然是高领款式？或者说——他想过要穿那件沙丽吗？有多少正常男人会在抽屉里挂满发带，会收藏各种垫得很丰满的女性内衣，三副假睫毛，两打老派的俱乐部领结，以及一雪茄盒的恐怖假牙？退一步说，就算不追究这些东西存在的理由，他又是怎么做到的呢？他是怎么把那张沙发搬进来，却不引来众人议论的呢，还有那面镜子？诚然，这是一座规模宏大且繁忙的建筑，但是难道就没人注意到有间库房时不时会传出意料不到的声音，夜里会有流水声，有一些古怪的人来来往往——其中有些实在过于古怪？我猜想着，如果在假扮一个让人过于讨厌的角色之时，有人来搭话，要求他解释出现在此的原因，福尔摩斯会怎么做？这种滑稽杂耍可能引发的喜剧效果极其吸引人，我脑海中闪过几种值得舞台新手尝试的妆容。另外，我继续思考，是谁修的水槽和厕所？看在上天的分儿上，又是谁付煤气费和电费呢？

我越是思考，就越是感到好奇。什么样的人会需要一个足以在围城期间维持生存的避难所啊？因为其中有大量不具条理的罐装食品，沙发上扔的两条旅行用毯子，三罐子烟斗用烟草，一磅咖啡，以及为数众多的读物——古板的医学杂志，哲学著作，有着骇人封面的小说，老得足够当文物的易碎的报纸——这些全都证明，这个房间存在的目的是为了长期居住。相当明显的是，这个避难所既不舒服，也不方便。就福尔摩斯的个头来说，这个沙发可能会让他睡不好。另外很明确的一点是，这里也并非度假地。地毯中央磨损的线条表明，曾有人花过漫长的时间，来用脚步测量其六步长的范围。

不，我的脑海中没有疑问：我的这位朋友兼老师相当疯狂，他愿意付出相当程度的努力和代价来满足他那偏执狂般的奇异浪漫幻想。不然就是我这位拥有古怪技能的乡村养蜂人搭档的生活，比我已经意识到的还要艰难得多，甚至堪称危险。

但不知为何，我无法将他视作疯狂。

毫无疑问，这个房间最近有人住过：茶叶相对来说还算新鲜，凳子和茶壶上积的灰尘还不多，空气虽然不流通，但并不感觉沉闷，闻起来还有淡淡的烟味。我摇摇头。我甚至从未怀疑过，他的职业活动直到现在都仍然极为频繁。

我惊愕起来，这并非当天第一次，也不是最后一次，想着他这会儿究竟在做什么，又是怎样支撑下去的。

这让我开始思索接下来该做什么。我当然可以一直待在这里，等到与福尔摩斯碰头时间的到来，一想到那些爆炸装置，以及即将出现的行动灵活、想象力丰富的谋杀者，这个藏身处里的罐装茶叶、豆子，以及骇人的小说（更不用说我携带的左轮手枪，以及我在水壶里找到的另一把枪）似乎都在诱惑我，而且那想法似乎极为合理。

福尔摩斯还在大街小巷穿梭，迈克罗夫特和华生仍在打掩护，而我就这么坐在一个洞里，脑袋上顶着铺盖卷，这似乎太不忠诚了，甚至显得有些怯懦。虽不合逻辑，却是事实。我极有可能什么忙也帮不上，但我的自尊提醒我，不能完全被这未知的攻击者所吓倒。当然了，如果那时能知晓我们的敌人是多么的机灵和富于想象力，我可能就会待在那里好好藏着。但是当时决定发起抗争的是我自己，我想看看能做些什么来用掉我手提包里放在枪上面的那一堆大面额钞票。然后我挑了一身恰当的行头。

到那场持续了四年之久的战争快结束时，着装标准中的条条框框已经减少了很多，甚至上流社会中也是如此，偶尔能看到他们有些人穿一些在1914年之前会给女佣穿或是要拿去下一次教堂慈善义卖的衣服。不过要从福尔摩斯的收藏中找出我穿的衣服，还是花了我一些时间。最后我找到一条能够折至合适长度的花呢裙子和一件看上去不那么像是从屠夫妻子那儿继承来的女衬衫。长袜和吊裤带倒是找到很多，不过我差点就要完全放弃鞋子了。福尔摩斯的脚比我的大，而且他收集的女式鞋子不多。我拿出一双四英寸高的猩红色缎面便鞋，试着想了想福尔摩斯穿上它们的样子，结果却想不出来。（可要不是福尔摩斯穿，还会是谁穿呢？我猛地丢下它们，被自己的想法吓到了。拜托将注意力集中在手头事务上，罗素。）我挑了一双面上穿有一根鞋带的寒酸黑鞋子以及一双半高跟鞋，发现这两双还勉强能穿。

我打开镜子周围的一串灯，坐下来用桌上的瓶瓶罐罐以及粘胶给我的脸变装。（有多少年轻女子是由一个男人来引导着认识到化妆的微妙作用的呢？我懒懒地想着。）我加了一串珍珠（真品）长项链、一对小耳环（赝品），从放围巾的抽屉里找出一块布巾包在头上（根据形状判断，它曾是一件外套的里衬），最后终于从桌前站起身打量自己。

效果令人惊讶。明明没有一样是我能穿的，没有一样是适合我的，而且我的脚现在就开始疼了，但是我这副样子，轻轻松松就能以外人眼中妙龄女郎的身份出去在城里逛一天。我用一些奇怪的棕色指甲油把眼镜框涂暗，然后心有不甘地决定，最好大部分时间都不要戴，因为其他任何自负又年轻的近视眼都不会戴。我收拢华生的衣服，关掉电灯，深吸一口气，一只手放在包里，打开房门。

没有炸弹引爆，没有子弹射过来，没有粗暴的手抓过来。我把房门在身后关上，然后离开那里，准备去挥霍我厚颜无耻地从福尔摩斯兄弟那里借来的钱。

十一　另一个问题：残损的四轮汽车

时不时地，从一股突如其来的、比其余都更加透明的波浪之中，会跃出一个事实，顷刻之间，我们全都觉得自己知悉了。

我的第一个任务，是行动起来，将裤子还给华生。当我返身穿过茶室以及商场的诸多楼层时，我突然意识到，福尔摩斯的这个藏身处真是选了个理想位置，因为这座商场自称能包办从摇篮到坟墓的一切需求，类似的商场在伦敦一共只有两家（鉴于那储藏室可能仍在使用，我就不提商场名字了）。毫无疑问这里能为我提供一日的庇护、营养以及娱乐。

想到这里，我高兴地将华生的衣服放回他的黑色医疗包中，接受过检查后寄存起来，然后将存票邮寄到俱乐部给迈克罗夫特，之后便开始了花钱这项不熟悉但却出人意料地让我愉悦的任务。到下午晚些时候，我从储藏室穿出来的旧衣服早已被扔进垃圾箱，头发做了造型，手指甲抛了光，比一切东西都更闪亮，腿上穿了足够长的纯丝绸长袜，脚上穿的高跟鞋也不硌脚。我发现，从各方面来看，偶尔纵容一下自己都会带来极大的乐趣。

我慢悠悠地喝了茶，拎起大包小包的东西（他们提出可以递送，但我拒绝了），在簇拥之下走到门口。这时我碰到一个问题。福尔摩斯坚持让我走早上的同一条路，只是要乘坐第四辆出租马车，可是商场门口站着一个穿制服的门卫，而且已经有一辆出租马车等在那里了。我戴上眼镜,给了车夫一大笔小费,摇摇头。

十五分钟过后,第三辆马车来了。天已经非常之黑,到这个时候已经很少有空着的马车了。这辆车看起来温暖诱人,我新买的晚礼服则不然。福尔摩斯当然没说过不能变通,是吧?我透过车门看看那位满脸倦容的司机,接着后退一步挥手让他离开。他看上去极为愤怒,与我的态度倒正相符合。我希望渺茫地看着街道,故意不去理会那位门卫。就在这时,一辆非常老旧的马车驶到我面前,拉车的是一匹非常老迈的马。

"要坐马车吗,小姐?"从那辆移动的过时马车上传来一个声音。

我小声诅咒了福尔摩斯一句。与其他车辆相比,这车里面看上去非常寒冷,但总归是一辆马车,或者说三十年前它曾在伦敦风光无限。我告诉司机我要去的地方,看着我买的东西都被搬进去放好,然后才登上去。那门卫在我身后打量着,眼神似乎在说我简直是发疯了。而事实就是如此。

那时候我虽然稍微研究过地图,但对伦敦却基本上一无所知,所以我过了一阵子才意识到我们走的方向不对。倒不是完全不对,只是非常绕而已。我的第一个想法是,这个司机是不是在兜圈子,想多收点钱。正准备张口说这个问题时,我突然被一个可怕的念头吓呆了。会不会是我被跟踪了?或许这司机就是那个卖铅笔的盲人的同伙。一开始我吓坏了,但接着却感到愤怒。我把未完全打开的窗户拉开,探出脖子去看司机。

"喂,师傅,你是要带我去哪儿啊?这可不是去科芬园的路。"

"是的,小姐。这条路远一些,但能避开拥堵的车流,小姐。"那声音奉承地答道。

"好吧,你听着。我手里有枪,要是你不立即停车我就开枪了。"

"啊,小姐,你现在可不能那么干。"他假作悲伤地说。

开枪的念头越来越强烈了。"停下马车,现在!"

"但是我不能,小姐,我真的不能。"

"为什么?"

他将毛发蓬乱的脑袋向旁边一偏,我仔细打量。"因为要是停车,我们就会错过演出开场。"福尔摩斯说。

"是你!你这该死的混蛋!"我大叫起来。手枪在我手中摇晃,福尔摩斯见状急忙缩回脑袋。"你听着,这是三天以来你第二次在我面前耍这种该死的伎俩了。"看到行人震惊的面容,我于是放低声音,"要是你再敢这样,我手里可有枪,我不会负责的,你听见了吗?就像我母亲的名字毫无疑问是玛丽·麦卡锡一样,我毫无疑问是不会为乱发脾气而负责的。"

我坐在摇晃的车厢中屏住呼吸。几分钟后一个细细的声音传来:"好的,小姐。"

他将那老马车停在离剧院有一段距离的黑暗地方,毗邻伦敦数不清的隐蔽的小公园之一。马车靠边停下,片刻之后门开了。他看着我。

"你母亲的名字不是玛丽·麦卡锡。"他责难地说。

"对,她叫朱迪斯·克莱恩。只是请不要再吓唬我了。自从出了你兄长的家门,我就一直在恐惧之中四处转悠,而且眼睛也看不清楚,我累了。"

"抱歉,罗素。我这扭曲的幽默感以前也给我惹过麻烦。和解?"

"和解。"我们重重击掌。他抬脚迈进马车。"罗素,这回该背过身子的是你了。我不能穿着一身四轮马车车夫的衣服进剧院。"我急忙从另一边车门下车。

他从马车出来时，穿戴着外套和帽子，拿着拐杖，搭配的是合宜的晚礼服，头发梳过了，还修了八字胡。一个小个子男人轻轻吹着口哨走上前来。

"晚上好，比利。"

"晚上好……先生，晚上好，先生。"他摸了摸帽子向我致意。

"别被里面的衣服盒子撞断脖子了，比利。座位下有条小毯子，如果你需要的话。记得睁大眼睛。"

"我会的，先生。祝你们晚上愉快，先生，小姐。"

我因为太过分心，一时竟没注意到，不知什么时候福尔摩斯将我的手臂挽到了他的臂弯。

"福尔摩斯，你到底是怎么找到我的？"

"这个嘛，我不能说完全是因为巧合，因为我料想到你可能会被那地方的魅力所吸引，在那里耗上一整天。此外，门卫以及你交付华生医疗包的侍者都在注意你，我一个小时前询问时，他们都坚称你还未离开。顺便说一下，邮寄存票是个错误，罗素。你应该扔掉那条裤子。"

"我明白了。抱歉。你今天都打听到什么了？"

"你知道吗，我完全一无所获。扮成无赖的老福尔摩斯一句谣言，一句话，甚至连一口气都没打听到。我一定是和他们越来越疏远了。"

"或许本来就什么也没有呢？"

"或许。这是个最刺激的问题，我必须承认。我被迷住了。"

"我好冷。那么，我们现在是要做什么？"

"我们要去聆听天使和人类的声音，我的孩子，聆听威尔第和普契尼的音乐。"

"那之后呢？"

"那之后我们用晚餐。"

"再之后呢?"

"我恐怕得偷偷溜回我兄长的家,藏在他的窗帘后面。"

"哦。你的背怎么样了?"

"该死的背。我倒是希望你别再唠叨这讨厌的事情了。如果你一定要问,今天下午我又看过一个退休的外科医生,他在非法手术和缝补枪伤上很有一手。不过他觉得没什么处理的必要,让我离开。我认为这个话题很烦人。"

我很开心他的状态有了如此大的改善。

那晚之后的时间就像是一场闪亮可爱的幕间休息,如同一串落在泥泞中的首饰,我的大脑被一分为二,一边回忆发生的事情,一边揣测接下来会发生什么。我睡着了两次,醒来时帽子正抵在福尔摩斯的耳朵上,但他似乎并未注意到。事实上,他是如此全神贯注在音乐上,我想他应该都忘了我在场,忘了自己身处何地,甚至有几次都忘了还要呼吸。我从来都不爱好歌剧,但是那晚——我不能告诉你们我们看的是什么,很遗憾——即便是我也开始发现了其中的意义。(顺便说一句,我感觉我必须反驳福尔摩斯近来的传记作家的记录,我不曾看到福尔摩斯如华生笔下所写过的那样,"追着音乐的拍子轻轻挥动手指"。从另一方面来说,这位好医生倒是经常会认真地做出这种不通音乐的人才会有的行为,尤其是在他喝醉的时候。)

中场休息时我们喝了香槟,找了个僻静地方,以免他被人认出。在愿望十分强烈的时候,福尔摩斯也可以变得很迷人,那晚他简直是熠熠生辉。中场休息期间,他讲起了主要演员的故事,稍后用晚餐时,他说起与西藏喇嘛们的交流,说起他最近写的有关各种口红以及现代轮胎印的特性的论文,说起音乐界阉人歌手[1]的消失所带来的变化，说起我们刚刚听过的一首咏叹调韵律中的变化。我为他身上这很少展现的一面而倾倒，这时的他成了一位器宇轩昂、经验丰富的享乐主义者，对周围世界充耳不闻（但他也可能一连几个小时态度阴沉尖刻，忙着写侦查科学的专著，在蜜蜂背上做记号以便追踪它们穿越苏塞克斯丘陵）。

"福尔摩斯，"在走向街道的时候我问，"我知道这个问题听起来有些肤浅，但是你有没有发现，你身上有哪些特质是让自己感觉最舒服的呢？我只是出于好奇，你不必一定要回答。"他朝我伸过手臂，我郑重地挽了起来。

"你是想问'我是谁'吗？"他听到这个问题后笑了一笑，给出一个乍一听十分晦涩的答案，"你知道什么是赋格曲吗？"

"你是想转移话题吗？"

"并不是。"

我静静思考片刻，然后他的答案在我脑海中逐渐变得合理起来。"我明白了。在赋格曲中，两个分离的部分看似没有关联，只有听众曾听过完整作品，曲子的内在逻辑才会展露出其联系。"

"跟你说话真是让人精神振奋，罗素。要让华生明白这一点可能得费上二十分钟的工夫。喂，这是怎么回事？"在我们刚刚经过的一座建筑的阴影中，他猛地将我拉住。我们看着街对面马车和比利所在的地方，心下一沉。只见那地方石脑油灯光芒闪烁，能清楚看到许多穿戴着头盔和披肩的警察身影，他们用嘹亮的嗓音彼此招呼。在我们观看的期间，一辆救护车迅速开来。福尔摩斯跌靠在建筑外墙上，一时惊呆了。"比利？"他的声音低沉嘶哑，"他们是怎么追踪到我们的？罗

---

[1] Castrati，特指18世纪为保持自己女人般的歌声而在男童时期受阉割的歌手。——编者注

素，我的力量正在减弱吗？我还从未遇到过一个人能做到这一点，包括莫里亚蒂。"他摇摇头像是要弄清楚问题一般，"我必须赶在那伙白痴毁掉证据之前去看个明白。"

"等等，福尔摩斯。这可能是陷阱。可能有人正拿着气枪或步枪在等待。"

福尔摩斯眯起眼睛研究了一下我们面前的场景，然后慢慢摇头。"我们今晚有很多次都容易受到攻击。现在这里有这么多警察，他要动手风险很大。不，我们过去吧。我只希望这里管事的人有点理智。"

我穿着高跟鞋，用最大的力气追赶他有力的步伐。当我追上他时，我看见一个年约三十五岁的人伸出手来迎接福尔摩斯，那人个头虽小却精瘦结实。

"福尔摩斯先生，很高兴看到您已经能起床走动了。我还在想您会不会出现呢。我推测你一定正在背后追查这件事。"

"您说的'这件事'指什么，总督察？"

"哎呀，正如您所看见的，福尔摩斯先生，就是这辆出租马车啊——我能为你做些什么吗，小姐？"最后一句话是对我说的。

"啊，罗素，我来为你介绍一位老朋友。这位是苏格兰场的莱斯特雷德总督察。他父亲曾在许多案子上与我共事。莱斯特雷德，这位是我的……"他唇边浮过一丝微笑，"我的搭档，玛丽·罗素小姐。"

莱斯特雷德盯着我俩看了片刻，接着出乎意料地粗声大笑起来。难道每个警察看到我都会做出这样的反应吗？

"哦，福尔摩斯先生，您总爱说笑。我一下子没反应过来您这个小笑话。"

福尔摩斯挺直腰背，用一种冷酷傲慢的眼神盯着那人。

"您什么时候听我对自己的职业开过玩笑吗，莱斯特雷德？什么时候听过？"最后一句话如一声枪响般在那寒冷的空气里炸开，莱斯特雷德的幽默立即被打断。残留的笑意让他变得面目可憎起来，有些像老鼠。接着他迅速看我一眼，清清嗓子。

"啊，是了，好吧，福尔摩斯先生，我想您是要看看他们在您的马车里留了些什么吧？我手下有个人过去认识比利，于是就给我敲了个警钟。我完全不怀疑，这人经过今晚的工作后会升职。而且您也不用担心比利——他过个一两天就会没事的，我想。看起来像是头上挨了一下，接着又吸入了氯仿麻醉剂。我们把他抬走时，他已经恢复知觉了。"

"多谢，总督察。你们已经检查过马车了吗？"他的声音透露出他几乎已不抱希望。

"没，没，我们没碰过。进去看了看而已。我告诉过您，那人会升职的。他脑子转得快。"我注意到附近有个穿制服的人正毫无必要地牵着马的缰绳，头向我们微倾。我推推福尔摩斯提醒他，然后告诉了莱斯特雷德。

"总督察，我想您说的就是那边的那个人吧？"那穿制服的人愧疚地走开，去别处忙活了。莱斯特雷德和福尔摩斯都顺着我的视线看去。

"是他。您怎么猜到的？"

福尔摩斯插话道："我想您以后会发现的，莱斯特雷德，罗素小姐从不随便猜测。她虽然有时会在没有确凿证据的情况下做出假设性推断，但她不会随意猜测。"

"我很高兴，"我接着说，"那位先生能通过努力工作，从而官复原职。他这种经历的人可以成为你们队伍中年轻人的宝贵模范。"现在我吸引了莱斯特雷德的全部注意力。

"那你是认识他啰，小姐？"

"据我的记忆，今晚是我第一次见到他。"福尔摩斯的目光开始在马车中查看,脸色让人难以揣测。

"那怎么——"

"啊,这很明显。那人年纪不小,但却职位较低,原因要么是因为,我们可以说是,智力欠缺,而根据您的发言,他并非如此;另一个原因就是降职。导致他的职业生涯发生倒退的不可能是犯罪行为,如果是那样他不可能还穿着制服。通过他脸上的红晕很容易确定是因为个人缺陷,同时他嘴角的皱纹说明他这些年过得很是痛苦或悲伤。因为他的身体未受损伤,所以我推测原因在于后者,这样就能解释他酗酒的问题,由此也就导致了降职的发生。不过,就他的一般能力,以及你提起的他可能升职而言,他已经熬过了这次危机,现在将成为身边人的榜样。"我对目瞪口呆的莱斯特雷德露出一个最纯真的笑容,"这点分析真的非常基础,总督察。"

这小个子张开嘴又大笑起来。"是的,先生,福尔摩斯先生,我现在明白您的意思了。我不知道您是怎么做到的,不过您那么说是有道理的。您的分析完全正确,小姐。他妻子和女儿四年前被杀了,于是他沉湎于酒精之中,哪怕工作时也如此。我们给他安排了一个不会带来任何损失的文书工作,去年他振作了起来。我想他应该很快就能官复原职。来吧,我给你们找盏灯,这样进马车就能看得清楚些。"他于是走开高声吆喝要盏灯。

"罗素,最后一句话说得有点过了吧,你不觉得吗?"福尔摩斯在我身边小声说。

"好学的学徒会学习师傅的一切,先生。"我一本正经地说。

"那就让我们看看从这辆老马车中能发现什么吧。我迫切地想得到这个令我们困扰,又不停地袭击我们朋友的人的信息。我希望这次的案子至少能为我们提供一丝线索。"

那马车被一圈警戒灯围在中央，比起在街灯映照下的时候，显得更加破旧。

"我们就是在这里发现您的手下的，"莱斯特雷德指着那里说道，"我们试过保留现场，但是必须扶他离开那里。他当时侧躺在地，蜷在一套旧西装上面，周身围着条毯子。"

"什么？"总督察说的西装是福尔摩斯假扮车夫时的穿着，毯子来自马车。

"是的，身子被裹起来了，像婴儿一般在打盹。"

福尔摩斯把帽子、外套和手杖交给莱斯特雷德，接着从口袋里掏出一柄高倍率的小型放大镜。他蹲在地上的身影在外界所有人看来，都像是一只正在搜寻某种味道的瘦长的大猎犬。最后他低声惊叹，从另一只口袋拿出一个小信封。他在铺路石上轻轻刮掉几块小小的斑痕，然后完全不顾背伤的疼痛，直起腰坐下来。

"这东西你怎么看，罗素？"他说着画出一个模糊的圆圈。

我走过去看那些印记。"两对脚印？一对今天踩过泥，另一对——那是油吗？"

"是的，罗素。不过在某个地方应该还有第三对。马车门口有吗？没有？好的，那可能是在里面。"他说话间打开车门，"莱斯特雷德，我想你的人应该会彻底核查整辆马车上的指纹，是吗？"

"是的，先生。我已经派人去请一位专家了，他很快就会过来。是新人，不过看起来活儿不错。叫麦克雷迪。"

"哦，是他，罗纳德·麦克雷迪。他的文章很有趣，将指纹中的涡纹同惯犯的性格特征作对比，你不觉得吗？"

"我，呃，碰巧没看过那文章。福尔摩斯先生。"

"可惜了。不过可以亡羊补牢。罗素，我猜这些都是你的东西？"

我越过他的肩膀看向里面的一地残骸。我今天花高价买的那些可爱的衣服，现在只剩下我身上穿的裙子和斗篷，以及一地彩色的碎布头。小块的蓝色羊绒、绿色丝绸，还有白色亚麻布，在马车里散落一地，间或还能看到被撕烂的包装盒、麻线和纸张的碎片。我捡起一小片不知是什么材质的面料摆弄。车厢里有穗饰的皮椅被有条理地切开了，从一头一直到另一头，切口很深，只在前面的坐垫的一端上有一英寸的长度幸免。马毛填料撒得到处都是。

福尔摩斯戴上眼镜开始工作，莱斯特雷德为他掌着灯，往信封里装证据，做笔记，提问。指纹鉴定人赶到后投入工作。不知什么地方生了个火盆，身穿制服的警察们都围在周围烤火。夜已经非常深了，冷空气虽然不到刺骨的程度，但已很有渗透力。我们开始听到不耐烦的抱怨声，看到埋怨的目光。我在车厢里站不下，于是就走到火盆边和巡警们站在一起。

我抬头冲身旁的一个大块头微笑。"我想告诉您，能有你们在这里，我是多么开心。似乎有人对福尔摩斯先生怀有相当大的恶意，不过福尔摩斯先生——好吧，他的速度不像以前那么快了。能有警队中最精英的力量帮忙，我感觉会好很多。尤其是您，您姓什么来着？"我凑近那位年纪大一些的警察问道。

"福勒，小姐。汤姆·福勒。"

"福勒先生，尤其是您。福尔摩斯先生对您的迅速行动印象极为深刻。"我站在火堆边开心地笑着，"谢谢您，谢谢你们所有人，谢谢你们的警惕性和忠于职守。"

接着我走回马车，虽然仍有相当多的目光在注视，但这回他们都看向黑夜，也没人再抱怨了。当莱斯特雷德被叫走处理某件事务时，换了我帮福尔摩斯掌灯。

"所以你觉得我速度慢，是吗？"他顽皮地说。

"你的思维,我觉得不慢。我那么说是为了给警队鼓劲,他们正在掉以轻心,站在那里无所事事。我说得可能是有些夸张,但是他们现在会提高警惕的。"

"我告诉过你,我觉得我们不会受攻击。"

"而且我开始觉得,你的这位对手对你应该很了解,在做行动计划时都会考虑到你的想法。"

"我的速度虽慢,罗素,却想到一个主意。来吧,"他坐下来,"轮到你了。我需要你检查整个马车,然后告诉我,这里的碎片中有没有哪件不是你的东西。这过程可能要费些时间,所以我会派那位高个子年轻警察协助你,再找个人去弄些热饮来。我去查看附近街区。"

"找个人和你一起去,福尔摩斯,拜托了。"

"经过你在外面的一番表演,他们都会争先恐后地抢着来保护我这把老骨头。"

要筛选马车中的东西费了番工夫,但最终在年轻警察米切尔的帮助下,我将纸片和布料碎片都拣出来,堆了一大堆,手里拿了三个薄信封。我们钻出马车,舒展背部僵直的肌肉,喝了几杯香甜热乎的茶,直至福尔摩斯带着热心的护卫返回。

"谢谢,先生们,你们真是恪尽职守。现在去喝杯茶吧。不用担心,这里有很多同伴。"他说着往那位坚持不肯离开的警察的肩胛骨中央的位置拍了拍,推着他往茶站走去。"罗素,你找到什么了?"

"一颗扣子,上面还连着点棕色花呢,是刚用一把尖利工具从衣服上割下来的。一块厚厚的浅棕色泥巴。一根金色头发,不是我的,短很多。还有许多灰尘、搓掉的污垢和碎屑,说明这马车有一段时间没清洁过了。"

"也有一段时间没用过了,罗素,所以你的这三大发现毫无疑问都值得重视。"

"你呢，福尔摩斯，你找到什么了？"

"几样有趣的东西。不过我需要先抽一斗烟，或许两斗，然后才能开口。"

"我们还要在这里待很久吗，福尔摩斯？"

"可能还要一小时吧。怎么？"

"我晚上一直在喝香槟，接着喝了咖啡，现在又是茶。这种情况下我可不能再坚持一小时。"我想可不能因为这个问题而闹得难为情。

"当然。"他环顾四周，显然没有女性同伴，"让那位年长些的——福勒——带你去公园找……设施……带盏灯去。"

我郑重地叫来那人，向他解释了这任务，于是他便带我沿着柔软的碎石小路穿过公园。我们说起孩子和绿地这些不相干的话题，待我走进那座小建筑后，他就站在外面等待。完事后我将灯放在水盆上方的架子上洗手。正准备拧开水龙头的时候，我发现那里有一块浅棕色的泥巴。我拿过灯凑近些看，一时有些不愿相信。

"福勒先生。"我大声叫道。

"小姐？"

"去找福尔摩斯先生来。"

"小姐，出什么事了吗？"

"没事，没出事情，情况有变。只管找他来。"

"但是我不能……"

"我不会有事的。只管去！"

片刻犹豫之后，他粗重的脚步声迅速没入夜色。我听见他在大声喊，接着是回应声，跟着是几个人返回公园小径的沉重脚步声。福尔摩斯站在女厕的门口，犹豫地向内张望。

"罗素？"

"福尔摩斯，我们要找的人有没有可能是女的？"

十二　逃跑

她在各个方面都躲避我们；她否定了我们的大多数规则，将我们的标准击得粉碎。

"罗素，你问的问题正是我之前抽烟斗时所思考的。你也阻止了我犯下一个侦探所可能犯下的最严重的错误：忽视显而易见的事实。把你找到的东西给我看。"他的眼睛在灯光中闪烁出明亮的光芒。更多的灯盏被送来照明，很快那座小小的石头建筑就灯火通明了。我们从福勒处咨询确认，这座建筑在大约八点时清扫过，显然已是头天晚上八点。我退后与莱斯特雷德站在一排，观看福尔摩斯忙碌的身影。只见他正紧张地审视每一处痕迹，嘴里一直在念叨些只有他自己才能听见的话语，时不时还停下来做指示。

"又是靴子印，小靴子，方形鞋跟，成色不新。我认为是骑自行车的人。莱斯特雷德，你把男厕和外面街道戒严了吗？好的。她走到这里，站定。哈！又是一根金发。是的，我想对于现如今的男人来说这头发太长，而且也相当直。请给这些信封做上记号，罗素。她鞋跟上的泥巴，水槽里的痕迹，是的，还有水龙头。但是泥巴上没有手指印。戴了手套？"福尔摩斯茫然地抬起头，看向自己在镜中的投影，牙齿间轻轻发出嘶嘶声。"她的手套上为什么会有泥呢？为什么要洗？一个令人费解的问题。这边再来盏灯，莱斯特雷德，等麦克雷迪忙完后，让摄影师再给马车拍一组照片，行吗？是的，正如我所想，是右手所为。清洗，甩干手上的水，要么是手套上的水，走向门口。离开这些脚印，伙计！上帝保佑我们。到了街上，接着……不！没去街上，又折回这条小路，看这里，还有这里。"他直起身向后退，神色茫然地皱起眉头，仰望头顶裸露的树枝。我们则在一旁静静观看。"但是这说不通啊，除非……莱斯特雷德，我今晚要用你的实验室，而且需要将整座公园隔离，不能让任何人踏进这里，直到天亮我来查看过之后。今晚会下雨吗，罗素？"

"伦敦的天气我不知道，但是感觉不会下雨。温度也太高，不至于下雪。"

"是的，我想我们或许要赌一把。带上那些信封，罗素。天亮前我们有好些事要做。"

实话实说，其实是福尔摩斯有好些事要做，因为只有一台显微镜，而他又拒绝说自己在找什么。我给几张切片做了标记，虽然喝了浓咖啡，但眼皮还是沉重下来，接下来我所知道的就是天亮了，福尔摩斯站在窗口用烟斗磕牙齿，因为趴在桌子上睡了七个小时之久，我几乎无法动弹。当我向后靠在椅背上的时候，脊椎咔嚓作响，福尔摩斯转过身。

"啊，罗素，"他轻声说，"你总是习惯坐在椅子上睡觉吗？我想你的姨妈应该不会赞同那样的行为。哈德森太太也绝对不会。"

我揉揉眼睛，怨恨地盯着仪容整洁的他。"你这讨人厌的幽默发言，我只当是昨晚的活动中有什么东西合了你意了？"

"恰恰相反，我亲爱的罗素，倒是叫我相当不快。我脑海中有各种模糊的疑问，但是没有一个让我愉悦的。"当他心不在焉地看着工作台上铺展开的切片时，言谈举止变得疏远冷淡起来。这时他回头目光严厉地看向我，接着放松下来，露出微笑，"去公园的路上我再告诉你。"

"哦，福尔摩斯，讲讲道理吧。你可能还算得上仪容整洁，只是帽子和下身有点奇怪，可我怎么能这副打扮出门？"他把我皱巴巴的长外衣、长袜和难以走路的鞋子拿过来，点点头。"我要问一下，有没有女看守能给我们帮帮忙。"不等他走开，门口有人敲门。

"进来。"

一位神色紧张，长着一头难以打理的蓬乱卷发的年轻警察站在走廊上。

"福尔摩斯先生，莱斯特雷德总督察让我告诉你，服务台有一个给这位年轻女士的包裹，不过——"

福尔摩斯冲出房间，那阵势让所有有关于速度慢、疼痛和风湿病的谣传都成了谎言。我能听到他的声音在喊："别碰那包裹，别碰！先去找拆弹专家，不要碰它！你看到送包裹的人了吗，莱斯特雷德……"

我跟着他穿过大厅下楼梯，他的声音逐渐听不见了。那位送信的年轻警察在我身边急忙说：

"我正要说，但他就冲出去了。包裹现在已经有拆弹团队在处理了，莱斯特雷德总督察是希望福尔摩斯先生去参加针对送包裹的年轻男子的讯问。他没给我机会说，先生。"最后一句是对莱斯特雷德说的，后者拦住了急速奔跑的福尔摩斯。我们能看到有团队在楼下忙碌，其中一个人正拿着听诊器在检查桌子上用纸包装的包裹。我们紧张地看着，我意识到周围静得有些奇怪。外面的车辆已经被要求改了道。福尔摩斯转身面对总督察。

"你找到送包裹的人了？"

"是的，他就在这里。他说一个小时前在街上被一个男人拦住，那人给他两个价值一英镑的金币，拜托他送这个包裹。是个穿厚外套的小个子金发男人，说是有个朋友今天早上会需要它,但他自己不能亲自送。那人当时只给了他一个金币,然后拿走了送货人的地址,说是等确定送达后再把第二枚金币送过去。"

"那就是永远也拿不到了。"

"送货男孩也这么想。这小子不太聪明。他甚至都不确定一个金币价值多少,只是喜欢那金光闪闪的样子。"

我们看到那两个专家忙碌着,能明显感受到他们的紧张。只见他们轻轻地剪断细绳、裁开包装纸、露出里面的内容,原来是折叠的衣服。包裹被轻轻地、缓慢地拆解开。最后躺在警察局桌子上的是一条丝绸裙子、一件软羊绒夹克、配套长裤、两只安哥拉绒长袜以及一双鞋。最后从鞋子里掉出一张折叠的纸片,飘落在地板上。

"戴上手套再捡!"福尔摩斯喊道。

一位摸不着头脑,但却如释重负的拆弹专家用一把外科手术用的小镊子,将纸条夹到莱斯特雷德面前。总督察读完后递给福尔摩斯,接着福尔摩斯大声将内容朗读出来,声音很慢,语气逐渐变得沮丧和怀疑。

亲爱的罗素小姐:

我了解你同伴的局限性,想着他今天早上应该会忘记为你提供合适的服装。请接受这些吧,并致以我的问候。你会发现这些衣服相当舒适。

一位倾慕者

福尔摩斯眨了几次眼,然后将纸条朝莱斯特雷德身上扔去。"把这拿给你的打字员!"他咆哮道,"把衣服送去实验室,检查里面有没有异物、腐蚀性粉末等。找出它们的来源。再有,看在上帝的分儿上,能不能拜托谁给罗素小姐提供些'合适的服装'？这样此案才不会完全停顿。"在他愤怒地转过身时，我听见他小声说道，"这就变得让人难以容忍了。"

很快我拿到了各式各样的衣服，有制服，有便装，但全都很不舒适。我们乘坐一辆警车去了公园，莱斯特雷德坐在副驾上，福尔摩斯坐在我旁边，他一言不发，感觉很疏远的样子，正盯着窗外，长手指在膝盖上有节奏地敲打。他没有透露实验室中的发现。到公园后，他在各条小路上来来回回跑了有几分钟，先是自顾自地点点头，接着生硬地把我们都赶回车上。他对莱斯特雷德的问题充耳不闻，我们一路沉默地回到新苏格兰场前，往莱斯特雷德的办公室，到了那里只剩下我们两个人。福尔摩斯走向莱斯特雷德的桌子，打开一个抽屉，拿出一包烟，抽出一根，用短火柴点燃，然后走至窗边，站在那里背对着我，心不在焉地盯着外面的滨河路以及河上的船只，烟圈盘旋着钻出肮脏的玻璃窗。一直到抽完烟他都没说话，之后他回到桌子前，将烟蒂仔细地在烟灰缸中按灭。

"我必须出去，"他简慢地说，"你这群脚步粗重的朋友一个都不带。他们会派人打掩护的。我不在的时候，列一份必需用品清单，交给女看守去准备。打包两三天的衣服，不要正式的。不管男女，随你选就好。最好也给我准备些——你知道我的尺码。这样能为我节约时间。我过一两个小时就回来。"

我生气地站起身。"福尔摩斯，你不能这样对我。你什么都没告诉我，你根本就没问过我的意见，尽把我拉到这儿拉到那儿，完全无视我可能会有的计划，还让我蒙在鼓里，就像对待华生一样。现在你又准备离开，还留给我一份购物清单。"他已经在朝门外走了，我跟着他穿过房间，一路抗议。

"首先你说我是你的搭档，接着又把我当女佣使唤。就算我只是个门徒，也值得比这更好的待遇。我想知道——"

我刚走到窗边，只听墙外传来一个手掌拍击桌面一般的声音，一秒钟之后是一声更加熟悉的爆炸声。福尔摩斯立刻做出反应，弯腰穿过房间向我冲来，就在这时窗户炸裂了，锋利的玻璃片像阵雨般飞溅开来，接着又是一声拍击声从对面墙壁传来。我们都在地上蹲下，福尔摩斯抓住我的肩膀。

"击中你了吗？"

"上帝啊，那是——"

"罗素，你没事吧？"他狂躁地问。

"是的，我想没事。你——"但他这时低着腰快速向门口冲去，门打开了，一位身穿便服的督察神色震惊地向里面看来。福尔摩斯站起身，两人一前一后朝楼下冲去。我振作起来，爬到破裂的窗边，缓缓用一只眼睛看向下面的街角。一艘汽艇正沿河道快速向前开去，不过桥上有个推婴儿车的母亲，正转过身子打量一辆正在后退的出租汽车，她的肩膀一副惊讶的姿态。一分钟之后，福尔摩斯和其他人向她冲了过去，她很快就被一群向东边河岸和桥南边打手势的男人围住。我看见福尔摩斯的目光精确地向楼上我所站的窗边位置投来，接着转身对身穿花呢服的督察说了句什么，接着便挺起肩膀，步伐坚定地苏格兰场走来，他没戴帽子，低着头。

按照警察局一贯的办事效率和先后次序，莱斯特雷德的办公室挤满了人，他们忙着测量各种角度，从砖墙上取出子弹，但没有一个人拿簸箕来清扫，或拿什么东西来抵挡窗口灌进来的寒冷空气。我退到旁边的办公室，那里没有窗户。福尔摩斯一出现，我就知道没有辩驳的余地了，但还是试着说了几句："我想你最好还是对刚才的吩咐做点改动，不用准备几天的衣服了。"这是他的第一句话："远离窗户，不要吃喝任何不确定安全性的东西，带好你的枪。"

"你的意思是不要吃陌生人给的糖果吗？"我讽刺说，但是他没有生气。

"正是如此。我过两三小时就回来。在我回来前,做好离开的准备。"

"福尔摩斯,你至少得——"

"罗素,"他打断我的话,然后走过来抓住我的肩膀,"我非常抱歉,但是现在时间真的万分紧急。你想让我告诉你发生了什么事,我会告诉你的。你希望得到解答,我会解答的。事实上,我还想将相当大一部分的决定权交到你越来越能干的手中。但这一刻不行,罗素。拜托了,先知足吧。"接着他将双手放在我脑袋两侧,俯下身子,用嘴唇轻轻擦了擦我的眉头。我被这晴天霹雳般的举动吓得一下子跌坐下来,直至他离开后很久……我才迟钝地意识到,他那样做正是想达到这个目的。

福尔摩斯这种非同一般的激动告诉我,他几乎不可能只用两三小时就返回。一怒之下,我草草写下购物清单交给一位年轻的女警察去准备,并把剩下的钱都交给她,然后就走出那间没有窗户的办公室。经过的每一扇窗户都让我紧张不安,但我想近距离研究一下今早送给我的那包衣服,当时我只能远远地看看。我一路走到实验室,在那里打断了一位多余地穿着专业白袍子的先生的工作,他当时正手拿一只鞋站在一个工作台旁。听到我进门,他转过身,当看清他手里拿的东西后,我吓得一句话也说不出来。那鞋是我的。

那双此刻正放在实验室工作台上的鞋,正是秋天里不知什么时候从我宿舍中消失的那双,当时发生了一系列这样让人迷惑的事件,但最后都被我一笑置之。10月的第二周我还穿过它们,但两周之后再去找时,它们却不在原地。这让我很困扰。不过老实说,我是把此事当作严重健忘的结果,而没想过会带来什么凶险。我一定是把它们忘在某处了。而现在它们出现在这里。

看到衣服不是我所熟悉的衣服时,我松了口气,但那衣服很合我的口味。都是新衣服,是利物浦一家大商店买来的成衣,虽然式样平平常常,但肯定不便宜。到目前为止,研究人员没发现任何异常,里面只有衣服——连衬衫别针都没发现。

包裹中带的字条躺在工作台对面一个钢制托盘中,我走过去查看。是灰色的,上面撒了指纹粉,但是就算寄信人再疏忽大意,那纸也太过粗糙,不可能留下指纹。我把它拿起来,兴味索然地阅读上面的信息,草草观察了一下那字体的特点后就放下了。但就在这时,我吓得呆住了,一时难以置信。是的,过去几天以来遭到的冲击太多,我的脑子解释道。我摸索着找到一个凳子,过了些时候才意识到技术员的提醒。我告诉他自己的发现。莱斯特雷德来后,我也同样跟他说了。又过了些时候,我发现自己待在那个没有窗户的房间中,去购物的女警察已经返回了,称自己是如何仔细地看着每件物品取下包好,我礼貌地说了些(我想应该是)道谢的话,接着便坐在那里过了良久,直至大脑像是要剧烈地冒出热气来。

到福尔摩斯突然进门时,我已经恢复过来,正在查看女警官购买的物品。他走进门,将一只靴子丢在地上,我吓得后退一步,只见他头发散乱,眼神锋利。

"老天啊,福尔摩斯,你去哪儿了,弄得这一身臭气?显然是去码头了,从你的双脚来看,我还要冒昧地揣测,你去过下水道,不过那股可怕的甜味是什么?"

"是鸦片,我亲爱的孩子,你被保护得很好。虽然我没抽,但那味道还是钻进了我的头发和衣服中。我必须确保没人跟踪我。"

"福尔摩斯，我们必须谈谈，但是你弄得我都没法呼吸了。牢房区那边有一排不错的淋浴室，虽然有些简陋。把这些衣服拿去换了，不过别沾到你现在身上穿的。"

"没时间了，罗素。我们必须火速离开。"

"绝对不能走。"我的消息虽至关重要，但还可以等等再说，可洗澡这件事就没法等了。

"你说什么？"他一反常态地问道。夏洛克·福尔摩斯不习惯听到直接的否决，哪怕是我也不行。

"我非常了解你，福尔摩斯。我猜我们要开始的是一段漫长而艰难的旅途。是等待你身上的气味慢慢散去，还是被炸成碎片？如果要在这两者之间做出选择的话，我会很高兴地选后者。"

福尔摩斯愤怒地瞪了我几秒，看出在这个问题上我决不会松动后，他骂了一句，然后抓起我递上的衣服冲出门去，狂暴地要派驻在门外的可怜警察帮他指引方向。

当他再次冲进门时，我已经做好了出发的准备，打扮成了一个穿靴子的小伙子。毫无疑问，我心想，在福尔摩斯身旁，这套衣服的崭新程度很快便会下降。

"很好，罗素，我收拾干净了。走吧。"

"在等你回来期间，我为你准备了一杯茶和一个三明治。"

"看在上帝的分儿上，女人，我们在三十五分钟内必须赶到码头！我们没时间开下午茶派对。"

我把双手放在膝盖上静静地坐着。我饶有兴趣地观察到，他在极度烦躁不安时颧骨会稍稍变紫，眼睛微微鼓起。他浑身颤抖地将外套扔在地上，一颗扣子从那件被穿坏的衬衫上掉下来，蹦到了地板上。我捡起扣子放在一个口袋里，然后趁他大口喝茶的时候拿起纱布，在他几乎已经痊愈的伤口上迅速忙活了一番。不出五分钟，我们就到了街上。

我们跳进一辆闲在路边的擦洗干净的汽车后座，车子发出一声尖叫随即便出发了。那司机看上去像是个恶棍，而不像是车子的主人，但我并未对此发言。福尔摩斯一声不响地抽起了烟，我想等他抽完再开口，就这样一直到了塔桥以南。

"听我说，罗素，"他说道，"我不是让你——"但是我用了个小小的变通之计，用一根手指戳在他的脸上，从而迅速切断了他的发言。（回想起当时的举动，我感到非常尴尬，一个不满十九岁的女孩竟然敢用手指去戳一个年龄将近是她三倍的男人，况且，那男人还是她的老师，但是在那个时刻，这举动看似合情合理。）

"你听我说，福尔摩斯。我不能强迫你向我吐露实情，但是我也不会忍气吞声。你又不是我的保姆，我也不是需要你保护和宠溺的责任。你没给我任何理由，让我相信你其实不满意我的推理演算能力。你承认我是个成人——不到十分钟之前你还称我是'女人'——那么作为一个有思想的成年搭档，我有权自己做决定。我看到你一身污秽，疲惫地走进门，而且我可以确信，从昨晚开始你都没吃过饭，所以就行使了我的权力，打断你的愚蠢行为，借此来保护我们的搭档关系。是的，你那就是蠢行。你认为自己可以不受凡胎肉身之限，我知道，但是思想呢？就算是你的思想，我亲爱的福尔摩斯，也要臣服于身体的缺陷。不吃饭不喝水，而且还把暴露的伤口弄得污秽不堪，这样会让搭档——让我——处于不必要的风险之中。这样的行为我是不会接受的。"

我忘了还有司机在场，而事实证明，他可是这场戏剧化争吵的热心观众。他将车子驶过狭窄的街道，一边闪躲开马匹、墙壁和其他车辆，一边大声笑了起来，轮子发出钝重的声响。"真是好样的，小姐，"他哄笑着说，"那今晚你干脆就让他自己洗袜子吧，你说呢？"直到这时我才顾及仪态，羞红了脸。

那司机还咧着嘴在笑,等我们到达目的地时,就连福尔摩斯的态度也软了下来,那里是一片潮湿污秽的码头,是在格林尼治附近的某处。河水泛出油腻的黑色,高高的天空中暮色早早降临,看起来十分冷的样子,宁静笼罩住漂满各种东西的水面。一只泡肿了的死狗尸体轻轻拍打着一座桥墩。那片区域荒无人迹,不过从相邻的一排建筑物中传来了说话声和机器发出的噪音。

"谢谢你。小伙子,"福尔摩斯小声说道,"过来,罗素。"我们沿着木板小心走到一扇斑驳的瓦楞铁皮大门前,那门随着一声怪异的声音被打开,之后又在我们身后关上,衬得四周愈加安静。守门人跟在我们身后一直走到码头尽头,那里停着一艘毫无特色的小轮船,确切来说是艘小艇。一个男人正站在甲板上低声招呼我们,然后走下跳板帮我们搬运行李。

"日安,福尔摩斯先生。欢迎登船,先生。"

"很高兴登船,船长,实在是非常高兴。这位是我的——"他冲我挑起一条眉毛——"我的搭档,罗素小姐。罗素,琼斯船长管理的这艘船可是这条河上速度最快的船之一,而且他同意带我们出海一段时间。"

"出海?哦,福尔摩斯,我想不行——"

"罗素,我们稍后再说。琼斯,我们能出发了吗?"

"可以,先生,越快越好。如果你们想下去,我儿子布莱恩过一分钟就会带你们去船舱。"在我们顺着狭窄的走廊往下走时,那男孩出现了,他打开一扇门,害羞地缩着脑袋,然后去帮他父亲解开缆绳。

沿一段狭窄的楼梯向下,就到了一个出人意料的宽敞船舱,一间在一头配有小厨房的休息室,地板上固定着一些软椅和一只沙发。远处有一条走廊,有门通往两间小卧室,中间设计了一个厕所和浴室。我想我用的这些都不是专业术语，但是这整个区域显然都是为了保证非船员的舒适而设计的，用术语可能会描述得更准确。我们在两张椅子上坐下，这时引擎声越来越大，眼看着伦敦在窗外越滑越远，我向前俯下身子。

"好了，福尔摩斯，我有事情必须告诉你——"

"先来点白兰地吧。"

"你不停地给我提供那东西，这就没意思了。"我故意为难他说。

"预防晕船，罗素。"

"我不晕船。"

"罗素小姐，我觉得在过去的几天中，你因为和一些臭名昭著的集团打交道，而变得越来越不羁了。如果我的耳朵没有欺骗我的话，你刚才说的是假话吧。在甲板上的时候你是想告诉我，你不想出海，因为那样会让你生病，是吗？"

"哦，非常好，我承认我是不喜欢出海。给我白兰地。"我猛地喝下两大口，不顾福尔摩斯的反对，将杯子重重放在桌上，"好了，福尔摩斯——"

"是的，罗素，你想听我今天去鸦片馆调查的结果，而且——"

"福尔摩斯！"我几乎要大叫起来，"你能不能听我说？"

"当然，罗素。我很乐意听你说，我只是想——"

"鞋子，福尔摩斯，还记得今早包裹里的那双鞋吗？它们是我的鞋子，我自己的鞋子，是从我牛津宿舍里拿走的。它们是在10月12日到13日之间失踪的。"

半分钟的沉默降临在我们之间。

"我的老天，"他最后说道，"太罕见了。我太感激你了，罗素，要不然我就完全忘了这事。"他的神情看上去是如此的不安，以至于我对接下来将要宣布的消息所怀有的隐隐的幸灾乐祸的心情完全消失了。

"不仅如此。事实上，我想你最好还是先喝了那杯酒，福尔摩斯，你还记得那个字条吗，就是鞋子里放的那张？我非常仔细地检查过，福尔摩斯，我想它跟宣告杰西卡·辛普森的赎金的那些字条，是用同一台机器打印的。"

这样的打击没有缓和的余地。这两个赤裸裸的事实已经足够恐怖，但是对于他来说，我不得不告诉他，这种举动背后所隐藏的含意才是真正可怕的：在两天多一点的时间里，这已经是我第二次挽救他，使得他不至于犯下重大错误。第一次可能还有因可循，但当时险些害得华生丧命；而这一次线索一直都在他的手中，在他的眼皮底下，就发生在他一直苦苦寻找此类线索的时候。这些线索足以改变调查方向，但他却忽视了。他突然站起身，背对着我走到窗边。

"福尔摩斯，我——"

他举起一根手指示意我不要再说，我于是吞下话头，而我要说的话只会让事情变得更糟：福尔摩斯，四天前你受了脑震荡，流了血；福尔摩斯，你在过去的八十小时里总共只睡了不到十二小时；福尔摩斯，你看到那张字条时已经筋疲力尽，被怒火冲昏了头脑，你原本是可以回想起那字体的特征的，比如字母 a 上面遗漏了衬线，l 偏离了中心、看起来有些歪斜，还有 M 的位置太高，你会记起来看过它们的，就算今天不能，那明天也会，或者后天，福尔摩斯。但是我什么也没说，因为他只会听到：福尔摩斯，你出娄子了。

待我看到他的后颈放松下来，开始思考数据问题时，船已经驶出了伦敦郊区。我安心地默默叹了口气，转而研究对面的窗户。

十分钟后，他返回在椅子上坐下，拿起烟斗。他擦燃火柴，顿了一下。

"我想，你非常确信？"

"是的。"我开始复述我观察到的字体特点，但他打断了我。

"没必要讲，罗素。我非常相信你的观察。"他吐出一小团烟云，晃灭火柴。"还有你的头脑，"他又说道，"干得漂亮。也就是说我们现在找到一个类似动机的线索了。"

"为杰西卡绑架案受阻而复仇？"

"是的，而且他们还知道，我们正在等待，以防备将来再有任何类似的举动。只要是熟悉华生编造的故事的人都确信，夏洛克·福尔摩斯总会带一个男助手。或者说在此案中，是女助手。"我很高兴在他的声音中又听到了平时那种讽刺幽默的语气，此外再无其他。"然而，有趣的是，我却找不到任何线索，能证明这伙差点就要成功的犯罪分子是由女性主导。"

我满怀感激地将这个令人不适的话题搁置一边，问起过去十八小时里他的调查结果。他看起来却相当惊讶的样子。

"十八小时？昨天晚上我是和你一起在调查，这一点没有疑问吧？"

"你在公园念叨的那番话完全让人无法听懂，此外要是天亮前你在实验室和我说过话，那我根本就没听见。"

"怪了，我还以为我说得够多了呢。那好吧，从公园开始，或者从那辆曾经很尊贵的四轮马车开始，那里乍一看似乎是当晚工作中最无趣的一处。当时该处有两个大块头男人，还有一个，我想块头小一些、体重轻一些的男人，他穿的是有着独特的方形鞋跟的靴子。当比利正站在那里同某人说话的时候，那两个大块头走到他身后，不过这么说好像显得比利不够谨慎。不管怎么说，他们用短棒解决了比利，氯仿麻醉剂则是小靴子干的。撕毁你衣服的是那两个大块头，这期间小个子和比利待在一起,往他脸上滴氯仿。大块头干完后,小靴子爬进马车,用刀有条不紊地划破座椅,虽然刀锋极其锐利,但其他织物的片段还是嵌进了椅面切口。顺便说一下,那是一把双刃短柄刀,刀刃长约六英寸,相对较窄。"

"可恶的武器。是弹簧刀吗?"

"有可能。马车的损坏状况让我感到困扰。你有没有发现什么不对的地方?"

"椅面的切口看起来很怪。割得如此精确,高度和方向都相同,但都在割出椅面边缘之前停住了。几乎像是在皮面底下搜什么东西。不过没有迹象表明有手伸进过切口,有吗?"

"没有。让人同样感兴趣的还有一个问题,为什么最后划椅面的工作要交给小靴子,也就是老板去做?这里我遗漏了些东西,罗素。我想看看照片,或许那能帮我唤醒记忆。"

"什么时候能唤醒呢?"

他脸上浮过一丝冷幽默。"那就要由你决定了,罗素。不,最后让我从逻辑角度来解释一下。我不喜欢在证据陈述中有跳跃,这点你很清楚。

"接着说:留在马车里的有一颗扣子,还有一个很清晰的大块头男人的指纹,一根金色的头发,以及地板上和椅子上的大量浅棕色泥巴。稍后我们再返回最后这个证物。

"当你在筛选衣服碎片的时候,我去做了追踪。我很清楚地找到了泥巴的去向:翻过公园到了一条柔软的石子路上,或者乍一看似乎是那样。至于大块头的脚印,那里却没有痕迹,脚印只有两行。直到你在女厕所找到同样的泥巴,我才发现真相:这三人不是穿过公园来的,而是沿着一条坚硬的铺砌道路从公园旁边绕过来的。两个大块头按原路返回,但是小靴子却倒着走,穿过公园中央柔软的十字路,进入女厕所,倒着走,洗手,然后还是倒着走,回到他们之前进公园的地方。接着三人搭上一辆不知什么车,离开了。"

"所以你需要等天亮后去确认,那行从公园中央穿过的脚印确实是在倒着走?"

"没错。你读过我写的那本有关脚印的书——《隐藏脚印的四十七种方法》吗?没读过?在其中我提到,我曾用过多种改变脚印的方法,例如你周二早上见过的那种,将一个人的脚印藏在另一个人的里面,但是细致的眼睛还是能发现漏洞。我正在写的另一篇文章是关于男女脚印之间的区别的。我给你看过吗?没有,当然,你一直不在。我发现,不管脚上穿的什么鞋子,性别不同,脚趾平放的状态,脚跟落地的方式就不一样。这个想法来自我们之前的一次谈话。那天晚上我还很怀疑,但当你发现厕所里的泥巴之后,当我白天去查看过那些脚印之后,我明白了。这是一个女人的脚印,身高五英尺半,体型苗条——不到八英石。她可能是金发——"

"只是可能而已?"

"只是可能而已。"他重复一遍,"她很聪明,读过很多书,有一种特别古怪而又富于创造力的幽默感。"

"你指的是那张字条?"

"在那个包裹寄到之前我就意识到了。你知道我有本关于伦敦土壤的专著吗?"

"《记一些独特特性》——"我说。

"对,就是那本。我没有要求你成为一名伦敦研究的专家,但是正如你所知的,退休之前,我这辈子大部分时间都是在那里度过的。我呼吸她的空气,走在她的地面上,我对她的了解——就如同一个丈夫对自己妻子的了解那般。"虽然他用的动词"了解"有一种希伯来语式的弦外之音,但我并未对这个比喻做出反应,"她的有些土壤我用肉眼就能分辨出来,其他一些则需要显微镜。我在马车里和洗手盆里找到的土壤并不罕见。我在贝克街的住宅就是建在那样的土壤之上，不过那种土壤的产地有好几个，之间的区别必须用高倍镜头仔细观察才能发现。"

"但小靴子脚印上的泥巴来自贝克街。"

"你怎么知道？"他笑着说。

"靠运气猜的。"我冷冷地回答。他皱起眉头。

"你不适合讲这种冷笑话，罗素。"

"抱歉。但是她在去公园之前先去贝克街走了一遭，这事和此案有什么关联？"

"你来告诉我。"他吩咐道，这句话让我依稀想起很久很久以前的一个春天。

我顺从地开始回顾整个事件，我的思绪在各个事实之上拂过，一如舌头拂过牙齿，在那顺滑却坚硬的表面上搜寻缺口。那泥巴出现在小路上，马车里，座椅上（座椅上？我的思绪小声问道），还有女厕所（古怪却富有创造力的幽默感）的地上以及洗手盆中（洗手盆？这意味着——）。

"那泥巴是她用手带来的。在她左手中，还有右脚靴子上。"我难以置信地顿住了，"她重新补充了泥巴，好让那条路被注意到。这整个事件——都是故意演出来的。她想要你知道她的存在，于是她把贝克街的泥土粘在鞋子上，然后昂起头向你挑衅。她甚至还去女厕所洗了手，好给你留下证据，以免你还没弄清楚她其实是个女人。我不敢相信——没人会疯到用这样的方式来愚弄你。她这玩的到底是什么游戏？"

"显然是个让人不快的游戏，目前为止已经出现三颗炸弹，一例死亡，不过我同意，这种幽默和寄给你的那个衣服包裹，以及爆炸的蜂巢一脉相承。让人不得不怀疑……"他思考着，声音渐渐低下去。

"怎么了？"我提醒他继续说。

"没事，罗素。只是一个没有数据支撑的推测，即便是在最有利的情况下也只是无用功而已。我是在想，我所遇到的唯一一个在头脑上强过我的罪犯就是莫里亚蒂，这让我对我们当前敌人行动中可能存在的精妙之处疏于防备。如果我能确定，比如说，在莱斯特雷德办公室中朝我们开枪的人，或是迪克森的行动，或者甚至是……的意图所在，是的，我认为……"他的声音又渐渐低下去。

"福尔摩斯，我没听错你的意思吧？你说对我们发动的攻击实际上不是为了置我们于死地？"

"哦，当然是致命的，但可能并不仅仅是致命而已。不过你说得对，你理解了我的意思。当始作俑者在其他方面给出许多能证明其强大能力的信号时，我却误把它们当成一连串的失败。意外我并不陌生，但我不喜欢巧合，而且我马上就否定了一位守护天使的存在。是的，"他仔细思考后说，接着他又说了一句让我害怕的话，"这实在是个大问题。"

"实在是三斗烟？呃，福尔摩斯。"我故意打趣说道。他有时候简直是最令人气愤的人。

"不不，还不行。尼古丁调停适用于弄清已知事实，而不是无中生有。我想我们还没有收集到全部事实。"

"非常好，不过你当然可以作泛泛的推测。如果她不是想杀我们，那她目的何在呢？"

"我没说过她不想杀我们，只是有可能还没动手。我们从假设的角度推测，过去几天里所发生的事情多多少少都是她一手策划，那么我们就能得出三个结论：一、她不想让我们全都命丧此刻；二、她想让我们充分意识到，有个智慧而专注、足智多谋又难以安抚的敌人几乎就在我们眼皮底下优哉游哉；三、她想让我们去欧洲大陆，或是离开英格兰。"

"这不正是我们在做的吗？"

"确实。"他自满地说。

"我——"我停下话头，等待他的发言。

"她的举动告诉我，这正是她想让我做的。她对我的了解程度足以让她做出推断，我会察觉她的意图，然后拒绝合作。所以我就反其道而行之。"

最后我觉得，应该把我逻辑推断能力的迟钝反应归咎于白兰地，虽然我确定他的推理中有一个基本的谬误，但我却不能在那个关键点上插手。我摇摇头，回答了他。

"为什么不单纯地消失几天呢？真的有必要……"

"逃跑？"他补充道，"匆匆败逃？逃避？说得很对。如果是今天早上，我可能还会同意去迈克罗夫特的公寓躲几天，或者选个藏身处就足够重新部署了。"（想到要和福尔摩斯一起被关在那间储藏室里，不管是多长一段时间我都会吓得浑身发抖。）"但是今天发生的事情证明了我的想法是错误的。不是那个衣服包裹——那是个聪明的笑话。哪怕是那双鞋子，都可以无视，虽然很阴险。但是——那子弹几乎射中你。我想那是故意的。"他说话时虽然没有看我，但他声音中的克制，还有右边嘴角的小小抽动都足以表明这次威胁给他所带来的愤怒和恐惧程度。为了掩饰自己的失态，他猛地站起来，开始来回踱步，他把双手背在身后，就像是藏在礼服的后摆之下一般，而他手中仍在焖烧的烟斗正在危及他的衣服。他一边踱步，一边提高声音说话，就仿佛是在申斥自己似的。

"我开始感觉自己像根浮木，在浪涛和沙子之间摔来打去，被抓起来从一个地方抛到另一个地方。这真是一种最令人不安的感觉。如果我只有自己一个人，那我可能会拜服于诱惑之下，任由自己摔倒，只为看一看我会被冲往何方。然而，那样的选项是不存在的。

"那么选项有哪些呢？攻击——毫无保留地发起一次攻

击？对象是什么？那无异于用板球拍去击打迷雾。防御？一个人该怎样防御镜中的影像呢？她读过华生写的故事，还有我的养蜂指南，以及有关土壤和脚印的作品——那些并不向大众公开——天知道她还读过别的什么。一个女人！她用我的话语来攻击我，致使我受到极大的精神和生理困扰，让我整整五天都找不到平衡，追赶我、纠缠我，把我从家里一直赶到欧洲大陆——赶到海上。你知道——"他打住话头，转身冲我愤怒地晃晃烟斗柄，"这个……人，甚至已经渗透进了我的一个藏身处！是的，就是今天，有证据……我还是无法相信，一个女人竟然能做到这一步，演绎出我的推断，设法让我的行动不利于自己，而这段时间给人留下的印象则是，这于她而言，只是一个致命却不费吹灰之力，而且极其好玩的游戏。就连莫里亚蒂都不曾做到这一点，而他已经是绝无仅有的佼佼者了。这副头脑，竟拥有如此大师级的妙计。女大师。"他停下来，突然挺直肩膀，像是要将衣服整理到位一般。

"这是我遇到的最让人满足的一位挑战对手。"他语声平静地说，然后点燃已经熄灭的烟斗。然后，他换了一个完全无关的话题。

"罗素，我一直在想你今天早上说的话。我有时确实会听取他人的意见，你知道。尤其是你的。我必须承认，你的抗议完全有理。你是个成人，而且考虑到你的个性，我把你当华生对待是完全错误的。我道歉。"

可以想象，我完全惊呆了，同时也极其怀疑，但他继续说，仿佛在谈论天气似的。

"今天当我穿行在伦敦的污水管道系统中，苦苦探寻信息却一无所获之时，突然想到你的未来的问题。是当前这种……特殊的形势所迫，不过或早或迟这个问题总会出现。我所面临的问题是，对于一个通过了每一次考试的学生，该怎样对待呢？她最终必须远离当下状态，被允许承担成人的权利与责任。具体到你来说，我给你布置的每一篇论文、每一次测试，直至这次有关我们对手鞋子上的泥巴的口头提问，你得到的成绩都是A。

"那么我所拥有的选项就有限了。考虑到这次案情的严重性，我认为有必要将你和华生一样，从冲突最前线撤下来，直至我将情况理清。不，别打断。但是让我不快的是，我发现自己做不到那一点。首先，要想将你镇住，这任务实施起来太过艰巨。

"自从威尔士之旅起，我就意识到，一直拖着学徒不让她写毕业论文，反而会害了她。在这个，因为缺少更贴切的专业术语，我想称之为案子，在这个案子里，我有两个选择：我可以继续让你保持'学徒身份'（正如你自己所说），或者你可以获准毕业。既然从来就不存在折中方法，那么我认为延迟这个不可避免的时刻并无意义。因此……"他顿了一下，从嘴里拿出烟斗，看看斗钵，接着又放回嘴里，转而从口袋里掏出烟草袋。而我则处于"谢天谢地，这一刻终于来了！"和"哦，上帝，这一刻还是来了，他要赶我走了"两种压力的撕扯之下，差一点冲他尖叫起来。

他打开烟草袋，从里面翻出一张折叠过多次的半透明的小薄纸片，放在我面前，然后把烟斗伸到夹在桌面上的烟灰缸上，刮出斗钵里的烟渣。这期间我则打开那张纸片。上面有五行小字，古老的字体很难辨认，写的是：

> 埃及——亚历山大港——赛义德·阿布·巴哈德尔
> 希腊——塞萨洛尼基——托马斯·卡塔莱博
> 意大利——拉文纳——多梅尼科神父
> 巴勒斯坦——雅法——阿里和穆罕默德·哈扎尔

摩洛哥——拉巴特——彼得·托马斯

每个人名后面都跟着一串看上去像是无线电频率的数字。我抬起头，但福尔摩斯又走到了窗边，一言不发地背对着我。

"早在这个案子之前我就曾说过，像这样一个迫近的危险，我却给忽视了，我认为这实在是愚蠢，而非勇敢。即便我的批评者不会斥责我愚蠢，我也不该在过了一辈子，见识了各种骚乱之后，到了这把年纪，还干这样的蠢事。我至今还记得清清楚楚，那场景就像发生在上周，而非发生在二十五年前。当时我坐在华生家的椅子上，向他承认，伦敦确实太过喧嚣，不能保证我的安全。而现在的状况……简直惊人的类似。

"当时的那番坦白曾让我感到些许惭愧。但那已经是半辈子之前的事了，从那以后，我已经缓慢而又痛苦地学会了，时间和距离有可能成为一件强效的武器。我承认，它不可能轻而易举地为我所用。我更青睐直接出击，全情投入，然后快速结束。然而，有时候会有很多理由，导致我花费大量的时间。"

"那你认为这次要用多长时间，福尔摩斯？"我谨慎地问。他最著名的一次停工持续了三年之久，那段间隔足够驾着马车优哉游哉拿到我的大学学位了。

"不会长到离谱。但也足够让我们的对手慢慢犯疑——她到底是不是做错了？我是选择了逃跑消失吗？我究竟去了哪儿？——同时也让迈克罗夫特和笨拙的苏格兰场清理干净资料，开始从头筛选。待我们返回之时，"（我注意到他说的是"我们"！）"她的势头已被剪除。她会暴跳如雷，会掉以轻心，意识到我们已经逃脱了她设下的规则，我们已经选择跳脱传统，期待建立一种威胁、挑战、应变和反击的模式。

"不论好坏,这个案子有你的一份。"我刚刚才涌起的胜利感被杀了个回马枪,一瞬间就被各种矛盾的问题和感触淹没了。他之所以要逃走是因为我的负担吗?他心里究竟在想什么?西藏?"此外,你在其中是作为我的搭档,或者作为一个我一直都想看到的角色。鉴于当下的形势,我别无选择,我只能信任你。"

听到这番诉说,我想不出理智的回答,于是将脑海中突然涌现的想法脱口而出。

"如果那天晚上我径直走进了宿舍门,你会怎么办?"

"唔,让我想想。可能十分不巧,那个假设不会存在。我们现在都站在此地。我没有别人可相信。作为你获得搭档关系这一崇高权利和特权的证明,我将赋予你一项福利:我会让你来做下一个决定。为了暂时摆脱攻击,我们该去哪里?你知道吗,罗素,"他用一种近乎幽默的语气说道,"我想我已经有二十五年没度过假了。"

在过去的七十二小时内,我曾看到一颗炸弹放在我的门上,还看到另一颗给福尔摩斯的脊背所造成的炸伤,花了十三小时费尽千辛万苦抵达伦敦,冲福尔摩斯挥过枪,看到我第一次尝试购买的尖端时尚衣物被撕成碎片,一直吃不好、睡不够、穿不暖,还差点中弹,也见识到了福尔摩斯从未有过的不安模样,就同一曲激烈的乐章,而现在呢,他对我的态度从讲求实际的保守秘密,转变为近乎戏弄的嬉闹。这一切让我有些吃不消了。

我低头看着手中的纸片,那张两英寸见方、近乎透明的薄纸片,以及上面的五行文字。

"这些就是我们所有的选择了吗?"我问。

"并不是。如果我们有要求,琼斯船长十分乐意开着船绕圈子,或者前往南美,或者去看北极光。不要拘束,就算你想去蒙特卡洛输个倾家荡产，那我也只能小心地调拨资金。只要能离开英国和纽约六到八周就行。"

"那是两个月！福尔摩斯，我不能一走就是两个月，要是缺那么久的课，我会被学校开除的。而且我姨妈会派出军队找我的。还有哈德森太太，还有华生……"

"哈德森太太明天会登上一艘游轮。"

"游轮！哈德森太太？"

"我想是去澳大利亚探亲。而且你也无须担心华生医生，他最大的危险只怕是因为过得太奢侈，要患痛风了，他会在迈克罗夫特那里隐居的。你的学校和导师也会给你准假的，为了让你处理家族紧急生意。也会有人告诉你姨妈，你会离开一段时间。"

"老天。要是迈克罗夫特能制服她，那他可真是位了不起的伙伴。"我觉察出我的抗拒心理开始动摇了。

"那么？"

"这些人是谁？"我问。福尔摩斯从我手中拿走那张纸。

"这是迈克罗夫特写的。"他解释说。

"那么是迈克罗夫特有……任务需要去这些地方处理？"

"没错。他的说法是，如果我们选择远离对战，让侦查人员去掂量敌人的姿态，那我们不妨为国王陛下出些力，接受赞助，留心观察局势的变动情况。"福尔摩斯眼神中写满了顽皮和欢乐，我能看出他已经完全将我们的案子搁在一边了。他把那张纸放在我鼻子下轻轻挥一挥。"根据我的经验，"他又说，"迈克罗夫特的任务总是能带来相当多的欢乐。"

我默许了，然后从他手指间抽过纸条，在面前桌子上摊开，指着其中的第四行字。

"去以色列。"

"什么？"

"巴勒斯坦,以色列,锡安山,圣地。我想去耶路撒冷走走。"

福尔摩斯一副若有所思的样子,慢慢点点头,"说实在话,那里不会是我的第一选择。去希腊,可以。摩洛哥,勉强。就连埃及也行,但巴勒斯坦?不过很好,这是你的选择,我确信我们的敌人永远都不可能猜到我们的目的地会是那里。那就去巴勒斯坦。"

到午夜时分,我们已离开法兰西海岸。入睡之前没有任何信号表明有人要发起攻击,四周一直保持着无线电静默[1]般的氛围,于是自周二晚间以来一直在我心中拧得很紧的死结开始松开。琼斯船长来到我们船舱,他是一个有着桶状身形的人,看起来很忧郁,一头曾是红色的头发现已稀稀疏疏,与手下四个船员不同的是,他的指甲比其他人的要稍稍黑一些,而且他因为服务于皇家,因此身形挺拔,神气中有一种自信感。而他的儿子则像缩小版本的他,船上的一切,包括那孩子都是迈克罗夫特从他目前与华生一起藏身的地方挑选的。

"晚上好,琼斯,"福尔摩斯说,"白兰地,还是威士忌?"

"不用了,谢谢你,先生。我出海期间不喝酒。有问题要问,先生。我下来只是想问问,你们是否决定了航程。"

"去巴勒斯坦,琼斯。"

"巴勒斯坦,先生?"

"巴勒斯坦。你知道的——以色列,锡安山,圣地。那里应该在您的海图中吧,我猜。"

"当然,先生。只不过,这么说吧,如果你们最近没去过那里,那你们可能不知道,那里是最容易靠近的地方。你们

---

[1] 指重大军事行动开始前,进攻方关闭无线电联络,以避免敌人发现意图。——译注

知道,那里最近在打仗。"他有些轻描淡写的意味。

"我知道,琼斯。必须将消息通知伦敦,他们应该做好一切必需的安排。"

"非常好,先生。那我今晚就定好路线?"

"明天早上也不迟,琼斯,不用着急。怎么样,罗素?"

我睁开眼睛。"完全没问题。"我回答后又闭上眼。

"那么就早上再定,先生,小姐。"他走上楼梯,脚步声慢慢远去。

福尔摩斯静静地站着,我感觉他是在看我。

"罗素?"

"唔。"

"今晚没别的事需要做了,去睡吧。还是要我再给你盖条毯子?"

"不不,我去睡。晚安,福尔摩斯。"

"晚安,罗素。"

引擎声的改变惊醒了我,天才蒙蒙亮。我穿过船舱想拿杯水,看到了福尔摩斯的身影,他正缩在一只椅子上,膝盖抵着下巴,盯着大海出神,烟斗拿在手中。我一言未发又回到床上,而且我想他也没注意到我。我睡了一整天,醒来时是一个夏天的晚上。

当然并不是真的夏天,而且接下来的几周里我们都将碰到雨天,但是也有足够的日光,能让福尔摩斯和我在甲板上一待数个小时,将我们的肤色晒黑。想一想伦敦正蜷缩在冰雹和浓重的黄雾之下,而我们却在汗涔涔地打着瞌睡,感觉就像到了另一个世界。此外,我还总是满怀希望地想到,那个试图谋杀我们的罪犯已经被抓住了,而且最糟糕的是,她身患支气管炎,还生了冻疮。

日子过得飞快。让我惊讶的是，福尔摩斯看上去并不为这强制性的休息而气恼，反倒表现出一副悠闲又快乐的样子。我们会一连几小时地设计复杂的智力游戏，而他也会教我电码和密码的微妙差异。我们将船上备用的无线电拆开又重组，还开始实验不同的物质在加热到什么程度时会自燃，但因为这使船长极其紧张，我们就转向地下。圣诞节来了又走，我们戴着纸做的皇冠，吃了热腾腾的布丁，还唱了冰封的大地和雪地里的脚印之类的颂歌。晚饭后，福尔摩斯端着一副象棋来到上层甲板上。

自从我去牛津上学后，我们就没怎么下过棋了，不过我们很快就开始重新探索对方的开局策略和风格。过去的十八个月以来，我取得了进步，他也不必再让我一个子，这让我们俩都很开心。我们开始经常下棋，不过一个黑象、一个白王先后落下船去，我们只得临时找替代品（分别用一个盐碟和一个油腻腻的大螺母及螺栓代替）。

大多数时候都是福尔摩斯赢，不过并非全部。他是个出色的棋手，无情且富于想象力，但招式古怪。他喜欢开局时出怪招，然后做一些不可能的救援，而非有条不紊地建立防御，以及全面支持性的进攻。象棋对他来说就是一次锻炼，有时会让人觉得无聊，经常都是真正游戏的权益性替代——就像是小型的协奏曲公演。

离开克里特岛后的一个炎热下午，他一反平时那让我感到不安的紧张架势，在棋盘上更加用心。我们先下了三个半场，每一次他都满足于开局招式所奠定的方向，结果却只能废弃。不过第四局一开始他就显露出一种尤为欢乐的态度，沿着后翼的最边上出了一招。我振作精神准备大干一场。

福尔摩斯挑了白方，他先出招，让马在棋盘上跨步跨得如同挥着钉锤链的狂暴勇士，十六个格子的移位阵仗所造成的摧毁和分裂效果，逼得我匆匆搭建起对棋盘对面六个子的防御，召集并丢弃了象和车，将兵发射到被攻陷处之前，但因为他们跨越棋盘的路途走得磕磕绊绊，最后只得被留在古怪的位置上。他朝我的防御发起一次接一次的攻击，直至我绝望地将王、后分开，让后离开脆弱的王，以吸引敌方的战火。这个战术成功了一时，但最终还是被他的一个马困住，于是我失去了后。

"你怎么回事啊，罗素？"他抱怨道，"你的心不在棋局上啊。"

"就是，你知道，福尔摩斯。"我轻声说着伸手去移动一个兵，却将整个混乱局势整合成一个整洁而又致命的陷阱，都是两兵一象的功劳。三招之后我赢了他。

我想欢呼，想跳起来亲吻琼斯船长胡须浓密的脸颊，只因看到福尔摩斯惊慌失措、疑惑不解的样子让我乐不可支。但我没有那么做，而是坐了下来，像只小狗一样冲他咧着嘴笑。

他像是在看魔术表演的观众一般盯着棋盘，脸上的表情实在是我所赢得过的最大奖励。接着他反应过来，拍拍膝盖放声大笑，然后把棋子复原，重演了最后的六招。接着他赞许地摇摇头。

"干得漂亮，罗素。那一招实在是非常聪明，比我表扬过的还要狡诈。我的孩子已经超过我了。"他有些傲慢地说。

"真希望我能配得上你的赞美，但是刚才那一招是几个月前我从数学老师那里学的。我一直在等待什么时候能在你身上用用。"

"我没想到会被你摆弄，所以忽略了那个象，"他承认说，"那真是了不起的一招。"

"是的，我也这么觉得。有时候为了拯救棋局，你只能牺牲掉后。"

他惊愕地抬起头看着我，接着又看向棋盘，脸色大变。他的神色中慢慢浮现出紧张，最后连棕色的皮肤都开始收缩，泛出灰色，就像是重要器官正在遭受痛苦噬咬一般。

"福尔摩斯？福尔摩斯，你没事吧？"

"唔？哦，是的，罗素，我没事。从未像这么好过。谢谢你，罗素，跟我下了这么一盘有趣的棋。你给了我一个非常好的思考素材。"他痛苦的表情放松下来，变成最虚弱的微笑，"谢谢你，我亲爱的罗素。"他伸出手，但手指还没碰到我的脸就又抽了回去，然后站起身向下面的船舱走去。我坐在阳光普照的甲板上，看着他的背影消失，胜利的喜悦一扫而空，不明白自己做错了什么。

直到抵达雅法，我都没再看见他。

题外话

蓄积力量

十三　世界的中心

……重振我们的勇气，刺激我们朝新的方向展开调查，它将以这样的方式发挥效用。

直到它的一个城市从提供给我们的列表上成为现实的那一刻，我才意识到自己对巴勒斯坦竟然有如此大的渴望，我口中喃喃念着它的名字。我从不怀疑，（明年）某一天我会去我族人的诞生之地朝圣，但那毕竟只是脑海里，或许还有内心之中的计划和考虑，而这次旅行却完全不是。当我被恐惧和迷惑所困扰，当我的脚下没有坚实的立足之地，熟悉的地方遭到威胁时，这片陌生的土地向我伸出了手，召唤我投入它的怀抱，我照做了，并且找到了宽慰，得到了庇护和建议。我，一个既没有家人，也没有家的人，却在那里收获了这两样东西。

巴勒斯坦，以色列，大地上最多灾多难的地方，四千年历史的大部分时间里，它都在遭受抢掠、强暴和蹂躏，同时也受人敬仰。公元前3000年，它被萨尔贡王率领的阿卡得人打败，然后沦为殖民地；公元纪年开始后的第二个千年[1]里，它被艾伦比率领的英格兰人征服；作为半个世界的圣地，这条狭长土地上的每一寸土壤都曾遭受过侵略者的践踏，这片贫瘠的大地盛产的唯一财富就是它所孕育的子女。

黄昏时我们沿着遥远的海岸悠闲向南，但等夜幕完全降

---

[1] 指1001年1月1日至2000年12月31日之间的一千年。——译注

临后，船长变更了航向，转向东方航行。快速运转的引擎安静无声，我们开始向陆地靠近。福尔摩斯出来了，背着一个几乎空瘪的背包，一副心事重重的样子。清晨时我们乘上一艘船用救生艇，船桨一路低声划动，将我们送到岸边。我们的登陆地点就在雅法（又称约帕）以南。战争期间，城中的犹太人在阿拉伯人的暴力进攻下被迫开始逃亡。所以试想一下，当我们被匆匆推进两个身穿带有缠头巾的呢斗篷的阿拉伯杀人犯手中，然后又被放掉时，我是多么开心。不等救生艇消失在夜色中，我们就已经神不知鬼不觉地潜入了那片战火肆虐的土地之中。

那两人不是杀人犯，或许我该说，他们不仅仅是杀人犯而已。他们甚至不是阿拉伯人。应他们的要求，我们称他们为阿里和穆罕默德。但离开这个炎热的国度后，他们是阿尔伯特和马修，他们的英语发音中能听出只有公学和剑桥牛津子弟才有的元音连字口音。福尔摩斯说他们来自伦敦南部的克拉珀姆，还说他们虽然看起来像是他们所宣称的兄弟，行动也有如双胞胎，但充其量只能算远房表亲。我没有过多追问，只是满意地看着他二人按照阿拉伯人的方式，形影不离地一同在灰扑扑的路上漫步，用流利的阿拉伯语没完没了地闲聊，看见我们跟上了就肆意地对我们打手势。

如果说我们的两名导游表里不一的话，那么接下来几个星期的旅途也是一样：将我们从英国送到这里的那艘单调的轮船其实是一艘试验船，是战争技术发展的副产品；除了船长的儿子以外，那上面的船员也不是简单的水手；就连我和福尔摩斯两人也不是表面的样子，我们伪装成一对皮肤暗沉、长着浅色眼眸的游牧民父子。我们在那片土地上的出现有一种非常不真实的色彩：头两个星期里，我们不带明确目的地东游西荡，完成的各种任务看起来也都毫无头绪。我们从一座上锁的房屋中取回了一份文件；我们与两位老友团聚；我们为两个毫无重要意义的地点绘制了详细地图。在这段有如梦幻的时间里，我感觉，如果说那算不得推理的话，似乎有人在监视我们，不过却一直无法断定，他们是想测试我们的能力，还是在等待一个适合我们的工作机会。不管真实情况是怎样，或许碰巧会突然出现一个案子，让我们全情投入其中，而且因为危险的鼓舞，以及出于应对不适生活的需求，我们正不断降低的自信心也得以恢复。我很快就发现，自己显然是喜欢那种生活的，因为威尔士一案中被驯服的自由所赋予我的勇敢精神，已经生长成熟，变成了一种对自由的纯粹而火热的激情。如果说迈克罗夫特这一安排隐藏的目的，是为了给我们提供一次异国风情的假期，那么其目的毫无疑问已经实现。

并非我们被他所控制，或者甚至是受了他的指导：迈克罗夫特的大名帮我们打开了一些大门，打通了一些路途，但是依靠他的威望旅行，并不意味着我们就处于他的保护之下。我们在这片圣地上的探寻确实很有趣。然而，我们所面临的危险（除了细菌和昆虫），虽然都是即时的人身危险（尤其是福尔摩斯，他有一次甚至落入了不怀好意的人手中），但正因为都是没有计谋的直接行动，应对起来让人精神振奋。

我们都受了伤，但都不严重。事实上，让我最不舒服的时刻，并不是在沙漠里被一个显然名不副实的神射手射中，后来又在圣墓教堂外遭到暴徒袭击，而是在阿拉伯区被三个喝得烂醉的色眯眯的商人逼入绝境。哪怕我取下缠头巾，露出浓密的头发，也没能将他们阻止，因为他们似乎很愿意把我这个女人当作他们原本以为的小伙子来追逐。那天我差点就杀了人——倒不是说那些商人，而是说福尔摩斯，因为他一副看热闹的样子，极不情愿帮助我。

正如我所说过的，我发现这种梦幻与冒险交织的生活极其迷人，而它也确实让我对所谓的智力（不要同智慧混淆，事实上，智力往往是完全与感觉无关的）有了长久的体会。在那段时间里，我所想的只是我们远离了那个如影随形的追杀者，我们安全了，迈克罗夫特被证明是一位强大且神秘的同盟。

我不应该在这里详细讲述这趟巴勒斯坦的远征（说起来可能得有一本书那么长）来劳烦读者，虽然那次旅途确实有独特的趣味，但毕竟与将我们送到那里去的案子无甚关联。这是一段题外话，主要好处就是促使我们对彼此的关系进行了重新思考，而且趁迈克罗夫特和莱斯特雷德在为我们搜集资料时，就家里的案子该如何解决做出决定。那段流放生涯改变了我的私人生活，它让我对一直跟随我至今的历史的质地有了体验，它敦促我进入深刻的怀疑、喜悦和愤怒状态，将巴勒斯坦视为庇护所，这种感觉比我出生以来的任何其他事情都更能让我认识到自己的犹太人身份——所有这一切都已被证明，对于我个人而言拥有持久的吸引力，但是对于本案来说却不具备太大的意义。

我也无意让读者阅读一篇记录那片土地上最引人注目之处的游记。我们在雅法附近的一座泥屋中待了数日，调整我们的举止，并完善我们的伪装（福尔摩斯之前在麦加曾用过），之后就启程南下。我们走入游牧民族留下的空旷废墟，以及废弃的修道院，那些荒凉场所即使在1月也仍在闪烁着微光。我们一路徒步、骑行，穿过荒野，抵达死海。趁着月亮还未升起，我们漂浮在浮力强劲的波浪之中，我感到星辰的光辉洒在我赤裸的身体上。我们北上，看见各种斑驳的遗迹，有马赛克镶嵌的路面，有精致的石雕鱼群和葡萄串。我们穿行在巨大的寺庙墙壁遗迹之间，还有更多废墟是艾伦比的征服所造成的。我们曾睡过的地方包括散发着山羊膻味的贝多因人帐篷，在山腰开凿的洞穴，星光下温暖的平坦屋顶，帕夏宫殿的羽毛床铺，一辆军队卡车，一艘渔人的小船，以及没有其他遮挡物的天空底下。我们在一座犹太复国主义者的定居点同犹太人一起喝过冰凉的酸柠檬水，与一位贝多因酋长一起喝过糖浆薄荷茶，在海法的一位高级军官家中喝过罐装牛奶兑伯爵茶。我们洗过澡（很不合我的习惯——女扮男装也有缺点，其中一个就是要在公共浴室洗澡）的地方包括加利利的迦拿之上一眼汩汩流淌的泉水，周围环绕着铁丝网（以及一只翠鸟的怒目注视）的约旦的一片平缓溪流，杰利科的一位英国考古学家的锡制浴盆，这位考古学家保存遗址的热情，只有她身上流露出的极端强烈的犹太复国主义精神能够媲美。

（无独有偶的是，她也是唯一一个看出我是女扮男装的人，她几乎立刻就不动声色地看出了我的女儿身。刚看到我们时，她从战壕底下冲我们激烈地吼叫。看出我们不打算抢走她心爱的陶瓷碎片后，她就带我们去了她非比寻常的家中，那里就像是一个低矮的贝多因人的帐篷，用木块和波纹铁搭建。她将我单独带到一个实墙搭建的没有窗户的房间，送来了源源不断的热水。至于福尔摩斯呢，她则让他站在院子里拿一桶凉水冲洗。）

我们——我——把耶路撒冷留在旅途的最后，旅途中我们是绕着它北上的，其间曾禁不住诱惑靠近两次，但都回避开了。最后我们在一群贝多因人以及他们枯瘦的羊群的陪同下，顺着绵长干旱的山坡靠近那座城市。当时正值日落，我们站在橄榄山的顶峰，皮肤晒得黝黑，腰酸脚痛，而且还污秽不堪（就连平时总像猫一样爱干净的福尔摩斯也不例外）。她就那样耸立在我们眼前，这座万城之城，这世界的中心，她从大地的最底层生长出来，出人意料的小，就像是一颗宝石。我的心中开始歌唱，古希伯来文从我口中吐出。

"Simchu eth Yerushalaim w'gilu bah kal-ohabeha。"（与耶路撒冷一同喜乐，并为她而喜乐吧，你们所有热爱她的。）我背诵道。我们观赏了日落，在墓地过了夜，这让我们的导游惊慌失措。清晨，我们看到朝阳用柔软的手臂环抱住这城市的城墙，让其光芒闪耀、生机勃勃。我感到欣喜，心里有说不出的感激。

我们坐在那里，一直等到日落，白金色的城墙上燃起火光，道路上扬起灰尘，我们于是沿着道路进了城。我们用了三天时间走遍她的条条窄街，品尝她大小巴扎上的食物，呼吸教堂里的焚香味道。我们触摸了她的城墙，品尝过她的尘埃，最后离开时我们内心都发生了变化，我们看着冬阳沉落，将她交给夜色，然后才背起行囊，转身离开。

天空由深蓝色转变为无尽的黑，我们步行向北，然后停下来，点燃两堆篝火，支起三顶帐篷，从一座水池里打来水，煮熟山羊肉吃掉，那肉不可避免地很硬，但却似乎是阿里和穆罕默德的主食。然后我们还喝了几小杯穆罕默德的咖啡，口感如蜂蜜般浓稠，却称不上甜，他煮沸后给我们倒上，我们咬紧牙关喝下肚。火苗越烧越小，我们的导游回去睡了，福尔摩斯和我没有交谈，分别在抽烟斗和寻找星座。当余烬在黑夜中只能看见星星点点，天空变成一座由几百万颗坚实的星光所支撑起的穹顶时，我深受触动，一反常态地唱起歌来，凭着喉咙深处散发出来的火一般的暖意，对着满天繁星唱起流亡的颂歌。那些歌谣都是从背井离乡的人们的渴望中淬炼而出，从他们神之居所中得来，一百代人之前它们曾在征服者的巴比伦城中引得人潸然泪下。

我的歌声停下来时，远处一个山坡上豺狼发出恐怖的嚎叫。不知什么地方有引擎声响起，然后逐渐远去。一只公鸡打起鸣来。最后，我胸中一片宁静，那样的感觉只有当我下定决心，或是圆满完成一个任务时才会有。我站起身走回我的帐篷。福尔摩斯伸出手，往火堆里敲一敲斗钵。

"我必须感谢你带我来这里，罗素。实在是一首很有启发性的插曲。"

"其实在这个国家我还有一个地方想去，"我告诉他说，"我们在去阿卡的途中会从那里穿过。晚安，福尔摩斯。"

两天后我们坐在一座正刮着风的山顶上，眺望下方被鲜血浸泡的埃斯德赖隆平原。四个月前，艾伦比将军在这里追上逃窜的土耳其军；七百三十年前，十字军在这里不幸战败；过去三千年来，有无数军队曾在这里鏖战，只为控制那条将埃及和非洲与欧亚大陆连通的狭长的南北通道。平原上的美吉多山，即 Ar Megiddo，成了《圣经》中善恶对决的最终战场的名字：哈米吉多顿[1]之战将从这里展开。这里是十字路口，但又沃野千里：真是个致命的组合。然而那天晚上，那里发出的唯一喧嚣是一只狗的吠叫，以及远处山羊脖铃的声音。明天我们将启程奔赴阿卡的十字军城堡，轮船将在那里等候，将我们带回英国1月的寒冷气候之中，我们与那位未知敌人的较量将重新开始。当我们坐在那里，以落日为背景，看着帐篷在微风中轻轻飘摆时，那样的前景未免让人心生厌烦。过去的几个星期已成往昔，只在提到将我们送到这里的缘由时才会稍稍想起。我知道福尔摩斯对只能让他人代替他去做跑腿工作感到十分气愤，即便那他人是他的兄长迈克罗夫特。不过，他一直都将自己的不耐烦控制得很好。终于，在那座能眺望末日战场的小山上，我还是将那个我们一直躲避不提的话题抛了出来，结结实实地放在两人之间。

"所以，福尔摩斯，伦敦在等我们。"

---

1 即 Armageddon，由前文的 Ar Megiddo 演变而来。——译注

"她确实在等，罗素，她确实在等。"他灰色的眼眸中突然闪烁出一道光芒。我已经有好几周没看过那样的神色了，那是一只很久没有捕猎的猎犬才会露出的希冀之光，而且我想他说的那个"她"并不是指伦敦。

"你有什么计划？"

他将一只手伸进肮脏的袍子，掏出烟斗和烟草袋。

"首先，请告诉我你为什么要带我们来这里。"

"来卑斯列山谷？我跟你说过我母亲的名字吧？我记得。"

"说过，朱迪斯，对吗？不是玛丽·麦卡锡。关于那个故事，再给我点提示，罗素。我总是试着忘掉工作中不需要的东西，《圣经》故事一般都属于那个范畴。"

我冷冷地笑笑。"或许这个故事你用得着，福尔摩斯。是我七岁的时候同我母亲一起读的。我母亲的祖父是一位拉比[1]，我母亲是个娴静的小女人，拥有非凡的智慧。不过这个故事出自伪经，而非希伯来圣典，她挑选了这个故事来作为我们一起学习的第一个故事，因为她认为宗教不应该是一件随便的事。此外，这个故事也是她名字的出处。"

"朱迪斯与赫罗夫尼斯的故事。"

"故事就发生在这里，或者说不管怎样，故事的背景在这里，在一座横跨通往耶路撒冷之路的小城，就是我们刚刚来时走的那条路。赫罗夫尼斯率领着一支从北方来的军队，准备去惩罚耶路撒冷。这座小城挡了他的路，于是他便切断了城市的水源，将其围住。三十四天后，城民向上帝发出最后请求：五日之内供水，不然我们只能让路，让耶路撒冷来迎战这支大军。

"朱迪斯是一位明智、正直而又富有的年轻孀妇，她痛恨敌人。于是她换上最华丽的衣服，叫来侍女，离开城市前往

---

[1] 犹太宗教领袖，有资格传授犹太教义。——译注

赫罗夫尼斯的军营。她对赫罗夫尼斯说，她希望自己能免于即将发生的破城之灾，然后在他身边盘桓了几日。当然，赫罗夫尼斯便邀请她前往自己的帐篷。朱迪斯将其灌醉，然后趁机斩下他的头颅带回城内。侵略军溃散而逃，耶路撒冷幸免于难，而两千五百年后，以朱迪斯为名的女人都会用这个故事吓得她们的孩子做噩梦。"

"真是个鼓舞人心的故事，罗素，不过我不会选这样的故事给七岁孩子读。"

"我母亲认为，应当尽早开展神学教育。之后的一年里，我读了利未人之妾的故事，这样一比，朱迪斯的故事听起来就像是童谣了。不过，那个故事却是我想来这里的原因，我想看一看赫罗夫尼斯列阵的地方。这足够回答你的问题了吗？"

他叹口气："恐怕可以了。所以说你在船上就看出我在想什么了？"

"我很难忽视。"

"所以你把这里当作替代品。"他用一只手朝那正在变暗的平原挥舞。

"是的。"我不会思考他话中隐含的意思的，除非不得不面对。

"天啊。我很抱歉，罗素，不过我不会让你潜入敌人阵营的。我相信，你要找的这个敌人不会是一个体贴的醉酒佬。"

"我不会牺牲自己的，福尔摩斯。我不会抛下你。"我松了口气，但我同样也不会当懦夫。

"我不是要你抛弃我，罗素，只是你看起来似乎有这样的打算。"他站起身走进帐篷，然后拿出一个熟悉的木头盒子走回来。他把棋子摆好，位置就和之前我们经过克里特岛时下的那盘一样，只不过退回到了我丢掉后之前。接着他掉转棋盘，选了黑方。这一次是我俘获了他的后，是我将他逼到了死角。然而棋局却发生了反转,我知道他的意图,因此拒绝上当。

走子的时间很长,速度很慢,双方的小军队杀成一团。不时有棋子落败,被撤下战场。星星不知不觉间出来了,阿里端来一盏油灯,放在我们之间的岩石上,福尔摩斯发起钳形攻势,俘获了我的第二个象。我杀了他一个车(一次虚伪的胜利;福尔摩斯对于只能直走的车不屑一顾),两招之后他的马干掉了我的一个车。(当福尔摩斯处于某种特定情绪中时,他的马就是恐怖的武器,更像布狄卡[1]的利刃战车,能大规模地削人如泥,而不仅仅是骑在马背上的骑士。)穆罕默德将小杯的糖浆咖啡塞在我们手中,不予置评地在棋盘边观战一会儿,然后走开了。

这是一局漫长的棋局。我知道他想复制我那次出其不意的胜利,故意牺牲掉后,以便于用平民设置一个陷阱,但是我拒绝被他诱惑。我引他出洞,一直避开他的兵,在走后的时候极其小心,最后他似乎改变了战略,设下一个钳形三角,想把我逼进去。但我巧妙地远离了那里,他又改在棋盘后部重新布卡。我却再一次避开,调动剩下的车去将他的军。他逃脱了,我调来后援,接着却因为保卫成功的激动而忽视了前方的棋盘,以及他那个在第一招就失了势的兵,早被我抛在脑后的钳形进攻此时已经攻入我的第二排棋子,接着出现在我面前的,是一个浴血重生的后。

"女王再现。"福尔摩斯嘲讽地说道,接着继续杀入我毫无保护的后方,恰如冰雹砸落桃花。六招之后,我在他重生的后面前全面溃败。但接下来轮到我无声大笑了,我摇摇头清醒过来。

---

[1] (?—公元60年或61年),英格兰东英吉利亚地区古代爱西尼部落的王后和女王,领导了不列颠诸部落反抗罗马帝国占领军统治的起义。——译注

"福尔摩斯,她永远不会上当的。"我反驳道。

"她会的,你知道,如果干扰有足够可信度的话。那女人骄傲又轻敌,她会因为我们的消失而愤怒不已,从而粗心大意,于是就相信夏洛克·福尔摩斯没能保护好他的后,那个可怜的老福尔摩斯只剩下孤零零一个人,毫无遮蔽、无能为力。"他伸出手,用指尖推推黑王的王冠。"她会乘虚而入剪除我,"他敲敲白后,"到那时候,我们就将她捉拿归案。"接着他拿起黑兵,用两个手掌搓一搓,好似在给它热身一般,但等他张开手时,里面躺着的却是黑后。他将黑后背对着棋盘放下,然后往后靠去,就像是刚结束一场漫长而又缜密的商业谈判一般。"很好,"他说道,"真的好极了。"油灯灯芯的跳动映得他双眼发亮,能看出好奇和紧张的意味,正如一周之前,当他碰到一个手执大刀的年轻攻击者时,我在他脸上看到的一样。交战之乐,我猜。看到这个变了的福尔摩斯,我心里涌起一阵恐惧。

"那很危险,福尔摩斯,"我反对道,"真的非常危险。如果她发现我们的目的呢?如果她不按规矩出牌,决定将我们一网打尽呢?如果——"如果我失败了怎么办?我体内有个声音在哀号。

"如果,如果。当然有危险,罗素。但是我不能余生都在巴勒斯坦隐居,或是不停地被保镖绊倒吧,不是吗?"他听起来像是很高兴的样子,时机已经到来,我却只想躲起来。

"我们不清楚她要做什么!"我大喊,"至少一开始让莱斯特雷德派些护卫吧。或者去找迈克罗夫特,如果你不想让苏格兰场插手的话,直到我们摸清楚她的应对方式为止。"

"我们不妨在《泰晤士报》上登个广告,通知她我们的意图,"他嘲笑道,"你应该去学击剑,罗素,真的。那是帮你判断敌人情况的最具启发性的方式。你看,罗素,我现在就对我的敌人有所感应，我知道她的行事风格和势力范围。目前为止，她在这场比赛中赢了我几分，但是她也暴露了自身缺点。她的攻击模式全部建立在她对我在这场比赛中的性格和技能的了解的基础上。等我们回去后，她会以为我要继续躲闪，然后靠着我一贯的精明和技巧来防御。她知道我会这么做，但是……我偏不。取而代之的是，我故意放下武器，毫无防备地去找她。她会退后片刻，看看我要做什么。她会犯疑，接着逐渐说服自己我已发了疯，然后沾沾自喜地发起攻击。但是你呢，罗素，"他穿着袍子的手臂在棋盘上一扫，等他抽回手后，黑后正站在愚蠢的白王之前所在的位置，"整个期间你静待她行动，然后你先发制人。"

我的老天。我之前是想担负起更大的责任，而现在愿望实现了，我要去复仇了。我努力控制住自己的声音。

"福尔摩斯，谨慎点说并没错，我没有这方面的经验——这场'比赛'，正如你坚持叫的这个名字一样。一旦我失误，后果将是致命的。我们必须做好备用计划。"

"这个我来想。"他最后说道。接着他向棋盘俯下身，用他之前曾流露过的好奇又紧张的眼神直视我的双眼。"不过，我希望你能认识到，罗素，我了解你的能力，比你自己更了解。毕竟，是我训练的你。将近四年的时间里，我塑造了你，为你提供锻炼和磨砺的机会，而且我了解你的魄力。我清楚你的长处和缺点，尤其是经过过去的几周观察以后。我们在这个国家所做的事情已经将你打磨好了，好钢只等开刃。我不后悔跟你一起来这儿，罗素。

"如果你真的觉得自己做不到，那我也接受。我不会认为这是你的失败。这只是意味着，我要去寻求迈克罗夫特的帮助，而你加入华生的阵营。我承认那样很低级——算不上优雅，我是从长远考虑，但也并非全然无望。不过，这完全取决于你。"

他的声音很平静，但话语背后的意思却震得我喘不上气来，因为他的建议如果换了别人提出，那完全就是轻率鲁莽。但小心如福尔摩斯，深思熟虑如福尔摩斯，一个一意孤行的行动者，从来不会过多地考虑别人的意见，这个我以为自己了如指掌的福尔摩斯，现在却在建议自己身入深渊，并相信我一定有能力将他救出来。

而且不只这些：这个自负的人，甚至很少允许自己坚定的退伍搭档华生去面对真正的危险，在过去的四年中总是习惯性地隐瞒事实，一直都小心谨慎，留心周围的动向，此外还总会保护我；这个人从头到脚都是维多利亚式的绅士；而这个人现在的建议，不仅仅是要把他自己的生命置于我这双未经过检验、毫无经验，而且最重要的是，我这双女人的手中，而且还有可能搭上我自己的性命。这就是我在他身上所发现的变化，也是让我所困惑的所在。他就是怀着这样的紧张和期待在面对即将到来的对垒：没有犹豫的余地。他已经放下所有疑惑，用明确的话语告诉我，他已经准备好了，要将我当成完全拥有了他的能力、与他完全对等的伙伴来对待，决不含糊，如果那就是我的愿望。他正在交付给我的不仅仅是他的生命，也包括我的生命。

我早已了解这个男人的智慧，认识到他人性中高尚的和心中伟大的一面，但我还从未如此清楚地发现，他的志气竟然和他的想法一样大胆。这个发现像地震一般，在我心中隆隆穿过。清醒过来之后，有个小小的声音在我脑海中应和，好奇我刚刚所说的是不是他的墓志铭。

不知道过了多久，我才将视线从那个小小的雕刻王后棋子上抬起头，看着对面这个男人脸上如同雕刻一般的表情。但是当我抬起眼睛后，我发现他的眉头似乎一直在等待着什么。我思考片刻才意识到,他刚刚实际上是提出了一个问题。而我还没有做出回答。

"当面临不可想象之事时,"我颤抖着说道,"人们总会做出看似不可能的选择。"他赞许地笑了,让人觉得温暖。

接着奇迹发生了。

福尔摩斯将他长长的手臂伸向我,而我则像个吓坏了的孩子一般,走进他的怀抱,他抱住我。一开始感觉很怪,接着则放松了下来,最后我停止了颤抖。我稳稳地坐下来,听到他平稳的心跳声。后来油灯熄灭了,将我们留在黑暗之中。

两天后我们抵达了十字军城堡。这里和八十英里以外的耶路撒冷不同。耶路撒冷的石头沐浴在阳光下,你都可以想象出那些金色的城墙熠熠生辉的样子,城市中颤抖着一曲有关欢乐与痛苦的无声之歌。但阿卡的城墙则结实厚重,其中吟唱的是一首由多种语言构成的漠视与死亡的挽歌。城墙那长长的影子像是连幽灵也会避开,我注意到福尔摩斯正用锐利的目光打量着他的四周。阿里和穆罕默德照例领先我们四大步。他们似乎对这里的沉郁气氛毫无意识,就如同他们的精神根本不在身体里一般。但就连他们也一直走在街道的中央,好似那墙壁有什么不洁一样。我试图打破这种气氛,但它又顽固地溜了回来。

"我在想,如果我不知道这地方代表什么的话,这些石头是否会主动发出悲凉之声。"我按捺不住地对福尔摩斯说。

"对于一个习惯了观察和推论的大脑来说,物体能揭露其创建者的思想。"他睨视着那些几乎把天空遮住的巨大而笨重的石块,两手并在一起慢慢揉搓,"以莫扎特为例——他的音乐中充满了狂乱的喜悦和悲伤。这个人的痛苦有时候巨大到让人难以承受。我们走吧。"

我们穿过街道下到河边，拐过最后一个弯，阿里和穆罕默德已经消失了。前面没了那两个长袍在风中鼓胀、脑袋凑在一起的背影，我惊骇地感觉到自己像是浑身赤裸失去了防护一般。但福尔摩斯只是笑笑，推着我向前走。在我们走进一扇安在墙上的木门时，他对着周围的空气说话了。

"Marhaba，"他说道，接着又让我惊讶地说，"c̄ Alla-M'āq。"

我跟他一起道了谢，然后表达了祝福。接着我们走到水边，坐在附近的一个小摊上一边喝薄荷茶，一边观看波浪冲刷十字军码头的遗迹，直至暮色降临，一个月前送我们在雅法上岸的那个船员找到了我们。他无声地划动船桨，我们背对着城堡，向等待的轮船划去，向英格兰划去。

我们站在甲板上，看到巴勒斯坦的最后一点光芒消失。耶路撒冷已经看不见了，但在我的眼中，东南方却还有微弱的闪光，就如同储存了太阳光一般。我小声背诵道：

"c̄ Al naharoth babel sham yashavnu gam-bakinu...

Im eshkahek Yerushalaim tishkah y' mini..."

"那天晚上你唱的也是这个，对吗？"福尔摩斯问，"歌词是什么意思？"

"是一首圣歌，希伯来歌谣中很有力量的一首，里面都是齿擦音和喉音。"我翻译给他听。

> 每当想起锡安山的时候，我们就会躺下哭泣
> 在巴比伦的河水边……我们支起七弦琴，
> 因为俘虏者要我们歌唱，折磨者要我们
> 欢笑。
> 但我们怎能在陌生土地上吟唱上帝的歌谣？
> 如果我忘了你，耶路撒冷，就让我右手枯萎，

> 就让我舌头粘住上腭,如果我不再
> 记得你。

"阿门。"他出乎我的意料,又小声念了一句。

那片土地只剩下一抹灯光,其余皆是更深的黑暗。我们走下船舱。

第四部

征 服
战斗开始

十四　行动开始

孤立她,不管她有多么充足的食物或多么有利的温度条件,几天之后她都会死亡,不是因为饥饿或寒冷,而是因为孤独。

不等我们到达客舱,引擎就提高了声音,我们脚下剧烈的抖动证明了船速的加快。我走到浴室,满怀感激地脱掉沾满厚厚的灰尘,然后又被汗液浸湿变硬,散发出刺鼻味道的破旧衣衫。洗了一个小时,换过三次水后,我才完成变身站起来:我的指甲泛出粉色和白色,头发终于从遮蔽它的缠头巾中解脱出来,皮肤略感刺痛,像是活了过来。我套上在纳布卢斯的露天市场购买的一条绣花土耳其长袍,轻快地走过地板,同时自信地感觉到快慰,在经历了几周的蹲坐和大跨步,身上多处擦伤之后,我终于恢复了女性身份,穿上了宽松的服饰。我去厨房泡了一大壶英国茶。福尔摩斯在别处洗过了澡,正坐在那里阅读《泰晤士报》,他身穿一件干净衬衫和睡袍,看上去仿佛从未有过胡子拉碴的模样,从未在山羊皮帐篷中睡过觉,脑海中从未想过会和当地那些动物混在一起似的。我拿起一只精致的骨瓷茶杯,无声地开怀大笑。

有人在敲门,是船长的声音。

"晚上好,福尔摩斯先生,"我听见他说,"能进来吗?"

"请进,琼斯,请进。"

"我想您在巴勒斯坦过得很舒服吧,先生?"船长说。

"傻人才傻乐。"福尔摩斯咕哝道。这句话把这位好船长吓得一惊。他老练地扫了一眼福尔摩斯脸上正在消退的黄绿色擦伤,然后又看了看我长袍袖子里露出的整洁的绷带。他甚至开口准备发表些意见,但是在完全失控之前,他做了一个明显的动作,猛地咬紧下颌,接着转身关上了门。福尔摩斯看看我,表情让人充满怀疑,像是在恶作剧一般。

"你怎么样,琼斯船长?"他说,"希望你1月里一切都顺利,不过我看得出,你没在船上待太久啊。法国怎么样?我想应该已经开始重建工作了吧?"房间里一片寂静。从厨房走出来时,我看见船长的脸上流露出一种熟悉的警惕又迷惑的神色。

"您怎么知道我去了哪里?哦,抱歉,晚上好,小姐。"他碰碰帽子。

"这没什么神秘的,琼斯。你的皮肤告诉我,和我们分开后你没怎么晒过太阳;你新换的润发油和手腕上的手表则告诉我,你在巴黎待了一天。别担心,"他轻笑着说,"我没有监视你。只是通过眼睛观察而已。"

"很高兴听到这些,福尔摩斯先生。要是让我觉得您一直在东打西探,那我将不得不派些人来向您提几个尖刻的问题。无意冒犯,先生,只是出于工作需要。"

"我明白,琼斯。我很小心,只观察那些向我透露不重要信息的事情。"

"那样或许是最好的,先生。哦,对了,这里有个包裹给您。是上周一个信使从伦敦送来的,交到我的手中——确切地说是送到了巴黎。"我当时就站在他身边,于是便伸出手去拿。不过福尔摩斯的声音打断了我,他语气严厉又尖刻,充满了不容置疑的威严。

"不要给罗素小姐,琼斯。现在以及以后,只要有官方邮件，都当面交给我，而且只能交给我。你明白了吗，琼斯船长？"

客舱里惊得一片寂静。福尔摩斯起身上前，从船长手中冷冷地拿过包裹，然后走到窗边打开。琼斯看了一会儿他的背影，然后满目诧异地看着我。我的脸顿时窘得通红，于是突然转身走回我自己的房间，摔上了门。一分钟之后我听到船长离开，关上了外面的门。我们已经开始了演戏。

过了几分钟，我听到门上响起两声敲门声。我站起身走到窗口回答说："进来，福尔摩斯。"

"罗素，这个包裹极其——啊，我明白了。我想你的头脑虽然愿意接受我的那个提议，但心里还是会惊讶？"他是怎么做到只看我的背影就能察觉出我正心烦意乱的呢？我想不通。

"不不，只是开始得太突然，让我一下子措手不及。"我转过身面朝他，"我没想到要这么快就进入角色。不过，或许这样才最好。船长现在已经意识到有事情不对了，我想本来应该演得更逼真一些的。不过我可不是莎拉·伯恩哈特[1]。"我勉强挤出一个微笑。

"这样确实最有说服力。我担心要演完这出戏，还要经历一些痛苦时刻。"

"台词已经写好，我们必须演出来。"我轻蔑地说，"那么，关于迈克罗夫特的包裹，你有什么情况要对我说？"

"给你，你自己看。我们的对手极其谨慎。我对她的技巧充满钦佩。要不是她逼得我这么紧，我本该非常享受这个案子，因为我不记得还有哪个案子和这个一样，找了这么一大堆线索，结果引向的却是彻底的虚无。我想我该去装个烟斗了。"

那包裹很厚。我把它放在一边，看看哈德森太太写来的五封长信，上面贴的邮票分别来自不同的停靠港，然后看了

---

[1] Sarah Bernhardt, 1844 — 1923, 法国舞台和早期电影演员。——译注

迈克罗夫特提供的资料。有一沓苏格兰场实验室的报告，里面描述了马车上的指纹、粘着一小块花呢的扣子，以及三颗炸弹的分析情况，其中有一颗的描述详细得吓人。给人启发最大的是对那颗放在蜂箱里的炸弹的描述，事实上这份分析改变了整个案子的格局。调查发现，点燃装置的并非福尔摩斯的笨拙动作，而是从他之前一直在查看的那个蜂箱里穿出来的一根头发丝粗细的电线，隐藏在草丛下面，连接至旁边的蜂箱。迈克罗夫特的手下在一片废墟中找出了那根线。

"这么说，她根本没想杀你。"

"我很高兴看见这一点。这个问题一直在困扰我。哦，我不是说她的谋杀举动，而是为什么要把我放在第一个。杀掉你和华生的全部意义，据我解读，就是为了伤我的心，但是如果我已经被炸死了，那又怎么为你的死而伤心呢？我非常开心看到，这个触发器解释了我的疑惑。它还确认了一点，就是如果我们关系疏远了，那你就能保证安全。等哈德森太太从澳大利亚回来后，我必须给她安排个谨慎的保镖，不过保护华生的任务还是继续交给迈克罗夫特吧。"

余下的资料很有意思，但都不如那个电线触发器重要。牛津宿舍里那颗未引爆的炸弹上的指纹，正是那位已故的男子留下的，而且只有他一个人的指纹。马车上的指纹有福尔摩斯的、我的、车主比利以及另一个车夫的（这二人莱斯特雷德都讯问过，之后都释放了），此外还有两个人的，其中一个和那颗扣子上的拇指印吻合。其主人是警方记录簿上的常客，很快就被逮捕。不过他的同伙却从家里后窗逃走，据传已经去了美国。被监禁起来的那个大个子被控造成了对比利和马车的一切伤害，不过莱斯特雷德说，那人不害怕威胁，怎么也不肯透露雇主的一点消息。"他似乎害怕受罚，"莱斯特雷德写道，"只是非常坚定地拒绝交代，哪怕威胁他要因这次攻击判他长期监禁也不行。值得一提的是，他的妻子和两个十几岁的儿子最近搬进了一座新房，似乎从外面得了笔钱。他们的银行户头上并没有任何大的变化，却有大把的现金可花，因此继续追查也不会有效果。"

我抬头透过灰色的烟云看向福尔摩斯。

"我记得，还有一个人也是有家的。"

"继续读，情况马上就会复杂起来。"

苏格兰场的下一份文件是有关于那个名叫约翰·迪克森的死者的，就是炸华生房子的那位。他表面上确实改过自新了，从各方面来看，他和妻子儿女都过得很幸福，在岳父家的乐器行里工作。大约在三颗炸弹出现的六周之前，他从纽约一位去世的远房亲戚那里继承了大笔遗产。据其遗孀称，他告诉她说，遗产将被分为等值的两部分，第二部分将在四五个月之后收到。他开始与子女谈论大学的事情，谈论要给一个跛足的孩子动手术，还计划明年夏天去法国旅行。然而第一笔钱刚收到不久，他就变得神神秘秘的。他在后院一个仓库上装了把锁，在里面一待就是几个小时。（调查发现，那里有使用火药的痕迹，还存有和牛津那颗炸弹上用的一样的剪得整整齐齐的电线头。）他偶尔会消失个一两天，返回时总是风尘仆仆的样子，虽然精疲力竭，却奇怪地一脸兴奋。12月中旬的一个周六晚上他离开了家，说要出去几天，不过这次出门回来后应该就再也不会离开了。妻子和岳父都想说服他不要走，因为正逢店里一年中非常忙碌的时候，但他心意已决。

周四凌晨他被炸死了，显然是炸弹的定时机制被篡改导致的结果。一周后，他妻子名下收到一张银行汇票，来自纽约的一家银行。那里的警察发现，该户头是几周前一个女人专为此目的而以现金开办的。一个奇怪的后续音符是，第二笔款项的数量刚好是第一笔的两倍，而非迪克森之前预计的同等金额。这两张汇票将那个户头上的钱全部用光，户头随即也关闭了。莱斯特雷德总结指出，虽然不合规矩，但没有办法证明那笔钱与爆炸案有关。因此，那位孀妇似乎可以留下钱。

"你怎么看那第二笔钱，福尔摩斯？作为内疚的补偿吗？"

"洁净影响了你的思维，罗素。这次谋杀显然是事先计划好的。"

"这是自然。一开始金额就定好了。不过可能不是迪克森决定的。"

"做个笔记，罗素。去问一下莱斯特雷德死亡时的心理状态。"

"你认为他可能是自杀？用以为家庭换得酬金？"

"无论如何，这总算为我们敌人的个性增添了有趣的一面。她有国际关系网络，那一大笔美元现金说明了这一点，不过她却履行了与一个死人的协议。除了我们对她的其余了解外，她还是个讲道义的谋杀犯。最高级的那种。"

我将注意力回到包裹上，里面还有一份模糊的炸弹报告复写本，技术性很强，采用的是警务英语措辞，还有几张马车和女厕所的大幅光面照片，以及迈克罗夫特写的一封信。我把照片放在一边，先浏览了一遍炸弹报告，接着开始阅读迈克罗夫特字迹难辨并且完全不具个性色彩的信件。第一部分内容说的是炸弹，他同意那是迪克森所为，还补充说虽然美国早在1909年之前就造出了触发器引爆式炸弹，但这种炸药显然过了很久才在英国的腐蚀性空气中炸响。接着他提到在苏格兰场开枪射击我们的神射手，推着婴儿车过桥的妈妈看到的那个身上绑着一个精密装备，类似于街头记者佩戴的照相机的男人有可能是他，也可能不是，那人戴着兜帽，钻进一辆等候在旁的出租车后座溜了。鉴于此他写道：

> 我闻到一股熏鲭鱼的独特味道，而船长一听到一声"类似枪响"的声音，便被要求全速离开了。那艘用来逃走的汽艇，我们发现是租来的——匿名现金支付。
>
> 考虑到你们的追杀者是位女士，她所留下的东西很少，只有下面这点：三天前在我去俱乐部的路上，一个长着蟾蜍脸——以及类似脸色——让人异常难受的家伙悄悄凑到我跟前，毫无疑问，他故意装出一副偶然碰到的样子，扁平的嘴角低声含糊地说有信儿要带给我弟弟。（我倒是希望你会安排这样的人来送信。我猜他们都不识字。他们能学会打电话吗？）他传达的全部信息引述如下：左撇子说城里的格拉斯哥流浪者有一桶桶的蜜蜂，扔硬币游戏是某人的麻烦。引述完毕。
>
> 我想这件事可能会让你感兴趣。
>
> 顺便对你巴勒斯坦之行的圆满结束致以最诚挚的祝贺，没有别的任务给你了，不过部长和首相都非常感谢你。我想当你发现你的名字登上来年的清单时，你会希望我安排帮你删掉的。事情变得很无趣，不久前我才意识到，我对罗素小姐也应一视同仁。
>
> 我希望你和你的搭档能安然无恙地收到这封信，期待你们的归来（急切程度就和一只在鸡笼外发现里面有只猫在溜达的狐狸一样）。
>
> 迈克罗夫特

我将视线从倒数第二段的暗示信息上移开，从信件上抬起头。

"格拉斯哥流浪者？一桶桶的蜜蜂？"

"伦敦腔中的同韵俚语。陌生人，带着一大笔钱——蜜蜂和蜂蜜——老板是某人的'麻烦和纷争'。妻子，一个女人。"

我仔细推敲过后点点头，放下信件，拿起放在沙发前面矮桌上的照片，开始仔细研究。摄影师在马车内部拍了两套照片，第一套拍的是原本的样子，第二套拍的是我把碎布片移走后的样子。看到一张照片上有我那条丝质绿裙子袖口的一部分时，我一阵心痛，想起它曾经带给我多大的快乐。

"做这番毁坏究竟有什么意义呢，福尔摩斯？为什么要袭击衣服，而非我们呢？就连比利伤得也不是很重，只是侧躺在地上而已。你介意我开会儿窗户吗？"

"烟味有些重，是吗？好的。不过最好过一两分钟就关上，不能让我们的谈话被外人听到。正如你所说，敌人为什么会满足于只毁坏几件衣服和一辆旧马车的坐垫？这只能说明，她知道我们的方位，而且她轻而易举就能对我们的身体造成和对你衣服所做的一样的伤害。最后，还用我作品中提过的方式玩弄花招，留下颠倒的脚印，还在上面撒上点从贝克街弄来的泥巴，借以表示对我的嗤之以鼻。这毫无疑问是一个证明，但仅此而已吗？我想不至于。仔细观察椅子上的裂口，那边。"他把最后一组照片重新排列一下，好让它们重叠起来，这样椅子就拼凑完整了，"看出什么东西了吗？"

我看着被切烂的椅子，那上面交叉的切口在下面的尽头处是汇合在一起的，然后才平行伸展开来。我将眼镜摘下放在一边，用力眯起眼睛观察那些清晰的黑色和灰色图像。"那是个图案吗？"我听到自己的语气中有些兴奋，"把铅笔和便笺递给我行吗，福尔摩斯？"头两道切口是在中间交叉的，我在便笺上写下一个X。接下来的两条是在座位下面的边缘处汇合的，记下一个V。过了几分钟，与福尔摩斯讨论之后，我在便笺上写下一连串的X和V，还有竖线，就像下面这样：

XVXVIIXXIIXIIXXIIXXIVXXXI

"罗马数字？你能看懂什么意思吗？"我问福尔摩斯。他正心无旁骛地研究纸上的记录。我能看出他也不明白，于是就戴上眼镜坐回去。

"一连串二十五个罗马数字。它们相加起来有什么意思吗？"我在脑海中简单加了一下，十加五加十，等等。"加起来是145，如果将它们看作二十五个独立的数字的话。当然，它们也可以被看作15、17、22、12，等等。"

"那样能得出什么？"

"没有太大差别，因为罗马数字的特点就是这样，不过总和是，让我们看看——143。"

"有趣。两种结果之间的数字是144，就是十二个12。"

"两个结果相加总和是288，正是我父亲去世时书桌里美元的面值。福尔摩斯，这样的数字游戏能一直玩下去。"

"如果把这些数字转换成字母呢？这是一种更为简单的代码。"

我们潦草地写着，思考着，但是一无所获。把数字分开写成15、17、22、12、22、24、20、11，转换成字母就是OQVLVXTK，一片胡言乱语，其他的组合也都读不通。最后我把它们推到一边。

"变化形式太多了，福尔摩斯。没有解码的钥匙，我们甚至都不知道它是一个词，还是一个保险箱的密码，或者一个地图坐标，或者——"

"然而她就是留给我们去发现的。她把钥匙放在哪里了？"

"根据她之前的行事风格判断，我推测钥匙要么藏起来了，要么就完全是公开的，这是藏东西最有效的两种方式。"

时间已经非常晚了，但我的双眼还很精神。我将话题拉回到发现切口图案之前。

"我同意她是想证明她的聪明。那一局中她赢了许多分。我在想,如果我们没有被迈克罗夫特安排逃走,她下一步会做什么?切掉华生的鼻子,好证明她有能力砍下他的脑袋吗?"

"说得更确切些,如果我们公然步行回家,她会怎样行动?她会警惕到什么时候,才会认为我们的举动或许不是圈套,我们是真的分道扬镳了,由此造成的创痛已将我摧毁成一具空壳了?显然,仅仅将我们赶尽杀绝并不是她想要的。她希望先毁掉我。很好,那我们就满足她的愿望,等待她的行动。"

他小心地将文件和照片放回那个过大的信封,然后站在那里低头看我。

"好了,罗素。谢谢你带我去巴勒斯坦。可能要过很长很长一段时间,我们才能再无忧无虑地交谈了。我想说晚安,还有再见,等鱼上钩落网之后,我们再见吧。"他嘴唇轻轻擦过我的额头,然后离开了。

我们的疏远行动由此拉开。福尔摩斯和我只有几天时间来适应角色,扮演两个现已反目成仇的朋友,一对渐行渐远的父女,亲近的爱人变成最仇恨彼此、最难以和解的敌人。要进入角色需要时间,所有演员都知道,要花时间来探索所演角色的细枝末节和怪癖。在抵达英格兰,让陷阱生效之前,我们必须做到天衣无缝。我们必须假设,时时刻刻都有人在监视,稍稍流露出感情就会酿成大祸。

表演艺术中众所周知的一点是,一个人在舞台上只能扮演自己。为了实现完美的效果,演员必须对角色的行为动机有同理心,无论那行动在外人看来有多么不可理喻。从很大程度上来说,如果想让演出产生效果,演员必须成为那个角色,而那就是福尔摩斯和我所做的。从清晨起床开始,我们不再是扮演敌人,我们就是敌对的双方。碰头的时候,我们所表现出的冷冰冰的礼貌很快便会瓦解,变成恶毒的进攻。我融入角色,成了一个对她上了年纪的老师有诸多冷嘲热讽的年轻学生。福尔摩斯也报以狠毒的反击,全力施展他刀子一般锋利的讽刺技巧。我们用言语之箭向彼此进攻,然后鲜血淋漓地爬回各自独立的船舱避难,之后卷土重来。

第一天从技术上来说很难,要一直把角色挂在我真实的面孔之前,要不停地思考,如果我们真的到了那一步,我在此刻该作何反应?我该怎样回应那举动?实在令人疲惫不堪,于是我早早上了床。第二天就轻松一些了。福尔摩斯从来就没有从面具背后露出过真实面孔,我的面具现在也牢牢固定到位了。我早早回房阅读,但发现很难集中注意力。我的思绪四处游荡。我到底在这里做什么?我应该在牛津才对,不该在这艘船上。一年里的这个时节,我没有业务要做。在这个战场上任何基本工作都不可能开展。或许船长能让我在法国下船,从那里我再搭火车回家。那样可能会更快,当然也更闲适。我在想——

我突然恐惧地发现,这些不是演员的想法,而是角色本身在思考。有那么一刻,我真的成了自己白天里一直在扮演的那个人。想到此举背后隐藏的事实,我坐在那里惊慌失措:如果才演了不到四十八小时就会出现这种情形,那么几天之后、几周之后又会发生什么?我能凭借意志阻止这种事吗?还是说,我的上帝啊,它会变成一种过于牢固而无法打破的习惯?"如果得到整个世界,却失去了自己的生活,那对一个人来说又有什么用?"比起失去福尔摩斯,是不是干脆被炸弹炸死要更痛快?似乎有一个恶毒的声音在引擎的颤动声中小声低语。

"如果我忘了你,耶路撒冷,就让我右手枯萎。"我走进客舱拿了些白兰地,福尔摩斯一声不吭地从我身边走过,回到自己的房间。我站在黑暗中,看向外面黑黢黢的大海,直至窗外一片空白,然后才转身回到走廊。福尔摩斯的房门半开着,我放慢脚步,停下来,将肩膀和头靠在墙上,并不看他房间中此刻正暴露在我眼前的那一部分。

"福尔摩斯?"

"在,罗素。"

"福尔摩斯,扮演一个角色数日之后,你会发现难以抽离吗?"

"要完全抽离一个角色很难,是的。"他的声音很平静,流露出想要谈话的语气,"许多年前我为了一个案子在码头上工作了一周,当那人被逮捕归案后,我又和往常一样,换好衣服走出家门,走完整条牛津街才变回自己。是的,角色会变成习惯。你难道还没意识到这个风险吗?"

"没完全意识到。"

"你的表现很好,罗素。假以时日,会轻松起来的。"

"那正是我所担心的,福尔摩斯。"我小声说,"要花多长时间,角色演起来才会自然到不再是在扮演?如果我成了我所扮演的角色,那我该怎样保持我的客观性,去观察敌人放松警惕的信号?"

"时机到来时,你会注意到的。我对你有信心,罗素。"

他短短的几句话让我在狂风暴雨之中获得了安稳和平静。"我很高兴你信任我,福尔摩斯,"我冷冷地说,"我向你所提供的优秀经验鞠躬。"

透过门我仍能感觉到他在微笑。

"等你回牛津后,我会时不时给你消息的。多半是无关痛痒的那种,不过只要有机会发送秘密信息,我就会做的。等哈德森太太从澳大利亚回来,你当然也会时不时地给她写信,她会特意把信放在我身边的。"

"你觉得让她回苏塞克斯安全吗?"

"我不知道该怎么阻止她回去。迈克罗夫特之前差不多是把她绑上船的,哈德森太太是个非常坚决的女人。不,我们干脆直接强行给她多安排一两个仆人吧。当然是迈克罗夫特的特工。"

"可怜的哈德森太太。等她发现我们不和睦了,一定会十分伤心。"

"是啊。不过由迈克罗夫特当联络员会很安全的。什么事都不必向迈克罗夫特隐瞒。我恐怕我们的疏远也会让华生医生相当痛苦。我只希望这种状况不要一下子持续好几个月。"

"你觉得可能会持续那么久吗?"哦,上帝啊。

"我认为我们的敌人谨慎又耐心。她不会陡然行动。"

"你说得对。一如既往。"

"我恐怕你姨妈会很开心。当然你的农场事务会需要你时不时去一趟苏塞克斯。"

"毫无疑问。"我想了片刻,"福尔摩斯,在这次冒险行动中,如果有辆汽车可能会派上大用场。不过我不能再向哈德森太太借钱了,而且我想我姨妈也不会支持这笔花销。我今年的零用钱涨了些,不过要买车还是不够。"

"我想迈克罗夫特应该能帮上忙,说服你的遗产受托人和大学办公室,汽车是必需物品。你甚至可以到我的农场来个一两次,作为和解的尝试。"

"结果自然是失败。"

"当然。"我想象着他的脸上快速掠过一个微笑,"我们正在搭建的是个很棒的陷阱,罗素,强大但简单。需要的只是耐心,对猎物的动静保持耐心和警觉。我们会抓住她的,罗素。她不是我们的对手。现在去睡吧。"

"我相信会的。谢谢你,福尔摩斯。"

我确实上了床,后来还睡着了,但在那既不是夜晚也不是凌晨的寂静时刻中,梦境降临了,力量比近年来的每一次都要强大。醒来后我发现自己蜷缩在地板上,双臂举在头顶,正束手无策地尖叫,四壁反射出恐怖的回声。所有那些过去的症状都向我涌来:冷,大汗淋漓,喉咙后部反酸想呕,心跳剧烈,肺部起伏不停。这时门突然打开,福尔摩斯跪在我身边,双手用力扶住我的肩膀。

"罗素,怎么了?"

"走开,走开,别管我!"我的声音听起来很粗,喉咙刺痛。我站起身,差一点跌倒,他扶我走到床边。我双手抱头坐下来,把梦境关进盒子,身体的颤抖慢慢平息。听着沉重的脉搏跳动声,我蒙蒙眬眬意识到,福尔摩斯还待在旁边,他系紧便袍的腰带,用双手把太阳穴周围的头发往后拢,目光直视我的脑后。最后他离开了,走出我的房间,但他没有关门,片刻后他一只手端着个杯子,另一只手拿着烟草袋又回来了。他把玻璃杯递给我。

"喝了这个。"

出乎我意料的是,那不是白兰地,而是水,清凉的甜水,比蜂蜜酒还要甜。喝完后,我用勉强稳定下来的双手将杯子放在桌上,因为汗液的风干而发起抖来。

"谢谢你,福尔摩斯。抱歉吵醒你了,又一次地。你现在可以回去睡了。"

"把被子盖上,罗素,你会着凉的。我再坐一会儿,如果你不介意的话。"

他搬了把椅子在我床头坐下,睡衣盖着的两腿交叉放着,然后拿出烟斗。我蜷缩起身子,倾听着斗钵填满烟草然后点燃时所发出的古老熟悉的声音:清理斗钵时的刮擦和轻叩声,挖烟草袋的窸窸窣窣声，打开火柴盒的刺啦声，擦火柴时的快速摩擦声和燃起来的声音，空气被吸进去时发出的吮吸声，嘴唇嘬几次斗柄快速喷烟的声音。空气中弥漫着硫黄的刺激性味道，还有烟斗的甘甜气息。福尔摩斯坐在那里静静地抽着，没有做任何要求。

我的心智逐渐从彼得·潘的国度返回，然后正如之前的上千次一样，开始思考这个梦境。这种潜意识上涌的经历曾驱使我研读过弗洛伊德、荣格和其他欧洲精神分析理论学派的著作——花费大量时间来了解自我催眠、自我分析和析梦象征主义思想。我曾分析过它，解剖过它，动用全部心灵的力量对抗它。我甚至试过不去理会它。然而不管我用什么方法，最后总会再碰到那样的夜晚，将我重新抛回地狱，痛苦挣扎。

但有一件事我却拒绝尝试，那就是告诉他人。曾经有一天早上姨妈执意要询问我"噩梦"的事，我一拳打在她脸上，将她击倒在地。我在寄宿公寓的邻居也曾提过我夜间的动静，我只敷衍说是在用功学习。一想到把事情告诉某人之后，他们脸上会浮出的表情，我总会决定咬紧牙关，对此事守口如瓶。但是现在，让我异常恐惧，但同时也松一口气的是，我听到那些话语从我嘴里慢慢淌了出来，一开始速度很慢，但随后不可阻挡地钻了出来，落在这黑暗的房间里。

"我弟弟——我弟弟曾是个天才。他三岁就能阅读，五岁就会算复杂的几何题。他潜能巨大。去世那年他才九岁，比我小五岁。其实是我，是我——杀死了他。"我刺耳的声音慢慢消失，能听见的只有低低的引擎声以及烟斗燃烧的声音。福尔摩斯没有回应。我翻身平躺过来，将一只胳膊搭在眼睛上，就好像外面大厅里的灯光会刺伤它们一般，但实际上我是因为无法看着他的脸给他讲这些事。

"我经常做——做这个梦。不过它其实不是梦,而是一段记忆,里面的每一分钟、冗长恐怖的细节都是真实发生过的。我们当时坐在一辆汽车上,你瞧,正沿着旧金山南部的海岸行进。我父亲下个星期就要进军队了。他之前一直因为腿不好而被拒绝在外,但他最终说服了他们,把他安排进——"我苦涩地笑笑,"你应该能猜到,我想——是情报部门。于是我们准备去家里的森林小木屋过最后一个周末,但是我——用我妈妈的话说,却很不情愿。我那时十四岁,之前计划好了要和学校的几个朋友去约塞米蒂,结果却不得不改去森林小木屋。我弟弟当时兴奋得不得了,我母亲因为丈夫要离开而闷闷不乐,而我父亲却正在为生意和参军的事而心不在焉。快乐的一家人,你瞧。结果,那条路很难走,有几个地方要沿着能眺望太平洋的悬崖顶部走。那里距离海面有两百英尺高。长话短说,我们的车当时刚刚爬上一座这样的悬崖,道路的左边有个死角,就在那时我开始冲弟弟大吼大叫。我父亲从方向盘前转过身,要我们住嘴,而车子这时就越过了道路中线。对面有一辆车刚好开过来,速度飞快,于是就撞了上来。我们的车子被撞翻了,我被抛出车外。我最后看见的就是车子翻过去时后窗里面弟弟脑袋的轮廓。父亲刚给车子加满了汽油。他们什么东西都没留下,什么都没留下。他们东拼西凑了些碎片,办了葬礼。"沉默。

我怎么会认为把这事告诉福尔摩斯是正确的做法呢?我心里一片空白,觉得自己死定了,整个世界只剩下咆哮的风声和咬牙切齿的声音。那梦境已经逃脱了我的控制,我的过去已经将自己释放了出来,要来摧毁我以及(是的,我承认这点)我对这个男人所怀有的爱意了(汽车倾覆时母亲发出微弱的哀号)。

"我难受了一段时间,只能一直让人控制住我,才不会拿东西结束自己的生命。最后我遇到一个很好的精神科医生。她告诉我，唯一的弥补方式就是不要自杀，而是让自己变得有价值。实际上她的意思就是让我代替弟弟活下去，虽然她的原话不是这么简单。那是一次有效治疗，从某种方式上来说。之后我没再尝试从高处跳落。但也正是在那个星期，噩梦开始了。"

福尔摩斯清清嗓子："频率有多高？"

"现在不是很频繁了。从我们去威尔士之后，我就没再做过噩梦。我本以为终于结束了。现在看来并非如此。我从未告诉过任何人这件事，从未。"我躺在那里，想起在我离开加利福尼亚之前，金斯伯格医生开车载我去了那片悬崖，事发的时候我曾在那下面看过玻璃的闪光以及烧焦的痕迹，波浪向岸边奔涌，摔打在礁石上，看起来是那样的诱人，那样的热情，那样的凉爽。

"罗素，我——"

我急切地打断他的话。

"如果你是想安抚我，说那不是我的错，我不该为此内疚的话，福尔摩斯，那我宁愿你走开，因为那样的话真的会结束我们的关系，我说真的。"

"不，罗素，我不是要说那些。我求你给我一些信任。当然是你害死了他们。但那不是谋杀，甚至不是过失杀人，但造成那样一次致命事故，你肯定会内疚。那种感觉会一直存在于你的心中。"

我不敢相信我听到的话语。我拿开手臂，然后看着他，从他脸上我看出他的痛苦，就像是一面镜子一样，映照出我内心同样的感受，只不过他的痛苦已经被治愈了，被智慧和岁月抚平了。

"我只是想说，我希望你能相信，如果没有其他动机的支持,只有内疚是无法成为人生的坚实基础的。"

他温柔的话语震撼了我,就像一次地震,就和那片悬崖上喷发出火焰时,我内心所感觉到的震动一样。我觉得我坠入了自己内心中的一道裂缝,唯一将我抱住的只有一双平静的灰色眼眸。渐渐地,震颤停止了,大地平息下来,那道裂缝自己陷下去合上了,而那双眼睛看到了这一切,并且能理解这一切。我的内疚,四年来日日夜夜不停啃噬我的那个秘密,现在暴露了,得到了识别和承认,于是它再也不会扫平一切,于黑暗中恶毒地胀大了。我的内疚已经得到了承认。我已经被定罪了,已经完成了忏悔,然后被给予了宽恕,并被告知要继续前进,可以开始治愈了。自从我穿着白色病号服,在医院气味中醒来之后,我第一次,真的是第一次,流下了泪水。我看到坐在我对面的那个男人也在哭泣,于是我闭上双眼,继续流泪。

第二天早上,我们又回到了角色中,前一夜吐露秘密的所有痕迹都被清理掉了。我现在能承受这样的角色了,因为那天晚上,以及之后的每个晚上,熄灯之后我都会听到门上传来两声轻叩,然后福尔摩斯会走进来,待上一段时间再离开。我们会静静地说会儿话,大多是关于我的学习。有两次我点燃蜡烛,给他朗读我在耶路撒冷的老巴扎上买来的一小本《希伯来圣经》。有一次,白天里我们吵得特别激烈,于是他坐下来轻抚我的头发,直至我睡着才离开。那些时刻让我还能保持清醒。从早上起床直至晚上熄灯,福尔摩斯是我的敌人,轮船的汽笛声好似在发泄我们的怒火,听到我们的冷言冷语,船上的人都会回避。然而到了晚上,战斗总会休止一段时间,就像在1914年未经通报的圣诞休战日期间,英德两国的战士曾隔着一片所有权未定的土地,交换香烟,同唱圣歌。我们将战斗和情谊搁置一边，变成两个经验丰富的疲惫老兵。

我的力量和自豪感见长。天气允许时，我会一连好几个小时待在甲板上看书，我的肤色又变暗了一些，头发几乎被漂成了白色。而另一边的福尔摩斯呢，却总是闭门不出。他尖锐的攻击声开始变成一种迷乱而痛苦的低语，就像是一种他的骄傲感不允许他对世界展现的情感反应。他很少离开他的船舱，那里日夜都灯火通明。送给他的饭菜会原封不动地退回来，他抽掉了大量肮脏的黑色粗烟草。当存货日渐减少后，他恢复了已经戒掉有一些年头的抽卷烟的旧习。他还大量酗酒，却从未流露出丝毫的醉意。我还怀疑如果能弄到古柯碱，他可能也会重新吸食。他看起来面色惨白，棕褐色的皮肤下泛出些许黄色，他双眼充血，眼圈发红，原本就很瘦的身体更显憔悴。一天晚上我提出抗议。

"福尔摩斯，如果不等她抓住时机，你就先干掉了自己，那这出精心策划的闹剧就没什么意义了。还是说你想省却她的麻烦？"

"没你看到的那么可怕，罗素，我向你保证。"

"你看起来像是患了黄疸病，福尔摩斯，这就意味着你的肝出问题了。你的眼睛也告诉我，你有好几天都没睡过觉了。"我惊讶地感觉到自己的床铺在摇晃，接着发现他在轻笑。

"这么说老头子的花招还不少啊，对不对？罗素，我在船上的货舱里找到大量香料，于是就拿了些黄色的。另外，在眼睛上抹些刺激物会造成暂时的不适，但不会对身体造成长久影响。我向你保证，我没有伤害自己。"

"但是你都好几天没吃东西了，而且还喝酒喝得那么凶。"

"我房间里的酒多数都倒进下水道了，只拿了一定量的来制造呼吸中有酒味的假象，并涂在衣服上。至于食物，我向你承诺,等哈德森太太回来,我会让她犒赏我。当我下船的时候,罗素,必须让每一双眼睛都知道,这个人已经千疮百孔,已经不在乎自己的生死了。我既然光明正大地回去,那就不会有其他原因。"

"非常好。我正想让你保证,我不在的时候,你也要照顾好自己。我不能允许任何东西伤害你,哪怕是你自己的手也不行。"

"是为了你我的搭档关系吗,罗素?"他言语中的笑意比话语本身更能让我安心。

"没错。"

"我保证。如果你希望的话,我还会保证每天晚上把袜子洗干净。"

"那就没必要了,福尔摩斯。哈德森太太会帮你洗的。"

我们在一个阴沉沉的早晨回到伦敦,两人都被太阳晒伤了,同时也因为发自内心演出来的争吵之火而弄得焦头烂额。我独自站在甲板上,看着城市一点点向我们靠近,明显能感觉出在我身后和甲板下忙碌的船长和船员们都很不自在。我们快靠岸时,有几个熟悉的身影已经等在码头上了。我能看到华生正在不安地寻找福尔摩斯,站在他身边的是莱斯特雷德总督察,他也对大侦探的缺席感到好奇。迈克罗夫特站在一边,他的脸就像一本合上的书一样高深莫测。轮船靠岸时,他们呼喊起我的名字,但我没有回答。舷梯落下后,我从一个准备帮我提包的人手中抓走行李,目光看着脚下的舷板,步伐坚定地走下船,然后推开码头上的人,完全不顾及其中两位明显流露出的疑惑。华生伸出一只手,莱斯特雷德喊道:

"罗素小姐!"

"玛丽?等等,玛丽,出什么事了?"

我冷漠地转过身，不看迈克罗夫特。

"什么？"

"你要去哪儿？发生什么事了吗？福尔摩斯呢？"

甲板上的一阵动静吸引了我的注意，我抬头看向福尔摩斯的双眼。他看上去糟糕透顶。灰色的虹膜向外张望着，就像是两个汪在满是鲜血的池塘里的深洞。他黄色的皮肤在骨头上松松垮垮，胡子也刮得很潦草，平时他可是个很注重细节的人。他的领结很整齐，但衬衫领子稍稍有些乱，上衣也没扣扣子。我抑制住所有的怜悯和不确定情绪，拿出之前几天萃取出的每一滴轻蔑，然后用它来填满我的脸颊、姿态和想法，以至于我说话的时候话语中浸透了刻薄。

"他来了，先生们，这就是伟大的夏洛克·福尔摩斯先生。国家的救世主，本世纪的智多星，上帝赐给人类的礼物。先生们，我把他就交给你们了。"

我们短暂地对视一眼，我看出他们的眼神中有着同意和理解，然后我就离开了。我迈开双脚，大步走过码头。华生一定追过我，因为我听到福尔摩斯扬起愤怒尖厉的嗓子，慢悠悠地让我那位朋友和叔叔停下脚步。

"让她走吧，华生，她不会理我们的。她要开始在这世界上留下她的印记了，难道你们看不出来吗？"接着他的声音变得更尖厉，甚至愤怒地大吼起来，河对岸的人一定都能听见。"愿上帝保佑那些挡了她路的人！"

听着这些刺耳的话语从身后传来，我绕过街角找了辆出租车。那是两个月中我见到他的最后一次。

十五　分离试验

她孤身在这世上，在逐渐苏醒的春光中。

回到牛津后，我将自己投入到疯狂的学习中。我已经缺了近一个月的课，虽然牛津的教学大纲并不仰赖于班级和考勤，但缺勤还是会被注意到，而且极其不被认可。我的数学老师不在，生了某种病，我悄悄地为不用背负那门课程的压力而感到感激。教希腊语的女教师也不在，圣诞假期之后就休产假了。我通过三周的刻苦学习，挽回了我在其余导师眼中的形象，同时让我自己也获得了满足感。

那年春天我变了。首先，我不再穿裤子和靴子，衣柜里塞满了昂贵而简洁的长裙短裙。正如我所担心的那样，我与罗妮·比肯斯菲尔德的关系疏远了，而且也没有精力去挽回她的友谊，取而代之的是，我花了一番气力与同年级的其他女生建立起联系。我发现自己乐在其中，不过和她们聊了仅仅几个小时，我就开始渴望独处。我会沿着大街小巷和牛津周边荒芜的冬季丘陵长时间漫步。我还开始去教堂，尤其是去天主教堂做晚祷，就那样坐在那里聆听。有一次我还和在教父学课堂上结识的一个安静的小伙子去听了音乐会。演奏的是莫扎特的曲子，水平很棒，但只听到一半，那音乐中展现出来的耀眼才华和痛苦就让我难以呼吸，于是我便离开了。那年轻人再没约过我。

我的写作风格也变了，比以前更加简洁，更不宽容，观点虽柔和了些,逻辑却更加冷酷,"绝妙而强硬,像钻石",一位读者这样评价,倒并不完全是赞赏。

我严格要求自己。我减少了食量,经常学习到凌晨,现在喝点白兰地能帮助我入眠。当博德利图书馆的一位管理员半开玩笑地建议说,我应该搬进书库去住时,我笑了,但那笑声只是出于礼貌。换句话说,我变得比福尔摩斯更像福尔摩斯了:才华横溢,容易受到驱使而进入沉迷状态,不关心自身,不在乎他人,但是对于构成他整个职业生涯基础的人性中的善良,却并无热情以及发自内心的热爱。他所热爱的是无法理解或完全接纳他的那种人性;而我呢,身处那些与我一样的人类当中,却变成了一部思想机器。

福尔摩斯在他那座位于南部丘陵的农场里,远离尘世纷扰,退回一种软弱而迷乱的状态。哈德森太太缩短了新西兰和澳大利亚的旅程,于2月底返回家中。她写给我的第一封信很短,其中表达了她对福尔摩斯这种状况的震惊。随后的来信中既没有批评,也没有祈求,但看到她简短地提到福尔摩斯一整天都没有下床,或是说他要把蜂箱卖掉时,我的痛苦愈加深刻。莱斯特雷德派了护卫时时刻刻守在农舍外。(他对我也有同样的安排,不过我故意惹怒了他,经常为难那些护卫,最后他只好打消了念头。我不相信莱斯特雷德的人能提供比我自己更好的保护,而随着时间的推移,我更加确信,游戏规则已经切切实实地改变了,而且我并无危险。此外,我还发现护卫一直在场会让我难以忍受。)

华生也写了信,很长的试探信,大部分是在讲福尔摩斯的健康状况和想法。他还来牛津看过我一次。我带他走了很长时间,这样就不用坐下来和他面对面,天气的寒冷以及我的冷漠态度,让他只得带着保镖一瘸一拐地离开了。

在经历过巴勒斯坦的温暖气候之后,这个冬天显得漫长又苦涩。我经常阅读《希伯来圣经》，还会想起赫罗夫尼斯以及那条通往耶路撒冷的道路。

3月初的时候，我收到一封福尔摩斯发来的电报，他喜欢用这种方式来交流。上面只写着：

春假期间
你会来吗问号
福尔摩斯

我是在托马斯先生忙碌的前台边当众读的，在转身上楼前还故意做出一副扭曲的生气表情。第二天我回复道：

我应该来吗问号
罗素

过了一天他的回电躺在我的信格子中：

请一定来
哈德森太太也会开心的
福尔摩斯

我两天后才回电，确认说我会去。

接下来的休息日，我去伦敦见了我父母遗嘱的执行人，提议提前支付我足够的遗产资金，反正现在距离我完全继承只剩两年时间了，我想买一辆汽车。负责处理我父母地产的那位搭档清清嗓子，支吾了两声，拨了几个私人电话，然后不出我所料地，我的提议被通过了。第二天我去莫里斯·奥克斯福特[1]的车库付了款，同时也安排了驾驶课程。很快我就驾车上路了。

就在那个时候，冬季学期结束的两周前，我第一次意识到自己被人监视了。我当时精神高度专注，经常边走路边看书，因此他们可能以前也出现过，只是我没有注意到。第一次看到他们，是在我宿舍楼外，我当时突然意识到自己有本书忘带了，就以两倍速度跑回去取，眼角余光注意到有个男人猛地蹲下身去系鞋带。直到我把钥匙插进门锁，我才意识到，他穿的是不用系鞋带的鞋子。从那以后我便加倍留心，发现除那个男人以外，还有一个女人和另外一个男人，三人轮换着监视我。他们都相当善于伪装，尤其是那个女人，如果我未曾花时间接受过福尔摩斯的指导，肯定不会注意到那个脚趾上没有损伤之处的修女和那个牵着牛头犬散步的男人竟然是一个人伪装的。

我只有一个问题：如果我真的与福尔摩斯断了联系，那我还需要为受到监视而烦恼吗？不过，在向福尔摩斯请教之前，我犹豫着没有把这件事捅出来。这是第一次有人围着我投下的诱饵闻来闻去，我不想将他们吓走。敌人会相信我没发现他们吗？他们表现得一点都不明显，但还是——

我决定维持原状，甚至变得更加心不在焉，直至有一天我边走路边阅读希腊文的《新约》，结果撞到了大街上的一根灯柱。我吓得呆坐在地上，直到有人看到我脸上的血迹尖叫起来。一个年轻女人帮我拾起撞碎的眼镜。我去诊室往额头上贴了一大块膏药，回去后只能戴了两天的备用眼镜，把撞碎的那副送去修了。因为戴的是旧眼镜，所以当迈克罗夫特·福尔摩斯站在我面前时，我可能不该认出他来，这样也暂时解决了我是否应该注意到跟踪者的问题。帮我缝合伤口

---

[1] Morris Oxford，英国莫里斯汽车公司旗下的一个产品系列。——编者注

的医生和善地建议，走路时不应该再关注希腊语的不定过去时的被动词时态，我只得答应。作为一个女演员，我确实很善变。

新眼镜拿到后，我发现跟踪者还在。我决定开车回苏塞克斯，而非乘火车，还提前——公然地——与存放新车的街角车库做好安排，告诉他们我明天早上会休假回家。我想确定自己会被跟踪，因为我的每一步行动都是为了跟踪他们的女主人，正如他们在跟踪我一样。

他们在旅途中用了五辆车，说明背后有强大的财力支撑。我趁能看清的时候记下他们的车牌号码，一共记下三辆，还仔细观察了他们的车以及所有的司机。（我想给我做手术的那位医生可能会觉得，比起不定过去时的被动语态，还是做这件事更让人分心，不过我避免了所有事故发生的可能性，而且也觉得自己不会给任何他人带来事故。）在抵达吉尔福德之前，我在一家小酒馆吃了午餐，那对在敞篷车前座上亲吻的年轻夫妇驶出停车场，隔着三辆车的距离跟在我后面。当我在前往伊斯特本的路上停下来喝茶时，在二十英里前代替了那对夫妇的老人超过了我，但是一个驾驶老莫里斯车的女人很快跟在了我后面，她就是之前那个在旅馆后面遛一条牛头犬的人。直到我在距离伊斯特本几英里处准备拐上回家的道路时，她才超了过去。我松了口气，他们没有跟丢。我希望他们跟过来，目睹我清白的行为，然后向他们的雇主汇报。

我姨妈——好吧，她还是老样子。早晨我看到农场打理得不错，就去感谢了帕特里克。他陪我逛了一圈。我们去跟母牛打了招呼，讨论了畜棚屋顶的情况，查看了他那头高大的犁地母马薇琪最近刚生的小马驹，还试着谈了谈投资购买一辆拖拉机的可能性，本地区的其他农场早已转向机械生产了。我吊在马厩门上，观察那匹漂亮的暗棕灰色小马，只见他站在铺满稻草的畜棚中，急躁地拍打着黑色的短尾巴，把鼻子往他母亲身上蹭，我知道我正在见证一个时代的结束。我把这个想法告诉了帕特里克，不过他只是咕哝了一声，似乎是在说他并不打算为一匹马而感伤。他并不是在戏弄我。

那是一个多月来我第一次穿长裤和防水靴，感觉好极了。我邀请帕特里克去家里喝茶，不过他对我姨妈没有什么好感，于是就建议改在他的小屋中喝。

茶水滚烫，味道芳香甜蜜，是清冷的春季早晨必不可少的饮品。我们谈起账单和房子的事，接着他突然说："村子里来过几个人打听你。"村子里没有什么事是会被人们忽视的。那些人明显是从城市来的，不过当时我已经猜到了。

"是吗？什么时候的事？"

"三四个星期之前吧。"

"他们打听了些什么？"

"就是问你的事，你从哪里来，之类的。还有福尔摩斯先生的事，他们想知道你是不是经常去见福尔摩斯先生。他们问的是旅馆里的蒂莉，你记得吗？"我注意到，帕特里克和蒂莉来往已经有一段时间了。"她一开始没意识到那些人是在打听你的事，因为你知道就是闲聊而已。直到后来蒂莉得知他们在邮局里也问了同样的问题，两相联系，她才意识到。"

"有意思。谢谢你告诉我。"

"虽然不关我的事，但是你怎么不再和福尔摩斯先生来往了呢？他似乎为此很受打击呢。"

我看着帕特里克诚恳的脸，告诉他可能的真相，假设我一直在说的都是真相的话。

"你知道汤姆·沃纳一直引以为傲的那匹赛马吗，就是他想拿来开个种马场的那匹？"

"知道，那是匹优秀的赛马。"

"你会让那马和薇琪结伴犁地吗?"

这显然是个愚蠢的问题,以至于帕特里克看了我一分钟才回答。

"你是说福尔摩斯先生想让你当匹犁地马?"

"所以我才需要逃跑,不管怎么说立刻逃跑。犁地马没什么不好。只不过如果你强迫一匹赛马和一匹犁地马一起干活,它们都会不开心,然后踢散缰绳。我和福尔摩斯就是这样。"

"他是个好人。去年他在蒂莉家的屋檐下收走了一群蜜蜂。不慌不忙。"不慌不忙一向是帕特里克的最高赞赏。"看看等过一段时间,你愿不愿意说服自己去看看他。我想他会开心的。他家园丁告诉我说他生病了。"

"好的。我会去看他的。其实我今天下午就要去。"

帕特里克误把我语气中的激动当成了紧张,于是伸出他那只长满老茧的大手,拍拍我这个女学生的手。

"别担心。只要记住一点,你不会被他所束缚,那样就没事了。"

"我会记住的,帕特里克,谢谢你。"

因为知道哈德森太太最爱张罗下午茶,所以我计划四点钟去福尔摩斯的农舍。路上有辆农场的马车翻了,导致我晚了些时候,不过四点过一刻的时候我把车开上了他家的石子车道,关上了发动机。耳边传来福尔摩斯的小提琴声。究其本质而言,独奏时的小提琴是最忧郁的一种乐器。福尔摩斯的这番演奏,就如同一场缓慢而不成曲调的沉思,实在让人揪心。我重重地关上车门,以便引起注意,然后拿出从牛津买回来的奶酪和水果篮子。等我站直身子后,农舍门开了,福尔摩斯面无表情地倚在门柱上。

"你好,罗素。"

"你好，福尔摩斯。"我一边沿着小路走上去，一边试图辨别他那双灰色的眼眸背后隐藏的是什么情绪，结果徒劳无功。我站在门前台阶上比他低的位置，递上篮子。"我给你和哈德森太太从牛津买了些东西。"

"你真是好心，罗素。"他礼貌地说，声音和眼睛中却没有任何感情。"请进。"他退回屋子让我进去。

我把篮子拿进厨房，听到哈德森太太的欢迎，我努力不让自己落下泪来。我准许自己拥抱了她，狠狠地，还稍稍动了动嘴唇，好让她知道我还是玛丽·罗素，然后恢复了礼貌。

她为我们端来大量的食物，滔滔不绝地说了好多有关轮船、苏伊士运河、孟买和她儿子家庭的事，我一边听一边把那些不感兴趣的食物捡到自己的盘子里一点儿。

"你的头怎么受伤了，玛丽？"她最后问我。

我决定开个玩笑，说一个大学生走路时心不在焉，结果撞在一根灯柱上，不过实在算不上成功的笑话。哈德森太太尴尬地笑了笑，然后说很高兴镜片没有伤到我的眼睛。福尔摩斯看着我，就好像我是他显微镜下的标本似的。哈德森太太借口有事，留下我和福尔摩斯独处。

我们一边喝茶，一边无聊地把食物在盘子上推来推去。我告诉他上学期我都做了些什么，他提了些问题。沉默重重地压了下来。我于是急切地问他最近的工作怎么样，他便描述了一下实验室里正在做的一个实验。我问了几个问题，好让谈话继续下去，他作了回答，不过没有太大兴趣的样子。后来他放下茶杯，模模糊糊地指指实验室的方向。

"你想去看看吗？"

"当然，如果你想让我去看的话。"不管做什么，都比坐在这里把奶酪司康饼弄成一堆油腻的碎屑要好。

我们起身走到他那间没有窗户的实验室里，他关上房门。

我立刻发现那里根本没有正在进行中的实验,当我转过身要发问的时候,却发现他靠在门上,双手深深地插在口袋中。"你好,罗素。"他第二次打了招呼,直到这时他脸上才露出我熟悉的影子,他的目光看向我,让我无法承受。我转身背对他,双手握成拳头,闭上双眼。现在我不能看到他,不能和他说话,只能继续演戏。片刻之后,门上响起两声轻叩,我笑了笑,完全放松下来。他明白了。他推来一把实验室高凳子放在我身后,我坐下来,仍旧背对着他,闭着眼睛。

"要想看起来不古怪,我们可能只有五分钟时间。"他说。

"你被监视了,我知道。"

"每一个举动,甚至包括在客厅里的动作。他们在邻居家做了些安排——树林里有望远镜。他们说不定还能读唇语。威尔告诉我说,镇上谣传说他们那里来了个聋子。"

"帕特里克说他们在打听我,还有你的事。他们是城里来的,不知道乡村地区什么事都隐藏不住。"

"是的,而且他们对自己很有信心。我猜你也被监视了。"

"我两周前才发现他们,两男一女。非常好。有五辆车跟着我来了这里。那位女士很有钱。"

"我们之前就知道。"他的眼睛盯着我的背,"你还好吗,罗素?从1月以来,你已经瘦了半英石了,而且你睡眠也不好。"

"只瘦了六磅,不到七磅,我的睡眠状况和你一样。我很忙。"我的声音变成低语,"福尔摩斯,我真希望这事已经结束了。"我感觉他在我身后猛然站了起来。"别,不要靠近我,我无力承受。我想我无法再继续制造陷阱了。在牛津的时候我还好,但是案子结束之前,不要再叫我回来了。拜托了。"

沉默如同热浪一般,从这个男人身上辐射出来,他所发出的那种低沉嘶哑的声音是我以前从未听过的。"好的,"他说,"好的,我明白。"他停下来清清嗓子,我听到他长长地、慢慢地吸了口气,然后换上平素那种果决的口吻。

"你说得很对,罗素。让你回来也没有任何用处,而且还会冒很多风险。那就说正事吧。我给你复印了一些照片。我把那些罗马数字交给了迈克罗夫特,但我们都理不出任何头绪。我知道秘密就藏在其中。或许你能挖出来。在你面前工作台上的包裹里。"我拿起那个棕色的大号信封,放进里面衣服口袋。

"我们现在必须出去了,罗素。十分钟之后我们又将开始争吵,然后不等哈德森太太给你做晚餐,你就气冲冲地离开。没问题吧?"

"没问题,福尔摩斯。再见。"

他出门走回客厅,几分钟后我也走了出去。二十分钟后,我们开始互相讥讽,六点刚过我就摔上他家的门,没和哈德森太太道别就将车快速驶下车道。开出两英里后,我把车停在路边,额头靠在方向盘上休息了一段时间。这一切的感觉都太真实了。

十六　上帝之声的女儿

那么，新一代……将会完成你未能实现的某些事业，这一点能完全确定吗？

这样沉郁的日子还在继续。监视我的人依然行动谨慎，而我也依旧心不在焉。圣三一学期开始了，我忙得几乎快忘了我的孤独是在演戏，差一点就要忘了。晚上我经常会从床上或椅子上惊醒，感觉听到门上有两声轻叩，但其实什么也没有。我钻进了一个由词语、数字和化学符号所织成的羊绒般的茧，空闲时间全是在博德利图书馆度过。奇怪的是，那个梦没再出现。

春天来了，开始还显得有些犹豫，接着却性急地迈起了大步，充实而漫长的白日将夜晚挤短，这是五年来英吉利海峡对岸第一个没有枪声传来的太平春天，一个急着要弥补苦寒冬日的春天，从持续了四年的死寂中爆发出生机。整个英格兰的人都仰起脸迎向太阳；或者说差不多所有人。我意识到春天的到来，此外也意识到大学里没有人能拯救我，患了炮弹休克症的退役士兵虽然人数众多，但什么忙也帮不上，我甚至还去野猪山参加了一次野餐，有一次还被别人拉着划船沿河而上去了梅多港。

不过大多数时候，我都不理会之前朋友和现在邻居的甜言蜜语，一心埋头学习。5月大部分时间我都是这么过的，而快到月末的某天发生的一件事，让我手中缠结的案情线索开始松动了。

从苏塞克斯返校后,我碰到一个问题,那就是不知该把福尔摩斯给我的信封放在哪儿。我宿舍的安全性已经不能再相信了,恐怕也不能每时每刻都把它带在身上。最后我认为最安全的隐藏地点,是在博德利图书馆我经常学习的书桌旁边,可以放在那个角落里不太明显的书卷背后。虽然很冒险,但我没有保险柜,经常去银行金库又会引发怀疑,这两个地方都无异于在提醒敌人,我要有所行动了,所以图书馆是我能想到的最安全的地方。毕竟普通公众是不能进入图书馆的,所以我的监视者们一般都只能在外面长时间等待,而那个藏匿地点和我学习的桌子都在光线昏暗的角落,很容易看到有人靠近。几周以来,我把信封拿出来过多次,以研究那些神秘的罗马数字。和福尔摩斯一样,我很了解我们的对手,所以确信那是一条信息,但是和福尔摩斯两兄弟一样,我也找不到破译的密钥。

不过,大脑有一种惊人的能力,能自行保持对问题的关注,所以当"有了"的欢呼声传来时,感觉就像是听到了上帝的声音一样不可思议。不过,那个欢呼声在脑海中并不是总那么清晰;它们可能很轻很模糊,先知们所说的 *bat qol*,即上帝之声的女儿,她的说话声经常都像耳语,只有些忽隐忽现的影子。福尔摩斯早已培养出一种让思维杂音安静下来的能力,方法是抽烟斗,或者用小提琴拉出不成曲调的声音。有一次他把这种精神状态比作一种被动看见的过程,它让眼睛处于一种晦暗的光线中,或是停留在遥远的地方,通过稍稍聚焦目标物体的一个侧面,极其清晰地获取其细节信息。当你主动搜索的时候,因为紧张,只会让视线变得模糊,让人感觉挫败,反而是转移视线往往能让眼睛看清想看的东西,把握其形状。因此一个疏忽确实能让思绪获取到上帝之声的女儿所发出的静谧的低语。

我一直用功学习,有时候彻夜不睡,有时候伴随着鸟鸣声起床。我修了一门课,完成了一篇论文,把福尔摩斯交给我的照片拿出来看过两次。每张照片的边角都被我摸旧了,直至那些数字、那些切口交叉处钻出来的每一根马毛填料、那二十五个难以对付的黑色罗马数字的每一个笔直的边角,都像是烙印在我的脑海里。我甚至还把照片倒过来研究了二十分钟,寄希望于能引发什么联想,但一无所获。所得到的只有我越来越高的警惕性,每一次有人从我的桌子旁经过,我都不得不用一些无关的纸张将它们盖住。

下午晚些时候,从我桌边经过的人渐渐增多,不到一个小时的时间里,我把照片遮盖了七次,忍不住要脾气大爆发了。这些讨厌的切口到底有没有意义完全不得而知,而我却将宝贵的时间浪费在思考一个可能只存在于我脑海中的问题上。我把照片塞回信封藏好,然后暴躁地离开了图书馆。我甚至根本就不想理会监视者会做何感想,我只是对自己感到如此厌恶。就随他们去猜吧。或许根本没有该死的敌人,我恶狠狠地想。或许福尔摩斯真的已经发疯了,这一切不过是他的一个小把戏,是对我的另一场"测试"。

等回到宿舍时,我已经多少平静下来,但屋角等待的书桌却像是在发出斥责,这让我难以承受。我听到隔壁邻居在她的房间里到处转悠,于是就走到走廊上。

"你好,多特?"我叫了一声。她打开门。

"哦,你好啊,玛丽。进来喝杯茶吗?"

"哦,不用了,谢谢。你今晚有什么急事吗?"

"要同但丁一起下地狱,不过要是能有个借口拖延一下,我会很开心的。怎么了?"

"我快烦死了,受不了再看书,我想着——"

"你？看书看烦了？"她脸上从未流露过如此难以置信的表情，就像是看到我长了翅膀似的。我笑起来。

"是啊，就算是玛丽·罗素，偶尔也有学腻了的时候。我想去特劳特餐厅吃晚饭，然后去听班上一个同学的大键琴独奏会。你有兴趣吗？"

"什么时候出发？"

"半小时能准备好吗？"

"四十五分钟更充裕。"

"那就说好了。我去叫辆出租车。"

我们开心地吃了一顿晚饭，多萝西找了个眉来眼去的朋友，之后我们去了独奏会。并不是什么正式的演出，弹的多半是巴赫的曲子，乐声中有一种数学公式般完美平衡的美感和节奏，尤其是用大键琴演奏的时候。大师谱写的对称而高雅的音乐，再加上结束后提供的一杯香槟酒，让我的神经放松下来。我发现自己不到午夜就上了床，这在几个月以来实属罕见。

我想，我从床上猛然惊醒坐起来的时候，大约是凌晨三点，耳内能听到脉搏砰砰作响，呼吸急促得像是刚全速爬完楼梯。我一直在做梦，不是那个噩梦，而是各种真实与虚幻的事情令人费解地混在一起。先是角落书架那里有张阴沉的脸在睨视我，金色头发盖住了一半的脸，一只手扭动着掏出一支黏土烟斗。"你什么都不懂！"那人咯咯发笑的声音像男人又像女人，听起来很恐怖。他/她用粗糙的拳头握紧烟斗，我知道那是福尔摩斯的烟斗，然后那人打开拳头。

烟斗的碎片慢慢在地板上四溅开来。我绝望地看着碎裂的烟斗，跪下来捡拾，希望能把它们粘好。一些大的碎片滚到了书架下面，我只能趴下去够。用手四处摸索时，突然有什么东西抓住我的手，我害怕地抬起头，脑海中书架的形象正慢慢模糊。那上面是一排历史书，所有的标题都与亨利八世有关。

我摸索着打开灯，找到眼镜，躺在那里等到冷汗干掉，心脏跳得也没那么剧烈了。我知道这一闹我再也不可能睡着，于是就穿上睡衣给自己倒了杯茶。

我就那样坐了几分钟，呼吸着热茶那令人舒适的蒸汽，思考着这个噩梦的含义。除了那个噩梦之外，我很少会记得梦的内容，而且自从家人去世以来，我想不起还做过其他的噩梦。那么这个梦背后隐藏着什么含义呢？其中有些元素是显而易见的，但有些则不然。举例来说，为什么隐藏的那个金发影子又像男人，又像女人，我明明一直认为敌人是女人的。粉碎的烟斗很容易理解，是因为我太过担心福尔摩斯，几乎达到了疯狂的程度，书架是我生活中很重要的一部分内容，很难想象我什么时候，哪怕是在梦里也一样，能离开它们。但是为什么会有历史书呢？我对近代史没有太大的兴趣，而且由于我所受的教育形式很奇怪，所以我对英国历史较为陌生。亨利国王为什么会出现在我的梦中呢？这个饱受痛风折磨的老色鬼有许多妻子，而且全都因为他求子的欲望而丧了命，好像犯错的是那些女人，而非他自己感染了梅毒一样。我思考着，福尔摩斯听到一个男人/女人的笑声，摔倒在那个讨厌女人的国王身下，弗洛伊德会怎么解析这个梦呢？这样的场景，如果利亚·金斯伯格医生听到，应该也会用德国口音说一声"是的，那么接着呢"，然后在椅子上俯下身吧。我对着安静的房间叹口气，拿出书本。如果我不得不在凌晨三点钟保持清醒，那不妨还是趁此机会做点事，管他什么亨利八世什么的。我投身于学习，但是一整个早上，那个梦境不断出现在我脑海中，我还发现自己甚至会茫然地盯着面前的墙壁，看着那些书脊。亨利八世，到底是什么意思呢？

我继续看书，下午我趁上课之前出门去一家室内市场喝了杯咖啡，然后在不知不觉间循着煎培根的诱人香味，点了一大堆吃的。分量实际上够两餐了，还加了布丁——自从有哈德森太太给我准备食物以来，我还从未一次性吃过这么多东西。

我吃到有些撑，然后离开市场，准备从特尔街走回去上下午的课，结果却发现自己在快到布洛德街时放慢脚步，最后停了下来。亨利八世。我无意识地咨询了一家书店。接着几乎毫不迟疑地放弃了查找《第二王朝墓葬文本》一书的要求，掉头右转，而没有再向左边前进。（那个熟悉的超龄本科生从一家商店门口走出来，跟在我身后，走过布洛德街，路过谢尔登尼亚剧院，最后却没能进入博德利图书馆的大门。）我找了几本有关那个年代的书，但和我梦里的图像都没有相似之处，慢慢浏览也没有引得我脑海中铃声响起。我明白这样做是徒劳的，于是拿出照片，将它们摊开放在我面前的桌子上，就在那时那个声音开始对我说话了，而我还记得它。

福尔摩斯和我曾讨论过，这一系列数字有可能是以某种数字或文字代码编写的，举例来说，1可以代表A，2代表B，那么3-1-2就可以译解成CAB。因为极其复杂——代码主要是以一种关键文字为基础构建——所以被广泛采用，由此从数字转换成文字的过程会很难：这种代码中所包含的长串信息，可以通过将代码分解成小片段的形式来解读，但是如果是短句，那就必须找出钥匙。如果钥匙在某样东西内部，比如在某页书上的文字之中，那么我们所面临的这条简洁信息几乎不具备破译的可能。

这条代码中的数字不是阿拉伯数字，而是罗马数字，因为中间没有空格，也没有间隔符号，所以只能靠猜测，这里面到底是有二十五个独立的数字，还是只有七个，还是介于两者之间的数量。福尔摩斯和我之前就停在了那一步，因为我们无法理解所得出的数字或字母。

在研究这个问题时，我必须做一些基本假设。首先，我必须假设，她是故意把这些代码留在那里让我们发现，并且最终明白，这并不只是一种用来迷惑我们的手段，用各种乱七八糟的钥匙去解读，结果却无法引向任何地方。其次，我必须相信，解开它的钥匙就在我们眼前的某处，等待我们去发现。再次，我要假设，一旦钥匙被找到，这个谜团很快就会解开。如若不然，我毫无疑问只能推论出，找的钥匙不对，只能再拔出来。举个例子，这个过程需要一种近乎傻子般的持之以恒精神，才能将罗马数字组 XVIIIXIIIIXXV 对应的所有可能的阿拉伯数字都分析完毕，破译出 18-13-1-25 这串数字，之后转换成字母 RMAY，最后再整理组合成 MARY，除非破译人已经知道她在观察的是什么。不，钥匙只要能插入锁孔，就不可能那么麻烦。那一点我可以确信。

如果我推断得没错，那么那位语声轻盈的上帝之声的女儿应该已经找到了钥匙，而且已经把它放进了我的梦里，等待着我去发现。亨利八世对我来说并无意义，但是八呢，或者说八进制呢，则对我有巨大的影响。如果人类天生只有四根手指，而非五根，那么我们就会用八进制，而非十进制来计数。一和零组合起来就是八，11 则是我们现在的九，20 就是十进制中的十六。我把八进制中的前二十六个数字写在一张纸上，在下面附上对应的英文字母，于是就得到了：

1 2 3 4 5 6 7 10 11 12 13 14 15 16 17 20 21 22 23
A B C D E F G H I J K L M N O P Q R S
24 25 26 27 30 31 32
T U V W X Y Z

接下来的问题是，要把这二十五个罗马数字转换成阿拉伯数字，而它们对应的字母要有某种含义。虽然我现在已经能记住那些数字了，正着反着都能倒背如流，但还是将它们写了下来，作为视觉协助：

XVXVIIXXIIXIIXXIIXXIVXXXI

这二十五个罗马数字，是由1、5、10这三个数字组成的。用最直接的方式对应成字母的话，将会得到一连串的H、E和A，这样就没有意义。我的工作就是将那一串罗马数字分开，好让对应出来的字母有意义。

我从前十个数字开始，XVXVIIXXII。最后一个I可能是和后面的X连在一起的，表示数字9，不过这种可能性还是先放在心里。XVXVI，转换成10-5-10-5-1，对应的字母是H-E-H-E-A，除非她想传递的信息是她的嘲笑声，不然就没有意义。将开始的XV当成15，那么就得到了MHEA。X-V-XVII=10，5，17，由此得到HEO，结果比之前一种要好。数字越大，得到的字母变化就越多。我试着将这二十五个数字组合成它们所能代表的最大数字，这样就得到了15、17、22、12、22、24和31。在十进制中，这些数字对应的字母是OQVLVX。31是个问题，因为英语字母只有二十六个。然而，在八进制中，它们就对应出了M-O-R-J-R-T-Y。我过了片刻才意识到自己看到的是什么。我的铅笔自己伸了出去，慢慢地圈起数字12，将它替换成11-1，答案出来了。MORIARTY[1]。

但这件事不可能是莫里亚蒂做的。因为这位数学教授兼

---

1 莫里亚蒂的英文。——编者注

天才罪犯已经死在了夏洛克·福尔摩斯手中，他被推下了瑞士的一座巨大瀑布，事情已经过去了快三十年。那么为什么他的名字会出现在这里？难道我们的敌人是在说，处死我们的目的是为了替他报仇？在过了快三十年之后？或者是指，这个案子和莫里亚蒂的那个案子有相似之处？我不记得自己在博德利图书馆里坐了多久，外面逐渐暗了下来，最后那位上帝之声的女儿对我悄悄说了一句话，我想起在整件事情发生之前的那个晚上，我在自己宿舍中对福尔摩斯说的那句话。"我在与数学老师研究一些理论问题，涉及八进制，途中遇到一些由你的一位老熟人所开发的数学练习题。"福尔摩斯当时的回答在我耳边浮现："莫里亚蒂教授……"

我的数学老师。她不是我们在马车中找到的那根金色头发的主人；她的头发是黑色的，略微发灰。然而，就在炸弹出现在我门上的那天，她把莫里亚蒂教授的八进制练习题放在了我面前。现在我知道了，三天之后，她还在我们马车的座椅上用极其精准的切口留下了一串密码。而我的数学老师帕特里夏·唐利维也在那个星期，因为患了一种未说明的疾病，离开了学校。我的数学老师是个坚强的女人，思维极其敏锐，是我觉得能让我学到东西的一位老师，她塑造了我，我很看重她的赞美，我同她谈起过我的生活，也谈起过福尔摩斯。"另一位莫里亚蒂。"福尔摩斯已经猜到了，而这位老师本人刚刚证明了这点。我把这些暗示信息推开，那是我的数学老师。

我茫然地抬起头，看见有人正站在我桌边，而桌面上放满了照片，推算、破译过程。站在那里的原来是一位图书馆老员工，他一副乐呵呵的样子，就像是在等待我注意到他一般。

"抱歉，罗素小姐，到闭馆时间了。"

"已经这么晚了吗？老天，道格拉斯先生，我没注意到。

我马上就随你走。"

"不用着急,小姐。我还要做些整理工作,不过我还是想提醒你一声,以免你在这儿扎了根。等你下楼了,我就开门让你出去。"

正当我急匆匆把照片装进信封之时,一个让我非常不安的想法冒了出来。这个傍晚有多少人看到了我的桌子?我知道自己之前一直都小心地把照片藏好了,但从什么时候开始,我专心投入数学侦查工作,以至于都没看到有人走过来了呢?我似乎记得有两个大一新生来找书,还有一个老神父来过,咳嗽和擤鼻子发出了很大的声音,但除此之外呢?我希望没有别人了。

道格拉斯愉快地道一声"那就晚安了",放我出了门,然后将大门上锁。黑暗的庭院里空无一人,只有托马斯·博德利的雕像站在那里,我迅速穿过入口的拱门到达布洛德街,那里完全是另一个世界,人潮拥挤,灯火辉煌,而且很安全。我步行回到宿舍,一路都在认真思考。下一步该怎么做?给福尔摩斯打电话,希望没有人会监听呢?给他拍一封加密电报吗?我怀疑自己能否立刻设计出那样的信息,既要让福尔摩斯看懂,又要让帕特里夏·唐利维不明所以。如果我去找他,怎么才能不让监视者发现呢?我的突然行动会让福尔摩斯陷入危险。而且唐利维小姐又在哪里呢?我该怎么才能找到他,我们现在怎么才能让她落入陷阱呢?

在为所有这些想法苦恼的同时,我突然意识到另一件悄悄浮现在我思绪背后的事情。我停下脚步,试着鼓励它自己现身。让我困惑的是什么呢?街道太拥挤吗?不,现在其实也不算太拥挤。打电话的事吗?不,等等,退后一点。不算拥挤?是监视者!监视我的人去哪儿了?这时我才发现,自打我从博德利图书馆离开以后,就没有人跟踪我了。接着我立刻反应过来，如果他们被从我身边叫走了，那意味着什么。我把帽子戴上头顶，奔跑起来。

托马斯先生听到有学生上气不接下气地跑进宿舍楼的声音，惊讶地抬起头。

"托马斯先生，帮我接福尔摩斯的电话，我必须和他通话，事关紧急。"我很感激这位老人没有假装不知道这位未公开承认过的雇主的姓名，他只是看看我的脸，然后拿起电话。

我紧张地站在那里，用手指轻叩桌面，速度慢得让我几乎想大吼。终于接通了，接线员问了转接号码，然后托马斯先生的脸色平静下来。

"我明白了，"他说，"谢谢你。"他挂上电话看看我。

"伊斯特本那边的电话线好像断了，"他说，"路上显然出了什么事故。我能帮你做些什么吗，小姐？"

"是的。请你去街角通知车库把我的车开出来。我几分钟后就到。"托马斯先生以令人惊讶的敏捷动作冲出门，任由前台空着无人照看，我猛地跑上楼。不等爬上最后一层台阶，我就准备好了钥匙，将钥匙插进锁孔后我愣住了。那里，在那把锃亮的黄铜把手中间，有一块黑色的油污。

"福尔摩斯？"我轻轻叫了一声，"福尔摩斯？"然后我打开了门。

十七　力量汇聚

这项事业是有希望的,但充满了艰难与危险。它似乎是由某个至高无上的智者所构想,足以将我们的大多数欲望都奉为神圣。

"这里没有再放一颗炸弹,真是太好了,罗素。要不然你就没多少能剩下了。"是之前在图书馆见过的那位老神父,正坐在我的椅子上,眼镜背后的眼神写满了不赞同。

"哦,上帝啊,福尔摩斯,见到你真好。"直到今天他仍会信誓旦旦地说,当时我伸出双臂抱住了他的头,但我很确信,那时我还没走过去,他就站起身来了。我得以确认,他的肌肉并没有因为几周的闭门不出和被迫息工而受到损伤,不过随着他胳膊的用力,我确实清晰地感觉到,他的肋骨上有伤痕。他当然矢口否认了。

"福尔摩斯,福尔摩斯,我们可以重新开始交谈了,都结束了,我知道她是谁了。不过我还以为她把你抓住了,监视我的人都消失了,你的电话线也断了。我上来是为了拿手枪,然后开车回苏塞克斯,可是你来了,而且——"

幸好福尔摩斯打断了我的这番蠢话。

"非常好,罗素,看到我还活着,你松了一口气,这让我受宠若惊,不过能请你说得详细点吗?尤其是电话线和监视者的事。"他伸手重新贴上八字胡,我弯腰从地板上捡起一片假眉毛,心不在焉地递给他。

"今天下午我一直在博德利图书馆研究——"

"哦,看在上帝的分儿上,罗素,别犯蠢了。难道说我的缺席让你的头脑都变迟钝了?"

"哦,当然了,你去过那里。那你当时为什么不告诉我呢?"

"然后在那空旷的大厅里演出这么一场戏吗?我想你以后还要去那里学习的,所以就来这里等你了。我还看出来,你当时正处于某种边缘状态,不想被打扰,以免那东西从你脑袋中消失。我还在你耳边大声擤了鼻涕,如果你还记得的话,不过那动作也没能引起你的注意,我于是就放弃了暗示,离开了。你发现什么了?我看得出来,你当时是在研究罗马数字理论,但是不凑近些,我看不出来你的思绪把你引向了何方。"

"是的,福尔摩斯,那是个代码。罗马数字是用八进制编写的,不是十进制。拼出来是莫里亚蒂。你还记得在炸弹被安放在这里的三天前,有谁和我一起研究过八进制吗?"

"我确实记得,是的,是你的数学老师。但是怎么会——"

"是的,而且她甚至还跟我说起了莫里亚蒂编写的练习题,不过当然不是直接说的,她只是随口提起之前在一本书中看到过一些问题,然后——"

"啊,现在我明白了。是的,当然了。"

"当然什么?"

"你的数学老师是个女人。我早该知道。"

"你难道不知道?我以为我告诉过你。不过她不是金发,你瞧,所以——"

"那她现在何处?快别说无关紧要的事了,罗素。要是这个女人能行行好,自己走进我们设计的陷阱,那我会非常高兴将她抓捕归案,这样我就不用余生都忙着躲避炸弹,并且每次一听到你的名字就假装充满憎恶了。"

"哦,是的。不过她已经上钩了。我是说,今天我在图书馆的时候,她撤走了监视我的人。她可能已经猜到了我在做什么,要么就是她可能刚做出决定提前行动,可是村子的电话线断了,所以我想着——"

"你说得对,罗素,这意味着我们必须赶紧行动。你能换身更方便的衣服吗?前方应该有许多艰苦工作要做。"

我走进旁边的房间,用两分钟时间套上一身为年轻男子准备的便服,又用三十秒蹬上靴子,接着拿起手枪,往口袋里装了一把子弹。

我们两人噔噔跑下楼梯时引发了好一阵骚动。到楼梯间的时候,那里住的那位忧郁症患者刚好从浴室出来,我们与她擦身而过,她尖叫着拉起睡衣盖住胸脯。

"有男人!走廊里有两个男人!"

"哦,看在上帝的分儿上,戴,是我啊。"我急忙大喊。

她从楼梯间俯下身来打量,又出来其他几个学生观望我们下楼的身影。"你是玛丽?可和你一起的是谁呢?"

"家里的一个老朋友!"

"可他是男人!"

"我知道。"

"但这里是不许男人进来的!"她们的抗议声在我们头顶上逐渐远去。

"罗素,我必须使用托马斯先生的电话——啊,找到了。抱歉,托马斯。"

"我倒是要请你原谅呢,尊敬的先生,有什么我能帮你的吗?罗素小姐,这是谁?请讲,先生,你想要什么?先生,这个电话不开放供公众使用的。先生——"

"托马斯先生,我的车准备好了吗?"我趁福尔摩斯等待电话接通的空当转移托马斯先生的注意力。

"什么？啊，是的，小姐，他们说会帮你把车子开出来。小姐，这位先生是谁？"

"家里的一位老朋友，托马斯先生。天啊，我听到顶楼的戴安娜在叫。你或许可以去看看她有什么事？你也知道她神经有多紧张。不，托马斯先生，你尽管去帮她；我会带这位朋友出去的。是的，家里的朋友，故交了。是的，再见，托马斯先生，我今晚不回来了。"

"明晚应该也不会回来，"福尔摩斯喊道，"走吧，罗素！"

车子已经预热好了，正停在路边，车库管理人看到我们出来，立即下了车，然后把手放在车门上。

"是你吗，罗素小姐？"

"是我，休，向你表达一百万分谢意。再见。"我启动车子，轮胎发出尖锐的声音，他心疼得龇牙咧嘴，不过这毕竟不是他的车。不等我们开出牛津，福尔摩斯脸上的肌肉就抽搐了好多次，不过我没撞到人，只是轻轻把一辆农场马车擦了一下而已。这也不是他的车，男人们又懂什么驾驶？

当我终于把那辆莫里斯车速度放慢，开到牛津城外一条黑暗狭窄的道路上后，我向福尔摩斯转过身子。

"你来这里究竟是要做什么？"

"我说，罗素，你觉得——在这种公路上，在这样的状况下——这个速度真的合适吗——小心那头母牛。"

"好吧，我还可以开得更快，如果你愿意的话，福尔摩斯。我想这辆车承受得住。"

"不，我并不希望那样。"

"那你——哦，当然了，你是想换条路。你一如既往地正确。在你背后有地图，就装在那个黑袋子里。这口袋里有个手电筒。福尔摩斯，你的假眉毛又掉了。"

"我并不惊讶。"他咕哝着卸下其他伪装。

"你演神父很像嘛,福尔摩斯,非常显眼。那些地图是从牛津开始画的,一直通向伊斯特本。开出几英里后有个点,我们在那里要左转。标记的有一条农场小道。你看见了吗?"

福尔摩斯宣称这次夜间驾驶会折掉他十年的寿命,不过我倒觉得非常兴奋,能沿着没有路灯的乡间小道高速行进,身边还坐着一个已经有好几个月没在公开场合好好讲过话的男人。不过一路上他似乎没有太多话题想聊,所以只能由我来说。

我们以几英寸之差错过一辆拉干草的马车,结果却擦到了路旁的一堵石墙,蹭掉好大一片漆,福尔摩斯一反常态地保持了沉默。几分钟后我问他感觉还好不好。

"罗素,如果你决定参加国际汽车拉力赛,一定记得找华生给你导航。这正好是他的专长。"

"为什么,福尔摩斯,你难道信不过我的驾驶技术吗?"

"不,罗素,我完全承认,说到你的驾驶能力,我没有任何怀疑。我怀疑的是我们旅途终点的事。首先,我们能不能到达。"

"然后是到了以后会发现什么?"

"那也是一个疑问,不过倒没有那么紧急。罗素,你看到那边的那棵树了吗?"

"看到了。一棵漂亮的老橡树,对吗?"

"我希望你开过去后,它还算得上漂亮。"他小声说。我开心地笑起来。他拉长了脸。

在这样的越野之旅中,我们成功地在所有从伦敦延伸出来的主干道中找对了路。最后我们离开干道,径直开上回家前最后一段清晰的小路。我就着灰白的月光,看了一眼福尔摩斯。

"你到底告不告诉我你是怎么去的牛津?还有接下来的几个小时你有什么计划?"

"罗素,我真的觉得你应该把这机器开慢点。我们无法得知什么时候会碰到敌人的手下,而且我们也不想引起他们的注意。他们还以为你在牛津,而我已经上床。"

我让速度表上显示的数字降低下来,这似乎让他很满意。在前灯的照耀下,能看到树篱和农场大门一晃而过,不过现在时间还太早,看不见农民们的身影。

"我乘火车去的牛津,一种非常普通的交通工具,不过却比你的赛车舒服多了。"

"福尔摩斯,这只是辆莫里斯车而已。"

"过了今晚,我要开始怀疑,那工厂还会不会这么认为。不管怎么说,我很遗憾地通知你,你的朋友福尔摩斯的病情毫无疑问恶化了。上周他愚蠢地受了凉,很快就因为肺炎而卧床不起。他拒绝去医院,护士们夜以继日地前来照料。医生也会定期过来,离开时脸色阴沉。罗素,你有没有想过,要找个既会撒谎又能演戏的医生有多难。感谢上帝有迈克罗夫特帮忙。"

"那你是怎么支开华生的呢?"

"他确实来看过我一次,上周来的。我花了两个小时化好妆,以便让他相信,而且就算这样,我还是不得不拒绝他帮我做检查。如果他忧心忡忡地冲出我家,就像只藏着羽毛的猫一样,你能想象会给我们的陷阱制造怎样的效果吗?那个人从来不会掩饰。迈克罗夫特只得说服他,如果我这位亲爱的朋友华生出了什么事,那迈克罗夫特一定会杀了我,后来华生就回藏身处去了。"

"可怜的约翰叔叔。等事情结束,我们有好多事情要向他解释。"

"他一直都是最宽容的。不过，继续刚才的话题。我想到我的重病可能会给那个女人施加压力，强迫她出动。我原本准备等你这周回来跟你说的，因为我知道当你明天——或者说是今天——收到哈德森太太的每周一信时，应该会愿意回来的，不过情况发生得比预计要快，所以我就去牛津询问。结果还是你回来了。"

"发生了什么事，你要跑去牛津？"

"你知道山坡上监视我的那些人吧？他们真的是一点都不顾忌，任由眼镜反光，夜里还会点烟抽。上个月迈克罗夫特送给我一个礼物，是个高倍望远镜，所以我花了大量时间躲在卧室窗帘背后观察那些监视者。他们的模式很好预料，一般都是同一个人守同一段时间。接着昨天，还是前天——也就是周日晚上——情况突变，当我正观察他们监视我的情形时，他们全都消失了。一个我之前从没见过的男人从山后走来，他们说了几分钟的话，接着都离开了，装备都没拿走。我没预料到会这样，但既然机会送上门来，我不想错过。于是我就派了老威尔过去查看一下情况，把他能找到的东西全都带回来给我。他虽然现在已经退休，但年轻时可是最能干的，如果他不想被人发现，那就算是老鹰也找不到他。

"两个小时后，天刚擦黑时，威尔回来了，带着一大袋子垃圾给我挑拣，里面有奶酪皮、一个旧靴子跟、几张饼干包装纸、一个葡萄酒瓶。我把它们拿进实验室，猜猜看我发现了什么？是牛津的奶酪，那个旧鞋跟上沾着牛津带来的泥巴，包饼干的纸也是从牛津一家室内市场来的。我抽了两个烟斗，决定白天睡觉，然后搭凌晨的火车。顺便说一下，医生那天下午给出了稍有好转的诊断，于是夜班护士就离开了，而整个下午我卧室窗帘后都能听到断断续续的小提琴声。你知道，罗素，在所有现代科技造就的奇迹中，我发现留声机是最有用的。还要说一下，"他补充说，"哈德森太太现在加入了猜谜游戏的队伍。"

"我早就想过，没有她你很难坚持下去。那她在这个游戏中表现怎么样？"

"她毫无疑问很高兴加入进来，而且是个相当合格的女演员，出乎我的意料。女人从来都不会停止给我惊喜。"

我不予置评，没有出声。"这样就到了现在正发生的事了。接下来该怎么办？"

"所有的迹象都表明，结局很快就要上演了。难道你不觉得吗，罗素？"

"毫不怀疑。"

"此外，我全部的直觉都告诉我，她想与我面对面对峙。她没有往农舍里投炸弹，也没有往我的水井里下毒，这些事实都是公开的宣言，她想要的不仅仅是我的死。到现在为止，我和各种犯罪思想打交道已经有四十年了，我确信她会安排我们见面，以便当面嘲笑我的弱点，炫耀她的胜利。唯一的问题就是，是她来找我，还是会有人把我带去见她。"

"这不是唯一的问题，福尔摩斯。我认为更重要的是我们的回应：我们是见她，还是不见？"

"不，罗素。那不是问题所在。我别无选择，只能见她。我是诱饵，记得吗？我们已经决定了，该怎样将你置于最佳地位，给你最佳时机发起进攻。我必须承认，"他轻轻地说，"我很期待见一见这位敌人。"

我猛地刹车，避开一只獾，接着继续前进。

"福尔摩斯，要不是我了解全部经过，我会以为你是迷上这位帕特里夏·唐利维了。不，你无须回答。我只是想起，以前只要我想吸引你的注意，我所需要做的就是威胁要生你的气。"

"罗素!我从没想过——"

"别放在心上,福尔摩斯,别放在心上。真的,福尔摩斯,有时候你真的是个最让人生气的搭档。你能继续说吗?我们还有两分钟就要到我家农场了,但你还没告诉我你的作战计划。说吧,福尔摩斯!"

"哦,很好。我刚才的电话是打给迈克罗夫特的,要他天黑后带几个最谨慎的人来这一带。昨晚我家附近来了那么多人,足够引得你那位唐利维小姐行动了,而且今天我的医生朋友又宣布我正在好转,需要静养。哈德森太太也会早早上床,待在农舍里她所住的那一边,我们只需要静静等待。我想你的管家帕特里克应该值得信赖吧?"

"完全没错。我们可以把车停在畜棚里,步行穿过丘陵去你家。我猜你也是这么想的。"

"你确实懂我的战略,罗素。啊,我们到了。"

我把车开进大门,一直开到与宅子分开的旧畜棚门口,停在路边。福尔摩斯跳下车,帮我拉开车门。只移动了几捆干草,车子就完全隐藏在畜栏之间了。薇琪和她的家属有点好奇地盯着那个古怪的黑色闯入物。

"我去告诉帕特里克一声,让他把门关好。马上回来。"

我走进帕特里克的房子,爬楼梯来到他的房间,隔一会儿就小声叫一遍他的名字,以免他把我当成盗贼。他睡得很沉,不过我还是把他叫醒了。

"帕特里克,看在上帝的分儿上,伙计,畜棚都烧起来了,你还睡得住。"

"什么?畜棚?着火了?我就来!你是谁?蒂莉吗?"

"不不,帕特里克,没有着火,别起来了,是我,玛丽。"

"玛丽小姐?出什么事了?让我点上灯。"

"别点灯,帕特里克。不用起来了。"我就着月光能看见,他上身没有穿衣服,我可不想知道他下身有没有穿。"我只是来告诉你一声,我把车藏在下面的畜棚里了。不要让人看见,这非常重要,不能让任何人知道我回来了。连我姨妈也别说。你能答应吗,帕特里克?"

"当然,可是你要去哪里,待在这儿吗?"

"我要去福尔摩斯家。"

"是碰到麻烦了吗,玛丽小姐?我能帮上忙吗?"

"要是用得上你,我会给你传信的。记住不要让任何人看见我的车。现在回去睡吧,帕特里克。抱歉把你吵醒了。"

"祝你好运,小姐。"

"谢谢你,帕特里克。"福尔摩斯在屋外等我。我们静静地穿过黑暗的丘陵,那里空无一人,只有狐狸和猫头鹰出没。

这不是我第一次在晚上走这条路了,一弯残月只能照亮近处的一两英里距离。我一开始还担心闭门不出可能削弱了福尔摩斯的健壮体格,但事实证明完全没有必要。因为长时间待在图书馆,行走在山间的时候,喘粗气的人是我,而不是他。

夜间声音会传得很远,所以我们的谈话低沉而简短,走了几英里路程只说过几个字,然后他的农舍就近在眼前了。月亮落下去了,星星也马上就要熄灭,这是夜晚最黑暗的时刻。我们站在农舍背后的果园边上,福尔摩斯凑到我耳边低语。

"我们绕一圈,从后门进去,然后直接去实验室。我们可以在那里点盏灯,那里不会被外面看见。从暗处走,记住附近有个护卫。"

他感觉到我点头后就走开了。五分钟后,他用钥匙轻轻打开门,我走进黑暗的屋内,呼吸到烟草、有毒化学品以及肉派混合在一起的味道,这是家和幸福的香味。

"过来，罗素，你迷路了吗？"他低沉的声音从我上方传来。我抛开回家的感觉，跟在他身后，不需要灯光也能走上磨旧的台阶，绕过墙角，最后我的手触碰到一条开阔的走廊，于是就走了进去。福尔摩斯关上门的时候，里面的空气也被搅动了。

"待在那里，等我点灯，罗素。你上次回来后，我挪了些东西。"一根火柴绽出光芒，照亮他俯在一盏旧油灯上的轮廓。"我已经用布把门缝包起来了。"他说着调了调火焰，好让光芒最亮，接着转身把灯放在一个工作台上。

"我的鼻子告诉我，哈德森太太昨天做的是肉派。"我说着脱掉外衣，把它挂在门背后的钉子上，"我很高兴她被说服了，相信你很快就会痊愈。"我转身面朝福尔摩斯，看着他的脸。他正盯着灯盏那边的黑暗角落看，不知看到了什么。他整张脸上充满了恐惧和绝望，以及面对失败结局的神色。他完全定住了，腰还稍稍弯着，保持着放油灯时的姿态。我朝他快走两步，好看清书架周围有什么，就在那里，占据了我的视线的，是一支枪头圆圆的影子，正移动着朝我指来。我看向福尔摩斯，那是我第一次在他的眼睛里看到恐惧。

"早上好，福尔摩斯先生，"一个熟悉的声音说道，"罗素小姐。"

福尔摩斯慢慢站直颀长的身体，看起来极其可怕，似乎耗尽了能量，当他回答的时候，声音里是一片平静的死寂。

"唐利维小姐。"

十八　激战

>……她狭窄、残暴、务实的头脑里没有空间来盛放太多的感情。

"什么，福尔摩斯先生，这时候不说名言警句吗？'我看得出，您从阿富汗来'[1]，还是纽约？好吧，或许不是每句话都会成为名言。还有你，罗素。不和你的女老师打个招呼吗，甚至不为你学期论文写得不够好道个歉吗？那篇论文不仅被雨淋得透湿，而且还是匆匆赶完的。"

听到她稍显嘶哑的严厉声音，我被打倒了，一直被刺进灵魂的中心。她的声音让我想起她那间昏暗却富丽的书房，里面的煤火，她给我倒的茶，有两次她还给我倒了杯珍贵的干雪莉酒，用以搭配她少有的赞美之词。我原本以为……我原本以为我了解她对我的感情，但这时我站在她面前，就像一个刚刚被心爱的祖母一剑刺穿的小孩。

"你们俩看上去确实像一对蠢驴。"她气愤地说，如果说她刚才说的话让我目瞪口呆的话，那么她这句恶毒的幽默却将我拉回了现实，她所有学生都早已学会了一种自动的反应：当唐利维小姐大发雷霆时，你最好别要聪明。我就曾见过她把一个身强体壮的男人骂哭。

"坐下吧，罗素小姐。福尔摩斯先生，在我用这把枪指着

---

[1] 这是柯南·道尔小说中福尔摩斯第一次与莫里亚蒂见面时说的话。——译注

罗素小姐期间,能不能请你行行好,把我们头顶上的电灯打开?动作小心点。扳机已经扣好了,不用费多大劲就能射击。谢谢你。福尔摩斯先生,你看上去远不是我一直被哄骗的那样,离死亡的大门还很远啊。现在,请你把那把椅子搬过来,放在罗素小姐左边的桌子边。离远一点。好了。还有油灯,熄了吧,放到架子上去。对,就是那儿。现在,坐下吧。请你把手一直放在桌面上,你们俩都是。很好。"

我坐的地方离福尔摩斯有一臂远,越过枪管我能看见我的数学老师。她坐在屋角的一排架子背后,架子的影子直接投在她身上。头顶的灯光照亮了她膝盖以下的部分,她的大腿覆盖在花呢和丝绸衣服之下,有时候还能看到她那把沉重的军用手枪的最末端。其余的一切都笼罩在昏暗中,偶尔能看到牙齿和眼睛的闪光,以及她脖子上戴的金链和吊坠黯淡的光芒。

"福尔摩斯先生,我们终于见面了。我已经期待这次见面好久了。"

"二十五年或者更久,对吗,唐利维小姐?或者说,你更喜欢别人用你父亲的名字来称呼你?"

沉默填满了实验室,我坐在那里困惑不解。难道福尔摩斯知道这个女人的来历吗?她的父亲……

"说得对,福尔摩斯先生。我收回刚才的讥讽,你仍然妙语连珠啊。或许你该给罗素小姐解释一下。"

"罗素,唐利维小姐在那辆四轮马车的坐垫上签的是她自己的名字。她是莫里亚蒂教授的女儿。"

"惊喜哦,惊喜哦,罗素小姐。你确实告诉过我,说你的朋友头脑非常灵活。真可惜,他却生来就被困在一个男人的身体里。"

我努力控制住自己的思维,将它们转向福尔摩斯和我刚刚设定的最后一个计划上,虽然现在看来可能已经派不上用场。我咽口唾沫,开始研究我放在桌面上的手。

"我不能同意,唐利维小姐,"我说道,"福尔摩斯的头脑和身体在我看来配合得非常好。"

"罗素小姐,"她开心地说,"你还是一如既往地尖刻。我必须承认,我忘了自己一直以来有多么欣赏你的头脑。而且,看到你们这么亲密,我都忘了你们两人曾经……疏远过。我必须说,我经常在想,你在他身上到底发现了什么。要不是你荒谬地钟爱着福尔摩斯先生的话,我原本可以和你一起做很多事的。"

我什么也没说,只是继续看着我的手。不过我很疑惑,它们为什么在颤抖?

"但是现在那份钟爱已经变了,是吗?"她说话的声音很轻柔,带着些许的悲伤,"真是太可悲了,旧日朋友分道扬镳,变成仇敌。"

我心里涌起了希望,但我控制住没有在脸上流露出任何表情。要是她对这个信以为真的话,我们可能已经将她说服了。但我很难辨别,部分原因在于我只能从她的声音中判断,同时也因为我对自己的感知力产生了严重怀疑,此外她看起来也有些陌生,她的反应显得很夸张,摇摆不定。

我没有多少时间来思考这个问题,因为福尔摩斯在我旁边发话了,他的声音很平静。

"能不用孩子做诱饵,唐利维小姐,这真是非常好心,此外,我相信你心里应该有些话想对我说吧。"

她膝盖上的金属圆环稍稍动了动,令人恐惧的几秒钟过去后,我听到她笑了,这让我感到难受。原来她之前一直在玩弄我。我们可能确实骗了她一段时间,但现在我们的表演已经败露,甚至就连欺骗所带来的那一点点机会也不再属于我们。

"你说得对，福尔摩斯先生。我时间不多了，过去的几天里，你夺走了我大量的精力。我没有多少精力剩下了，你明白的。我快死了。哦，是的，罗素小姐，我离开大学并不是撒谎。我肚子里有只螃蟹在挥舞它的大钳子，没有办法移除。我原本计划为此等上几年，福尔摩斯先生，但现在我已经没有时间了。过不了多久，我就没有力气处置你了。只能提前到现在。"她的声音在贴着瓷砖的实验室里回荡，然后像蛇的嘶嘶声一般逐渐变小消失。

"非常好，唐利维小姐，请你发发慈悲只处置我。让我们把罗素小姐放在一边，解决我们之间的问题。"

"哦，不，福尔摩斯先生，抱歉。我不能那么做。她现在已经是你的一部分了，我不可能只处置你，而不带上她。她留下。"她的声音变得冰冷，如此之冷，以至于我根本无法联系起那个曾经和我一起喝茶，一起在火炉前欢笑的人。冷，还有危险，从最底部伸展而上。我发起抖来，而她看出来了。

"罗素小姐很冷，我想是因为累了。我们都一样，我亲爱的，不过我们还得一会儿才能走到结局。来吧，福尔摩斯先生，别把你这位女门徒一整天都困在这里。我保证，你有许多问题想问我。你可以开始了。"

我看向距离我不到一码远的福尔摩斯。他用双手揉揉脸，露出疲乏的姿态，但有那么短短的一瞬，他的眼睛斜了斜，与我目光相会，里面闪烁出"要取胜很难"的意味，接着他将手放下，脸上只剩下筋疲力尽和失败之色。他往后靠在椅背上，两只瘦骨嶙峋的长手臂伸展开来，放在身前的桌子上，然后轻轻耸了耸肩。

"我没有问题，唐利维小姐。"

那枪晃动了片刻。

"没有问题！你当然有——"她突然打住，"福尔摩斯先生，你不要试着激怒我。那是在浪费我们宝贵的时间。现在开始吧，你一定有问题。"她的声音很锋利，我闪念想起曾经有一次，我没能找到一处本来非常明显的逻辑关联，她当时的说话声就非常尖锐。而现在，那与当时完全一样的声音落在福尔摩斯身上，却显得有些疲乏和倦怠。

"唐利维小姐，我告诉你了，关于此案，我脑海中并没有疑问。是非常有趣，甚至富有挑战性，但现在已经结束了，所有重要的数据都关联起来了。"

"是吗？抱歉我是不是听错了，福尔摩斯先生，不过我觉得你是想玩什么不清不楚的游戏。或许你该行行好，向罗素和我解释一下事情的发生顺序。手放在桌子上，福尔摩斯先生。我可不想谈话就这样结束。谢谢。你可以开始了。"

"我们是应该从去年秋天开始呢，还是从二十八年前开始？"

"随你高兴，不过罗素小姐或许会觉得后者比较有意思。"

"非常好。罗素，二十八年前，我杀死了詹姆斯·莫里亚蒂教授，你数学老师的父亲，这么说不是装腔作势。虽然是出于自卫，但并不妨碍这个事实，他从莱辛巴赫瀑布上坠落致死，是我的责任，或者说是我对他所犯下的大量犯罪活动的调查，直接导致他想杀死我。我把他查了出来，揭发了他的犯罪网络，随后导致了他的死亡。

"不过，罗素，那时候我犯了两个错，但是我又怎能预料到当时连想都想不到的事情呢？第一件是，案子结束后我从英格兰消失了三年，这让莫里亚蒂组织原本已分散的残余力量重组了起来；到我归来时，他们已经成功拓展到国际范围，而在英国只有很少一部分还留在地面之上。第二个失误是，我允许莫里亚蒂的家人——他们的存在是他保守得很严实的秘密之一——消失在我的视野之外。他的妻子和年幼的女儿离开去了纽约，从此再未被人看见。或者说我是这样认为的。唐利维是你母亲娘家的姓氏吧？"

"啊，这么说你还是有一个问题的嘛！是这样，没错。"

"小小的遗漏而已，唐利维小姐，不值得下大力气追查。你留给我的那根头发是不是你父亲的？那位神枪手在向罗素小姐开枪前，是不是藏在河对岸的那间仓库里？还有，过早引爆炸弹杀死迪克森的是你还是你手下？这些未得到解答的都是次要问题，有什么关系呢？它们只是让案子看起来有些杂乱而已，但是不会影响基本结构。"

"好一番有趣的陈述，竟然是从一个以细枝末节为调查基础的人口中说出来的，"她的话语带着些辩护的意味，"不过我们就跳过这些吧。是的，那是我父亲的头发，那时候长度直至他衣领。我母亲把它收在一个吊坠里。其实就是我现在戴的这个。是的，我那位能精准操控步枪的朋友确实是藏在仓库里，不过我想苏格兰场应该直到现在都还在寻找射击点。他们怎么想象得到，竟然有人能从一艘漂在水里的船上开枪，同时还能保证瞄准的精确性呢——至于迪克森，他签署协议的时候就知道危险的存在。我对他很生气，因为他竟然把你炸伤了，弄得一团乱，这让他的存在显得多余。不过我慷慨地付了他家人一大笔酬金，这你得承认。"

"多少钱能抵得上一个人的生命，唐利维小姐？多少基尼能补偿一个寡妇和三个失去父亲的孩子呢？"他的声音严厉起来，"是你杀了他，唐利维小姐，你本人或是你雇用的一个暴徒，他听到你的愤怒，把那当作了命令。去年11月，你在纽约开办向他付款的那个银行户头时，就计划好让他去送死了。而现在他已经死了。"

我们都沉默地坐在那里，我的心跳了十次或是十一次。

接着她回应了，带着一丝勉强的钦佩和少许的戏谑，声音听起来像是恢复了她本来的面目。

"福尔摩斯先生，这个人差点就杀了你，以及作为差劲跟班存在的两个你的至亲搭档，但看到他的孀妻和孩子们为他而哭泣时，你的灵魂竟是如此慷慨，还能怀有基督徒的宽恕精神。"

"约翰·迪克森很专业，女士，堪称导火线和炸药方面的艺术家。他整个职业生涯中从没杀过人，而且只误伤过一次，直至你把他从退休生活中拉出来。我只能推测，你掌握了能控制他的什么东西，我想，应该是拿他的家人做威胁，以此来强迫他参加这次大规模杀戮。别和我耍花招，女士，别找借口说是出了岔子，或是因为你生了气，我的耐心是有限度的。"

房间里的寂静如此沉重，当我看到她把枪口稍稍垂落，从我身上移开时，我可以确定她能听到我的心跳在加速。现在福尔摩斯吸引了她全部的注意力。一分钟之后，她的声音从那个黑暗的角落传来，加了些像是尊重的语气。

"看得出来，像你这样的人可能永远都不会骄傲自满。你说得很对，我猜我确实是一早就想让他去送死，好清理干净道路。他的弱点就是他对那些该死的孩子的爱，一旦有了机会，他会将我供出去的。啊，好吧，反省从来就不是我的长项。当眼前有目标要达成时，很可惜，我就很容易忽视次要问题。我想正如罗素小姐告诉你的那样。"

银色的枪口再次直指向我，我用意志力让肌肉放松下来，在心里咒骂着。我们都沉默了很久，应该有一两分钟的时间，然而当她再度开口时，我意识到，福尔摩斯失算了，他那步为取得优势而采取的开局棋法没能分散她的注意力，反而让她变得更加疯狂，以宣称她对福尔摩斯的控制。我本来是可以告诉他的，但是他不可能领会。她的报复手段极其凶残，而且算好了直攻他最薄弱的地方,也就是他的骄傲之心和冷漠孤立的性格。

"我想,"她慢慢说着,接着再次转换到那种稍显"分裂"的姿态,让我感觉自己似乎对她一点都不了解,"我想我该叫你夏洛克。真是个奇怪的名字。你父亲给你取名时到底怎么想的?不过,我们维持这样一种亲密的关系——虽然得承认之前一直是单向的——已经这么多年了,我想是时候让你知道了。请你叫我的教名。"

在她这番奇怪的发言说完之前,我意识到自己之前在她身上所体会到的那种强烈的错位感是什么了。在牛津的时候,她给我的感觉是这样的一个人,大学生活给她带来的挫败感迟早会导致她离开校园,到别的什么地方施展她那相当了得的能力。确实如此,当希拉里学期开始,她没有返校时,我就隐隐得出了这种结论。而现在一切都明晰了,她离开了校园,不过是因为内在原因:之前一直被牢牢压制住的不耐烦现在已经被释放了,她的优越感发展为一种至高无上的霸权。怪癖开花散叶,长成了疯狂。

这几乎可作为痴呆症的教科书级例证,但我不需要课本来告诉我,那在我皮肤上缓缓蠕动的是怎样一种感觉:这女人比她手里的枪还要危险,像汽油味一般变化不定,像毒蜘蛛一般恶毒。我狂乱的思绪找不到突破点,想不出让她镇静甚至是让她分心的方法。我只能坐在那里,一动不动,微不足道地待在一边,把战场都留给经验丰富的福尔摩斯。

"女士,我很难想出——"

"在你做出选择之前,夏洛克,你应该想得再仔细一点。"

那种语调我之前听过,有一次她反复质问我,对自己勉强拼凑出来的错误解决方案是否感到满意,她的训斥就像是一条带刺的鞭子。福尔摩斯可能没发现其中的危险性,要么就是故意置之不理。

"唐利维小姐,我——"

紧闭的房间里爆出一声枪响,与此同时,有什么东西轻轻擦过我的上臂,门旁边一个架子上有个东西碎了,发出很大的声响,我只迫切地希望哈德森太太千万别被这声响引来,接着感觉到疼痛加剧。福尔摩斯听到我在喘气,于是向我转过身,而我则用左手紧紧捂住伤口。

"罗素,你——"

"她没事的,亲爱的夏洛克,我建议你慢慢坐好,否则她很快可就好不了了。谢谢。我向你保证,我这把枪能精确地瞄准我想射击的目标。我做任何事情都不会三心二意,包括射击练习也是一样。顺便说一句,你不用担心今晚你的护卫会来打扰我们。他也好,哈德森太太也好,都睡得很沉。现在,把你的手拿开,亲爱的,让我们看看你流了多少血。看见了吧?只擦破了点皮。瞄得很准嘛,我想你们都同意这种说法吧?你知道的,"她又完全换了个声音,让人感觉她充满理性和激情,"我真的非常抱歉,不得不对你做这种事,罗素小姐。我希望你能相信,我并没有开枪射击学生的习惯。"她试图用这种声音来哄得我露出微笑,最可怕的地方在于,虽然我感到隐隐的恐惧和震惊,但还是想满足她的愿望,想信任她。

"好了,福尔摩斯,我亲爱的,回到正题上来吧。你要怎么称呼我呢?"她模仿出撒娇的语气。

她的声音让我皮肤发麻。表面听来有些顽皮,但其下隐藏的却是威胁和轻蔑的笑意,以及另一种让我分辨了一阵子的东西:那是一种轻佻又狡猾的亲昵和引诱,来自于一个完全确信自己能力的女人。那让我想呕吐,接着转为愤怒。而愤怒中生出了控制。

"我等着呢,夏洛克。"那枪在她膝盖上轻轻晃动。

福尔摩斯的回答像吐出的痰一样啪地落在房间里。

"帕特里夏。"

"这样就好多了。音调还需要再努力一下,不过会改善的。正如我一直说的那样,我觉得到目前为止,我对你已经非常非常了解了。你知不知道,从我十八岁起,你就一直是我的兴趣所在?是的,到现在已经有相当长的一段时间了。当时我在纽约。我母亲快死了,在医院外面的报刊亭里,我看到一本封面上印着你照片的杂志,里面讲了你死里逃生的故事,以及你怎么杀掉我父亲的经过。我母亲过了很久才去世,我因此有很长时间可以想象,有一天我会以怎样的方式和你见面。我继承了父亲的生意,你瞧,虽然我真正感兴趣的是纯粹的数学问题,而非组织管理。当我去学校时,组织会自行运营。我的管理者们都非常忠心。在这一点上,现在仍然如此。他们大多数都是。有时他们会来大学向我咨询,但大多数时候我只是告诉他们要做什么,该怎么做就交给他们去解决。有时我会下达命令,他们会以最快速度执行。"

"在你被聘用之前不久,其他两位老师身上所遭遇的不幸事故就是这样发生的吧?"我突然想起之前的一段谈话,不假思索地脱口而出。之后我感到福尔摩斯在旁边不赞成地绷紧身体,我意识到自己吸引了她的注意力,于是在心里踢了自己一脚。

"这么说你听说那件事了,罗素小姐?是的,他们非常不幸,难道不是吗?不过我还是得到了想要的工作,那份从我父亲手中被强行夺走的工作,然后我又继续我的爱好了。我搜集了每一篇你写的文章以及报道你的新闻。我甚至还有一本你亲笔签名的有关自行车轮胎的专著,是你送给警察局局长的。我向你保证,我比他更加珍视那本书。多年来我了解了你方方面面所有的事情。我找到了你在伦敦的三处藏身地，不过我推测至少还有一处。有吉尔内[1]画作的那间相当不错，"她漫不经心地说，"不过那里的地毯让人感觉还缺点东西。"她等待着回应，但没能如愿，于是就发起火来，"我轻而易举就找到了比利，你们去看歌剧的那天晚上，跟踪他简直像是小孩把戏。我想过拿他来对付你，可以用他姐姐过去的事情来敲诈他，但是那些事情好像是瞎编的。"又是停顿，仍然没得到回应。

"是的，关于你的事情，我不了解的地方很少，夏洛克。我知道哈德森太太的儿子为什么要这么急匆匆地赶去澳大利亚，知道我父亲死后你和那个叫阿德勒的女人的故事，知道你背后有个伤疤，还知道是怎么落下的。我甚至还有你一张相当迷人的照片，当时你刚从土耳其浴室的蒸汽房中出来——哈！这一点惊到你了，不是吗？"她看到福尔摩斯流露出隐隐的惊讶，于是欢呼起来，"几年前，我甚至买下了山上的那座农场，当然是假借一个雇员之手，这样我就能观察你了，甚至能看透你卧室的窗户。"不过，福尔摩斯已经从失神中恢复过来了，于是她便放弃了这种刺激他的尝试。

"我用了五年时间，把七名员工安插在这一带，但是每一步都让我乐在其中。接着——哦，真是个美味的讽刺！——你的罗素小姐成了我的学生。我再也找不到比这更好的礼物了：能同杀害我父亲的凶手的思想建立起亲密联系。我从罗素小姐那里了解到的有关你的信息，甚至比住在你客厅里所能得到的还多。这真是美味极了。

"暑假期间，我一般都忙着处理生意，只是为了保证组织事务的参与度。去年夏天我决定跟进一条流言，据传一位身

---

1 即 Vernet, Claude-Joseph（1714—1789），法国风景画家，是福尔摩斯外祖母的兄弟。——译注

份重要的美国参议员将要前往一个偏僻地区,所以我们就借用了他的女儿。正如你所知的那般,我们没能完全成功。但是想一想吧,当我意识到你们俩也参与到同一个案子中时,我有多么高兴,虽然你们处在和我相反的立场。有了这个令人刺激的额外收获,就算失败也值了,我们有机会见面了,而且还要一起工作。

"我的计划正脱胎于那次惨败。我决定绑架罗素小姐,把她带到一个你找不到的地方,然后光明正大地陪你玩,拖上漫长的一段时间。我做好了计划。我在利物浦给她买了衣服——相当适合的衣服,你也会喜欢的,虽然我猜她没有穿过。遗憾了。我一个手脚轻便的雇员从她宿舍里拿了双鞋子,主要是为了突出两起绑架案之间的相似性——啊,我看出来了,你没有发现鞋子丢失。真是让人失望。我本计划等学期结束再绑架她的,这样我的离校就不会引发过度的怀疑。"

我听到她用这种不带感情的语气跟我说话,感觉不安到了极点,但我没有回应。这会儿我不在她的视线范围之中,只是一个第三人称的指称。我右臂在颤动,右手手指略感刺痛。

"接着到了11月底,一切都变了。医生告诉我,说我一年后就会死,于是我只得重新审视我的计划。我是真的想展开一个复杂而又耗费体力的大工程吗?可能需要六至八个月才能做好,还要定期前往像奥克尼郡这种偏远乏味的地方。无奈之下我决定简化方案。我不能说服自己放弃猫捉老鼠游戏之乐,但我决定游戏结束时,就简单地把你们杀光了事。如果再把你们没能从我手中逃脱的消息公之于众,那会更好。反正我已没有什么可失去的了。

"到了上学期末,一切都已准备就绪。我安排好了病假,但不会再返校了,我雇用了迪克森先生,然后在离开牛津前,给罗素小姐布置了一些我父亲发明的数学练习题。接下来的数日真是精彩极了,毫不夸张,完全就像一个复杂的方程式落实到位了一般。正如我说过的,迪克森先生竟然把你伤得这么彻底,这让我烦透了,因此我得将罗素小姐房门上的炸弹引爆时间推迟了一天,直到我确信你能下床将其拆除。接着我便坐下来,等着看你们走的哪条路能让我最先抓到你们。我确实不需要华生医生,不过把他带进来能逗逗乐,不是吗?他就是个瘸腿的老蠢货。我找了个男孩,整天都在你哥哥的家门口监视,不等你们进门,我就知道你们去了那里。第二天你们成功甩掉我的人后,我赌了一局,不过我把赌注押在了比利身上,结果押对了。他把我们直接带到了你身边,还跟我说了好长一段乏味的话,最后才睡着。我很抱歉毁了你的衣服,罗素小姐。买它们的时候一定把你的限额零用钱用掉了很大一部分。"

"用的是我的钱,其实。"福尔摩斯插话道。我感到她的视线离开了我,回到他身上。

"好啊,那就好了。你喜欢我在公园里玩的那个小游戏吗?你那些有关脚印的文章真是极具启发性,帮了大忙。"

"做得很高明。"福尔摩斯冷冷地说。

"做得很高明……就这么简单?"她立即追问。

他咬紧牙关答话了,这让我松了口气。我原本以为他真的生气了。

"做得很高明,帕特里夏。"他又吐出一句。

"是啊,谁说不是呢?但是当你们消失在那艘该死的船上时,我气急了。真的非常生气。你知道我费了多大的劲儿才将码头置于充分的监视之下吗?更何况伦敦还不止那一座码头。我当时确定你们会返回伦敦,但结果却不然,时间一周一周地过去,却没有发现任何动静。我的经理们开始为开支而烦恼。我只得解决了两个人,其他人才平静下来。但是时间，我宝贵的时间，失去了！你们终于回来了，当手下向我汇报你的形容举止时，我简直难以置信。事实上我还冒了一番风险，亲自去验证过，但我承认，我被骗了到。我没想到你们可能是在演戏。哦，你这边，是的，我愿意相信，但我没想到罗素小姐也能胜任这种程度的表演。这远远不是化装成吉卜赛女孩，把口音变得含混些那么简单。直到你们双双走进这扇门，我才确信这是在演戏。"

她的声音变得越来越嘶哑，说话时手中的枪随意地歪在一边。福尔摩斯和我仍然没有动，他脸上露出一副礼貌的倦意，这一定让她很生气，我则正试着装出纯真愚蠢的样子。血已经不再往地板砖上滴了，不过我右手有一点点发麻。唐利维再次开口时，声音稍稍露出疲惫。我不露声色地等待着，等待福尔摩斯为我做好开场。

"于是就造成了现在的局面。夏洛克，亲爱的，你觉得我这次来所为何事呢？"

他的回答显得漠不关心，语气顺从，却充满侮辱。

"你想在我面前幸灾乐祸，就像在粪堆上自鸣得意的公鸡！"

"叫我帕特里夏。"她威胁着举起了枪。

"帕特里夏，我亲爱的。"他讥讽的语气化作嘲笑。

"在你面前幸灾乐祸，我想，这是一个原因。还有呢？"

"来羞辱我，最好是当众羞辱，这样就能为你的父亲报仇。"

"精彩。现在，罗素小姐，看到你右边那个架子上有个信封了吗？顶层。请起身把它拿下来——动作要慢，记着。好的，拿回去放在桌子上，放在夏洛克面前。坐下，手放在桌面上。很好。"

"这里面是你的自杀笔记，夏洛克。相当长，但是没办法。如果你感到好奇，打印它的打字机就在楼下，把你原本的给替代了。请你务必读一遍，如果你想让罗素小姐也看一看的话，就放在她面前。你不准碰，罗素小姐。人们永远都想不到指纹现在能有那么大的用处，你的指纹可不能印在这么私密的一封文件上。亲爱的福尔摩斯，请你务必读一遍。想想这份文件将产生的影响，如果非要说的话，那我真的会非常开心。除此以外，在读完之前，你一定不能签署任何文件。"她开心地笑了，疯狂气息表现得那么明显。

正如她所说，这是一封自杀信。先是讲述了他，夏洛克·福尔摩斯，精神正常，但是已看不到继续活着的意义，接着详细阐述了原因。我的拒绝，以及由此所导致的抑郁被严词否认了，这样一来反而更强调了我的缺席是他做出自杀决定的主要理由，不过其中的措辞又十分小心，并未把我作为谴责的对象。接着信中以很长的篇幅，散漫而细致地解释了华生医生对案件的记录是完全的错误，并纤毫毕现地讲述了一共十七个案件，指出了每一次破案的实际功劳应该归于谁：一般都是警察，有时是其他人，有几个案子是福尔摩斯碰巧找到了答案，有一次是同华生一起。我们读完一页又一页，而她一直坐在那里。最后到了杀人犯莫里亚蒂的内容，里面揭秘说整个案件都是蓄意伪造的结果，为了对抗一位并无恶意的教授，因为这位教授抢走了福尔摩斯喜欢的那个年轻女人的心，此后福尔摩斯就将这位教授追索至死，用的方法是控诉他创建了一个纯属虚构的犯罪集团。文件最后是一句可怜的道歉，向他记忆中那位受到极大冤屈的伟人，向那些一直被误导至深的普罗大众道歉。

文件的文笔极富感染力，能在读者心中留下一个清晰的形象，一个精神极度错乱、严重抑郁、吸毒成瘾的自大狂，他摧毁了诸多人的职业和生活，只为自己出名。这些打满行行文字的纸张，如果被发布于众，将会是巨大的丑闻，极有可能让夏洛克·福尔摩斯变成人们的笑柄。我吓得靠在椅子上，发起抖来。

"你的虚构本领相当高超啊，"福尔摩斯说道，他的声音冷冷的，带着极端的厌恶，"不过你肯定不相信，我愿意签字。"

"如果你不签，那我就向罗素小姐开枪，接着再向你开枪，最后我的雇员会伪造一个签名。这将成为一封杀人犯自杀遗书公之于众，罗素小姐的名字也会跟你的写在一起。"

"那如果我签呢？"

"如果你真的签了，我就允许你给自己来上一针，即便你有吸食古柯碱的爱好，那一针也足够致命。罗素小姐将被带走，等报社发现你的遗书后，我们再将她释放。她没有证据，你瞧，一点都没有，而我将远走高飞。"

"你敢向我保证你不会伤害罗素小姐吗？"

他的语气相当认真，就连我都能感觉得出来。

"福尔摩斯，不要！"我惊骇地大喊起来。

"你敢向我保证吗？"他又说。

"我向你保证：罗素小姐在我手上不会受到任何伤害。"

"不要，看在上帝的分儿上，福尔摩斯。"我试着做个透明人袖手旁观的想法被击得粉碎，"你到底为什么要相信她？你一死，她立刻就会杀了我的。"

"罗素小姐，"她像是受了侮辱般抗议道，"我以信守承诺为荣。迪克森先生死后，我如约付了他酬金，难道不是吗？当我的雇员入狱时，我还会资助他们毫无用处的家人。那个帮我送衣服的小子，我甚至也兑现了他尾款。我的信誉是很好的，罗素小姐。"

"我相信你，帕特里夏。虽然我也不知道原因，但是我相信你。我的钢笔放在衣服内袋里了，我得拿出来，"说着他用极慢极小心的动作取出了钢笔。我害怕地看着他打开笔帽，将那沓文件翻到最后一页，然后将笔尖落在纸上。不巧的是，字却写不出来。他晃晃钢笔，但还是没有墨水出来，他只得抬起头。

"我恐怕这钢笔没水了，帕特里夏。水槽上面的柜子里有一瓶墨水。"

她犹豫了片刻，担心是有什么阴谋，但福尔摩斯手拿钢笔耐心地坐在那里。

"罗素小姐，你去拿墨水。"

"福尔摩斯，我——"

"快去！别哭哭啼啼的，孩子，去拿墨水，要不然我会忍不住再给你来一枪。"

我看着福尔摩斯，他则平静地回头看看我，一条眉毛稍稍扬起。

"请帮我拿墨水，罗素。你的这位女老师似乎已经把我们逼上死路了。"

我猛地把椅子往后一推，藏起我突然涌起的希望，走过去拿墨水瓶。我把瓶子放在桌面上福尔摩斯的前方，然后坐下。他把文件推到一边，拧开墨水瓶的瓶盖，用钢笔吸了些墨水，然后将笔尖抵在瓶口边缘，蹭了几下好擦掉冒出来的多余墨水，先是这一边，然后翻个面。接着他把钢笔放在桌子上，拧上瓶盖，把瓶子放在一边，重新拿起钢笔，将最后一张打印的文件纸往自己面前拉了拉，把笔举到纸上，然后停住了。

"当然了，你知道你父亲也是自杀的吗？"

"什么？！"

"自杀。"他重复了一遍。然后他把笔帽盖好，放在身前的桌面上，举起墨水瓶摆弄片刻，似乎是陷入了深沉的思绪之中，然后他将瓶子放在一边，俯身撑在手肘上。

"哦,是的,他是自杀而死。在我摧毁了他的组织后,他跟踪我到了瑞士,安排我们在他所能找到的一个最偏僻的地方见面,然后他来见我。他知道体能上拼不过我,但他没有带枪。很奇怪吧,你不觉得吗?此外,他还安排了一群同伙事后朝我投石头,因为他觉得自己不会让我和他一同去死。是的,他是自杀的,帕特里夏,很显然是自杀。"在讲述这番话的同时,他的声音变得更加坚定和冷酷,说到她名字的时候还翘起嘴唇,似乎是在说什么猥亵的言语一般。他就用那样无情的语气一直讲,一直讲。

"你说你早已对我一清二楚,帕特里夏·唐利维。"他厉声甩出她的名字,声音中满是不屑,同时直盯着桌子对面的她,"那我也很了解你,女士。我知道你的身份。你父亲头脑超常,你也一样,而且正如你的所作所为,他也摒弃了诚实的思维世界,变成了污秽和魔鬼的产物。你的父亲创造了一个由恐怖和邪恶组成的网络,程度之恶劣在我们国家前所未有,编织那张网的全部都是罪恶世界的产物。他的代理人,就是你所谓的'雇员',烧杀抢掠,通过敲诈勒索榨干了无数家庭,用毒品毒害了无数男女。对于你的父亲来说,帕特里夏·唐利维,走私、鸦片、酷刑、卖淫,没有什么东西能让他觉得卑劣。而且一直以来——啊,那位变态肮脏的天才——一直以来,这位好好教授就坐在摆满书籍的书房中,自己那细皮嫩肉的手倒是离这些东西远远的。不管是别人的痛苦模样,还是鲜血,抑或他的代理人传来的恐怖的恶臭气息,什么东西都不能触动他。就和你一样,女士,他只能被所有那些肮脏的脓水所带来的利润打动,他给妻子买漂亮衣服,与小女儿一起在客厅里玩数学游戏。直至我的出现。我,爱管闲事的夏洛克·福尔摩斯。我把这张网切了个粉碎,我把莫里亚蒂的名字变成了一个笑柄,以至于就连他的女儿都不敢公然地冠以父姓。最后呢，当他的生活中已经一无所剩的时候，当我把他逼到一个无法逃脱的死角之后，我把他推下了莱辛巴赫瀑布，他死了。帕特里夏·唐利维，你的父亲，就是长在伦敦这座城市脸面上的一处溃疡，而我，夏——"

她发出一声野兽般的怒吼。她举起那把枪，对准福尔摩斯和我，而我动不了的右手本来正无力地瘫在桌面上，此时却拿起那个沉重的墨水瓶，朝她的手重重砸去。房间再次被一道闪电劈开，跟着是一声震耳欲聋的声音，那枪被砸飞到墙壁上。她从那个黑暗角落跳出来，向前一跃想要捡起手枪，她刚刚够到，我就重重地撞了过去，两人一齐摔在架子上，书本、瓶子以及各种小物件像下雨一般洒在我们身上。她因为疯狂和愤怒而变得格外强壮，而且枪还在她手中。我用整个身体的重量将她压住，用尽所有力量握住她的手腕，将枪口从福尔摩斯身上移开。因为她的力气大得不可思议，所以我用了很久才成功。接着局势陷入一片混乱，有什么东西滑倒了，我的左手握着一只热热的空手掌，就在这时，第三个足以让人完全失聪的爆炸声从我头侧擦过，引发的震动穿过我的身体，就像受了颠簸一样。她在我身下僵住了，发出一声奇怪的声音，轻轻咳嗽了几下，然后右手瘫软下去，左手也从我背上滑了下去。我惊骇地在她怀里躺了片刻，直至我看到了那支枪，离我的胳膊只有几英寸远。于是我用力将枪从我身边推开，好让她够不着。然后我想起来，哦，我的上帝啊，她刚才的第二枪打到哪儿了？我转过身，看到福尔摩斯没有受伤，但是有什么事情不对劲。我的右肩膀突然间变得非常不对劲，接着疼痛感终于袭来，巨大到足以压倒一切、让人颤抖的痛感累积起来，打垮了我。我朝福尔摩斯伸出手，大声尖叫起来。轰鸣的雷声灌满我的双耳，我陷进一口黑色天鹅绒的深井。

终曲

卸下盔甲

十九　回家

　　大部分生物都隐隐约约认识到，横亘在死亡与爱之间的，是一种极不稳定的险情，一种透明的膜。

　　无尽的时间，似乎持续了好多个星期，都被冲刷到一片正不停低语的黑暗的混乱海洋之中，就像一个迷宫，里面有模糊不清的影像、不相关联的声音片段以及从一面无形墙壁那边传来的说话声。噩梦没有尽头，恐惧无法醒来，在坚实的大地上来回奔走，结果却只能再次被痛苦俘获，被扔回咆哮不止、嘶嘶作响的黑暗。弟弟凌乱的头发被框在汽车窗口。帕特里夏·唐利维憔悴而虚弱地躺在一片像湖水般散开的红得不可思议的血泊中。一烧杯的液体硫酸铜，打碎后如绿色的胆汁般，慢慢从我上方的工作台上滴落下来。唐利维又出现了，她站在我的病床上方，说要把我从悬崖上扔下去。福尔摩斯那样安静地躺在实验室的瓷砖地板上，一只手孤孤单单地抱着头。冰冷与火热将我轮番轰炸，我被无休止的噩梦耗尽，躺在那里。

　　慢慢地，我的身体开始倔强地重新控制自己。慢慢地，冰冷与火热终于退去了；慢慢地，药量削减了。有一天夜里很晚的时候，我开始向着清醒上浮，我仰躺着，从就在表面之下的一个地方漠不关心地看着上面的空间。那里有刷成白色的天花板，贴着瓷砖的白色墙壁。我头上有机器，有一双正平静地注视着我的灰色眼眸，我和它们之间隔着一层薄薄的、闪闪发光的薄膜。我一点一点地浮得更近一些,最后那泡泡轻柔地破裂开来,那层薄膜坍塌了。我眨眨眼。

"福尔摩斯。"我张开嘴说道,不过并没有发出声音。

"我在,罗素。"那眼睛微笑了。我看了它们好几分钟,隐隐约约地意识到,它们不知为什么对我来说很重要。我试着弄明白现在是什么情况。虽然我记得当时发生的种种事情,但回想起来,其中所蕴含的情绪似乎过于丰富。我闭上沉重的眼皮。

"福尔摩斯,"我小声说,"我很高兴你还活着。"

我睡了过去,再次醒来时发现清晨的阳光透过窗户照了进来,亮得刺眼。光线模模糊糊,好些地方还穿插着暗一些的斑块。正当我眯着眼想看清楚时,一个人走到了光芒之中。窗帘拉动,发出沙沙的声响。房间里现在的昏暗程度足够让我看清,福尔摩斯正站在床的一边,另一边有一个穿白袍的陌生人。白袍子将手指贴在我手腕内侧,动作轻柔却很有力。福尔摩斯俯下身,将眼镜夹在我鼻梁上,然后坐在床边,这样我就能看见他了。我的头不能动。他早上刮过胡子,我能看到他干净的脸上有错综复杂的毛孔,他眼睛周围的皮肤是柔软的粉状,稍稍下垂的状态告诉我,他有相当长的时间没睡觉了。但他的目光很平静,富于表现力的嘴角浮着一丝若有若无的笑意。

"罗素小姐?"我把目光从福尔摩斯脸上移开,看向医生恳切的年轻脸庞,"欢迎醒来,罗素小姐。你让我们担心了好一阵子,不过你会好起来的。你断了一根锁骨,还流了好多血,不过除了要添一条疤痕外,不会有其他长远的影响。你想喝水吗?好的。这位护士会帮助你。一次只喝少许,直到你重新适应吞咽为止。嘴巴里现在感觉好些了吗?好的。福尔摩斯先生,你有五分钟时间。别让她讲太多话。我晚点再来看你，罗素小姐。"他和护士走了出去，我听到他的声音在走廊里越来越远。

"好了，罗素。我们的陷阱抓住猎物了，不过差点把你也搭进去。我没想过要做出这么大的牺牲。"

我舔了舔干干的嘴唇，舌头感觉钝钝的。

"抱歉。太慢了。你受伤了吗？"

"一点都没有，你的反应正如我所设想的一样迅速。你要是慢一点，她的子弹可能就会严重搅乱我体内的器官，不过出于你父亲对于女性上板球场的考量，你结实的左臂拯救了我的性命，我只擦伤了肋骨，掉了块跟你手指差不多大的皮。我才应该道歉，罗素。要是我能早些站起来，那枪根本就不可能射击，而你的锁骨也能保存完整，她也将坐下来等待控诉。"

"死了？"

"啊，是的，真真切切。我这会儿不该拿这些细节烦你，因为要是我让你激动了，白袍子会不开心的，不过她确实死了，苏格兰场正乐不可支地在她的文章中寻觅，找到的东西足够让莱斯特雷德忙上好几年。更别说他在美国的同行了。好了，闭上眼睛休息会儿吧，在这里能轻松些。"他的声音逐渐变小，"睡吧，罗素，我不会走开。"医院里坚硬的病床升起来了，将我环抱在中间。"睡吧，我亲爱的罗素。"

下午，我被低低的说话声惊醒。房间里仍然很暗，僵硬的病号服下，肩膀和脑袋都在颤动。一个护士俯下身来，看到我醒了，于是就往我嘴里插了根体温计，然后开始在我身上其他部分忙碌。体温计拿走后，我又可以说话了。我的声音听起来很怪，肌肉的抽动导致我锁骨阵阵刺痛。这一切过程都熟悉得令人讨厌。

"我想喝水。"

"好的，小姐。让我把你的床抬高。"说话声停止了。随着她转动调节柄，我的视线逐渐从病床上方的天花板降落下来，回到床铺本身，还有探病者身上，他们都从角落中的椅子上站了起来。护士给我拿来一杯水，我慢慢用吸管吸着，不理会吞咽所带来的痛楚。

"还喝吗，小姐？"

"现在不用了，谢谢你，护士。"

"对了，哦，需要我就按铃。十分钟，先生们，注意不要累到她。"

"约翰叔叔，你的小胡子差不多恢复原样了。"（瘸腿的老蠢货……）

"你好，亲爱的玛丽。你看上去比三天前好了一些。这里的医生都很称职。"

"福尔摩斯先生，我很高兴能用比上次见面时更加礼貌的方式和你打招呼。"（迈克罗夫特原本快乐温和的表情似乎稍稍受了惊吓。）

"罗素小姐，我认为礼貌是没有必要的，甚至是不合适的，还有什么能比受邀进入你的病房更让我感到荣幸的呢？"他胖胖的脸正微笑地看着我。我感觉累极了。他们在这里做什么？

"那就叫你迈克罗夫特大哥吧。还有福尔摩斯，从早上到现在你应该睡了一觉吧？我想。你看上去没那么紧张了。"

"是的。你旁边有间空房，我就拿来用了。你感觉怎么样，罗素？"

"我感觉像是有一大桶铅灌了进来，带走了我相当大一部分精力。白袍子怎么说？"（他们为什么不走？也许是止痛片的缘故，削弱了我的兴趣。）

华生清清嗓子。

"子弹是从你脖子后面钻过去的,没伤到脊柱——隔得相当远。它确实是穿过了你的锁骨,还伤了好几条血管,然后才从你肩膀前面穿出来,然后继续,最终钻进唐利维小姐的心脏。医生已经把锁骨接起来了,不过那里的肌肉损伤相当严重。而且,"他脸上浮起一个虚弱的微笑,以便鼓舞我这位病人,"我恐怕你再也不能穿除高领款以外的其他衣服了。不过我想你应该已经放弃那方面的爱好了。你究竟怎么弄出那么多伤疤的?"

"华生,我想——"福尔摩斯说。

"没事,福尔摩斯,没关系。"我已经累得没有力气了,而华生的视线仍然落在我的脸上,带着一种我想应该是关爱的神色,所以我便闭上眼睛,以抵挡光亮。"是许多年前发生的一场车祸造成的。让福尔摩斯给你讲讲那个故事吧。我想现在我要睡一会儿了,如果你们不介意的话。"

他们退到门外,但我没有睡着。我躺在那里,感受着右手毫无反应的手指,想到了耶路撒冷的那些城墙,以及我的数学老师从我身上带走的东西。

我在那家医院住了许多天,手臂和脖子渐渐恢复了一定程度的活动。我不能容忍我姨妈的想法,事实上我从醒过来以后,就一直拒绝让她进我的病房。经过几次讨论决定,我回去后就住福尔摩斯农舍中的那个空房间,这让哈德森太太极为开心,但医院的专家们却很担心,因为他们不喜欢过于偏远的地方,而且那里的道路条件太糟,不利于我出院。我告诉福尔摩斯,我希望能同他一起走,然后就交给他帮我争取。

回到农舍后,我吃饭很好,睡觉也踏实了,还会坐在阳光下看书,努力恢复手部的力量,不过它还是没有知觉。我不再做梦了,不过白天我经常发现自己会盯着远处,眼睛一眨也不眨地看上好长一段时间。在农舍住了两周之后，我去了实验室，站在那里打量干净的地板和恢复如初的架子。我触摸了墙上两颗子弹留下的凹痕，心里什么感觉也没有，只是一片空茫的不安；我觉得瓷砖地板看上去是多么的赤裸和冰冷啊。

夏天来了，我的身体恢复了力量，不过却没人建议我搬回自己的农场。福尔摩斯和我又开始谈话了，时间都不长，试探着讨论了牛津和我的阅读的事情。他离开了很长一段时间，但我没问原因，他也没告诉我。

有一天我走进客厅，看见那副象棋摆在墙边的一张桌子上。福尔摩斯正坐在凳子上忙碌，抬起头时，他看见我站在那里，盯着那三十个雕刻的棋子、盐碟象以及螺栓王站在柚木和桦木棋盘上，当时我的脸上一定是极其厌恶的表情。我开始向他发起攻击。

"看在上帝的分儿上，福尔摩斯，你一辈子下棋就下不够吗？把它拿开，丢掉。如果你是想赶我离开你家的话，我会的，但是不要让我再看到那东西。"我摔上门出了房间。下午晚些时候回来时，我看到盒子和棋盘都收起来了，但还放在桌子上。我没说什么，但避开了房间里的那个区域。它们留在了桌子上。我也留在了农舍里。

我开始发现福尔摩斯变得越来越让人生气。他烟斗的味道，实验室飘出的臭味，都让我的神经感到刺痛，我会躲到户外，或者关上门待在卧室里。他拉小提琴的声音逼得我步行走下丘陵地，累得筋疲力尽，颤抖起来，但是我没有回自己家。我开始厉声冲他发火，但他的反应却总是合理又耐心，这反而让我变本加厉。火气已经蹿上来了，却没有开阔的战场可以发泄，因为福尔摩斯不回应。6月的最后一周，我做好决定准备离开农舍，收拾行李返回牛津。下周就走。

在这种情绪中,我收到了一封信。当时我出门了,来到离农舍很远的一座山坡上,出神地看着远处的海峡,都忘了膝盖上还有本书。我没听到福尔摩斯是什么时候跟上来的,但他突然就出现在我面前,他抽的烟草的味道,他稍稍带着讽刺表情的脸庞。他用两根长手指夹着一封信,我接过来。

是小杰西卡来的信,收件人是用她稚气的字体写的。我脑海中立刻浮现出她趴在信封上写字的模样,小小的手里握着铅笔,正费劲地抄写我的名字。我笑了,嘴唇上感觉怪怪的。我抽出唯一的一张信纸,大声念出那孩子写的字。

亲爱的玛丽姐姐:

你好吗?我妈妈告诉我说,一个坏女士弄伤了你的胳膊。我希望现在已经好了。我很好。昨天一个陌生人来我家,但是我抓着妈妈的手,很勇敢坚强,就像你一样。有时候我还会做噩梦,甚至还会哭,但是当我想到你抱着我从树上爬下来,就像猴子妈妈那样的时候,我就会笑起来,然后继续睡觉。

等你再好一些了,你会来看我吗?代我向福尔摩斯先生问好。我爱你。

杰西卡·辛普森

"勇敢坚强,就像我一样。"我小声念着,然后大笑起来。那酸涩的声音撕扯着我的喉咙,让疼痛射穿我的肩膀,然后化作泪水,我哭了出来。平静下来之后,我在明媚的阳光下睡着了,而福尔摩斯则用他温柔灵巧的双手抚摸着我的头发。

我醒来时,太阳落下去了一点,而福尔摩斯一直都没动。我难为情地翻过身,舒展了一下肩膀,抬头看着苍穹。福尔摩斯掏出烟斗,打破沉默。

"我需要去法国和意大利待六周。会赶在你下学期开始之前回来。你愿意和我一起去吗?"

我躺在那里看他用手指装烟斗,把黑色的烟叶条塞实,然后擦燃火柴,伸进斗钵。烟叶燃烧所发出的甘甜飘散在山坡上。我对自己微笑。

"我想我也要开始抽烟斗了,福尔摩斯,这东西真是太有说服力了。"

他目光尖锐地看向我,接着脸色放松下来,恢复过去的幽默和智慧模样。他点了下头,仿佛我已经给出了答案一般。我们坐在那里,看着太阳改变大海和天空的色彩,直到晚风袭来。福尔摩斯在鞋跟上敲出烟斗里的残渣,站起身,然后伸手扶我站起来。

"等你准备好下棋了,就告诉我,罗素。"

二十分钟后,我们来到他的蜂箱前。他沿着箱子队伍一边走一边查看,我则站在那里,观看最后一批工蜂背着花粉归巢的情景。福尔摩斯返回后,我们转身朝农舍走去。

"我会让你一步的,罗素。"

"不让后吗?"

"哦,不了,再也不会了。你的棋艺远在那之上。"

"那么我们就公平竞争。"

"那样我会打败你的。"

"我觉得你可做不到,福尔摩斯。我真的觉得你做不到。"

农舍里很温暖,而且灯火通明,空气里有烟草和硫黄的味道,还有食物正在等待我们。

THE BEEKEEPER'S APPRENTICE by Laurie R. King
Copyright © 1994 by Laurie R. King
Chapter epigraphs are from Maurice Maeterlinck, The Life of the Bee, Copyright ©1901 & 1928, published by Dodd, Mead & Co., New York,1970.
This translation published by arrangement with Bantam Books, an imprint of Random House, a division of Penguin Random House LLC.
Simplified Chinese translation copyright © 2017 by BEIJING ALPHA BOOKS CO., INC. All rights reserved.

版贸核渝字（2016）第092号

图书在版编目（CIP）数据

养蜂人的门徒 /（美）劳拉·金著；陈磊译. --重庆：重庆出版社，2017.9
书名原文：The Beekeeper's Apprentice
ISBN 978-7-229-12405-2

Ⅰ.①养… Ⅱ.①劳… ②陈… Ⅲ.①侦探小说—美国—现代 Ⅳ.①I712.45

中国版本图书馆CIP数据核字（2017）第143379号

养蜂人的门徒
YANGFENGRENDEMENTU
[美]劳拉·金 著
陈 磊 译

策　　划：	华章同人
出版监制：	伍　志　徐宪江
策划编辑：	张慧哲
责任编辑：	张慧哲
责任印制：	杨　宁
营销编辑：	张　宁　初　晨
装帧设计：	主语设计

重庆出版集团
重庆出版社 出版
（重庆市南岸区南滨路162号1幢）
投稿邮箱：bjhztr@vip.163.com
三河市九洲财鑫印刷有限公司　印刷
重庆出版集团图书发行有限公司　发行
邮购电话：010-85869375/76/77转810

重庆出版社天猫旗舰店
cqcbs.tmall.com

全国新华书店经销

开本：880mm×1230mm　1/32　印张：11.5　字数：262千
2017年9月第1版　2017年9月第1次印刷
定价：39.80元

如有印装质量问题，请致电023-61520678

版权所有，侵权必究